Ulrich Magin
Die Lava

Ulrich Magin, Jahrgang 1962, ist Sprachwissenschaftler und lebt in Stuttgart. Als Aufbau Taschenbuch erschien von ihm bisher »Der Fisch«.

Als die Gegend um den Laacher See von einem Erdbeben erschüttert wird, glaubt Franziska Jansen, die als Vulkanologin die Gegend beobachtet, noch nicht an eine große Gefahr. Doch dann lernt sie den Schotten Joe Hutter kennen – und lieben. Joe offenbart ihr nach und nach, warum er an den See gekommen ist. Dort liegt seit dem 2. Weltkrieg ein Flugzeug mit einer tödlichen Fracht – Bomben mit einem Bakterium, das bei großer Hitze absolut tödlich wirkt. Gemeinsam versuchen Joe und Franziska, das Flugzeug zu finden, doch sie haben gefährliche Gegenspieler. Eine Gruppe von professionellen Schatzsuchern taucht auch nach dem Bomber.

Ulrich Magin

Die Lava

Thriller

aufbau taschenbuch

ISBN 978-3-7466-2602-4

Aufbau Taschenbuch ist eine Marke
der Aufbau Verlag GmbH & Co. KG

1. Auflage 2010
© Aufbau Verlag GmbH & Co. KG, Berlin 2010
Umschlaggestaltung Mediabureau Di Stefano, Berlin
unter Verwendung eines Motivs von © Bradley Mason/
iStockphoto.com und eines Motivs von © Patrizia Di Stefano
Satz LVD GmbH, Berlin
Druck und Binden CPI – Moravia Books, Pohořelice
Printed in Czech Republic

www.aufbau-verlag.de

Erneut
für Susanne
und meine Eltern
in Liebe

Was ist aus der Leiche geworden,
die du letztes Jahr gepflanzt hast?
Blüht sie schon?
 (Thomas Sterne Eliot: *The Waste Land*)

August 1942

Die Wogen des Atlantiks rollten träge heran und brachen sich mit lautem Donnern an den schwarzen, mit Seetang überwucherten und mit kleinen Muscheln verkrusteten Klippen der Insel. Das Tosen der Brecher war noch auf dem Festland zu hören, es klang wie lauter Kanonendonner des Krieges. Seemöwen kreisten und schrien, und zwischen den Donnerschlägen hörte man das Blöken der achtzig Schafe.

Wind zog auf, eine starke Brise, und fegte den Morgennebel fort. Die Insel war nicht eben groß, man konnte sie in etwa einer Stunde bequem zu Fuß umrunden, sie hob sich auch kaum über die See. Ein paar wenige verkrüppelte, von den heftigen Böen gebeugte Bäume und Sträucher krallten sich in den Moorboden zwischen Gneis- und Granitfelsen, auf denen Flechten wucherten, graublau und feucht. Die Rinde der Bäume war noch ganz schwarz von der Nässe des Nebels. Gras bedeckte den Boden, und auf dem Gras weideten die Schafe.

Ein winziges Eiland, aber es lag dennoch ideal: weitab von größeren Städten, es gab nicht einmal ein Dorf in der Nähe, hier, so weit oben im Norden. Den Einheimischen galt es seit Jahrhunderten als verwunschen. Es sollte dort spuken, der einbeinige Seemann ging um und der große schwarze Hund mit den Augen, die glühten, als wären sie aus feurigen Kohlestücken. Einer wollte sogar den Todesengel gesehen haben, wie er in einer stürmischen Nacht seine Schwingen über die Insel breitete, aber das war ein Säufer gewesen.

Selten verirrte sich ein Fischer auf das Eiland, um eine Robbe zu schlagen oder Schutz vor einem plötzlichen Sturm zu suchen. Zwei Wochen zuvor war ein Hütehund, der Collie des alten Patrick Grant, zur Insel geschwommen und nicht wieder zurückgekehrt. Dann reisten zwei Leute an, Uniformierte, aus London, wie man hörte, und die Regierung hatte Grant entschädigt; die beiden redeten lange mit ihm, worüber, dazu schwieg er. Und dann waren die Warntafeln aufgestellt worden. Nun standen Schilder in regelmäßigen Abständen am Ufer, die das Betreten verboten. Ein Wachposten ging den immer gleichen Kreis entlang der Küste, um aufzupassen.

Gruinard Island lag inmitten der sanften gleichnamigen Bucht, ein schwarzer, mit grünen Tupfern bedeckter Fleck in der See. Am Festlandufer saßen ebenfalls Wachposten, die Maschinengewehre im Arm, und entlang der Küste wusste man, dass man sich besser nicht näherte oder nachfragte, was auf der Insel geschah. Es war wichtig, und das musste reichen. Wichtig war vieles jetzt im Krieg, und auch in Schottland fürchtete man deutsche Angriffe oder eine Invasion der Hunnen, und wenn der kleine Fleck Erde dazu beitrug, den wahnsinnigen Diktator von Schottland fernzuhalten, dann war das besser so.

Die Männer nahmen das Donnern der Brandung und das Rauschen der Wogen längst nicht mehr wahr, wie das Möwengekreische stellte es die gewohnte Kulisse dar. Aber ihre feinen Ohren bemerkten sofort, wenn ein Schaf nicht mehr blökte. Darauf achteten sie. In ihren schweren Schutzanzügen bewegten sie sich langsam und gebeugt wie vorsintflutliche Ungeheuer über das von der Sonne ausgedorrte Gras der Insel, das noch feucht vom Morgennebel war. Sie gingen vorbei an den Holzpflöcken, an denen die Reste der zerborstenen Metallhülsen baumelten. Mit einer großen Zange griff einer von ihnen nach einem Schafskadaver, hob ihn an und legte ihn vorsichtig zu den anderen auf den kleinen Holzkarren, den sein Hintermann zog. Ein dritter nahm ein Notizheft und trug fein säuberlich die Nummer des Schafs und den mutmaßlichen Todeszeitpunkt ein. Man konnte nicht immer anwesend sein, wenn es passierte, selbst wenn man wusste, dass es passierte. Manche tote Schafe fand man zufällig, weil sie sich zum Sterben hinter einen Felsen zurückgezogen hatten oder weil man nicht erkannt hatte, dass es bald soweit sein könnte. Es gab über achtzig Schafe.

Aber die sorgsamen Notizen waren wichtig. Jedes Schaf musste eingetragen werden, denn nicht alle erhielten dieselbe Dosis.

Es stank grässlich nach verbranntem Fleisch. Die drei Männer näherten sich schweigend dem Scheiterhaufen, der seit mehreren Tagen in einer Mulde neben der höchsten Erhebung der Insel brannte wie ein Signalfeuer für Seeleute, die den Kurs verloren haben. Sie kippten mit gemeinsamen Kräften den Karren um; ein eingeübter, oft erledigter Arbeitsgang. Die Ladung aus Tierkadavern ergoss sich in die Flammen. Eine Möwe ließ sich auf einem der toten Schafe nieder und begann, in eine frische, offene Wunde zu picken, stob aber auf und flog davon, als ihr das Feuer zu nahe kam. Sie gesellte sich zu den anderen ihrer Schar, die kreischend weite Kreise über dem Meer zogen.

Der erste Mann gab den anderen ein Signal, und alle drei drehten der Qualmsäule den Rücken zu.

Wenn das so weitergeht, wird es Zeit, dachte der Mann mit dem Notizblock, dass unsere Spezialanfertigungen endlich eintreffen. Wir brauchen bald die Verbrennungsöfen.

Die Männer gingen bedächtig bis zu der Seite der Insel, die dem Festland zugewandt war, und luden dort ein weiteres verendetes Tier auf den Karren. Es blickte sie seltsam gläsern an, es musste eben gerade gestorben sein. So viele waren es an einem einzigen Tag noch nie gewesen! Der eine Mann schüttelte verwundert den Kopf, zog seinen Block hervor, schrieb die Nummer ab, die mit blauer Farbe auf das Schaffell gemalt worden war, und trug das Sterbedatum und die Uhrzeit ein. Wieder wandten die Arbeiter sich der Säule aus Feuer und Rauch zu, die wie ein Wegweiser über ihnen stand. Die Räder des Karrens versanken in einem Schlammloch, doch zu dritt schafften sie es, das Fuhrwerk wieder flott zu machen und zum Inselberg zu ziehen, zum Scheiterhaufen.

Sie kippten das Schaf auf den brennenden Holzstapel. Es fing Feuer, sein Kopf trennte sich vom Körper und rollte den Haufen hinab. Einer der Männer trat ihn mit dem linken Fuß in die Flammen zurück.

Er spähte nach oben in den Himmel und meinte, heute könne trotz des Nieselregens doch noch ein schöner Tag werden, gut, um abends angeln zu gehen, da sah er, dass die beiden anderen entsetzt in die bleckenden Flammen starrten.

»What's that?«

Der Mann im Schutzanzug prallte förmlich zurück vor dem, was er sah.

Etwas geschah, was ihre schon ungewöhnliche Arbeit noch ungewöhnlicher machte.

Das Schaf verfärbte sich, nicht schwarz, wie die anderen Schafe, nicht aschgrau, nein, es durchlief alle Regenbogenfarben; die Sehnen und Muskeln, das Fell und der Kopf schäumten auf und vernichteten sich in einem Augenblick selbst. Es sah so aus, als stülpe sich das tote Tier von innen nach außen, als explodiere es und als würde gleichzeitig das Äußere nach innen gezogen.

Derjenige der Männer, der zuvor alle Tode in sein Notizbuch eingetragen hatte, holte mühsam eine Kamera mit Farbfilm aus seinem Umhang, um die Szene zu dokumentieren. Die Kamera schnurrte wie eine Katze, die sich auf dem Kaminsims ausruht, und fing die Bilder ein, die sich vor ihr abspielten. Möwen lachten.

»Wir müssen hier weg!«
»Wir müssen Vollum verständigen!«
»Was geschieht hier?«

Was immer sich vor ihren Augen abspielte – es war kein Milzbrand.

Der Mann mit der Kamera eilte, so schnell er konnte, auf einen kleinen Schuppen zu, um zum Feldtelefon zu gelangen. Doch er kam dort nicht an.

Er röchelte, er stolperte, er fiel auf den Moorboden, mitten in eine Pfütze, zuckte noch, aber eher automatisch, nicht so, als sei noch Leben in ihm, dann sackte sein Schutzanzug in sich zusammen.

Als einer der wachhabenden Soldaten ihn wenig später fand, konnte er die flachen Überreste der beiden anderen sehen, auf dem Boden ausgestreckt, nicht weit von dem ersten Mann entfernt. Dann begann auch er zu husten, er krümmte sich, hielt sich den Bauch, stürzte zu Boden und schlug auf einem Gneisbrocken auf. Der war scharfkantig genug, um seinen Schutzanzug zu zerreißen, doch da war längst nichts mehr im Schutzanzug, was auf den Soldaten hingedeutet hätte, und auch der Schutzanzug zerfraß sich wie von selbst.

Am Horizont bauschten sich große, graue Wolkenberge auf, eine Wand aus triefend nasser Wolle, ein weiterer Ausläufer eines Atlantiktiefs, das seine Fluten auf die Insel entladen sollte. Die Möwen zogen aufs offene Meer, und weiter draußen sprang ein Delfin aus den Wogen, bis er ganz über dem Wasser war, drehte sich dann und glitt in die Meerestiefen zurück. Die Schafe spürten das aufziehende Unwetter und drängten sich dichter zusammen. Sie blökten ängstlich, als der erste Blitz durch den schwarzen Himmel fuhr.

Die Ablösung der Mannschaft kam, als der Regen aufhörte.

TEIL I

Die Erde wirft Blasen wie das Wasser.
(William Shakespeare: *Macbeth*)

1

Heute

Der Laacher See, ein stilles Gewässer am östlichen Rande der nördlichen Eifel, imponiert nicht durch seine Größe, wie etwa der Bodensee oder der Genfer See, er beeindruckt auch nicht durch grandiose, steil ins Wasser abfallende Klippen oder schroffe Berge wie der Gardasee oder der Comer See – dennoch weisen seine fast kreisrunde Form und die ihn sanft und grün umringenden Hügel eine ganz eigene Magie auf, und die malerisch an seinem Ufer gelegene mittelalterliche Benediktinerabtei zieht wie ein Magnet jeden Tag zahllose Ausflugstouristen an.

Vor rund eintausend Jahren wurde das Kloster gegründet, von Mönchen, die hier Abgeschiedenheit und Ruhe suchten. Einsamkeit und Stille herrschen noch heute, vor allem spät am Abend und früh am Morgen – kein Dorf säumt die Ufer, und am Rand des Sees führt nur ein Fußweg, keine Straße entlang.

Eigentlich der perfekte Ort, um gestresste Manager zu entspannen – und doch: Dieses stille Wasser trog tatsächlich, und in der Tiefe lauerte ein Ungeheuer, gefährlicher als eine Atombombe, unberechenbar wie ein Steppenbrand.

Genauer betrachtet: zwei Ungeheuer. Von beiden ahnten die Menschen nichts, die verträumt den Uferweg entlang spazierten, das romanische Gebäude besichtigten oder sich darüber aufregten, dass es von Amts wegen verboten wurde, auf dem See Tretboot zu fahren.

Gott würfelt nicht, hatte Albert Einstein einmal so treffend bemerkt. Aber er spielt gern mit Feuer: Der Erdboden, auf dem wir stehen, ist nur eine dünne Kruste, die zerbrechlich auf einem glutflüssigen Kern schwimmt. Und an manchen Stellen wallt das geschmolzene Gestein nach oben, mit verheerenden Folgen.

Einer dieser Orte war der Laacher See.

Seit zehn Jahrtausenden füllte Wasser den Trichter, den ein explodierter Berg hinterlassen hatte. Seit zehn Jahrtausenden sammelte sich Sediment im See.

Sand, den der Regen in den See schwemmte, Asche von Waldbränden, Blüten, Blätter und Zweige rieselten zu Boden. Wenn im Frühling das Eis schmolz, das im Winter die Oberfläche des Sees überzog, fiel ein Regen aus feinem Staub zum Seegrund herab. Mal verlor ein Mönch seinen Angelhaken, mal ein Besucher einen Knopf. Der See bewahrte alles auf.

Der Regen aus Staub, Sand, Ton und organischem Material bildete feine Schichten, die sich wie die Ringe eines Baumes eine nach der anderen auf dem Seegrund ablagerten. Anhand der Blütenpollen zeigten sie selbst die Jahreszeiten an, in denen sie entstanden waren. Den Boden des Sees stellte so eine im Verlauf von Jahrtausenden gewachsene unebene, graue und einförmige Fläche dar.

Dennoch war diese stille, geduldige, scheinbar unerschütterliche Beständigkeit und Einförmigkeit nur eine Seite der Medaille.

Denn aus einer großen, mit zähflüssigem, heißem Gestein gefüllten Kammer, keine vierzig Kilometer unter der Nordosteifel, drückte sich Magma langsam nach oben, quälte sich in Schründe und Klüfte, fraß das harte Gestein weg und nagte sich immer weiter in Richtung Erdoberfläche.

Fünf Meter unter dem Seespiegel erzitterte der Hang, winzige Gasblasen quollen aus dem Sand und blubberten nach oben. Ein kleiner Kiesel, gerade so groß wie das vordere Glied eines Daumens, löste sich vom Untergrund und rollte die

Schräge hinab, riss einige welke Blätter mit sich, erzeugte ein feines Sandrieseln, eine Lawine im Miniaturformat, die langsam, aber stetig den flachen Abhang hinunter in die Tiefe floss, dabei noch mehr Sand und noch mehr Kiesel, schließlich auch handtellergroße Steine mit sich schleifte. Schlamm, Lehm und Ton verteilten sich wie eine gewaltige, träge Wolke.

Unten am Boden setzte sich diese Wolke – der Sand in Minuten, der feine Schlamm erst nach Stunden – und bedeckte den Grund mit einer mehrere Zentimeter starken Schicht.

Oben, dort, wo die Lawine ihren Ursprung hatte, erzitterte der Schlamm wie ein Wackelpudding, dann platzte er auf, und aus dem Riss stiegen weitere Gasblasen auf. Wasser, das vom heißen Magma zum Kochen gebracht worden war, wellte aus dem Grund heraus, schließlich wühlte es sich aus einem trichterförmigen Loch, sickerte allmählich in den See und verteilte sich dort.

All das war nur ein weiteres Anzeichen für den Hot Spot, eine besonders heiße Stelle im flüssigen Magmakern der Erde. In Jahrmillionen schieben sich die Kontinentalplatten auf ihrem Weg über den Globus über solche Hot Spots. Diese erhitzen wie ein Bunsenbrenner das Gestein, das über sie gewälzt wird, bis es so dünn ist, dass sich das Erdinnere nach außen stülpt und ein Vulkan ausbricht.

Dieser Hot Spot hatte bereits eine lange Spur der Verwüstung hinter sich gelassen, von den Karpaten über das Riesen- und das Erzgebirge, das Fichtelgebirge, die Rhön und den Vogelsberg bis zum Siebengebirge am Rhein. Vor 13 000 Jahren war der Laacher See, ein Supervulkan, in einer der gewaltigsten Explosionen in der Geschichte der Menschheit geborsten, und noch viertausend Jahre später brach ein Vulkan dort aus, wo sich heute das Maar von Ulmen befindet.

Und gerade eben, in diesem Augenblick, bereitete sich der Laacher See mit der ihm eigenen, von den Geologen in Jahrtausenden gemessenen Geschwindigkeit auf eine neue Eruption vor.

Sicher, in der vergangenen Nacht hatte heftig die Erde gebebt, so heftig wie seit Menschengedenken nicht mehr, und die Anrainer aus ihrem wohlverdienten Schlaf gerissen. Und dennoch ahnten die Menschen nichts von den Vorgängen unter ihren Füßen. Sie schlenderten den Uferweg entlang, fütterten die Enten mit Brotresten, blinzelten müde in die Sonne, saßen auf Holzbänken und blickten schläfrig auf das Wasser, stiegen aus Bussen und Autos, erzählten, scherzten, küssten sich oder stritten sich, joggten oder lasen Zeitung – ganz gleich, was sie gerade taten, an einem zweifelten sie alle nicht: dass der Laacher See ein stilles, idyllisches, friedliches Gewässer war.

Manche Katastrophen brechen plötzlich herein, ohne Vorwarnung.

Franziska Jansen war die Jüngste und erst seit kurzem in der Fachschaft gewesen. Sie hatte als Erste gehen müssen. Die Uni wollte Elite-Uni werden – mit marktorientierter Forschung. Wer braucht da eine Vulkanologin, die gerade erst ein halbes Jahr zuvor das Studium abgeschlossen hatte? Also wurde sie entlassen.

Sie durchlief die üblichen Stadien: Verzweiflung, Trauer, dann friedvolle Akzeptanz des Zustands, schließlich vorsichtig skeptischer Optimismus. Es dauerte über sechs Monate, bis sie wieder das Gefühl hatte, auf eigenen Beinen zu stehen.

Dann merkte sie, dass sie schwanger war. Und noch während der Schwangerschaft fand sie heraus, dass sie die Hormone zwar betäuben, nicht aber darüber hinwegtäuschen konnten, dass sie und der Vater ihres Kindes viel zu unterschiedliche Vorstellungen über ein gemeinsames Leben hatten. Sie entdeckte, dass die Überstunden ihres Mannes mit einer Kollegin tatsächlich stattfanden, aber sich meistens in der Horizontalen abspielten. Dann kamen die geheimnisvollen Anrufe, die Frau, die sich angeblich verwählt hatte, wenn sie ans Telefon ging, unverhoffte Geschäftstermine ihres Partners, seine stockenden, ausweichenden Entschuldigungen.

Als ihre Tochter Clara auf die Welt kam, war Franziska wieder allein.

Mittlerweile war Clara ein kluges, artiges, aufgewecktes Mädchen – vielleicht sogar zu artig; sicher weil Franziska ihre ganze Liebe und Aufmerksamkeit ausschließlich ihr gewidmet hatte.

Nach ihrer Entlassung stand Franziska erst einmal auf der Straße. Einer Vulkanologin stehen nicht allzu viele Arbeitsplätze zur Verfügung, und wer nicht so abenteuerlustig war, nach Mittel- oder Südamerika oder Afrika zu gehen – und mit einem sechs Monate alten Kind ist man selten abenteuerlustig –, der kann nur darauf hoffen, dass irgendwo an einer der wenigen Universitäten in Deutschland etwas frei wird. Oder in der Privatwirtschaft – Franziskas Chance war ein Vulkanpark, der Forschung, Tourismus und Entertainment verband, das ScienceCenter Eifel.

Sie hatte den Job angenommen, weil er sich gerade bot; sie durfte nicht allzu wählerisch sein. Überhaupt fand sie es am einfachsten, sich treiben zu lassen, abzuwarten, bis eine Chance sich bot. Und die Kraft, die alle anderen dafür verbrauchten, Pläne zu schmieden, die dann doch misslangen, weil man eben nicht alles beeinflussen kann, nutzte sie dazu, Möglichkeiten optimal zu ergreifen.

Seit viereinhalb Jahren arbeitete Franziska nun im ScienceCenter. Sie mochte ihren Job und erledigte ihre Aufgaben gewissenhaft und gern. Sie fühlte sich wohl. Hier forschten

Geologen und Vulkanologen, aber ein großer Teil ihrer Tätigkeit bestand darin, den Touristen die Eifelvulkane näherzubringen. Dafür flossen Mittel von Bund und Ländern, es war eine der typischen Ehen, die Wissenschaftler mit dem Kommerz eingehen, um forschen zu können.

Also führte Franziska – neben ihrer eigentlichen, wissenschaftlichen Arbeit über den letzten großen Ausbruch des Laacher Sees – Touristen durch die Eifel. Eine Tour umfasste gewöhnlich den Besuch der drei Gmündener Maare, dann das Pulver- oder Totenmaar mit seiner romantisch am See gelegenen weißgetünchten Kapelle, den Geysir von Wallenborn und schließlich als Höhepunkt den Laacher See. Wie oft schon hatte sie den Touristen erklärt, dass der See kein Maar war – ein Maar ist das Ergebnis einer unterirdischen Verpuffung von Wasser, die den darüber liegenden Boden in die Luft sprengt. Ein Maar sitzt deshalb nicht oben auf einem Berg wie ein Krater, sondern liegt wie von einer Backform ausgestanzt vertieft in der Ebene. Der Laacher See aber war nicht einmal ein Kratersee, sondern eine Caldera – hier war ein mächtiger Berg, größer als der Vesuv, im Verlaufe einer einzigen, ungeheuren Eruption explodiert! Der Laacher See, so friedlich und beschaulich, war ein richtiges Monster, das unter dem Boden schlummerte. Wir laufen hier, pflegte sie zu sagen, auf einer dünnen Eisschicht, die jederzeit brechen kann. Und dann deutete sie jedes Mal auf das Blubbern im See. Auch wenn die meisten Menschen den Unterschied zwischen Maar, Kratersee und Caldera vermutlich nach fünf Minuten schon wieder vergessen hatten – das Blubbern verstanden sie.

Franziska lief wie eigentlich fast jeden Tag das gesamte Ufer des Sees wie stets im Uhrzeigersinn ab. Sie ging am Parkplatz vorbei geradewegs zum Wasser, nach links entlang des Ufersaums zu einem kleinen Platz mit Pier, an dem Touristen auf Bänken saßen und sich sonnten.

Sie kam langsamer voran als sonst, weil Clara jede Blüte einzeln betrachten musste, und ging auch langsamer, damit ihre Tochter mit ihr Schritt halten konnte. Der Weg führte am flachen Ufer entlang, mit den Bäumen und dem Wasser rechts, den Weiden links, dann über eine Wiese, direkt hinter dem Veitskopf, einem uralten Lavastrom, am Campingplatz vorbei. Von irgendwoher klang dumpfe Schlagermusik herüber. Die Menschen lagen im Gras und sonnten sich.

Franziska schritt hinein in einen wilden, urwüchsigen Wald, der den steilen Hang der Kraterwand emporkletterte. Hier befanden sie sich unterhalb des Lydiaturms, einem Platz, der eine ideale Aussicht auf den ganzen Kratersee bot.

Sie erreichten den Lorenzfelsen, einen alten, hoch aufragenden Lavastrom. Hier war es ruhiger, obwohl der Wind die Stimmen der Ausflügler noch herübertrug. Es dauerte ein paar weitere hundert Meter, bis der Wald das Geschnatter endgültig verschluckte. Sie hatten den See nun zu drei Vierteln umrundet.

Ein Windstoß verwuschelte das Wasser in eine raue Fläche mit Tausenden von Kräuseln, Rippeln im Wasser wie Rippel im Meeressand, welche die Sonnenspiegelungen zum Flirren brachten.

Es roch nach frischen Frühlingsblüten, nach Baumharz und feuchtem Laub. Franziska wollte die Mofetten kontrollieren, Stellen im Wasser, an denen Gase aus dem Erdinneren nach einer langen Wanderung durch Spalten und Klüfte schließlich aus dem See austraten. Wie bei Mineralwasser oder Limonade sprudelten kleine Blasen hervor. Manche dieser Stellen befanden sich draußen im See, ein oder zwei konnte man bequem vom Ufer aus erkennen, weil das Wasser dort wie in einem Topf wallte, den man zum Eierkochen auf den Herd gesetzt hat. Selbst im Winter, wenn der See zufror und eine weiße Schicht aus Schnee das Eis überzog, blieben diese Quellen frei.

Es waren keine Menschen zu sehen. Der breite Trampelpfad verlief ohnehin etwas weiter oben, aber die große Hitze, die schon jetzt im Mai herrschte, sorgte dafür, dass die Touristen sich in der Umgebung des Klosters aufhielten. Bis hierher schafften sie es selten, da lief allenfalls gelegentlich ein Jogger vorbei.

Franziska schmeckte den Staub, den jeder Schritt auf dem trockenen Weg aufwirbelte. Sie genoss, dass es für die Jahreszeit viel zu heiß war. Überall konnte man im See Leute schwimmen sehen, obwohl das strikte Schwimm- und Tauchverbot seit Jahren galt. Aber es war schon so heiß, dass alle aus der Region, besonders aus der nahen Stadt Koblenz, zum See drängten. Leserbriefe an die Lokalzeitungen hatten auch schon wortreich ein Ende des Verbots eingefordert.

Hier war ein richtiger Urwald: Schwere, dicke Stämme bogen sich tief über den Trampelpfad, umgestürzte Baumstämme moderten, mit Pilzen übersät, vor sich hin.

Franziska sah, als sie an den Mofetten angekommen waren, sehr genau hin. Sie wollte wissen, ob das Erdbeben, das die Region erschüttert hatte, etwas an den Blasen und Bläschen verändert hatte. Tatsächlich – da blubberte es kräftig im See, viel stärker als gewöhnlich, und ein leichter Schwefelgeruch lag über dem Wasser. Clara hustete, verstummte dann aber mit einem Mal. Es gluckste und gluckerte, wo die Mofetten am Tag zuvor ganz ruhig vor sich hingeblubbert hatten. Es gab keinen Zweifel: Die Gasproduktion nahm zu. Mehrere sehr große Blasen, fast handtellerbreit im Durchmesser, platzten auf der Seeoberfläche auf. Dann stank es stark nach Schwefel.

Erklärungen dafür gab es einige: Am wahrscheinlichsten war, dass sich die Schründe im Gestein, durch die das Gas aufstieg, einfach durch die Erdbewegungen vergrößert hatten. Oder aber das Magma, das heiße, glühende Flüssiggestein des Erdkerns, kochte zur Oberfläche hoch und hatte nicht nur die Erdstöße verursacht, sondern war auch der Grund der verstärkten Gasemission.

Ein Ansteigen des Magmas bedeutete zugleich eine erhöhte Gefahr für einen Vulkansausbruch. Franziska war klar, dass die meisten Menschen im Rheinland nicht einmal wussten, dass sie auf einem Pulverfass saßen – dem größten Supervulkan Europas, einem der größten Vulkane der Welt. Tatsächlich war der letzte Ausbruch des Laacher Sees die gewaltigste vulkanische Eruption gewesen, die Menschen je erlebt hatten. Spuren der ausgeworfenen Gesteine fanden sich von Spanien bis Schweden, Archäologen datierten ihre Funde sogar danach, ob diese aus der Zeit vor oder nach diesem Ausbruch stammten. Damals waren die Eifel und das Rheinland bereits besiedelt gewesen, nomadische Jäger und Sammler hatten die ersten Dörfer errichtet. Diese Dörfer hatte der Ausbruch allesamt unter einer sieben Meter starken Gesteinsschicht begraben. Dann hatten Schlammlawinen den Rhein zu einem gewaltigen See gestaut – als dieser Damm gebrochen war, hobelte eine Riesenflut alle menschlichen Siedlungen vom Niederrhein bis in die Niederlande einfach fort. Es war nicht auszudenken, was geschehen würde, sollte der Laacher See wieder ausbrechen.

Den Touristen erklärte Franziska bei Führungen immer: Der Vulkan sei nicht erloschen, er sei nur inaktiv. Er ruhe nicht einmal wirklich, denn die Stellen, an denen die Gase emporstiegen, zeigten, dass er noch immer rege sei.

Nun hatte sich in der Nacht das Erdbeben ereignet. Die Möbel waren gerutscht, das Geschirr hatte geklirrt. Am Morgen lief vor ihrer Wohnung ein kleiner, aber langer Riss diagonal über die Straße. Das Wasser des Sees hatte geschwappt, einige Jollen aus ihrer Verankerung gerissen und ans Ufer getragen. Clara, ihre Tochter, war weinend aufgewacht und zu ihr ins Bett geschlüpft. Sie hatte sich mächtig erschrocken. Aber das Erdbeben selbst war harmlos, verglichen mit dem Vulkanausbruch, der ihm möglicherweise folgen konnte.

Als Franziska den See ablief, die aufgekratzte Tochter an der Hand, konnte sie überall Zeichen der Erdstöße sehen: umgestürzte Bäume, feine Risse im Boden – und die Blasen, die größer, in größerer Anzahl und schneller als gewöhnlich aus dem See stiegen.

Franziska maß die Stärke des Gasaustritts, Clara spazierte am See entlang, und als sie zurückkam, war ihre sonst so lebhafte Tochter plötzlich ganz still geworden. Und so blieb es dann. Den ganzen restlichen Tag saß das Kind verschüchtert herum, starrte in die Luft, brachte kaum den Mund auf. Und das bei einem Kind, das man normalerweise praktisch festbinden musste, wenn man in Ruhe eine Tasse Kaffee trinken wollte!

Clara wirkte noch immer verstört, als Franziska sie ins Bett brachte. Irgendetwas hatte die Kleine erschreckt – nur was?

Franziska legte die rechte Hand flach auf die Tischplatte, hob den Zeige- und den Mittelfinger leicht an und klopfte jeweils zweimal mit den Nägeln auf das Holz. Nicht einmal, nicht dreimal – stets zweimal, das war ein richtiger Tick von ihr; sie tat das immer, wenn sie nachdenken musste oder nervös war.

Hinter Franziska ging die Tür auf. Clara kam herein, rieb sich die Augen.

»Mama, ich kann nicht schlafen!«

»Was ist denn?«

»Ich träume so schlecht!«

»Hast du Angst davor, dass die Erde wieder wackelt?«

»Gibt es denn noch einmal ein Erdbeben?«, wollte Clara wissen.

»Das kann man nicht sagen. Hast du dich sehr erschreckt?«

Clara spielte die Tapfere, obwohl sie laut geschrien hatte, als ihre Bilderbücher aus dem Regal gehüpft waren. »Nein, das war lustig!«

»Wovor hast du dann Angst?«

»Vor dem Teufel ...!«

»Vor dem Teufel?«

»Im See ist der Teufel herausgekommen, und der hat gestunken.« Sie hielt sich die Nase zu.

Franziska erinnerte sich daran, dass Clara während ihrer Messungen allein am Ufer weiterspaziert war. Ihre Tochter kannte die Stelle, deshalb hatte sie sich nichts dabei gedacht. Aber als Clara zu ihr zurückgerannt kam, hatte sie so seltsam geblickt – und war seitdem so untypisch stumm geblieben.

»Wie sah er aus, der Teufel?« Franziska hoffte, der Furcht ihrer Tochter so besser auf die Spur zu kommen.

»Der hatte ... der war ... das war so eine ganz große Blase, ganz gelb, und dann ist die aus dem Wasser gekommen und hat gebrüllt, und dann hat es gestunken wie Streichhölzer, wenn man die ausbläst.«

»Das war eine Blase?«

»Das war der Teufel, wo den Wassermann immer ärgert.«

Jetzt dämmerte es Franziska. Clara hatte ein Kinderbuch: die Geschichte des kleinen Wassermanns, eines grünen Gnoms mit Entenfüßen und roten Wuschelhaaren, der in seinem Teich ganz gemütlich lebte, bis der böse Teufel kam und ihm mit großen Wasserblasen ärgerte. Der kleine Wassermann und sein bester Freund, Gerald der Goldfisch, vertrieben dann gemeinsam den bösen Kerl. So also war Clara auf den Teufel gekommen!

»Wenn Mama bei dir ist, hast du dann auch Angst vor dem Teufel?«

»Wenn du da bist«, meinte Clara und schmiegte sich eng an Franziska, »kann mir der Teufel nichts tun.«

»Weißt du was? Dann gehst du wieder in dein Bett, und ich wache hier und passe auf, dass der Teufel nicht noch einmal kommt!«

Clara nickte. Sie konnte die Augen ohnehin kaum noch offen halten.

»Wenn wir morgen an den See gehen, zeigst du mir die Stelle, wo der Teufel herausgekrochen ist?«

Clara biss die Lippen zusammen und nickte stumm. Mit Mama war das wohl halb so schlimm. Trotzdem: »Was mache ich denn, wenn der Teufel wiederkommt?«

»Der kommt nicht wieder, mein Schatz. Glaub mir! Was du da gesehen hast, Clara, war sicher kein Teufel. Den Teufel gibt es gar nicht, und wenn doch, ganz sicher nicht in unserem See«, sprach Franziska beruhigend auf ihre Tochter ein. »Ich muss das wissen, ich werde dafür bezahlt, dass ich alles über den See weiß.«

Clara schaute sie jetzt beruhigt an.

»Das war sehr wahrscheinlich bloß eine große Luftblase.«

Nur: Für Franziska stellte eine riesige, stinkende Gasblase eine weitaus größere Gefahr dar als ein Wasserteufel.

»Wirst du mir morgen zeigen, wo du die Blase gesehen hast?«

Clara nickte.

Unter Reginald MacGinnis' wachsamen Augen kniete Joe Hutter vor der Pilotenkanzel. Die Anstrengung war ihm deutlich anzusehen, konzentriert verzog er das Gesicht. Er durfte keine Fehler machen. Das heftige Erdbeben der letzten Nacht saß ihm noch in den Knochen. Langsam und vorsichtig, immer wieder kurz innehaltend, hebelte Joe Hutter die Metallplatte ab, die den Bombenschacht vom Gang trennte. Dieses Mal hatte er Glück: Es befanden sich noch alle Bomben in ihren Verankerungen, die Mannschaft hatte sie nicht abgeworfen, bevor sie in den See gestürzt war.

Eine der Griffzangen bewegte sich, öffnete sich – er musste beim Aufhebeln unabsichtlich einen Kurzschluss oder sonst etwas in der Elektronik ausgelöst haben. Eine der Bomben senkte sich, löste sich dann aus ihrer Verankerung und fiel sanft auf den Boden des Schachts.

Joe öffnete erstaunt den Mund. Er konnte das Unglück nicht mehr aufhalten. Die Bombe erzeugte zuerst ein metallisches Geräusch, dann detonierte sie. Ein rotes Licht blinkte hektisch. Das war das Ende der Welt.

Hutter schlug enttäuscht mit der Faust auf den Boden und wischte sich dann den Schweiß aus der Stirn. Er kauerte vor seinem Computerbildschirm und kämpfte sich durch eine simulierte Darstellung des Flugzeugrumpfs in verschiedenen Helligkeitsstufen, von grell über düster bis zu fast finster. Niemand wusste, welche Lichtverhältnisse dort unten vorherrschten, wie tief das Flugzeug in den Schlamm auf dem Seegrund gesunken sein mochte. Joe tastete sich virtuell durch das Wrack, prüfte die Ausstiegstüren, näherte sich den Kisten, die eventuell im Gang standen, untersuchte Risse in der Außenhaut, lernte, die Eingänge zu der Bombenkammer zu identifizieren und zu öffnen. Jede Simulation veränderte die Parameter. Mal schaffte er es, mal nicht. Dieses Mal hatte er es nicht geschafft. Wieder nicht.

In der Realität, später, am echten Wrack, durfte er auf keinen Fall versagen.

Joe Hutter mochte es nicht, in der vordersten Reihe zu stehen, er blieb lieber unnahbar im Hintergrund. An der Universität war er einer der besten in seinem Fach, der Biochemie, gewesen, und deshalb hatten ihn Reginald MacGinnis' Männer angesprochen. Es handelte sich um sein drittes Projekt mit MacGinnis als Chef; er kannte mittlerweile dessen Ecken und Kanten. Hutter tauchte hervorragend, diese besondere Qualifikation garantierte ihm bei dieser Aktion eine Vorzugsbehandlung. MacGinnis sprach öfter mit ihm als mit den anderen; manchmal wirkte es auf Hutter sogar so, als öffnete sich MacGinnis ihm ein wenig. Aber natürlich waren auch die anderen im Team wichtig.

Andrew Neal, ein Zweimetermann, kam herein, die Tasche wie üblich voll mit Probengläschen. Er entnahm an bestimmten Stellen jeweils zur gleichen Uhrzeit Wasser, verpackte die Proben und schickte sie zur Analyse nach Koblenz. Er untersuchte die Seeufer und zählte die Zahl der toten Fische, die angeschwemmt worden waren. Heute hatte er keine gefunden, ein gutes Zeichen. Er achtete auf die Enten, Schwäne und Blesshühner – zeigten sie ein ungewöhnliches Verhalten, wirkten sie schlapper oder kränker als sonst? All das konnten Hinweise sein. Auch die toten Fische und – vorgestern – eine tote Ente wurden zur Untersuchung an ein Labor geschickt. Bis jetzt waren sie immer an natürlichen Ursachen gestorben.

Neal stammte wie Joe Hutter aus Schottland, allerdings nicht aus der größeren Stadt Inverness – er hatte in Glasgow studiert, kam irgendwo aus dem hohen Norden, aus der Gegend der Isle of Skye, wo man bis vor ein paar Jahren noch den Sabbat geehrt hatte, wo sonntags keine Fähre fuhr und keine Kneipe öffnete.

Der andere im Team, der Nordengländer, ein Computerspezialist, stammte – aus Nordengland eben. Er redete wenig, und niemand sprach viel mit ihm.

Über zehn Minuten lang hatte MacGinnis sie an diesem Morgen mit einem Vortrag über Geheimhaltung drangsaliert: Niemand darf wissen, dass wir hier sind. Niemand darf wissen, warum wir hier sind. Und: Keine Freundschaften außerhalb des Teams.

Und innerhalb des Teams am besten auch nicht, dachte Joe.

Dann trat er den nächsten virtuellen Tauchgang an.

Es ist wie beim Schachspiel, das sagte Gerd Schmidtdresdner seine Erfahrung: Am wichtigsten sind Strategie und Überraschung. Du musst dem Gegner immer voraus sein, stets bereits drei Schritte weiter in die Zukunft planen als er. Alles war bestens überlegt und vorbereitet. Er hatte ein Setting geschaffen, das den Mann überraschen würde. So konnte er strategisch vorgehen und durch gezielte, getarnte Fragen mehr in Erfahrung bringen, als er schon wusste. Er hatte, so stellte er zufrieden fest, die Karten perfekt gemischt.

Sie hatten sich in einer Bar im Bahnhofsviertel verabredet. Die Scheiben waren schon ganz stumpf vom Rauch, Licht floss nur zögerlich hinein. Mit dem Nichtraucherschutz ging der Wirt recht lässig um. Auf dem Tisch wellte sich eine vergilbte alte Decke. Sie war schmutzig, übersät von Brandlöchern, die Generationen von Zigaretten darauf hinterlassen hatten.

Es bereitete Schmidtdresdner Vergnügen sich auszumalen, wie sein Auftraggeber sich in dieser schmuddeligen Umgebung verhalten würde. Der sprach immer, als habe er eine heiße Kartoffel im Mund. So ein feiner Pinkel, ohne Probleme, jemand, der mit dem goldenen Löffel im Mund aufgewachsen war. Er kommt bestimmt im Maßanzug, zugeknöpft, steif. Wissen Sie, wird er sagen, dachte Schmidtdresdner amüsiert, ich bin sonst eher selten in solchen Bars.

Die Kneipe war gut besucht, trotzdem befand sich unter diesen Schnapsnasen kein Zeuge, den ein Gericht gerne befragen wollte. Das waren heruntergekommene Typen, unglaubwürdig. Falls sie in ihrem Suff überhaupt etwas mitbekamen.

Der Mann wird Wein bestellen und Bier bekommen. Nestelt dann nervös an seiner Krawatte. »Den Wein, den Sie gewöhnlich trinken, werden Sie hier nicht bekommen«, wollte Schmidtdresdner ihn dann süffisant necken. Er musste unbedingt die Oberhand behalten.

Gerd Schmidtdresdner lächelte zufrieden, als er wartete und sich all das vorstellte.

Er zog eine Zeitung aus seiner Tasche, legte sie auf den Tisch und strich sie glatt. Danach blätterte er bis zum Sportteil vor. Alles sollte ganz natürlich aussehen. Er tat so, als sei er nur deshalb in die Kneipe gekommen, um die Zeitung zu lesen. Aber er wartete.

Doch er konnte sich nicht auf die Sportmeldungen konzentrieren. Und je länger er auf seinen Auftraggeber wartete, desto wütender wurde er.

Er wartete, bis es draußen dunkel geworden war.

Der Mann kam nicht, versetzte ihn.

»Verzeihung, sind Sie Gerd Schmidtdresdner?«

Die Stimme klang anders als am Telefon und merkwürdig vertraut. Da stand nicht der Mann, es war der Kellner mit einem großen braunen Umschlag.

»Das ist eben für Sie abgegeben worden.«

Schmidtdresdner griff nach dem Umschlag und riss ihn sofort auf. »Von wem denn?« Er sah zu dem Mann hoch.

Der Kellner zuckte mit den Schultern. »Wie soll er schon ausgesehen haben?«, maulte er. »War 'n Mann eben.«

»Ein Ausländer?« Schmidtdresdner stand halb auf, stützte seine geballten Fäuste auf die Tischkante. »War es ein Ausländer?«

»Keine Ahnung.« Den Kellner ließ Schmidtdresdners Gefühlsausbruch kalt, er reagierte mit Gleichgültigkeit. »Das kann ich Ihnen nicht sagen. Der Mann war sehr kurz angebunden.«

Gerd Schmidtdresdner versuchte erst gar nicht, dem Kellner einen Geldschein zuzustecken – es fruchtete vermutlich ohnehin nichts. Der Mann wusste nicht mehr, er tat nicht nur so. Eine reine Geldverschwendung, seiner Erinnerung nachhelfen zu wollen.

Sie sahen sich eine Sekunde gelangweilt in die Augen.

Dann drehte sich der Ober um und stapfte fort. Das ging ihn alles nichts an.

Schmidtdresdner betrachtete den Inhalt des Umschlags. Es handelte sich um Anweisungen. Und ein Bündel Geld. Solche Summen überweist man nicht einfach. Sonst ließen sich die Transaktionen zurückverfolgen. Solche Beträge wechseln, in Umschläge verpackt, den Besitzer.

Die Leute am Nachbartisch lachten laut auf, einer bestellte noch ein Bier. Schmidtdresdner spähte zu ihnen hinüber. Nein, sie hatten nichts bemerkt.

Schmidtdresdner stopfte den Umschlag in seine Jackentasche und sprang plötzlich auf. Er eilte zum Ausgang der Kneipe, lief heraus auf die Straße. Er suchte sie ab, vom Kiosk über Dennis Computershop bis zum 99-Cent-Laden.

Doch im Gewühl, das unter den Straßenlichtern dahinhuschte, fand er niemand, der sein geheimnisvoller Auftraggeber hätte sein können.

Er trat mit den Fuß gegen einen Laternenmast.

Schmidtdresdner war wütend. Hätte er gewusst, was die nächsten Tage noch bringen würden, er hätte sich seine Wut aufgespart, für später.

2

»She's lost control again, she's lost control.«

Der Raum war spartanisch eingerichtet: ein großer Konferenztisch, mehrere Bürostühle, Seitentische entlang der Wände für die technischen Apparate. An den Wänden hingen großformatige Konstruktionszeichnungen verschiedener altmodischer Flugzeugtypen, bei denen einzelne Stellen mit Rotstift markiert waren, mit kleinen Berechnungen oder Sachinformationen, die jemand daneben gekritzelt hatte.

»She's lost control ...«

Joe Hutter sah seine beiden Kollegen kurz an. Als sie nickten, drehte er die Lautsprecher noch weiter auf und tänzelte leicht zu den harten Rhythmen der Musik. Er stand vor den Risszeichnungen eines englischen Bombers und zeichnete Sollbruchstellen und potenzielle Bruchstellen ein.

Seine Kollegen machten ihre Auswertungen, wippten mit den Füßen mit und hörten nicht, als MacGinnis eintrat und die Stirn kraus zog.

Er ging geradewegs zu seinem Platz, ließ seinen massigen Körper auf einen Bürostuhl fallen und strich sich dann erst einmal andächtig durch den rotblonden Vollbart, der struppig in alle Richtungen abstand wie bei einem alten Seebär, bis er sich sicher war, dass er die Aufmerksamkeit aller hatte. Er wischte sich die Schweißperlen aus der Stirn, neigte sich dann seufzend nach vorn und klappte seinen Laptop auf.

»... lost control again ...«

»Wer hat diesen Lärm angestellt, und wer macht diesen Krach wieder aus?« Reginald MacGinnis wirkte fast noch missmutiger als sonst. Wahrscheinlich war er wieder die halbe Nacht zu einem angeblich guten französischen Restaurant gefahren, hatte aber seiner Meinung nach nur durchschnittliches Essen erhalten.

Joe Hutter schmunzelte. Die Szene erinnerte ihn an viele ähnliche, die sich bei ihm zu Hause abgespielt hatten, wenn sein ernster, calvinistischer Vater ihn wegen seiner Punkmusik getadelt hatte. Musik machte fröhlich, also war Musik strikt verboten. Er hatte seinen Vater, Gott habe ihn selig, niemals lachen gesehen – aber oft schreien, er solle diese teuflische Musik sofort abschalten.

»Das ist kein Krach, das ist Joy Division«, wehrte sich Joe Hutter halbherzig. Er erhaschte einen Blick auf MacGinnis' breites, ledriges Gesicht mit den tiefsitzenden, wachen Augen und dem wirren roten Vollbart, eilte zum Player und schaltete die Musik ab. Man widersprach dem Chef nicht.

Vermutlich wollte MacGinnis kein Lied über Kontrollverlust hören. Es ging ja im Gegenteil darum, völlige Kontrolle über die Situation zu erlangen, das Problem schnell, effektiv und professionell zu lösen – und keine Spuren zu hinterlassen, nicht im Gelände, nicht in der Erinnerung der Menschen, vor allem nicht bei den Medien. Was sicher auch kein so einfaches Unterfangen würde, wenn er daran dachte, dass irgendwann der Schwerlastkran aufgestellt werden musste, dass man den Touristen irgendeine Geschichte vorsetzen musste, dass eigentlich niemand außer der deutschen Regierung, der britischen Regierung und ihrem Dienst je erfahren durfte, was geschehen war.

We've lost control again, dachte Joe, there's no control again.

»Nun hören Sie mal, was ich Ihnen an Musik vorspielen werde!« MacGinnis zeigte mit dem erhobenen Zeigefinger in die Luft wie ein Oberlehrer. Er beugte sich über seinen Laptop und wählte die betreffende MP3-File.

Zuerst hörte Joe nichts. Das Bild des Monitors wurde auf eine Leinwand projiziert. Dort erkannte er parallele Striche, die zuerst ganz sanfte Zacken ausbildeten. Dann wurden die Zacken wie bei einem EKG immer deutlicher, schossen in Ober- und Unterlängen. Und da hörte er die Musik, die MacGinnis abspielte.

Es war ein zuerst nur ein leiser und brummender Ton, dann ein knurrender, immer lauter werdender langgezogener und jaulender, fast klagender Laut.

»Walgesänge?«, fragte Joe. »Sind wir jetzt bei Greenpeace?«

»Nein, es gibt in deutschen Seen keine Wale«, antwortete MacGinnis mit finsterer Stimme und ohne eine Miene zu verziehen, so, als hätte Joe seinen Einwurf tatsächlich ernst gemeint.

Nun begannen auch Joes Kollegen zu tuscheln. Sie waren zu dritt, eine kleine Gruppe unter MacGinnis, dem erfahrenen Leiter, der schon so manche heikle Mission mit Bravour erfüllt hatte. Wie viele Menschen mochten ihm sein Leben verdanken? Und wie viele ihren Tod? Joe wusste es nicht, er hatte MacGinnis nie danach gefragt. Vermutlich schlummerte hinter dessen übertrieben harter Oberfläche ein weicher, vielleicht sogar sentimentaler Kern. Aber als Chef mit absoluter Weisungsgewalt konnte er ihn nur dann akzeptieren, wenn er so wenig Privates wie möglich von ihm erfuhr. MacGinnis war ein absoluter Profi, der an den meisten Brandherden der Welt aktiv gewesen war. Es hatte nie ein Gerücht gegeben, zumindest hatte Joe nie davon gehört, dass MacGinnis auch nur ein einziges Mal versagt hatte. Es war sicher, dass MacGinnis ein Geheimnis barg.

Der klagende Ton wurde immer lauter, als hätte MacGinnis den Tonregler auf die höchste Stufe gestellt, und endete dann plötzlich mit einem kratzenden Geräusch, als zöge man eine Nadel quer über eine alte Vinylplatte. Auf dem Monitor sah man nur noch gerade Linien, die sich ab und an leicht und rundlich hoben, wie das friedliche Atemgeräusch eines Babys.

Sie alle blickten MacGinnis fragend an.

»Das«, sagte er in seinem professoralsten Gelehrtenduktus, »waren die hörbaren Schwingungen der Erde. Was hier jault, ist der Laacher Vulkan.«

Jetzt verstanden sie – es hatte also doch mit dem Auftrag zu tun.

»Normalerweise«, fuhr der Chef fort, »hören Sie immer ein Hintergrundbrummen oder -rauschen. Was unsere Messinstrumente hier aufgezeichnet haben, ist etwas anderes. Es stammt von vorgestern, von dem Tag vor dem Erdbeben, ist also noch sehr frisch. Heute haben wir nur ein Rauschen aufzeichnen können. Aber dieser kleine Tonausbruch ist unseren Experten wohlvertraut. So hört sich ein Vulkan an, kurz bevor er ausbricht. Das könnte uns hier auch bevorstehen. Wann genau, können wir aber nicht sagen. Es kann noch Monate dauern oder Wochen oder Tage. Sie wissen, was das bedeutet.«

Sie wussten es: Die Zeit wurde vielleicht bald schon knapp.

Jetzt musste Joe Hutter funktionieren. Jeder Fehler war fatal, Emotionen fehl am Platz. Die Schwere der Aufgabe und die möglichen Konsequenzen durften ihn nicht beirren. Es hing so viel davon ab, das Flugzeug zu finden und es zu bergen. Jeder Fehler, hämmerte er sich immer wieder ein, jede Verzögerung könnte den Tod von Hunderttausenden Menschen verursachen.

Hutter bewunderte MacGinnis – nicht dafür, was er sein Leben lang getan hatte, das waren vermutlich Schweinereien gewesen, die man sich gar nicht vorstellen wollte, sondern wie er es getan hatte. Hutter konnte es jeden Tag ganz deutlich an seinem Chef beobachten: Er war nüchtern, fast kalt, aber immer ganz bei der Sache. Kühl, dennoch mit Feuereifer. Da lag ein Knistern im Raum. Schaute er nicht immer so missmutig drein, als wäre er gerade beleidigt worden, hätte man das Gefühl haben können, er habe überhaupt keine Emotionen. Doch MacGinnis blickte selbst dann missmutig, wenn sie einen Erfolg verzeichnen konnten. Trotz aller zur Schau getragenen gleichgültigen Misanthropie wirkte MacGinnis häufig so, als vibriere er innerlich. Es schien, als wäre es nur eine Frage der Zeit, bis er wie ein Choleriker explodierte. Doch er explodierte nie. Vielleicht war das Beherrschtheit, vielleicht auch nur Resignation.

Es hieß, dies hier sei MacGinnis letzter Auftrag vor seiner Pensionierung. Eine offizielle Bestätigung dafür gab es nicht. Das wäre auch ungewöhnlich gewesen. Aber MacGinnis selbst hatte so etwas einmal angedeutet.

Als Joe am Tag zuvor mit einem kleinen Echolot, einem Fish-Finder, eine Struktur im See lokalisiert hatte, strahlte er über das ganze Gesicht. Endlich ein Ergebnis! Als sich dann herausstellte, dass es sich nur um einen zerborstenen Lavastrom unter Wasser handelte, konnte jeder die Enttäuschung in seinem Gesicht ablesen.

MacGinnis aber hatte ihn nur mit derselben Mischung aus Missmut, Enttäuschung und Weltekel angeblickt, die er immer zur Schau trug – und ihn dann aufgefordert weiterzusuchen.

»Es geht hier nicht um Ihre Befindlichkeiten«, musste sich Hutter anhören, »es geht um die Halifax!«

Hutter betrachtete die Karte mit den Markierungen. Eines der Kreuze interessierte ihn – es lag ufernah, etwa gegenüber der Abtei im seichten Wasser. Nichts wies darauf hin, dass es die Halifax sein konnte – die wurde ganz woanders vermutet –, aber nachzusehen schadete nichts.

»Ich gehe tauchen!«, verabschiedete sich Hutter. Als er sah, dass MacGinnis die Augenbrauen kurz anhob, fügte er schnell militärisch hinzu: »Melde mich ab zum Tauchgang.«

Er verließ den Raum und trat in den Flur.

Überall lag transparente Plastikfolie auf dem Boden ausgebreitet, die von weißen Farbflecken übersät war. Jemand hatte den Putz von den Wänden geklopft. Er lief um das Handwerkszeug herum, das man dazu benutzt hatte, und öffnete die Tür.

»Betreten verboten – Renovierungsarbeiten« las er auf dem Schild draußen. Alles wirkte so, als würde in dem Flur nach dem Erdbeben kräftig gearbeitet – die perfekte Tarnung.

Joe lächelte. Er wusste es besser.

Joe Hutter hörte ein Knarren hinter seinem Rücken und drehte sich um. Es war Andrew Neal, der die Tür öffnete. Neal bückte sich unter der niedrigen Öffnung durch und folgte ihm.

»Ich komme mit«, meinte er. Neal, über zwei Meter groß, dünn, fast schon ausgemergelt, nickte Hutter zu. Er war, trotz seiner erst vierzig Jahre, schon schlohweiß. »Ich habe eben einen Augenzeugen angerufen, er wartet schon unten auf uns. Dann kannst du immer noch tauchen gehen.«

Andrew Neal und Joe Hutter navigierten das Boot mit gedrosseltem Außenbordmotor allmählich zu der Stelle auf der Seeoberfläche, die Andreas Trattmann schon vom Ufer aus angezeigt hatte. Sehr weit draußen war das nicht, aber die langsame Fahrt sollte auch Trattmanns Orientierung dienen.

Der alte Herr, ein rüstiger Mittsiebziger, saß auf der Querbank und betrachtete abwechselnd zuerst amüsiert Neal und dann aufgeregt die Uferlinie. Sie schien ihm gleichzeitig so vertraut und so verändert. Die Zeit wischt über das Gewohnte und verwandelt es in etwas Fremdes, sie löscht Erinnerungen oder fügt sie hinzu, und zum Schluss weiß man selbst nicht mehr, was tatsächlich stimmt. Hier aber war

Trattmann sich sicher, es musste nur diese auffällige Gratlinie in den Hügeln um den See wieder erscheinen, und er hatte die richtige Stelle gefunden. So wie sich die Hanglinien beim allmählichen Vorangleiten verschoben, konnte es nicht mehr lange dauern. Die beiden Briten merkten, wie die Aufregung in ihm aufstieg.

Seinen Brief an die Lokalzeitung hatte er schon ein Jahrzehnt zuvor geschrieben, als das Flugzeug Schlagzeilen in der ganzen Region gemacht hatte. Er hatte beschrieben, wie er als Kind beim Angeln in das klare Wasser des Sees heruntergeschaut hatte, von seinem kleinen, klapprigen Ruderboot, und da – direkt unter sich – auf dem grauen Boden den silbrig glänzenden Rumpf des Bombers gesehen hatte, ein Atlantis der Eifel.

Andrew Neal war beim Recherchieren auf diesen Brief gestoßen. Zwar sollte sich die Episode in den 1950er Jahren ereignet haben, es handelte sich dennoch um die jüngste gute Sichtung der Halifax – sah man von einem anonymen Augenzeugen ab, der das Wrack von einem Linienflugzeug aus erspäht haben wollte.

Neal hatte Trattmann angerufen. Der alte Mann freute sich ehrlich über die Aufmerksamkeit. Er beschrieb so präzise, wie seine Erinnerung ihm das erlaubte, die Entfernung zum Ufer, zum Anlegesteg mit den Booten, die auffällige Kerbe, die zwei Hügel der Kraterwand, von diesem Platz aus betrachtet, gebildet hatten.

Andrew Neal notierte sich alles eifrig, stieß aber mehr als einmal an seine Grenzen. So gut war sein Deutsch nicht, dass er jedes Wort verstand, und Trattmann sprach in einem rheinischen Dialekt, der selbst für Mulden, Kerben und Wasserqualitäten eigene Begriffe kannte.

»Wissen Sie was? Ich zeige es Ihnen am besten selbst!«, meinte Trattmann am Ende des Telefonats, und so hatte er jetzt bereits auf dem Parkplatz gewartet, trotz der Wärme und des zu erwartenden heißen Mittags in einen Wollmantel gehüllt, den Hut auf den Kopf und voller Erwartung. »Wann geht es los?«

So schaukelten sie gemächlich über den See, und Trattmann hielt das Ufer immer genau im Auge, bis er plötzlich die Hand hob und laut verkündete: »Hier ist die Stelle!«

Hutter und Neal schnellten beide auf ihrer jeweiligen Bordseite vor, um in die Seetiefe zu schauen. Erschrocken klammerte sich Trattmann mit beiden Händen an seine Holzbank, um nicht aus dem schaukelnden Boot zu stürzen. »Nur mal langsam«, schrie er ängstlich auf.

»Sind Sie sicher wegen der Stelle?«, wollte Neal wissen.

Trattmann besah sich noch einmal alles ganz genau, dann nickte er. »Ja, ich bin mir sicher.«

Joe Hutter vermaß die präzisen Koordinaten mit dem GPS. Es war keine Stelle, die das Echolot als potenziell interessant ausgewiesen hatte.

»Man sieht nichts«, erklärte Joe. »Das Wasser ist hier so tief, dass man kaum bis auf den Grund schauen kann. Ich schätze« – er warf einen kurzen Blick auf die Karte – »mindestens zwölf Meter. Selbst bei dem klarsten Wasser wäre das schwierig, aber wegen der Hitze sind oben schon so viele Algen, die die Sicht trüben, dass es völlig aussichtslos ist, irgendetwas zu erkennen.«

»Ich bin mir aber sicher«, antwortete Trattmann zögerlich. »Meine Eltern haben die Maschine damals gesehen, als sie brennend in den See stürzte. Aber es ist auch schon lange her. Ich glaube, dass der See an der Stelle nicht so tief gewesen ist, vielleicht höchstens halb so tief.« Er betrachtete nachdenklich den Horizont. »Doch, hier muss es gewesen sein. Wissen Sie genau, dass sich der Seeboden nicht in der Zwischenzeit gesenkt hat?«

Joe zuckte mit den Schultern »Ich bin kein Geologe.«

Trattmann wirkte ratlos. »Es müsste hier flacher sein.« Er

41

zeigte mit seiner ausgestreckten Hand auf die Kerbe, die zwei sich schneidende Hügelseiten bildeten. »Hier war es. Es war gegen Ende Winter, und das Wasser war klarer. Vielleicht hat der Grund deshalb näher gewirkt …«

Andrew Neal holte die Unterwasserkamera aus ihrer Schutzhülle und rastete ihre Ösen in ein Tragseil ein. »Wir lassen die Kamera jetzt herunter und schauen nach.«

Er klappte den Laptop auf und knipste ihn an. Der Monitor fuhr langsam hoch, und schließlich sah man darauf den blauen Himmel und vereinzelte Wolkenbällchen, dann die Bootswand, Trattmann, schräg ins Bild ragend, dann eine braune Brühe.

Schließlich befand sich die Kamera im See. Der Monitor zeigte erst eine blaue, dann eine grüne Färbung, dazwischen Luftbläschen, die sich von der Kamera lösten, und Schwebeteilchen, die vorbeitrieben und kurz im Sonnenlicht aufflackerten.

Als acht Meter der Leine abgewickelt waren, ging Neal langsamer und vorsichtiger vor. Mittlerweile lieferte die Kamera nur noch Bilder, die eine amorphe graue Masse zeigten. Einmal schwamm kurz ein Fisch vorbei.

Es wurde dunkel.

»Es werde Licht«, verkündete Neal und schaltete die Lampe an. Vor der Linse schraubte sich ein Lichtstrahl ins Dunkel, aber der See war hier so voller Plankton, dass sie die Sicht bereits nach ein paar Dutzenden Zentimetern verloren.

Neun Meter, zehn Meter, elf Meter. Der Boden kam plötzlich in Sicht, eine platte, graue Fläche ohne Erhebungen.

Trattmann blickte enttäuscht auf den Monitor. »Da ist nichts!«

Neal zog die Kamera vorsichtig wieder herauf, tauschte den Platz mit Hutter und senkte das Gerät ebenso achtsam auf der anderen Bootsseite wieder hinab. Trattmann erbleichte. Das andauernde und nun heftigere Schaukeln und Wanken des Motorboots machten ihm zu schaffen. »Vielleicht«, meinte er zaghaft, »lag die Stelle doch näher am Ufer.«

»Wir lassen nun den Motor wieder an«, erklärte Hutter, »fahren zurück in Richtung Ufer und behalten immer die Kerbe im Blick. Sie schauen auf den Bildschirm und geben Bescheid, sobald Sie etwas erkennen.«

Unter anderen Umständen wäre es eine Freude gewesen, im hellen Sonnenlicht bei den warmen Frühsommertemperaturen über die spiegelglatte Oberfläche des Sees zu schweben, die Kraterwand mit ihren Büschen, Bäumen und Wiesen vor Augen. Hutter war ungemein angespannt. Trotzdem stiegen plötzlich Urlaubsgefühle in ihm auf. Warum auch sollte ich die letzten paar Tage vor dem Weltuntergang nicht genießen?, fragte er sich.

»Halt!«, schrie Trattmann plötzlich.

Joe musste sofort an die deutschen Soldaten in den Kriegsfilmen denken, die er in seiner Jugend jeden Samstag im Fernsehen angeschaut hatte. Die riefen auch immer »Halt!«, bevor sie einen britischen Soldaten über den Haufen schossen. Wie alt war dieser Mann eigentlich im Krieg gewesen? Egal, jetzt half er, und es ging nicht mehr um alte Rechnungen, die ohnehin längst beglichen waren.

Neal stoppte den Motor, das Schiff glitt noch einige Meter weiter voran. Doch das war kein Problem: Das Flugzeug maß schließlich mehr Fuß, als diese Strecke betrug.

Es brauchte eine quälend lange Zeit, bis die Kamera aus der Pendelbewegung, in die der plötzliche Stopp sie gebracht hatte, zur Ruhe kam. Der Scheinwerfer beleuchtete eine ebene Stelle im See, die in ihrer Konturlosigkeit dem Seeboden glich, den sie gerade betrachtet hatten.

Schließlich bemerkte Neal in der äußersten Ecke des Blickwinkels etwas Eigentümliches.

»Hier«, rief er aufgeregt, »dreh die Kamera nach Osten. Da! ... Siehst du es?«

Joe ruderte das Boot sacht zurück, um dem Umriss näher zu kommen. Sie erkannten rostige Teile auf dem Bildschirm, die aus dem Schlamm ragten. Ein Rahmen, der noch einige wenige Glassplitter festkrallte. Handelte es sich etwa um die Pilotenkanzel?

Es war schwierig, bei der beschränkten Sicht und eingeschränkten Bildqualität einen Überblick zu behalten. Das Blech erschien dünn, fast wie Folie, kaum wie die Haut, die man auf das Gerippe eines Flugzeugs spannt. Tarnfarben, ja, aber irgendwie falsch.

Joe hielt die Hände im Wasser und versuchte damit die Richtung zu steuern, in die das Boot auf dem See trieb. Weitere Blechteile kamen in Sicht, und aus der Flut der chaotischen Eindrücke und Details, die immer wieder auf dem Monitor aufblitzten, schälte sich nach und nach ein festes Bild heraus: Es handelte sich nur um ein Autowrack, einen Lastkraftwagen.

Wie kam ein Lastwagen – der Tarnfarbe nach vermutlich ein amerikanisches Modell – an dieser Stelle in den See? Er konnte schließlich nicht von einer Brücke gestürzt sein.

Neal schien Hutters Gedanken zu erraten: »Der See friert im Winter zu. Vermutlich ist er darübergefahren und eingebrochen.«

Neal beschäftigte ein weiteres Problem: Auch diese Stelle war mit dem Echolot untersucht worden, aber er hatte hier nichts registriert. Was war, wenn der Bomber so fest und tief im Schlamm steckte, dass er ihn mit seinen Methoden gar nicht aufspüren konnte? Dann war seine Arbeit hier sinnlos.

Der Vormittag entmutigte alle: Joe, weil er das Wrack nicht gefunden hatte. Trattmann offenbar, weil er nun seiner Erinnerung misstrauen musste. Neal, weil er das Gefühl hatte, er habe versagt; mehr noch, weil er die Angst hatte, sein Team könnte hier versagen.

Schweigend fuhren sie zum Anleger zurück.

Joe und Neal verabschiedeten sich von Trattmann und dankten ihm herzlich. Es war nicht seine Schuld. Wer erinnerte sich nach sechzig Jahren schon noch so präzise? Und vielleicht hatte er sich ja schon damals getäuscht.

Immerhin – es war einen Versuch wert gewesen. Ab jetzt sollten Messergebnisse sprechen, die Suche mit dem Boot hatte schon genug Zeit gekostet. Mehr Zeit, als ihnen eigentlich zur Verfügung stand.

Zurück in seiner Wohnung, zählte Andreas Trattmann das Geld, das ihm der freundliche Herr mit dem ostdeutschen Akzent dafür gegeben hatte, dass er ihm den echten Ruheplatz des Bombers auf einer Landkarte gezeigt hatte: ganze einhundert Euro. Diese Engländer habe ich ganz schön an der Nase herumgeführt, dachte Trattmann, die suchen jetzt an einer völlig falschen Stelle! Denn auch dafür hatte der nette Herr ihn bezahlt.

Joe Hutter konzentrierte sich ganz auf seine Aufgabe. Der Auftrag des gesamten Teams lautete, die Menschheit zu retten. Das klang so überdreht pathetisch, und Joe Hutter lachte selbst, wenn er daran dachte. Dennoch: Es stimmte.

Nach dem Fiasko auf dem See zog er die Dokumentenkladde erneut aus dem Regal und blätterte darin. Er übersprang die Fotos vom Seeufer – nun war er ja hier und benötigte sie zur Orientierung nicht mehr. In Schottland hatten ihn die grünen Uferwiesen an den Loch Lomond erinnert; hier, im Krater, sah alles anders aus.

Er studierte die Informationen über die Handly Page Halifax Mk. II BB 214 und ihren letzten Flug.

Sie war am 29. August 1942 um 20:37 Uhr vom Fliegerhorst Elsham Wolds in North Lincolnshire gestartet, an der englischen Ostküste, mit Ziel Nürnberg. Besatzung: sieben Mann. Bombenfracht: vier 1000-Pfund-Bomben und eine

500-Pfund-Bombe mit TNT oder Amatol. Das war die offizielle Version: Er wusste es besser. Leider. Sonst hätte er ruhiger schlafen können.

Hutter nahm die amtlichen britischen Unterlagen in die Hand. Am 30. August um 0:10 Uhr hatte sich die Halifax in 9000 Fuß Höhe über der Hohen Acht befunden, einem Berg in der Nähe des Nürburgrings. Deutsche Jagdflugzeuge beschossen sie dreimal, bis Fritz Schellwat, der Pilot einer Messerschmidt Me 110 vom Fliegerhorst Mendig, traf. Der Pilot der Halifax erkannte, dass sie nicht mehr nach England zurückkehren konnten. Er versuchte, den Bomber mit einer Restgeschwindigkeit von vermutlich über 160 km/h in der Nähe des Klosters im Laacher See zu landen. Bei dem Versuch aber brach der Schwanz des Flugzeuges ab und prallte auf den Boden. Der Bomber schlug auf der Wiese vor dem Kloster Maria Laach auf, und die Halifax schoss wie eine Rakete weiter in den See.

Drei Soldaten, an Fallschirmen hängend, meldeten die Deutschen. Bei einem versagte der Fallschirm, ein anderer wurde tot aus dem See geborgen. Von zwei Besatzungsmitgliedern fehlte jede Spur, sie blieben verschollen. Vermutlich waren sie mit dem Bomber in den See getaucht. Die zwei Männer, die tot geborgen wurden, lagen heute auf dem Soldatenfriedhof Rheinberg. Einer der Bordkanoniere hatte überlebt und später den ganzen Hergang des Absturzes schriftlich aufgezeichnet.

Auch die Deutschen hatten alles notiert. Im Kriegstagebuch des Luftgaukommandos 12, beim Luftgau-Nachrichten-Regiment 12, verzeichnete man im Band 1 (feindliche Abschüsse) unter dem Datum des 29. Augusts 1942, es sei »eine 4-mot Maschine, Typ noch nicht festgestellt, in den Laacher See« gestürzt. Unter der Rubrik »Besatzung« las Hutter: »7 Mann, 3 Mann gefangen.«

»Will noch jemand Tee?«

Hutter schüttelte den Kopf, er hatte bereits eine dampfende Tasse vor sich stehen.

»Willst du ein Truthahnsandwich, Hutter?«, fragte Neal. Joe schnitt angewidert eine Grimasse. »Nein!«

»Lassen Sie ihn doch in Ruhe, Neal«, maulte der Nordengländer und biss herzhaft in sein Schinkensandwich, »Sie wissen doch, dass Hutter ein Körnerfresser ist.«

Die Maschine war mit knapp 19 Flugstunden noch brandneu gewesen. Die Landung wurde im flachen Uferbereich bei der Abtei versucht, daher lag das Wrack in Ufernähe, in wenigen Metern Wassertiefe. Das Heck war offenbar abgerissen, der Rest konnte zerbrochen sein.

Es gab jede Menge Augenzeugen, die das Wrack gesehen haben wollten – warum es so unauffindbar war, warum Expedition nach Expedition vergeblich danach suchte, ließ sich mit diesen Berichten schwer in Einklang bringen.

Die Briten nahmen an, dass das Flugzeug in zahlreiche Trümmer zerborsten war. Aber daran ließ sich zweifeln. Ein älterer Mann aus der Gemeinde Bell hatte vor Jahren einer Lokalzeitung erzählt, dass er und seine Freunde als Kinder auf dem Wrack der Halifax gespielt hatten. Sie seien in Badehosen darauf geklettert, erinnerte sich ein anderer Mann. Damals habe es noch aus dem Wasser geschaut, halbwegs zwischen dem Bootsanleger des Klosters und dem Landungssteg des Bootsverleihs. Im Winter, wenn der See gefroren war, konnte man unter dem Eis sogar die Pilotenkanzel erkennen.

Zusammengenommen aber ergaben die Augenzeugenberichte wenig Sinn: Ein Mann aus Rheinhessen wollte gesehen haben, wie die Halifax im letzten Moment noch ihre Bomben abwarf. Andere erinnerten sich an das brennende Flugzeug, das in den See gestürzt war. Das Wrack wurde an den unterschiedlichsten Stellen unter Wasser beobachtet.

Und da war die Geschichte eines Mitglieds des DLRG der

Abteilung Laacher See. Er wollte in der Flachwasserzone bei dem Bootssteg der DLRG »ein weitgehend komplettes Flugzeug« gesehen haben. Zu Übungszwecken sei man mehrmals dort hinuntergetaucht – was Hutter fraglich schien. Denn in den 1990er Jahren, der Zeit, aus der dieser Bericht stammte, war das Wrack längst unauffindbar gewesen. Zudem: Der Melder hatte angegeben, es sei ein Jagdflugzeug gewesen. Was Hutter und das Team suchten, war aber ein Bomber: größer als ein Jäger und auch von der Form her kaum zu verwechseln. Wieder ein anderer Augenzeuge schrieb im Oktober 2007 in einem Internet-Forum, sein Vater habe einmal berichtet, wie er vom Flugzeug aus im Laacher See ein Bomberwrack gesichtet habe. Wenn es nur so einfach wäre!

Solche Augenzeugenberichte waren schön und gut, aber leider völlig wertlos. Sie hatten all diese Stellen abgesucht und nichts gefunden. Wo auch immer sich die Halifax jetzt befand – jedenfalls lag sie nicht mehr dort, wo sie einstmals offenbar jeder hatte sehen können. Es schien so, als sei der Laacher See ein Bermuda-Dreieck, das imstande war, große Bomber zu verschlucken.

Joe Hutter schlug mit der flachen Hand auf den Tisch. Irgendwo musste dieses verdammte Flugzeug doch sein. So unüberschaubar groß war der See doch gar nicht. Er musste diesen Bomber finden und bergen, sonst konnten Hunderttausende, vielleicht Millionen Menschen sterben.

Er vermutete, dass manche der Meldungen das Resultat falscher Erinnerungen waren – damit musste er sich als Rechercheur oft herumschlagen. Er war gerade am Tag zuvor mit einem Boot vom Landesteg des Klosters in Richtung der mächtigen Abtei gerudert und hatte einen metallischen Körper im seichten Wasser aus dem Seeboden schimmern sehen – und natürlich sofort überprüft. Es handelte sich um einen alten Silo, den irgendwer irgendwann einmal im

See entsorgt hatte. Wie viele der ja ohnehin nicht zahlreichen Sichtungen gingen wohl auf solche Verwechslungen zurück?

Zuletzt sichtete er die Berichte über die bereits unternommenen, aber sämtlich gescheiterten Bergungsversuche. Er überflog die Unterlagen: Man hatte 1947, 1980 und 1981 nach dem Wrack gesucht – ohne Erfolg. Die letzte Expedition, vom Kampfmittelräumdienst Koblenz im Juni 2008 durchgeführt, hatte wohl einige Trümmer aufgespürt, sonst aber nichts. Die widrigen Umstände hielten die Halifax bis heute verborgen. Ein Glücksfall für die deutschen Behörden, die ja auf Ortsebene nicht wussten, welche Fracht der britische Bomber auf seinem verhängnisvollen letzten Flug tatsächlich mit sich geführt hatte.

»Unsere Wissenschaftler malen schwarz, aber sie sind natürlich nicht so mit den Gegebenheiten vertraut wie die deutschen Experten.« MacGinnis drückte Hutter eine Liste der geologischen Institute und zuständigen Ämter in die Hand. »Telefonieren Sie die alle ab, und erstellen Sie ein Assessment des Gefahrenpotenzials, das uns durch den Vulkan droht.«

Dann wandte er sich an Andrew Neal, den Sonarexperten: »Wo werden Sie suchen?«

Neal überragte die anderen um Haupteslänge. Der Kopf mit den schlohweißen Haaren saß auf einem dürren, fast ausgemergelten Körper. Der Zweimetermann hob den Zeigefinger. »Mit dem Echolot haben wir sechs Anomalien auf dem Seegrund identifiziert, die groß genug wirken, um das Flugzeug zu sein.« Er ging zur Wand und deutete auf die topographische Karte des Sees, die dort hing. Sechs Stellen waren mit roten Kreuzen und den Buchstaben A bis F markiert. »Hutter hat gestern eines der Ziele untersucht. Es scheint sich um herkömmlichen Schrott zu handeln. Bleiben vermutlich noch fünf.«

Er nahm einen Schluck Wasser. MacGinnis sah ihn durchdringend an.

»Jedenfalls stecken die Objekte allesamt tief im Schlamm. Bevor wir den modernen Side-Scan-Sonar aus Brighton hier zur Verfügung haben, der uns auch Auskunft über die Form geben kann, müssten wir ein Ziel nach dem anderen abtauchen. Aber die Orientierung da unten fällt sehr schwer.« Neal seufzte.

»Verdammt!«, knurrte MacGinnis. Er griff zum Telefon, wählte, sprach. Die anderen betrachteten ihn dabei, wie er immer wieder insistierte, dann nickte. Er legte den Hörer auf. »Morgen«, sagte MacGinnis, »morgen kommt unser Side-Scan-Sonar aus England.«

»Es gibt Augenzeugenberichte von Leuten aus der Gegend hier«, meinte Neal, »die uns berichtet haben, dass sie als Kinder im flachen Seewasser auf dem Flugzeug gespielt haben – das muss in den Jahren nach Kriegsende gewesen sein. Das Flugzeug habe noch halb aus dem Wasser geragt – die Pilotenkanzel, die Rückflosse. Dort«, er deutete mit dem Finger auf den See, »zwischen den beiden Anlegestegen soll es gelegen haben, keine fünfzig Fuß vom Ufer entfernt, gerade mal eine Viertelmeile von hier.«

Hutter nickte, das hatte er gerade gelesen.

»Und – haben Sie nachgeforscht?«, wollte MacGinnis wissen.

»Natürlich – aber dort ist nichts mehr.«

»Man kann doch ein Flugzeug nicht einfach verschwinden lassen!«

»Es muss allmählich tiefer in den See gerutscht sein, und jetzt, nach dem Erdbeben, kann es überall dort unten liegen.«

MacGinnis wischte sich wieder den Schweiß aus dem Gesicht. Selbst hierhin, dachte er, hinter diesen dicken Klostermauern, in einem Zimmer mit fünf Ventilatoren, dringt diese brütende Hitze! Und es ist erst Mai!

»Wollen Sie mir ernsthaft versichern, dass etwas, das ganze 100 Fuß breit und 70 Fuß lang ist, in diesem Tümpel einfach so verschwinden kann?«

Neal überragte auch MacGinnis. Also beugte er sich hinunter und sagte bestimmt: »Aber so ist es.«

Hutter sah um sich. Alle waren beschäftigt. Der Dienst arbeitete gern in solch kleinen Teams. Die Geheimhaltung fiel leichter, die Kommandos hinterließen weniger Spuren. Keine Logistik, die auffallen könnte – zumindest bis zu dem Zeitpunkt, an dem der erste Teil ihrer Mission erfüllt war, die Lokalisierung des Wracks. Dann würden sie an die Öffentlichkeit gehen und sich als englische Flugzeugfreaks ausgeben.

Plötzlich fiel die Kladde aus Hutters Händen und schlug auf dem Boden auf. Die Gläser auf dem Tisch klirrten. Die Karte des Sees schaukelte an der Wand. Die Bücher und Aktenordner schwebten ein paar Zentimeter über den Regalbrettern, das Regal selbst tanzte von Seite zu Seite. Dann stürzten die Bücher und Aktenordner auf die Unterlage zurück.

Jemand schrie erschrocken auf. Für Joe Hutter war es bereits das zweite Erdbeben in einer Woche – und erst das zweite Erdbeben in seinem Leben. Es fiel nicht leicht, die Ruhe zu bewahren, wenn selbst die Erde nicht still hielt. Neal sah von oben herab zu Joe. Sein Blick verriet, dass auch er bei den heftigen Erdstößen Angst gespürt hatte.

»Keine Furcht, Jungs«, verkündete MacGinnis jovial, »das war nur ein neues, kleines Erdbeben. Weiter mit der Arbeit! Wir werden gebraucht.«

MacGinnis hatte gut reden – wer wusste schon, welche Erdstöße er in Afghanistan oder dem Irak oder sonst einem verlorenen Winkel der Erde schon erlebt hatte?

Der Chef stand von seinem Schreibtisch auf und lief eine Runde durch den Raum. Er klatschte in die Hände. »Los, meine Herren. Sie wissen, es hängt das Leben von Millionen von Menschen von unserer Arbeit ab.«

Hutter ging durch den Raum zur Tür und blieb dort stehen. Er betrachtete die Markierungen eventuell lohnender Echolotfunde, die Neal auf die Karte eingetragen hatte. Sie hing neben dem Regal mit Neals Wasserproben an der Wand. Er deutete, als wolle er sich versichern, mit dem Finger auf eines der minutiös eingezeichneten Kreuzchen, nickte kurz und verließ den Raum.

Joe Hutter liebte präzises Arbeiten. Das stand nicht im Gegensatz zu der Punkmusik, die er hörte, oder zu seiner Verehrung der Natur mit all ihrer anarchischen Vielfalt, ihrem Wachstum, der Maßlosigkeit ihrer Geschöpfe. Seine Aufgabe bestand darin, die gefährlichen, bedrohlichen Güter, die der Mensch, besonders das Militär, bei seiner Arbeit zurückgelassen hatte, aufzuspüren und zu vernichten. Man durfte sich keine Fehler erlauben. Fehler waren tödlich.

Diese Präzision – er machte sich da nichts vor – stellte auch einen Versuch dar, wieder ein Grundmaß an Ordnung und Kontrolle in sein Leben zu bringen. Die letzten beiden Jahre waren chaotisch gewesen. Jetzt sollte alles in geordneteren Bahnen verlaufen. Konzentration auf die Arbeit half auf jeden Fall.

Vor allem durfte er jetzt nicht gesehen werden. Schon ein deutscher Polizist, der ihm neugierige Fragen stellte oder ihn festnehmen wollte, bedrohte die Geheimhaltung. Trotzdem: Ein Taucher im Anzug, der in den See stapft, ist leider nicht unsichtbar. Und das Tauchen im See war illegal, seit Jahren schon strengstens verboten.

Hutter löste das Problem, indem er seine Ausrüstung bis zur Uferzone schleppte, die direkt an den Wald grenzte. Dort duckte er sich in einer der zahlreichen Bodenfurchen und zog sich um, um dann möglichst schnell zum Ufer zu stapfen. Er legte eine Decke auf seine Sachen und breitete Laub darüber aus.

Er blickte mehrmals um sich und erreichte den See nach weniger als einer Minute. Hutter verrieb einen Tropfen Shampoo auf der Innenfläche seiner Taucherbrille. Das half gegen das Beschlagen. Er zog die Flossen an, dann ließ er sich von der Flachwasserzone ins tiefere Wasser gleiten.

Libellen flirrten über das Wasser, blieben in der Luft über den Riedflächen stehen, schwirrten davon.

Dann sank Hutter unter die Wasseroberfläche. Das Licht huschte in dünnen, tänzelnden Linien über den Kies ein paar Fuß unter ihm. Die bewegten Lichtstreifen erinnerten an etwas Organisches, der See schien lebendig.

Hutter mochte es nicht, zu viel Wasser unter sich zu haben. Er schob sich mit Tritten der Beine an die Stelle heran, an der Neal das Kreuz auf der Karte eingetragen hatte. Lichtfäden hingen von der Seeoberfläche herab, bildeten feine, transparente Vorhänge, die flirrten und flatterten wie das Polarlicht des Nordens.

Im Gegensatz zu der torfigen Brühe, die die meisten Lochs seiner Heimat füllte, war das Wasser des Laacher Sees erstaunlich klar. Er hatte nicht erwartet, dass das Wasser so transparent sein würde. Sicher, der Winter war erst vor kurzem zu Ende gegangen, aber es war schon außergewöhnlich warm, und es verblüffte ihn, dass hier, im Gegensatz zu der Umgebung des Landungsstegs, so wenige Algen die Sicht trübten.

Umso besser! Der See war als Raubfischgewässer berühmt. Hutter konnte dem Angeln nichts abgewinnen. Welch ein dumpfer, brutaler Sport! Hecht, Felchen und Barsch wurden in diesem Gewässer gefangen – doch zurzeit war auch das Angeln untersagt. Hutter sah keine Fische, nur klares Wasser; er war schon zu weit entfernt von der Uferzone, wo das Schilf wuchs.

Dort, irgendwo hinter ihm, im Flachwasser zwischen den Binsen, hatte das Wrack nach seinem Absturz ein paar Jahre lang gelegen, dann aber war es weiter in den See hineingerutscht, und nun war es wie vom Erdboden verschluckt. Das Erdbeben in der vorletzten Nacht hatte die Situation noch verschlimmert. Nun mochte das Flugzeug in mehrere Teile zerbrochen sein. Vermutlich hatten die Erdstöße die einzelnen Trümmer auch an ganz unterschiedliche Stellen geschoben.

Wichtig war das Vorderteil, das Teil unter der Kanzel, das Teil mit der Ladeklappe.

Wo immer das Wrack ursprünglich auch gelegen haben mochte, die alten Zeitzeugen von damals waren jetzt keine große Hilfe mehr. Selbst eine Computersimulation hatte zu so unterschiedlichen Ergebnissen geführt, dass das Team nicht wusste, wo es anfangen sollte zu suchen.

Der Boden unter ihm, so weit er ihn erkannte, war plan und mit Sand bedeckt. So tief unten wuchsen keine Wasserpflanzen mehr. Zwischendurch lagen große Felsbrocken und vereinzelte Kieselsteine. Manches wirkte rissig.

Hutter tauchte an einem Hangrutsch vorbei: Eine Schicht lehmartiger Boden war rund einen halben Meter nach unten geglitten und gab den Blick auf eine Schicht aus Sand und Geröll frei, mit bunten Kieselsteinen wie Rosinen in einem Kuchen. Die Rutschung konnte noch nicht sehr alt sein – die Abbruchkante wies scharfe Ränder auf. Irgendetwas war hier geschehen – vielleicht hatte sich dieses Hangstück infolge eines der beiden größeren Beben der letzten Tage gelöst und war dann heruntergepoltert.

Bläschen sickerten aus den hier freiliegenden tieferen Bodenschichten. Eine kleine Kugel aus Gas nach der anderen trat aus, die wie dünne Schnüre zur Oberfläche hochstiegen.

Die Narbe im Schlamm interessierte ihn jetzt nicht. Joe

wunderte sich, dass er sich plötzlich warm fühlte. Seltsam. Oder täuschte er sich?

Nein, es stimmte: Obwohl der Taucheranzug ihn schützte, hatte er gespürt, dass das Seewasser kühl war – nun spülte es warm um ihn herum. Angenehm warm in einer Tiefe von über sechs Metern. Mit einem Mal wurde es richtig warm, fast schon heiß, ein mächtiger Druck stemmte ihn nach oben.

So plötzlich und unvermittelt, wie das Wärmegefühl begonnen hatte, war es auch schon wieder vorbei. Es fühlte sich an, als wäre Hutter durch eine offene Tür in einen anderen Raum getaucht. Er kehrte um, schwamm eilig zu der Stelle zurück, und erneut hüllte ihn eine angenehme Wärme ein. Er entfernte sich aus dem Bereich, und das Wasser wirkte wieder frisch und kühl. Ich sollte unbedingt klären, dachte er bei sich, was es mit diesem seltsamen Phänomen auf sich hat. Aber er war ja nicht gekommen, um irgendwelche Temperaturrätsel in dem See zu lösen.

War das eine Bewegung? Joe Hutter blickte um sich. Vielleicht ein großer Hecht? Hielten die sich überhaupt so weit vom Schilfgürtel entfernt im freien Wasser auf?

Da war es wieder! Keine eigentliche Bewegung, eher die Ahnung einer Bewegung. Keine feste Form, mehr ein Vorbeigleiten. Zu weit von ihm entfernt, als dass er mehr als eine vage Erscheinung wahrnahm. Auf jeden Fall aber größer als ein Hecht. Oder sollte es hier mannsgroße Hechte geben?

Ein anderer Taucher? Wohl kaum. Seit März 2007 war das Tauchen im See ohne Sondergenehmigung strengstens untersagt, und er würde es wissen, wenn jemand eine solche Sondergenehmigung hätte.

Hutter kehrte in Richtung Ufer zurück. Die Sichtweite betrug nach wie vor rund vier bis fünf Meter. Allmählich kam er in den Flachwasserbereich, Pflanzen überwucherten den Grund, ein kleiner Fisch stob aus den Pflanzen und hinterließ eine sanft gekräuselte braune Wolke. Hier bestand der Boden also aus Schlamm. Vielleicht war der auch so tief, dass er ein ganzes großes Flugzeug verschlucken konnte.

Joe wendete und schob sich mit starken Flossenschlägen wieder in Richtung Seemitte, tauchte dann tiefer. So klar das Wasser oben gewirkt hatte – kaum war er auf etwa fünfzehn Meter Tiefe, umhüllte ihn die schwärzeste Nacht. Er konnte fast die eigenen Hände nicht sehen. Langsam stieg er höher. Wo der Grund tiefer als zwanzig Meter lag, durfte er bei diesen Sichtverhältnissen nicht auf Erfolg hoffen. Hier mussten technische Geräte eingesetzt werden: Echolot und Side-Scan-Sonar.

Wieder eine Bewegung im Augenwinkel.

Er drehte den Kopf leicht, und nun konnte er, wenn auch nur recht undeutlich, tatsächlich einen zweiten Taucher erkennen.

Hutter ließ sich sanft in eine Tiefe sinken, von der er annahm, dass die Sichtverhältnisse ihn verschlucken würden. Er konnte allerdings nach oben blickend gegen das Licht gut verfolgen, was der zweite Taucher tat. Hutter fühlte sich unwohl, ausgeliefert.

Der Mann schien ebenfalls etwas zu suchen, er drehte kleine Kreise. Hutter griff nach seinem Tauchermesser aus Edelstahl. Es war stark genug, eventuell Teile aus dem entdeckten Wrack zu schneiden.

Verdammt!, dachte Hutter, der andere Taucher darf mich nicht sehen. Wenn er mit jemandem plaudert, fängt die Presse an zu recherchieren.

Aber er selbst musste den anderen Taucher erkennen, verfolgen und identifizieren. Er musste in Erfahrung bringen, wer das war und was er hier trieb. War er nur ein Abenteurer, der das Tauchverbot ignorierte – oder steckte mehr dahinter?

Von seinem Versteck in der Tiefe aus beobachtete Hutter jede Bewegung des Eindringlings. Der fremde Mann schwamm sehr ruhig und konzentriert in spiralförmigen Kreisen, die er mal enger, mal weiter zog.

Es waren die Bewegungen von jemandem, der ungefähr weiß, wo sein Ziel liegt, der aber die genauen Koordinaten noch nicht kennt.

Er sucht planmäßig, überlegte Hutter. Gebe Gott, dass er nicht das Gleiche sucht wie ich. Gebe Gott, dass er mich nicht sieht. Das Zeug ist auf dem Schwarzmarkt vermutlich Unsummen wert.

Schwimm weiter deine Kreise dort oben, dachte Hutter, schwimm und störe die meinen nicht. Entferne dich, zieh weg, entlarve dich, damit ich weiß, wer du bist, und dann schwimm friedlich weg.

Doch der fremde Taucher kam langsam näher.

Franziska stellte ihren Wagen wie immer auf dem großen Parkplatz am See ab und sah zu dem mächtigen Kloster hoch. Die Kirche verschwand fast völlig hinter dem hastig hochgezogenen Gerüst, auf dem die Experten standen, die das Gebäude begutachteten und die Stärke der Risse vermaßen, die bei dem Erdbeben entstanden waren.

Achthundertfünfzig Jahre hatten die wuchtigen Wände in weißem Tuff-, Kalk- und Sandstein der Zeit getrotzt, nun war durch das jüngste Erdbeben das Mauerwerk rissig, der nördliche Turm des Westwerks sogar als baufällig eingestuft worden. Das Gerüst, ein hilfloser Versuch, den Turm noch zu retten, verstellte den Blick auf das gewaltige Bauwerk.

Sie stieg aus, öffnete die Beifahrertür, und Clara sprang direkt vom Kindersitz auf den Parkplatz.

»Pass auf, Autos!«

»Ja, Mama, ja doch!«

Franziska Jansen ging vom Parkplatz zum See, dann durch

die Wiesen immer eng am Wasser entlang. Es war ein warmer Tag, und entsprechend viele Fußgänger drängten sich auf dem schmalen asphaltierten Pfad. Sie sah auf die Uhr: halb zwölf. Noch war es einigermaßen mild. Später, gegen Nachmittag, wenn die Hitze kam, würde es hier auch anders aussehen.

Sie kam zum Waldrand. Allmählich traf sie immer weniger Touristen – hier war man schon mehr als einen Kilometer vom Parkplatz entfernt, für die meisten schon zu viel, um die Strecke zu Fuß zu gehen.

Es roch nach warmer, feuchter Luft, nach Holz und Harz, nach den letzten Blüten des Frühlings. Franziska nahm nicht den breiten Schotterweg, der als Ring um den Krater herumführte, sondern die Pfade, die sich rechts von ihm immer wieder zum Seeufer schlängelten, zu kleinen Buchten, über Mulden und Hügel hinweg, unter mächtigen Bäumen hindurch, die ihre schweren Äste fast bis ins Wasser senkten.

»Zeigst du mir, wo du die große böse Blase gesehen hast?«

Clara hielt an einer Stelle, die Franziska überhaupt nicht beachtet hätte – hier gab es keine Mofetten, hier kam eigentlich kein Gas aus dem See. Es überraschte sie, dass ihre Tochter den ganzen Weg bis hierhin gegangen war, während sie selbst am Tag zuvor die Gasemissionen gemessen hatte. Offenbar war sie länger mit ihren Forschungsarbeiten beschäftigt gewesen, als es ihr vorgekommen war. Jedenfalls hielt Clara an und sagte: »Da war das. Da war die Blase.«

Franziska beobachtete den See. Die Oberfläche spiegelte die Sonne, Lichtfunken blitzten darauf. Sie hielt nach einer Blase Ausschau, um die Beobachtung ihrer Tochter besser einschätzen zu können.

»Mami, was ist das?«

Da war tatsächlich etwas im See!

Ja, da war tatsächlich etwas, aber es sah überhaupt nicht wie eine Blase aus, eher wie ein Pinguin oder ein Seehund.

Nein, es war größer. Ein treibender Ast? Zu dick? Ein treibender Baumstamm? Zu kurz.

Franziska kniff die Augen zusammen, um besser sehen zu können. Die Sonne, die im Wasser reflektierte, blendete sie.

Das schwarze Ding tanzte wie ein schwimmender Korken, hob und senkte sich mit den sanften Wellen.

Das war ein Mensch!

»Bleib, wo du bist, Clara!«, rief Franziska. »Warte hier, bis ich wieder da bin.«

Ohne lange nachzudenken, watete Franziska in den See. Er war kälter, als sie vermutet hatte. Kleine Nadeln stachen sie in die Seite. Die Kleidung sog sich mit Wasser voll und zog sie nach unten. Sie schwamm mit starken Beinstößen, doch es kostete sie sehr viel Kraft. Vor ihr im Wasser lag der Körper, aber sie schien ihm nicht näher zu kommen. Nur ganz allmählich wurde er größer, bis sie ihn endlich erreichte.

Es war offenbar ein Mann, muskulös in einem Taucheranzug, er trieb mit dem Gesicht nach unten im See.

Franziska stieß ihn an. Doch er rührte sich nicht. Sie hob seinen Kopf an: Überall klebte Blut, machte das Gesicht unkenntlich. Er hatte tiefe Schnittwunden über die ganze Brust verteilt, und aus einigen drang Blut. Die Wunden schienen frisch zu sein.

»Hallo ... Hören Sie mich?«

Sie erhielt keine Antwort. Der Mann hielt die Augen geschlossen, sie bemerkte auch sonst keinerlei Reaktion.

Sie fühlte, wie ihre Kräfte sie verließen. Sie musste schnell handeln. Ihr tapferer Rettungsversuch konnte auch sie das Leben kosten. Sie blickte zum Ufer und erkannte dort nur Clara, die zu ihrer Mutter hinsah, keine weiteren Passanten.

Sie hakte einen Arm unter den Arm des Mannes und schwamm mit nur einem Arm zurück. Die Kälte kroch immer mehr in sie hinein, über den Arm, den sie unbewegt hielt, in ihren Oberkörper. Es fröstelte sie. Nur langsam näherte sich das Ufer. Es schien sie mindestens ein Dutzend Schwimmstöße zu kosten, bis sie überhaupt merkte, dass es näher kam. Sie streckte die Beine nach unten, um zu prüfen, ob sie schon Boden unter sich hatte, fühlte aber nur Wasser. Noch war sie nicht in die seichte Uferzone gelangt.

Franziska zog den bewegungslosen Körper hinter sich her. Lange stehe ich das nicht mehr durch!, fuhr es ihr durch den Kopf.

Sie hörte ein pochendes Geräusch, ihr Herz klopfte und übertönte alle anderen Geräusche bis auf ihr lautes und angestrengtes Schnaufen. Ihr Kopf lag schon tiefer im See, mit jedem Einatmen verschluckte sie Wasser, musste mit großer Anstrengung den Mund über die Oberfläche halten und das Wasser ausspucken. Einmal verschluckte sie ein treibendes Blatt und wäre fast erstickt. Das Wasser schmeckte faulig.

Weit entfernt, am rettenden Land, hüpfte Clara aufgeregt zwischen den Bäumen hin und her. Sie wusste, dass sie ihrer Mutter helfen musste, hatte aber keine Ahnung wie. Hilflos streckte sie die Arme aus, als könne sie Franziska an Land zaubern.

Der See öffnete seinen Rachen und wollte sie verschlingen. Ganz deutlich merkte Franziska, wie ihre nassen Kleider sie nach unten zogen. Sie fühlte sich, als trüge sie einen Anzug aus Blei. Sie war so unendlich schwer, das Land noch so unerreichbar fern. Sie begann zu strampeln. Ihr Körper wehrte sich gegen das Ertrinken, folgte irgendeinem uralten instinktiven Programm, das nicht dem Verstand gehorchte. Ich muss schwimmen, nicht strampeln, ging es ihr hektisch durch den Kopf, dann aber fühlte sie mit einem Fuß etwas Weiches, und plötzlich hatte sie Boden unter den Füßen, musste nicht mehr schwimmen und konnte – wenn auch nur mit Mühe – gehen.

Mit letzter Kraft drückte sie den Mann durch das seichte

Wasser, danach an das Ufer. Sie schleppte sich aus dem See, tropfend nass. Sie fror.

»Hilf mir, Clara«, hauchte sie, »bitte.«

Das Kind stand nur erschrocken da. Was mutete sie ihrer Tochter auch zu! Franziska kniete sich in das Gras, ergriff die ausgestreckten Arme des Mannes und schleifte ihn an Land. Sie ließ ihn liegen, mit den Füßen noch im Wasser, völlig kraftlos. Sie atmete schwer.

Franziska lehnte sich gegen einen Baum, keuchte. Aber es gab Wichtigeres zu tun. Sie ging in die Hocke, neigte ihren Kopf und legte ihr Ohr auf die Brust des Mannes.

Alles in ihr pochte. Alles in ihr schmerzte. Sie hörte nichts, vermutlich war der Mann längst tot, und sie hatte sich völlig unnötig in Gefahr begeben.

Es dauerte – so schien es ihr – Stunden, bis sich ihr wild klopfendes Herz etwas beruhigt hatte.

Da hörte sie es.

Sein Herz schlug ganz sachte, kaum wahrnehmbar.

Der Mann lebte noch!

Franziska wühlte nach ihrem Handy in der Tasche, die sie am Ufer abgestellt hatte. Ihre Kleidung war klatschnass. Sie zitterte. Was für ein Glück, dass die wärmende Sonne schien! Trotzdem, hier unter dem Bäumen war es kühl. Endlich hielt sie das Gerät in ihren klammen Fingern. Es war gar nicht so einfach. Sie ließ das Handy wieder fallen, es rollte über den Boden.

Clara hob es auf und reichte es ihrer Mutter.

Franziska lächelte. Braves Mädchen!

Wie war noch einmal die Notfallnummer? Man sollte so etwas stets programmieren. Aber das Handy war neu, und sie hatte das immer wieder verschoben. Jetzt bereute sie es. 112. Das war es. 112.

Sie tippte zweimal, vertippte sich jedes Mal, schaffte es endlich.

»Schicken Sie einen Krankenwagen. Sofort.«

Eine junge Stimme fragte sie nach Standort und Notfall. Sie schilderte kurz, dass sie einen Mann aus dem See gefischt hatte, der noch schwach atmete.

Der Mann versuchte, sie zu beruhigen. Ein Helikopter würde kommen.

Franziska sank in sich zusammen. Sie kam wieder zu sich, weil Clara ihr Sweatshirt ausgezogen hatte und sie damit trocken rieb. Müde öffnete sie ihre Augen und sah ihre Tochter an.

»Du hast geschlafen«, flüsterte Clara sanft. »Ich habe dich trockengemacht und wieder aufgeweckt.«

»Du bist ein tolles Mädchen.«

Clara lächelte. Sie genoss das Lob. Sie merkte, wie erschöpft ihre Mutter war, konnte aber noch nicht begreifen, in welch ernster Gefahr sie tatsächlich noch vor wenigen Minuten geschwebt hatte.

»Als du geschlafen hast, war sie wieder da.«

»Wer war da?«

»Die Teufelsblase. Gerade eben. Ganz groß!«

Clara streckte ihre Ärmchen ganz weit auseinander, um zu zeigen, wie groß die Blase gewesen war.

Franziska bemerkte einen Mann, der seltsam nutzlos dastand und sie anstarrte, einen dicken alten Mann.

Sie rief ihn um Hilfe, doch der Alte drehte sich um und schlenderte davon.

Der Flur erstreckte sich lang und grau vor ihr, in regelmäßigen Abständen fiel Licht aus den Fensternischen hinein. An den Wänden hingen leicht vergilbte Van-Gogh-Drucke, Sonnenblumen und Sternenhimmel. Der Blick ging in einen Innenhof, der immer im Schatten lag, das Gras war noch schwarz vom Winterschnee.

Es roch nach Putz- und Desinfektionsmitteln. Sie mochte

Krankenhäuser nicht, hatte mit Clara schon zu viel Zeit darin verbracht, und der Geruch der Putzmittel trieb ihr die Erinnerung an den langsamen Tod ihres Vaters wieder ins Gedächtnis. Die Leute schlichen über die Gänge, sprachen nur im Flüsterton. Jedes Licht wirkte so, als überlege es sich zweimal, ob es tatsächlich zum Linoleumboden vordringen wollte. Krankenhäuser waren kalte Orte, müde Orte, grau und novembrig. Es schüttelte Franziska, kein Zittern, denn mittlerweile war ihr längst wieder warm. Es schüttelte sie, weil sie sich fehl am Platz fühlte, aber auch, weil sie hier auf eine Nachricht über jemanden wartete, den sie nicht kannte und der dennoch plötzlich Bedeutung in ihrem Leben erhalten hatte.

Franziska wartete vor der Intensivstation. Durch ein Glasfenster erkannte sie mehrere Ärzte, die um den Taucher herumstanden. Er lag auf einem Operationstisch, an Schläuche und Kanülen angeschlossen, von einem hellen Deckenlicht angestrahlt.

»Ist das Ihr Mann?«

Franziska drehte sich um, hinter ihr stand eine Krankenschwester mit ernstem Gesicht. »... oder Ihr Vater?«, fügte die Schwester schnell hinzu.

»Ich habe ihn nur gefunden und den Notarzt verständigt.« Sie hatte gewartet, bis der Hubschrauber gelandet und mit dem Taucher an Bord abgeflogen war. Ein Sanitäter hatte sie versorgt, ihr ein paar Medikamente gereicht und ihr eine dicke Decke gegeben. Dann war sie wie in Trance nach Hause gefahren, hatte Clara bei ihren Nachbarn untergebracht, sich umgezogen und war danach gleich zum Krankenhaus gekommen. Eigentlich ging der Mann sie nichts an. Doch sie wollte wissen, was mit ihm weiter geschah. Sie hatte noch nie jemandem das Leben gerettet, und es verblüffte sie, wie eigentümlich sie das berührte. Fast fühlte sie sich verantwortlich, dann wieder schien ihr der Mann egal zu sein, dachte sie nur an all das, was sie selbst mitgemacht hatte. Sie stand noch unter Schock, begriff sie.

»Wir tun für ihn, was wir können«, meinte die Schwester. Sie klang nicht sehr optimistisch. »Die Schnitte sind sehr tief. Sieht so aus, als sei das Messer groß und am Rand gezackt gewesen. Er hat sehr viel Blut verloren. Dann die Kälte. Der Zustand des Mannes ist kritisch.«

Franziska blickte sie stumm an. Sie wusste nicht, was sie sagen sollte.

»Kannten Sie den Mann?«, wollte die Krankenschwester wissen.

»Nein. Keine Ahnung. Ich bin nur zufällig vorbeigekommen und habe ihn gesehen.«

Die Schwester nickte, drückte dann mit ihrem Rücken die Tür zum Operationsraum auf und verschwand.

Franziska setzte sich wieder auf einen der unbequemen Wartestühle im Flur.

Ein Polizist kam und befragte sie ruhig und sachlich. Viel konnte Franziska nicht sagen, sie schilderte in knappen Worten, was vorgefallen war. Der Beamte notierte ihre Antworten in einem Notizblock. Er flüsterte, als wolle er vermeiden, dass der Taucher ihn hörte. Franziska hatte nicht viel zu berichten. Sie kannte den Taucher ja nicht einmal.

Schließlich stand sie auf und sah durch die Scheibe, die Ärzte arbeiteten noch, hinter ihnen blinkten Lichter an Apparaten. Plötzlich entstand Unruhe unter den Ärzten, einer, der über den Mann gebeugt gewesen war, richtete sich auf, hob den Arm und hielt einen gewaltigen Glassplitter in der Hand.

Franziska hörte Schritte auf dem Korridor, eine Schwester lief vorbei, aus der anderen Richtung eine zweite. Franziska und der Polizist sahen zu, wie beide schnell in das Krankenzimmer eilten. Ein weiterer Glasdolch wurde aus dem Mann gezogen.

Eine der Schwestern holte eine Sauerstoffmaske aus Plastik und stülpte sie dem Taucher auf das Gesicht. Die Ärzte wirkten nervös, einer blickte unentwegt auf einen Monitor. Aus Fernsehserien kannte Franziska das Gerät, es zeigte den Pulsschlag an – eine kleine grüne, gezackte Linie, die in unregelmäßigen Abständen nur noch schwach aufflackerte.

»Sie halten sich bitte bereit«, flüsterte der Polizeibeamte und sah auf seine Uhr, »falls wir noch Fragen haben.«

Franziska nickte. Sie überreichte ihm schweigend ihre Visitenkarte. Sie wollte nicht, dass die Polizei bei ihr zu Hause anrief. Der Polizist warf einen kurzen Blick auf die Karte und steckte sie ein.

»Wir melden uns.« Er drehte sich um und ging davon, so langsam, so darauf bedacht, kein Aufsehen zu erregen wie alle Besucher. Sie sah ihm nach, bis er die Glastür am Ende des Flurs öffnete und in den dunkleren Vorraum trat, wo sich die Fahrstühle befanden. Auch kein Job für mich, dachte Franziska, immer den Menschen misstrauen, immer irgendwelche fremden Leute mit dem Tod ihrer Angehörigen konfrontieren.

Die Ärzte wurden hektisch. Schließlich hob einer seine Arme und schüttelte den Kopf; die anderen machten noch kurz weiter, gaben dann aber ebenfalls auf.

Einer der Ärzte kam heraus und stellte sich zu Franziska. Die Anstrengung der letzten Stunde war ihm deutlich anzumerken. »Sind Sie die Frau, die ihn gefunden hat?«

»Ja.«

»Danke, dass Sie gewartet haben.«

»Wie geht es ...«

Der Arzt blickte zu Boden. »Wir konnten nichts mehr tun. Er hat es nicht geschafft.«

Auf einmal schnell und leicht reich werden, das war Gerd Schmidtdresdners Traum.

Tatsächlich war er gerade drauf und dran, ihn zu verwirklichen, als er sich in den schwarzen Neoprenanzug zwängte.

Gerd Schmidtdresdner wohnte schon so lange in dieser Gegend, dass er seinen sächsischen Dialekt längst verloren hatte, bis auf das kleine fragende *Nu?*, das er am Anfang oder Ende eines Satzes noch zu sagen pflegte. Aber er wohnte noch nicht lange genug in Koblenz, um *Menchen* statt *Menschen* zu sagen.

Zur Schatztaucherei war er aus einer jugendlichen Verirrung gekommen: Die großen griechischen und deutschen Heldensagen faszinierten ihn, die Erzählung von Jason und den Argonauten auf ihrer Suche nach dem goldenen Vlies, der Mythos des Schwertes Excalibur, das eine Hand aus dem See emporstreckt, der Hort der Nibelungen, der im Rhein versenkt worden war. Später kamen dazu Bücher, die ihm ein Onkel aus dem Westen mitgebracht hatte, Harry Rieseberg und Thomas Helm mit ihren phantastischen Geschichten um Golddukaten in spanischen Galeonen und teuflischen Riesenseepolypen, die in Wracks lauerten, um tapfere Taucher mit ihren Schlingarmen anzugreifen. Erst später las er andere Literatur, Günter Lanitzki etwa. Die Realität freilich sah völlig anders aus als diese romantischen Vorstellungen – was er tat, war in Wirklichkeit ein Geschäft, er führte ein Privatunternehmen mit einer Im- und Exportfirma als Deckadresse.

Normalerweise suchte er an Flussbiegungen, wo die Kelten Waffen und Bronzekessel als Opfer deponiert, an Furten, wo es seit Jahrtausenden ununterbrochen Verkehr gegeben hatte, zwischen dem Ufer und einer Insel, wo er alte Stege, Brücken oder Bootsrouten vermutete, oder in der Nähe verlassener Wüstungen. Dieses Mal nicht: Es gab einen Tipp – einen Auftraggeber mit einem Tipp.

Er hatte schon viel Zeug in den Alpenseen entdeckt und zur Oberfläche gebracht, Orden, Nazi-Kitsch, imitierte germanische Antiquitäten. Eigentlich wertlos, brachte der Kram dennoch auf dem recht einträglichen Militaria-Markt einiges ein: Sammler waren verrückt genug, Unsummen für irgendwelche aus Kupferblech gefertigten germanischen Sonnensymbole auszugeben oder für Orden. Orden, die es ja zu Kriegszeiten zur Genüge gegeben hatte, waren nach Kriegsende schnell verschwunden, und mancher hatte sie kurzentschlossen im nächstgelegenen See oder Fluss entsorgt.

Besser waren Kunstobjekte. War der Fund gut – erinnerte er an irgendeine berühmte archäologische Rarität – konnte er mit Boulevardzeitungen zusammenarbeiten, so die Bekanntheit und den Preis des Objektes in die Höhe treiben. Bei manchen Funden schien es ihm jedoch ratsam, die Öffentlichkeit besser außen vor zu lassen, da erzielte er günstigere Konditionen, wenn er gleich auf den Schwarzmarkt für Liebhaber zurückgriff.

Wie er bei dieser Sache vorgehen würde, vermochte er noch nicht zu sagen.

Der Anruf hatte ihn letzte Woche erreicht. Idealerweise befand sich das Zielgebiet in unmittelbarer Nähe, dem Laacher See. Kein besonders großes Gewässer, verglichen mit den Alpenseen, dem Chiemsee, dem Starnberger See, dem Ammer- und Attersee oder dem Königssee, wo er sonst tätig war, weil in dieser Umgebung die Nazi-Bonzen damals am längsten ausgeharrt hatten. Ein relativ kleiner See, zwei Kilometer lang und zwei breit, fast kreisrund also und maximal sechzig Meter tief. Und bei dem Zielobjekt handelte es sich nicht um eine Kupfer- oder Silberschale, nicht um eine mittlerweile verrottete Holzkiste mit Orden, Unterlagen und Kitsch, sondern um einen vergleichsweise riesigen englischen Bomber.

Und das Beste: In dem Flugzeug lag Gold, viel Gold. Mindestens fünf schwere Kisten mit Gold hatte der Bomber an Bord gehabt, als er zu seiner fatalen Mission aufgebrochen war, Bestechungsgeld für irgendwen irgendwo hinter den feindlichen Linien. Seltsame Geschichte, schwer zu glauben. Aber der Anrufer hatte ihm versichert, dass er all das aus geheimen Dokumenten wusste. Schmidtdresdner nahm an, dass er sich auf seine Quelle verlassen konnte.

Getroffen hatte er den Mann noch nie. Er klang arrogant, und Schmidtdresdner hatte sich ihm deswegen überlegen gefühlt. Aber nicht mehr. Der Typ war äußerst clever, selbst das Treffen gestern hatte der Auftraggeber ideal für sich genutzt. Er war und blieb ein Phantom, eine Stimme am Telefon, nicht mehr.

Die Mannschaft zusammenzustellen war ein Kinderspiel gewesen. Abenteuerlustige Kerle gab es zuhauf, und nach jedem Bericht in einer Boulevardzeitung meldeten sich neue. Er musste nur auswählen.

Doch nun – nun hatte er einen Mann verloren.

Klaus Archenbald hatte gemeint, er habe das Wrack lokalisiert. Aber er wollte sich sicher sein und noch einmal tauchen, bevor er die Position verraten wollte.

Schmidtdresdner hatte Archy – so nannte Archenbald sich selbst am liebsten in seiner nervigen, jovialen Art – stets für einen Angeber gehalten. Er war gut in seinem Job, dem Kartieren und Prospektieren, dem systematischen Suchen, aber bei Bergungen war er zu raffgierig und unaufmerksam, um von Nutzen zu sein. Immer einen Tick zu verschwenderisch, wenn ein Hort geborgen wurde, eigentlich eine ständige Gefahr für den Rest des Teams. Aber mit einer gewissen Spürnase. Dennoch: Archenbald war immer dabei, sich in den Vordergrund zu spielen, selbst wenn er nichts Wichtiges zu sagen hatte. Ein Schwätzer. Aber nun war er tot – ermordet. Daran konnte es keinen Zweifel geben. Keiner stößt sich selbst mehrmals ein Messer in die Brust.

Schmidtdresdner zog die unangenehme, aber unvermeidliche Schlussfolgerung: Ein zweites Team kannte die Geschichte von dem Gold und war ihm auf der Spur. Und diese Burschen kämpften mit harten Bandagen. Künftig würden seine Taucher Messer mit sich führen müssen.

Bewaffnet arbeiteten nur Profis, vielleicht gar irgendwelche mafiösen Banden. Im illegalen Kunsthandel durchaus nicht unüblich. Vielleicht war die ganze Sache doch eine Nummer zu groß für ihn.

Ach nein! Er wischte seine Bedenken beiseite. Er hatte die Erfahrung, das Know-how, und er würde das Gold finden.

Sein Team ging nicht planlos vor wie die Hobby-Schatzsucher, die bei völlig überzogenen Erwartungen mit der Molchmethode – Arme wahllos in den Bodenschlamm stecken und hoffen, dass man dort zufällig auf Gold- oder Silbersachen stößt – reich werden wollten.

Bereits in der Vorbereitungsphase hatte er markante Bäume im Ufersaum angepeilt und den gesamten See in Quadrate aufgeteilt, die er wie ein Schachbrett durchnummerierte. Jedes Quadrat maß 25 mal 25 Meter; auf die Markierung der Eckpunkte auf der Seeoberfläche durch Schwimmbojen musste er aus verständlichen Gründen verzichten. Schließlich herrschte im ganzen See ein uneingeschränktes Tauchverbot – und wie hätte er ohne offizielle Genehmigung das Heer an Bojen erklären sollen?

Wenn er überlegte, welche Reichtümer auf ihn warteten, zog er eine positive Bilanz aus seiner Kosten-Nutzen-Rechnung. Es lohnte sich in diesem Fall schon ein gewisser Material- und Kostenaufwand. Ihm standen vier – nun nur noch drei – erfahrene Schatztaucher zur Verfügung.

Den Vorschuss hatte er von dem anonymen Auftraggeber erhalten. Das war ein Brite, vermutete er aufgrund des Akzents, der in alten Unterlagen fündig geworden war. Das Geld erlaubte ihm eine Ausrüstung erster Güte zu kaufen, auf die viele andere Schatztaucher neidisch gewesen wären.

Alles lag bereit, sowohl für die Großflächensuche als auch für die spätere Detailarbeit. Es konnte sich sehen lassen: starke Lampen, farbige Holzpflöcke, um Fundstellen auf dem Seeboden zu markieren, tragbare Echolotgeräte und Magnetometer, zwei handliche Metalldetektoren, Schreibtafeln und wasserfeste Stifte, eine Unterwasserkamera, Seile, mit denen Taucher verbunden im Tandem suchen konnten, sogenannte Buddy-Leinen, ein Mini-Sonargerät, schließlich für jeden der Teamkameraden einen Kompass, um sich unter Wasser zu orientieren. Man glaubt gar nicht, wie viele Taucher unfreiwillig im Kreis umherirren, weil die Sicht so trüb ist.

Er testete die Detektoren, VCF, *very low frequencies,* um Metall aufzuspüren, einen anderen, einen PI-Detektor – nach Pulsinduktion –, für die kleineren Stücke.

Trotz aller Ausrüstung blieb aber der menschliche Faktor mit Risiken behaftet.

Was zum Beispiel war mit der Frau, die Archy aus dem Wasser gezogen hatte?

MacGinnis drückte die Klinke herunter und betrat den Raum. Er ärgerte sich darüber, dass er wegen einer solchen Bagatelle eigens nach Koblenz fahren musste, aber so funktionierte nun einmal die Bürokratie. Er hätte es vorgezogen, ein Fax mit knappen Fragen zu schicken und wenig später, in ebensolchen knappen Worten, die Antworten zu erhalten.

»Der tote Taucher heißt Klaus Archenbald«, begrüßte ihn der Hauptkommissar Karl-Heinz Diel, nachdem sie sich kurz bekannt gemacht hatten. »Wir haben etwas in seiner Vergangenheit gestöbert und sind auf einige interessante Tatsachen gestoßen.« Er wies mit der Hand auf einen Stuhl, der in einer Besprechungsecke stand, vor einem runden Tisch, auf dem bereits die Mappe mit den Informationen lag.

Reginald MacGinnis zog sein Jackett aus und hängte es an den Kleiderständer. Dann ließ er seinen voluminösen Körper auf den Stuhl fallen und sagte ächzend: »Was war es für ein Mann?«

»Ein Franke – in seinen Kreisen nannte er sich Archy.« Der Kommissar ruckte seine Brille auf die Nasenspitze und blätterte in den Unterlagen. In der Mappe lagen Zeitungsausschnitte mit grobgerasterten Bildern, die den Verstorbenen zeigten, aber auch jede Menge amtlicher Protokolle mit Behördenstempeln, die nur allzu deutlich machten, dass Archenbalds Leben immer wieder Gegenstand polizeilicher Ermittlungen gewesen war.

Der Kommissar sah auf. »Archenbald gehörte zur Schatzsucher-Community. Offenbar ganz gut vernetzt, dank Internet. Er tauchte eigentlich überall dort auf, wo es kriminell oder zumindest halblegal zuging. Kein besonders cleverer Typ – man hat ihn mindestens fünfmal festgenommen.«

»War er eine große Nummer?«

»Nein, eher eine kleine. Er hat offenbar nie selbst etwas geplant, er war zufrieden damit, Handlanger zu sein und am Ende der Operationen seinen Anteil einzustecken. Hat immer im Auftrag von anderen gehandelt, wusste bei den Verhören wenig zu sagen, worum es wirklich ging. Trotzdem war er einer, der gern seinen großen Mund aufriss. Pochte auf Rechte, wollte die Presse informieren, fühlte sich hereingelegt, witterte überall Verschwörungen. Die Anwälte wurden ihm immer gestellt, vermutlich von irgendwelchen Auftraggebern. Nachweisen konnte man nichts. Er war der Mann fürs Grobe – dafür zuständig, minderwertiges Zeug zu verscherbeln oder gegnerische Schatzsucher auszuschalten. Insofern verwundert es mich wenig, dass er jetzt ermordet worden ist.«

»Aber er hat seine Auftraggeber nie verraten?«

»Nein«, antwortete der Kommissar, »nie.«

»Hat man denn nie nachweisen können, in wessen Auftrag er gehandelt hat?«

»Auch nicht – das sind alles nur Vermutungen. Die Ware, die er verkaufte, hätte auch aus Streufunden stammen können. Es war nie sicher, dass sie aus einer großen, konzertiert angelegten Raubgräberei stammte.«

MacGinnis kratzte sich nachdenklich am Kinnbart. Dieser Klaus Archenbald brachte also niemanden weiter. Ein toter Taucher im Laacher See, aber keine Spur zu den Auftraggebern, die seinem Team zuvorkommen könnten.

»Haben Sie eine Ahnung, wonach er in dem See suchte?«, fragte der Kommissar in die plötzliche Stille hinein. »Ich habe die Anweisung erhalten, mit Ihnen zu kooperieren, aber ich weiß nicht einmal, worum es geht.«

MacGinnis zuckte mit den Schultern.

»Einer Ihrer Männer war auch im See?«

MacGinnis verzog das Gesicht und winkte abwehrend mit den Händen. »Lassen wir das«, meinte er missmutig.

Der Kommissar goss sich einen Kaffee ein. »Wollen Sie auch einen?«, fragte er.

MacGinnis schüttelte den Kopf. »Wie ist der Mann genau zu Tode gekommen?«

»Na ja, die Glasscherben haben ihm gewaltige Schnitte beigebracht, doch die eigentliche Todesursache sind seine Verbrühungen. Er wurde quasi bei lebendigem Leib gekocht.«

»Wie kann so etwas geschehen?«

»Ich habe nicht die leiseste Ahnung.« Der Polizist hatte wohl einen Verdacht: Es musste unter Wasser zu einem Kampf gekommen sein, der Gegner Archenbalds musste diesen gegen Glas gestoßen haben, vielleicht Müll, den jemand im Laacher See entsorgt hatte – daher die schweren Schnittverletzungen. Der Kommissar verlor aber nach und nach seine Gesprächigkeit. Was sollte er auch diesem Briten sagen, der sofort abblockte, wenn er selbst weitere Hintergrundinformationen benötigte? Die Verbrennungen hingegen konnte er sich nicht erklären.

»Er war ein Idiot«, meinte der Kommissar dann nach einer längeren Pause. »Hier kleine Geldstrafen wegen Hehlerei, da einmal eine Strafe wegen Pöbelei und Beleidigung im Wirtshaus.«

»Ein Idiot«, wiederholte MacGinnis ganz langsam. »Scheint so. Ja.«

»Wir werden Sie auf jeden Fall informieren, sobald neue Erkenntnisse vorliegen.« Liebend gern würde er darauf verzichten, dachte der Kommissar, aber er hatte seine Anweisungen. Von ganz oben. Da war nichts zu machen.

»Ja, ja«, sagte Reginald MacGinnis sichtlich geistesabwesend, »halten Sie mich auf dem Laufenden.«

In Gedanken befand er sich zwanzig Meter unter der Wasseroberfläche beim Wrack auf dem Seeboden. Das hier war nur ein Pflichttermin für ihn.

Vielleicht war es ja doch keine reine Zeitverschwendung, dachte MacGinnis versöhnlich, als er seinen Autoschlüssel drückte, der die Verriegelung der Fahrertür aufspringen ließ. Jetzt weiß ich zumindest, was die wissen.

Nichts.

Franziska nahm einen Stift und ein Blatt Papier, setzte links unten an und zog eine Linie schräg zur Mitte, führte sie dann waagrecht ein kleines Stück weiter und beendete den Strich nach rechts unten spiegelverkehrt zur Ausgangslinie. Es ergab den typischen Umriss eines spitzen, am Gipfel abgeflachten Berges, wie man es vom Fujiyama oder Vesuv kennt. Dann zeichnete sie am Fuß des Berges eine Art Schüssel ein, den Bereich vom Gipfel bis zur Schüssel schraffierte sie.

Vielleicht nicht ganz so steil, korrigierte sich Franziska in Gedanken, aber ihre vesuvartige Grafik war ja das, was man sich unter einem Vulkan vorstellte. Sie rechtfertigte ihre Übertreibung in Gedanken, geriet aber nicht ins Stocken.

»So!«, sagte sie und deutete auf die schraffierte Fläche. »So sah der Laacher Vulkan vor seiner Explosion aus, und das« – sie wies auf den Kessel – »ist heute noch davon übrig.«

Der Moderator warf einen flüchtigen Blick auf die Skizze.

Weil der Boden nun doch ein paar Mal ziemlich heftig gewackelt hatte, wollte der lokale Fernsehsender, der sonst bezahlte Stadtporträts ausstrahlte, einen Experten befragen.

Franziska hatte sich auf diese Gelegenheit gefreut – zum ersten Mal im Fernsehen. Sie hatte einige Stunden mit Herzklopfen verbracht, gehofft, dass sie alles gut überstehen würde. Dann hatte der Tag so viel Neues für sie bereitgehalten – die Riesenblase, der Taucher im See, die bange Stunde im Krankenhaus –, dass sie ihren Auftritt fast versäumt hätte. Sie war im letzten Augenblick im Koblenzer Studio angekommen.

Eine blasse Assistentin bugsierte sie in die Maske, wo eine ältere Frau ihr mit einem Wattebausch schwarzes Pulver ins Gesicht schmierte. »Wegen der Lichtreflexe«, erklärte sie. »An Ihren Haaren müssen wir nichts machen, die sehen toll aus!«

Der Moderator der Landesnachrichten, den sie sonst sehr schätzte, ignorierte seine Gäste, bis er sie vor laufender Kamera ganz herzlich begrüßte.

Er fragte danach, was die jüngste Serie von Erdstößen bedeuten könnte, und aus Franziska, unerfahren und aufgeregt, sprudelte es hervor: über den Laacher See, der eben kein Maar, sondern eine Caldera war, darüber, dass er jederzeit erneut ausbrechen könnte.

Sie zog gleich zu Beginn ihr Ass aus dem Ärmel: »Man hat vor kurzem riesige Gasblasen an der Seeoberfläche beobachtet« – sie ließ aus, dass das die Beobachtungen eines fünfjährigen Kindes waren, ihrer Tochter zudem – »und das könnte bedeuten, dass die Magmakammer tatsächlich steigt. Noch befindet sie sich in 50 Kilometern Erdtiefe. Aber bereits einen Kilometer unter unseren Füßen beträgt die Temperatur 60 bis 70° C – wir sitzen buchstäblich auf einem Pulverfass. Das alles beweist uns, dass die Vulkanität hier längst nicht erloschen ist – im Gegenteil. Und es ist gut möglich, dass es nur Wochen dauert, bis die Magmakammer so voll oder der Erdoberfläche so nahe gekommen ist, dass es erneut zu Grundwasserexplosionen kommt, die ganze Dörfer vernichten – oder bis der Laacher See wieder Lava spuckt.«

Eingehend betrachtete der Moderator nun Franziskas Zeichnung. »Was genau geschah damals? Wie kam es zu dem Ausbruch?«

»Wir Vulkanologen nennen das eine Caldera – die Ruine eines Berges. Diese Caldera hat sich im Lauf der Zeit mit Wasser gefüllt – das ist der Laacher See von heute. Eine Caldera entsteht, wenn die Magmakammer unter einem Vulkanberg explodiert und sich völlig entleert – und der Berg in sich zusammenstürzt. Der Laacher See ist eine solche Caldera. Die Ruine der einstigen Bergwand umgibt den See noch bis zu 125 Meter Höhe. Der Trichter selbst, der sich jetzt mit Wasser gefüllt hat, ist rund 50 Meter tief.«

Sie schwieg kurz, sah den Moderator dann direkt an. »Können Sie sich vorstellen, welch eine Explosion sich damals ereignet hat, die einen ganzen Berg wegsprengte?«

»... einen ganzen Berg?«

»Der Ausbruch des Laacher Vulkans war eines der verheerendsten Ereignisse in der Geschichte der Menschheit. Vergleiche sind immer schwierig, aber um Ihnen ein Verständnis für das Ausmaß der Katastrophe zu geben, führe ich mal Vergleiche an, die unterschiedliche Vulkanologen unternommen haben. Da heißt es, der Laacher Vulkan habe mehr Bims- und Aschemengen als beispielsweise der Ausbruch des Pinatubo 1991 erzeugt. Man geht davon aus, dass er tatsächlich die fünffache Energie des Pinatuboausbruchs hatte, etwa 250 Mal so stark wie der Zusammenbruch des Mount St. Helens im Jahre 1980 oder 500 Mal so stark war wie die Hiroshima-Bombe.«

Die Aufregung beflügelte ihre Worte, und ihre Faszination für die ungebändigten Naturkräfte ließen sie immer weiter sprudeln.

»Damals kam das aufquellende Magma aus dem Erdinneren nach oben.« Sie blickte ins Publikum. »Es gab schon Menschen, aber die ahnten nicht, was ihnen bevorstand – der letzte Ausbruch der Eifelvulkane lag in dieser Zeit bereits 100 000 Jahre zurück. Dann aber, vor 12 900 Jahren, etwa zu Ende der letzten Eiszeit, drang das 1000 Grad heiße Gesteinsgemisch plötzlich und rasend schnell vom Erdinneren an die Oberfläche. Die riesige Magmakammer knapp unter dem Erdboden war prallvoll mit stark gashaltiger Schmelze. Als sich zu viel Gas angereichert hatte, sorgte der Überdruck für eine apokalyptische Explosion. Die Eruption riss den Berg praktisch in Fetzen. Es ereignete sich in der zweiten Julihälfte, das kann man anhand der durch den Ausbruch konservierten Pflanzenreste erkennen.«

Während Franziska mit dem Moderator sprach, blendete der Sender Archivbilder ein: graue, schrundige Erdspalten, aus denen schwefelig-gelber Dampf quoll, hohe Feuerzungen, die aus Kraterlöchern bleckten, Fontänen aus bernsteinfarbenen Glühfäden, einen Kirchturm, der aus einer Masse vulkanischen Schlamms herausstand, die das gesamte übrige Dorf völlig überflutete, träge Gletscher aus geschmolzenem Gestein, die sich zäh über das Land wälzten und dann ins Meer schoben. Kurz: ein Sammelsurium sämtlicher vulkanischen Katastrophen und Eruptionen der letzten zwanzig Jahre, Aufnahmen von Island, vom Stromboli, aus Hawaii. Praktisch keine der Aufnahmen, die da im Hintergrund flimmerten, hatte irgendetwas mit der Art Vulkanismus zu tun, der in der Eifel erwartet wurde. Es handelte sich zudem um ganz harmlose Bilder von regelmäßig vorkommenden, im Grunde absehbaren und kontrollierbaren Vorgängen. Zum Stromboli fahren die Touristen in Schiffen und übernachten dann im Krater, um schöne Bilder zu schießen. Der Laacher See würde es den Menschen nicht so einfach machen.

»Jedenfalls explodierte eines Tages der ganze Berg – die älteren Zuschauer erinnern sich vielleicht noch an die dramatische Eruption des Mount St. Helens in den USA im Jahre 1980. Dort wurde die Bergkuppe fortgesprengt; hier, am Laacher See, wurde der gesamte Berg mit Überschallgeschwindigkeit nach oben geblasen, aber diese Eruption führte auch Gestein bis aus einer Tiefe von tausend Metern mit sich. Wochenlang stand wohl über dem Krater eine sogenannte Eruptionssäule, die vierzig Kilometer hoch in die Atmosphäre ragte: eine Art fliegender Berg. Jede Sekunde blies der Berg eine halbe Million Tonnen Material in die Atmosphäre! Die Druckwelle dieser Explosion rollte wie eine Mauer aus Beton über das Land, der Schall entwurzelte Bäume und zerstampfte Felsen. Sie mähte alles nieder, jeden Baum, jeden Strauch, jeden Grashalm.

In dieser Weise also entleerte sich die Magmakammer in einer Eruption von Bims und Asche. Der Ausbruch dauerte wohl nicht länger als zwei Tage. Darauf brach die Erde über der nun leeren Kammer in die zwei Mal drei Kilometer messende Caldera zusammen.«

Der Moderator wollte etwas einwerfen, aber sein Versuch, Franziskas Redestrom einzudämmen, misslang. Franziska, aufgeregt wie sie war, sprach einfach weiter.

»Zuerst müssen kleine Erdstöße und dann gewaltige Erdbeben die Region um den Berg erschüttert haben. Die Gegend war damals bewachsen, es gab dichte Pappelwälder, und man hat die durch den Ausbruch konservierten Fußspuren und Trittsiegel von Wolf und Fuchs, von Braunbären und Rotwild, von Auerhähnen und sogar von Pferdeherden entdeckt. Auch Menschen lebten damals bereits entlang des Rheins. Man hat mehrere Lagerplätze mit Werkzeugen und Feuerstellen ausgegraben. Die Menschen waren damals noch Nomaden, sie folgten den großen Tierherden und jagten sie mit Pfeil und Bogen und langen Eichenspeeren.

Als die weiße Gas- und Aschesäule bis in mehrere zehntausend Meter Höhe geströmt war, traf sie dort auf viel kühlere atmosphärische Schichten. Die Kollision erzeugte gewaltige Wolkenballen, und aus diesen entluden sich furchtbare Gewitter, die sintflutartige Sturzbäche herabregnen ließen, die tiefe Furchen in die alles überdeckende Ascheschicht gruben und dem Becken zuströmten.

Das niederprasselnde Wasser sammelte sich im Kessel, traf dort auf die heiße Lava, es kam zu einer erneuten Explosion, die Felsbrocken in die Umgebung schleuderte.

Aus dieser Eruptionssäule regnete, vom Wind fortgetragen, Asche und Bimsstein herab. Der ganze Berg lagerte sich so in der Umgebung ab. Unmittelbar neben dem Vulkan am stärksten. Etwa zwei Kilometer vom See entfernt sind die Ablagerungen an der Wingertsbergwand über fünfzig Meter hoch, im ganzen Mittelrheingebiet immerhin noch durchgängig einen Meter; aber man hat diese Schicht bis Gotland im Norden und Norditalien im Süden nachweisen können.«

»Das war also so eine Art GAU?«, warf der Moderator ein.

»Das könnte man so sagen. Nach einigen Wochen kam alles noch schlimmer. Als wäre nicht schon genug geschehen, brach nun die über dem Krater stehende Bims- und Aschesäule in sich zusammen, und die sogenannten pyroklastischen Ströme, Lawinen aus Sand, Stein, Bims und kochender, bis zu 800 °C heißer Luft, wälzten sich mit Spitzengeschwindigkeiten von 1400 Stundenkilometern entlang der Täler und Niederungen. Dort erstickten sie jedes noch verbliebene Leben. Plinius hat diese Ströme in seinem Bericht über den Untergang von Pompeji beim Ausbruch des Vesuvs geschildert.«

»Dann aber war alles vorbei?«, stieß der mittlerweile recht unglücklich wirkende Moderator hervor.

Franziska redete schnell weiter. Sie bemerkte nicht einmal, wie die Scheinwerfer einen Sekundenbruchteil lang wankten, weil ein kleiner Erdstoß sie ins Wackeln brachte.

»Einer dieser pyroklastischen Ströme, ein Tuffstrom, heiße Asche, die sich fast wie Wasser verhält und am Bodenrelief entlangfließt, erreichte den Rhein und war so mächtig, dass er dessen Lauf sperrte. Eine Art natürlicher Stausee mit bis zu fünfzehn Metern Tiefe entstand, dessen Fläche wohl an die achtzig Quadratkilometer betrug. Das entspricht genau der Oberfläche des bayerischen Chiemsees, der immerhin unser drittgrößter See ist. Zum Vergleich: Der Spiegel des Laacher Sees misst nur ganze drei Quadratkilometer!

Irgendwann brach dann dieser Damm durch den enormen Wasserdruck, der auf ihm lastete, vermutlich sogar zu der Zeit, als kleinere Eruptionen des Laacher Vulkans längst noch andauerten, und ein Sturzstrom, eine gewaltige Sintflut, die gesamte ungeheuere Wassermasse dieses Sees raste das Rheintal entlang und schwemmte alles fort, was ihr im Weg war.«

Unterschiedliche Forscher vertraten abweichende Ansichtung und Zeitabläufe bei diesem vulkanischen Großereignis. Für ihren Fernsehauftritt wählte Franziska die spektakulärste und dramatischste Version.

»Aber heute wirkt doch alles so friedlich?« Der Moderator warf einen verstohlenen Blick auf seine Armbanduhr, er musste die Sendezeiten einhalten und wollte endlich einen Schlusspunkt setzen.

»Das Leben geht immer weiter. Wir haben Belege dafür, dass das komplett verwüstete Land bald wieder von ersten Pflanzen besiedelt wurde und dass nomadische Menschen hier Station machten.«

»Könnte so ein Ausbruch heute wieder geschehen?«

»Der Laacher See liegt über einem sogenannten Hot Spot, etwa wie Hawaii. Und der Vulkanismus ist in der Region nie erloschen. Jeder kann sich davon überzeugen, wenn er beispielsweise die Mofetten am Ostufer des Laacher Sees besucht.«

»So heftig wird das nicht noch einmal sein, oder?«, meinte der Moderator, um einen versöhnlichen Abschluss bemüht.

»Ich fürchte, doch. All das könnte heute wieder passieren. Nur: Heute wäre es noch schlimmer, viel schlimmer. Heute ist die ganze Gegend viel dichter besiedelt.«

»Aber das war bislang die letzte Eruption hier?«

»Es gibt über fünfzig Vulkane in der Eifel. Die Eruption des Laacher Sees war sicher der gewaltigste Ausbruch. Aber er war nicht der letzte.«

»Wo fand denn der letzte statt?«

»Am Ulmener Maar. Das sieht jetzt so friedlich aus, weil es wie ein Teich am Dorfrand liegt, aber es ist der jüngste Eifelvulkan und ist vor 11 000 Jahren ausgebrochen – 9000 vor Christus.«

»Und seither ist nichts mehr geschehen?«

»Die Eifel schläft nur, doch sie ist nicht erloschen. Denken Sie an die Geysire von Wallenborn und Andernach oder die Gasbläschen im Laacher See. Das ist Kohlendioxid, das direkt aus dem Magma aufsteigt.«

»Das sind doch aber harmlose …«

»Nun, seit die Aktivität hier vor 450 000 Jahren begann, hat jede Welle von Vulkanausbrüchen in der Eifel Zehntausende von Jahren gedauert. Und der Ausbruch des Laacher Vulkans war der erste seit 100 000 Jahren. Eigentlich befinden wir uns in einer Eruptionsphase der Vulkane. Wir merken nur nichts davon, weil es außergewöhnlich ruhig ist. Das muss aber nicht so bleiben.«

»Gibt es dafür denn Anzeichen?«

Franziska skizzierte den Lauf des Rheins und der Mosel, trug als kleine Kreise die Maare ein und als kleine schwarze Punkte die großen Städte Mainz, Koblenz, Bonn und Köln.

»Hier«, sagte sie und deutete auf die Region zwischen Koblenz und Maria Laach, »kommt es regelmäßig zu kleinen Erdbeben und schwachen Erdbewegungen. Wir spüren das ja seit Tagen. Normalerweise stammen Erdbeben von Bewegungen der Kontinentalplatten, hier aber ist es das Grundwasser, das von dem Magma erhitzt wird und die Erde zittern lässt. Ja«, beendete sie ihr Interview bedeutungsschwer, »ja, es könnte sich jederzeit wiederholen.«

3

Franziska hatte am nächsten Morgen kaum ihre Tasche abgestellt und ihren Computer angeschaltet, als schon das Telefon klingelte. Es war der Polizist vom Vortag. Er erkundigte sich vor allem nach dem genauen Ort, an dem sie den Taucher zuerst gesehen hatte, und dem exakten Zeitpunkt, den Franziska allerdings nicht mehr nennen konnte.

»Und Sie können mir bestätigen, dass Sie den Mann nicht kennen?«

»Nein. Ich habe ihn nie zuvor gesehen. Wer war der Mann denn? Und was suchte er im See?«

»Das darf ich Ihnen leider nicht sagen. Wenn ich Sie richtig verstanden haben, dann waren sie ganz zufällig am See?«

Seltsame Fragen, dachte Franziska. Nun nur nichts falsch machen.

Der Polizist interpretierte ihr Zögern ganz richtig. »Es tut mir leid«, erklärte er, »aber ich muss diese Fragen stellen.«

»Nein«, antwortete Franziska. »Ich war nicht zufällig am See.«

»Warum waren Sie dann am See?«

»Es ist mein Job. Einmal am Tag gehe ich die Peripherie ab und schaue, ob alles noch so ist wie am Tag zuvor.«

»Was soll denn bei so einem See so wichtig sein?«

Offenbar wusste der Polizist nicht, dass der Laacher See ein tendenziell aktiver Vulkan war, offensichtlich hatte er am gestrigen Abend auch nicht den Regionalsender geschaut. Franziska setzte ihre Touristenführerstimme auf: »Wissen Sie, es gibt sicher Leute, die auf die schimmernde Oberfläche des Sees starren und dort nur den Himmel sehen, der sich im Wasser reflektiert. Aber für mich ... für mich ist diese Seeoberfläche kein Spiegel, der die Sonne reflektiert, für mich ist sie das Dach einer anderen Welt. Ich sehe den Krater, der unter der Oberfläche liegt. Und in diesem Krater brodelt Lava.«

Das Schweigen am anderen Ende der Leitung verriet im günstigsten Fall Desinteresse – oder aber der Beamte hielt Franziska für eine Spinnerin.

»Ich kontrolliere, ob der Vulkan ausbricht«, ergänzte Franziska daher schnell.

»Ah, ja«, sagte der Polizist so langgedehnt, als verstünde er. Vermutlich wollte er nur zusätzliche Erklärungen abblocken. »Halten Sie sich bitte weiterhin zur Verfügung und sagen Sie mir vorher, falls Sie die Gegend für eine längere Zeit verlassen wollen.« Dann legte er auf.

Das Telefonat war gerade beendet, da kam ihr Chef in das Zimmer. Uwe Lauf sah verärgert aus. Franziska hatte bereits beim Betreten des Büros eine seltsame Stimmung bemerkt.

»Na, wie geht es unserem Fernsehstar?« Lauf sprach mit einer deutlichen Missbilligung in der Stimme.

»Es wollte ja kein anderer in die Sendung gehen«, murmelte Franziska entschuldigend. Plötzlich fühlte sie sich sehr unsicher. Sie kannte Uwe Lauf als guten Chef, der selten aus der Ruhe zu bringen war. Nun klang er mühsam beherrscht.

»Ich hatte heute Morgen einen Anruf von oben«, erklärte Lauf und deutete mit dem Zeigefinger zur Decke. »Die oben«, so nannte Lauf die Geldgeber, die den Betrieb hier aufrechthielten und die man nicht verärgern durfte.

»Sie haben vor einem Ausbruch eines Supervulkans gewarnt, Köln und dem ganzen Rheinland den flammenden Untergang prophezeit. Wie fühlt man sich so als Nostradamus?«

»Aber«, verteidigte sich Franziska, »es gibt doch Warnzeichen, die wir ernstnehmen sollten. Man hat große Gasblasen gesehen, viel größer als die kleinen blubbernden Mofetten.«

»Wer hat denn diese Blasen gesehen?«, rief Lauf wütend.

»Meine Tochter«, gab Franziska kleinlaut zu. Sie merkte selbst, wie töricht diese Auskunft klang.

»So, Ihre Tochter. Und wie alt ist sie?«, fragte er rhetorisch.

»Fünf.« Franziska sah auf. »Fünf Jahre ist Clara alt.«

Lauf stemmte die Fäuste in die Hüften. Dann atmete er hörbar ein paar Mal ein und aus. »Also – eine perfekte wissenschaftliche Zeugin«, erklärte er spöttisch. »Was genau hat Ihre Tochter Clara denn in dem See beobachtet?«

»Einen Wasserteufel«, fuhr es aus Franziska heraus. Schon im selben Moment hätte sie sich auf die Zunge beißen können.

Im nächsten Moment klingelte ihr Telefon. Lauf nickte ihr auffordernd zu.

Sie nahm also ab, sagte einen Moment lang nichts, weil sie der Stimme am anderen Ende zuhörte: »Guten Tag, Müller, von der Eifel-Zeitung. Sie waren im Fernsehen und …«

»Sie sind also von der Presse?« Franziska blickte zu Uwe Lauf auf, der jetzt ganz dicht an ihrem Schreibtisch stand.

Lauf schüttelte heftig den Kopf und hob abwehrend die Hände.

»Tut mir leid«, beeilte sich Franziska am Telefon, »zurzeit bin ich so beschäftigt, dass ich keine Interviews mehr geben kann.« Sie verabschiedete sich schnell und legte auf.

Lauf lächelte. »Bitte«, meinte er nun versöhnlicher, »bitte keine Panikmache. Vor allem nicht bei der Presse. Sie wissen doch, dass so etwas Aufsehen erregt und dann auch noch ziemlich aufgebauscht wird. Wir sollen auch den Tourismus fördern. Niemand bis auf ein paar Idioten fährt jedoch zu einem Pulverfass, das jeden Moment hochgehen kann.

Also: Konsultieren Sie Kollegen, wägen Sie sehr genau ab, aber machen Sie nicht die Pferde scheu! Und noch etwas: Wenn sich so etwas wiederholt, erhalten Sie eine Abmahnung.«

»Ich verstehe. Ja, das passiert nicht wieder.« Franziska nickte. »Aber wir müssen auf jeden Fall den See besser überwachen!«

»Dafür gibt es staatliche Stellen. Die sind dafür zuständig.« Lauf wandte sich zur Tür.

Franziska hackte wütend auf ihre Tastatur ein, sie suchte die Daten der Erdbebenwarten.

»Wir brauchen dringend eigene Seismographen im Flachwasser des Laacher Sees und Hydrophone am Seeboden. So tief ist er ja nicht.«

Lauf hielt kurz inne. »Möchten Sie jetzt mit unseren Geldgebern reden, Frau Jansen? Wo Sie die gerade so schön verärgert haben?«

Reginald MacGinnis erfragte telefonisch den Obduktionsbericht für den toten Taucher, geduldig ertrug er die ausführliche Meldung des Rechtsmediziners, nickte immer wieder stumm oder streute an passender Stelle ein fast gehauchtes »Hm« ein, um anzudeuten, dass er noch folgte. Hin und wieder kritzelte er Notizen auf seinen Block.

»Welcher Art war die Gewalteinwirkung?«

Er lauschte kurz, nickte dann wieder, sagte knapp »Danke« und legte auf. Joe Hutter blickte interessiert zu ihm hin. Auch der Nordengländer und Andrew Neal sahen mit flackernden Augen auf MacGinnis, der ganz unbeteiligt schien.

»Gehen Sie wieder an Ihre Arbeit, meine Herren«, meinte er kurz und klatschte zweimal in seine Hände. »Wir müssen von nun an noch schneller sein.« Dann neigte er seinen Kopf und studierte die Notizen. Er sah erst auf, als das Faxgerät mit einem deutlichen Pfeifgeräusch verkündete, dass es etwas empfing.

MacGinnis schaute vom Faxgerät herüber und wedelte mit einem Stapel Papier. Es war die Krankenakte des toten Tauchers.

»Der Mann erlag gar nicht allein seinen Schnittwunden«, las MacGinnis vor, und sein Finger wanderte angespannt an den Zeilen entlang, während er zuerst für sich selbst und dann für die anderen den Text übersetzte. »Die ganze Haut voller Blasen. Schälte sich großflächig. Subkutane Verbrennungen, selbst Muskeln und Fettgewebe betroffen.«

Er legte den Papierstoß auf den zentralen Arbeitstisch, damit alle über die Informationen verfügen konnten.

»Der Mann ist verbrüht wie ein menschlicher Hummer.«

Joe Hutter fehlte in diesem Fall das Verständnis für diese seltsame Art von missglücktem Humor. Aber vielleicht wollte MacGinnis so seine Menschenfreundlichkeit und Besorgnis ausdrücken. Hutter bezweifelte es. Menschenfreundlichkeit gehörte nicht zu MacGinnis' Tugenden. Präzision, ja; Effizienz ebenfalls, aber Menschenfreundlichkeit nun wirklich nicht. Hutter glaubte ganz fest, dass MacGinnis im Grunde alle Menschen verachtete.

»Der Taucher hatte Verbrühungen. Was immer dort unten passiert ist, hat ihn gekocht. Und er muss das Wrack gefunden haben. Im See dort läuft ja sicherlich kein Fisch mit Glasscherben herum, um sie dem nächstbesten Taucher in die Brust zu rammen.«

»Das Eintreffen des Side-Scans ist vorhin avisiert worden«, meldete sich Neal. »Wenn wir das haben, finden wir auch das Wrack. Ich baue es zusammen, sobald es eingetroffen ist, und wenn es die ganze Nacht dauert.«

Das Team verstand die Eile: Ein Side-Scan-Sonar blickt wie ein magisches Auge durch die Trübnis eines Gewässers und erkennt Konturen und Strukturen, die sich auf dem

Seegrund befinden. Manchmal spürt es sogar Dinge auf, die sich unter dem Grund verbergen. Denn ein Side-Scan-Sonar sieht mit Schall, nicht mit Licht. Und Dunkelheit und Schwebteilchen halten Schall nicht auf. Als Mosaik zusammengesetzt, zeigen die Aufnahmen eines Side-Scan-Sonar dann praktisch ein Foto des Seegrunds.

Neal stellte sich ans Fenster und sah auf den See hinaus, der als großer blauer Fleck hinter den Wiesen lag.

»Verbrüht«, wiederholte MacGinnis leise. Nachdenklich schüttelte er den Kopf.

Joe Hutters Bericht über seinen Tauchgang lag bereits bei seinem Chef. Hutter hatte die ganze Begegnung ausführlich geschildert, den Ort auf eine Karte eingetragen, die Uhrzeit so genau wie möglich festgehalten.

»Wo im See hat sich der Mann so sehr verbrüht?«, überlegte MacGinnis nun laut. »Es ist zwar heiß draußen, zu heiß«, er wischte sich mit seinem Taschentuch den Schweiß von der Stirn, »aber das Seewasser kocht noch lange nicht.« Er machte eine kleine Pause. »Sollte er unseren kleinen Freunden etwas zu nahe gekommen sein?«, fuhr er dann fort.

Jeder wusste, was das bedeutete – dann wären *sie* schon ins Wasser gelangt, und vom Wasser kämen sie bequem an Land, und dann würde passieren, was sie eigentlich verhindern sollten.

»Nein«, erklärte MacGinnis dann, »das kann kaum sein. Dann sähe er etwas anders aus, weniger ... intakt.«

Hutter erinnerte sich an die Filmaufnahmen. Die Leichen waren nur noch Brocken gewesen, seltsam verdreht und gewunden, entstellt bis zur völligen Unkenntlichkeit. Er war schon ein recht hartgesottener Kerl, aber damals hätte er sich fast übergeben, als er die Bilder zum ersten Mal gesehen hatte.

»Es könnte mit den seismischen Problemen zusammenhängen«, schlug er vor. »Wir hatten hier mehrere Beben, der

See ist ein alter Vulkan, und die Aufzeichnungen, die Sie uns gestern vorgespielt haben, deuten darauf hin, dass sich in diesem Krater gerade etwas verändert.«

»Hm.« MacGinnis nickte. »Wir sollten das prüfen.«

Andrew Neal wollte wissen, ob man die Identität des Mannes bereits ermittelt habe.

»Den Namen kennen wir«, antwortete MacGinnis. »Aber warum der Mann im See war – Fehlanzeige. Da sollten wir uns ganz auf unsere Freunde bei der deutschen Polizei verlassen. Die sind gründlich, die werden da schon etwas herausfinden.« Er drehte den Kopf zum Faxgerät: »Sobald die mehr wissen, melden sie sich unverzüglich.«

Dann ging er zu dem Stapel zurück und zog ein Schreiben der deutschen Polizei heraus. »Eine Frau hat den Taucher ins Krankenhaus gebracht. Sie behauptet, sie habe ihn zufällig gefunden. Kommt mir irgendwie komisch vor.«

Er raschelte mit dem Papier. »Wir haben ihre Adresse und Telefonnummer. Die Frau ist eine Art Vulkanforscherin.«

Joe Hutter blickte auf.

»Überprüfen Sie die einmal!«, sagte MacGinnis und schob Hutter ein Foto und eine Adresse zu. »Die Frau macht mir für meinen Geschmack etwas zu viel Wirbel um den See. Sie heißt Franziska Jansen und kennt den Laacher Vulkan sehr gut, kann deshalb die Gefahr eines Ausbruchs bestens einschätzen.«

Hutter betrachtete das Bild. Er sah eine attraktive Frau, um die dreißig, lange, dunkle Haare, braune Augen. War sechs Fuß vier Zoll groß. So groß!, dachte Hutter. Hatte eine gute Figur, dünn, nicht dürr, kein konturenloser Strich, sondern eine Frau mit Taille und Hüfte. Sie trug ein schwarzes T-Shirt, das ihr ausnehmend gut stand.

»Verlieben Sie sich nicht zu schnell!«, knurrte MacGinnis. Er stand, ohne dass Hutter es bemerkt hatte, plötzlich direkt vor ihm. Das war das Unangenehme an MacGinnis, er schlich gerne herum, er hatte seine Augen und Ohren scheinbar überall.

MacGinnis lächelte. »Das Problem mit dieser Frau ist, dass sie diesen anderen Taucher, der ohne Berechtigung im See war und sich dann verletzte ...«, sein Blick lag verdächtig lang auf Hutter, »... dass sie diesen Taucher ins Krankenhaus fuhr und dort bei ihm blieb, bis er gestorben war. Es kann also gut sein, dass sie mit diesen Leuten unter einer Decke steckt.«

Hutter betrachtete das Foto und konnte sich das nur schwer vorstellen. Dennoch: MacGinnis hatte unbestreitbar eine Nase für so etwas, das war allgemein bekannt.

»Ich nehme sie mal unter die Lupe«, erwiderte Hutter.

Er glaubte nicht mehr an Gott, aber er glaubte noch an die Schriften.

Er blätterte das Buch an einer seiner Lieblingsstellen auf und las: *Über alle diese deine Bosheit bautest du dir Götzenkapellen und machtest dir Altäre auf allen Gassen; und vornan auf allen Straßen bautest du deine Altäre und machtest deine Schönheit zu eitel Gräuel; du spreiztest deine Beine für alle, die zufällig vorübergingen, und du triebst große Hurerei. Zuerst triebst du deine Hurerei mit den Kindern Ägyptens, deinen Nachbarn, die großes Fleisch hatten, und du triebst große Hurerei, mich zu reizen. Ich aber streckte meine Hand aus wider dich und brach dir an deiner Nahrung ab und übergab dich in den Willen deiner Feinde, der Töchter der Philister, welche sich schämten vor deinem verruchten Wesen. Darnach triebst du Hurerei mit den Kindern Assur und konntest daran nicht satt werden; ja, da du mit ihnen Hurerei getrieben hattest und daran nicht satt werden konntest, machtest du der Hurerei noch mehr bis hinein ins Krämerland Chaldäa; doch konntest du auch damit nicht satt werden.*

Das schrieb der biblische Prophet Hesekiel in dem sechzehnten Kapitel seines Buches. Hesekiel befand sich damals im Exil, fernab seiner Heimat. Er hatte alles verloren und war wütend.

Es stimmte: Die Wissenschaftler waren Huren der Krämer. Die Ingenieure waren Huren. Die Techniker waren Huren. Die Militärs hielten sich Huren.

Und auch er war eine Hure.

Der See lag vor ihm wie das klare, blaue Auge Gottes, unschuldig; die Tausende von funkelnden Miniatursonnen, die auf seiner Oberfläche schwammen, blickten himmelwärts.

Wie eine aufgerollte tiefblaue Leinwand breitete sich hinter dem niedrigen Höhenzug, der das Nord- und Ostufer des Kratersees bildete, der Himmel aus. Auf ihm hafteten kleine weiße Wolkenballen.

Die ersten Busse kamen auf dem Parkplatz an, Schüler auf einem Klassenausflug und eine Gruppe gutgelaunter Rentner stiegen aus. Der Wind trug fröhliches Kinderlachen durch das offene Fenster. Im Klostergarten arbeitete ein Mönch, er pfiff munter vor sich hin, inspizierte seine Rosen und goss sie dann. Der Mönch hielt kurz inne, um einen Singvogel zu betrachten, der auf einem Zweig saß und tirilierte. Ein Zitronenfalter flatterte durch die Luft, von einem zweiten umspielt, sie verschwanden aus seiner Sicht.

Die Welt glich einer Ansichtskarte, einem Landschaftsidyll, friedlich und harmonisch.

Die Welt ist verderbt, schrieb er. Der erste Satz ist wichtig. *Die Welt ist verderbt* war solch ein erster Satz, der Auftakt seiner Symphonie. Er konnte eine Welt erschaffen, die aus dem Chaos neue Ordnung und neue Schönheit gebären sollte. Und er wollte das. Schon bald.

Die ganze Welt muss deshalb sterben, schrieb er mit einem schönen alten Füllfederhalter in sein Tagebuch, *sie soll untergehen. Die Stunde naht.*

Die Natur lässt sich nicht vergewaltigen. Die Natur lässt sich nicht auf den Kopf stellen. Die Natur ist nicht dazu da, dem Menschen Untertan zu sein, wenn er Gott spielt. Der Mensch lässt sich vom Bösen verführen, aber die Natur bleibt rein. Mankind is not the salt of the earth, it is the scum of the earth – die Menschen sind nicht das Salz der Erde, sie sind der Abschaum der Erde.

Seine Schrift wurde einen kurzen Augenblick lang fahriger, unkonzentriert. *Es gibt Ausgleich überall. Der Mensch ist eine Pest, die die Reinheit der Dinge beschmutzt. Die eine aufs Schönste sich im Gleichgewicht befindende Waage niederdrückt mit roher Gewalt.*

Das Wort *Gewalt* unterstrich er drei Mal. Es waren dicke, feste, bestimmte Striche. Es lag kein Zögern in diesen Strichen. Er war sich sicher. Alles musste so sein.

Am siebten Tag betrachtete Gott seine Schöpfung, und Er sah, dass sie gut war, schrieb er weiter. Er seufzte. Man musste kein gläubiger Mensch sein, um das zu erkennen. Er selbst war nicht gläubig. Er war Atheist. Aber die Metapher stimmte. *Und es fiel ein lodernder Stern, der brennt wie eine Fackel, vom Himmel in das Wasser, in die Seen und auf die Quellen des Wassers* – hier war es nicht schwer, an ein abstürzendes Flugzeug zu denken –, *und das Wasser wurde zu Gift und die Menschen starben von dem Wasser, weil das Wasser giftig geworden war.*

Die Schrift stand gerade, wie Soldaten einer Kompanie, zum geordneten Abmarsch bereit, auf dem Weg zu einer Schlacht. Einer Schlacht, die Geschichte schreiben sollte.

Als Gott die Flut schickte, die alles und jeden ersäufte, Mensch wie Tier, da gab es einen Gerechten, den er verschonte. Den er errettete. Dieses Mal wird es keinen Gerechten geben. Es darf keinen Gerechten geben. Die Männer, die ich beauftragt habe, müssen das Gift nur finden, fügte er schließlich noch hinzu.

Er lehnte sich zurück und las noch einmal durch, was er geschrieben hatte. Er lächelte. Es war gut, verdammt gut. Er war zufrieden.

Er wartete geduldig, bis die schwarze Tinte getrocknet war,

bevor er das Tagebuch zuklappte. Dann beugte er sich zu der Schublade seines Schreibtischs, öffnete sie und legte die Kladde hinein.

Lange betrachtete er durch das Fenster den See, der im Sonnenlicht glänzte. Er musste lächeln.

Dann griff er zum Telefon.

Als das Telefon klingelte, war Franziska überrascht, einen Mann mit englischem Akzent zu hören. Er fragte sie nach einem Interviewtermin, und sie akzeptierte, ihn zu treffen.

»Sie wollen etwas über den Laacher Vulkan wissen?«, fragte Franziska, nachdem sie Hutter zwei Stunden später die Tür geöffnet hatte und er eingetreten war.

»Ich bin ein *risk assessment officer*«, antwortete Joe hastig.

»Ist das etwas Militärisches?«

»Nein, nein. Ich arbeite bei einer Versicherung.« Der Schotte fühlte sich sichtlich unwohl, wie Franziska irritiert bemerkte.

»Was haben Versicherungen mit Vulkanen zu tun?«

»Nun, ich habe wohl Grundkenntnisse in Geologie und Vulkanologie, aber ich bin kein Experte. Die Expertin sind Sie. Ich soll die Risiken von Naturkatastrophen einschätzen, wenn neue Industriestandorte erschlossen werden. Mit Überschwemmungen kenne ich mich aus, da habe ich Erfahrung, aber Vulkane – die haben wir in Großbritannien eher selten.« Es wirkte wie ein auswendig gelernter Text, kam aber sicher und bestimmt. Joe Hutter richtete sich erleichtert auf.

»Und weshalb sind Sie hier?«

»Nun, wir wollen eine neue Fabrik bauen ...«

»Eine Fabrik wofür?«

»Es geht ja nicht darum, was produziert wird, sondern darum, ob der dafür gewählte Standort tatsächlich erdbebensicher ist.«

»Aber wo wollen Sie die Fabrik errichten?«

»Das darf ich nicht sagen – noch nicht.«

»Sie wollen etwas von mir wissen«, schnaubte Franziska, »aber wie soll ich denn das Risiko durch Beben bewerten, wenn ich nicht einmal weiß, für welche Gegend ich die Gefahr einschätzen soll?«

»Das sollen ja nicht Sie, sondern ich.«

Joe Hutter wusste, dass er alles verspielte, wenn er weiterhin blockte. Es blieb ihm dennoch keine andere Wahl, als all das zu verschweigen, was diese Frau wissen wollte. Egal, was sie dir im Coaching beigebracht haben, Konfrontation führt nie zu etwas, überlegte er. »Ich bitte Sie einfach darum, mir zu helfen. Ich bin in dieser Zwickmühle, aber wenn mein Bericht nicht stimmt, werde ich entlassen. Sehen Sie«, erklärte er ruhig, »das Problem ist, dass ich mich nicht dazu äußern darf und dennoch weitreichende Informationen brauche. Das ist eine blöde Situation für Sie – aber auch für mich. Ich darf nichts verraten, und Sie ärgern sich zu recht. Ich bitte Sie: Lassen Sie uns einfach über die allgemeine geologische Gefahr für die Region sprechen, mit dem Schwerpunkt auf dem Laacher See.«

Sie standen beide in einem kleinen Flur, ungemütlich.

Franziska lächelte. Ja, sie verstand die Zwickmühle, in der er sich befand. Und ihr gefiel, wie der Schotte sofort auf Gegenkurs gegangen war, als es drohte, rau zu werden. Claras Vater hätte bei so einer Gelegenheit ganz anders reagiert, wäre wütend geworden, aufbrausend, und es wäre unweigerlich zu einem heftigen Streit gekommen.

»Lassen Sie uns noch mal von vorn anfangen«, erklärte Hutter, »ich bitte Sie zu verstehen, dass ich Sie nicht in all unsere Vorhaben einweihen kann. Es wäre trotzdem nett, wenn Sie mir helfen – es ist wirklich wichtig für mich.« Joe Hutter betrachtete Franziska, sie entspannte sich merklich. Sie war eine attraktive Frau, keine Frage.

Die Wohnung wirkte aufgeräumt. Keine Vorhänge am Fenster. Ein paar gerahmte Kinderfotos auf dem Sims. Ein Kunstdruck hinter Glas an der Wand, der Elefant Celebes von Max Ernst. Immerhin, sie hatte Geschmack. Andere Leute hängen sich irgendeine Kitschpostkarte von Dali hin. Auf einem Bücherregal an der Wand gegenüber dem Esszimmertisch, neben einem Riss im Putz, bemerkte er zerlesene Taschenbücher. Alles Krimis, typische Frauenlektüre: Elizabeth George, Minette Walkers, Ian Rankin und Patricia Cornwell. Es wunderte ihn zuerst, dass er keine geologischen oder vulkanologischen Sachbücher sah, doch die standen vermutlich an ihrer Arbeitsstelle im Büro.

Franziska Jansen ging zur Essnische und zeigte mit der Hand auf einen Stuhl. Er folgte ihr und nahm an dem Tisch Platz. Es war ein alter Stuhl, das ganze Ensemble atmete noch den Hauch einer Studentenwohnung. Franziska schob einige bunt und krakelig bemalte Blätter zur Seite, in dem Haushalt gab es also ein Kind.

»Möchten Sie einen Kaffee?«

»Nein, danke«, antwortete Hutter, dann gab er sich einen Ruck: »Hätten Sie einen Tee für mich?«

Franziska wühlte in einer Lade und kramte schließlich einen Karton mit Pfefferminztee-Beuteln hervor.

Hutter schüttelte unwillkürlich den Kopf. »Ich denke, mir reicht ein Glas Wasser ...«

Sie goss ihm ein. »Ist von hier, aus der Eifel.«

Er betrachtete sie. Er hatte genug mit Wissenschaftlerinnen zu tun gehabt, um zu wissen, dass sie nicht alle in ausgebeulten Klamotten herumliefen und auf der Nase ein Kassengestell mit dicken Gläsern trugen. Zoologinnen waren häufig recht unkompliziert und noch häufiger ziemlich cool, Chemikerinnen entsprachen noch am ehesten dem Bild, das man sich von einer grauen Labormaus machte. Manche waren recht hübsch, achteten aber nicht darauf. Manche wussten, dass sie gut aussahen, betonten das auch und leisteten trotzdem hervorragende Arbeit. Geologinnen kannte er keine, er stellte sich immer Frauen mit Pferdeschwanz im staubigen Sweatshirt vor, die mit ihren Hämmern an irgendwelchen Steilwänden herumklopften.

Franziska trug kein Make-up und falls doch, dann so dezent, dass er es nicht feststellen konnte. Sie hatte eine sehr geschmeidige, weibliche Art, sich zu bewegen. Jetzt sah man ihr trotzdem an, dass sie sich etwas unbequem fühlte mit einem fremden Mann, den sie in ihre Wohnung gelassen hatte. Ihr Haar hatte sie zu einem Pferdeschwanz gebunden, sie trug ein weißes T-Shirt und Jeans, nichts Außergewöhnliches. Hutter dachte daran, wie lange es her war, dass er eine Frau getroffen hatte, es sei denn aus beruflichen Gründen.

»Also, Sie sind gekommen, weil ...?«, unterbrach Franziska seinen Gedankengang.

»Sehen Sie, wie ich schon erklärt habe, bin ich ein *risk assessment officer* einer Versicherung in Edinburgh. Wir erstellen hier eine Risikoanalyse für ein britisches Unternehmen, das ich leider nicht nennen darf, für ein Bauvorhaben in der unmittelbaren Umgebung des Laacher Sees. Und unsere Auftragnehmer wollen wissen, wie es um die Erdbebengefahr bestellt ist.«

Franziska schmunzelte. »Nun, das Kloster steht nach tausend Jahren noch. Wenn Ihr Auftraggeber ebenso massiv baut, sehe ich keine besonderen Probleme.«

»Nun aber weist das Kloster Risse in den Wänden auf, und einer der Türme steht in einem Gerüst. Ich habe Sie im Fernsehen gesehen, und da haben Sie etwas über den See erzählt, dass er ein Kratersee ist und der Vulkan unter dem See jederzeit ausbrechen kann.«

»Das stimmt – aber da hilft Ihnen auch keine Risikoanalyse. Wenn der Vulkan ausbricht, gibt es keine Risse in den Wänden, dann gibt es keine Wände mehr.«

»Ja, eben – und nun sollte ich irgendwie in Erfahrung bringen, wie hoch das Risiko eines Ausbruchs ist.«

»Da gibt es unterschiedliche Meinungen …«

»Nehmen wir an, der Vulkan bricht aus: Was wäre dann?«

Franziska stand auf, ging zu einem Regal und zog ein paar Papiere heraus. Auf dem Rückweg räumte sie mit dem Fuß Claras Spielsachen aus dem Weg, die auf dem Teppich lagen.

»Ich habe es ja im Fernsehen erzählt, was damals passiert ist. Und Sie können in der Gegend herumfahren und sich die Mächtigkeit der Bimsschichten dort ansehen, wo sie zur Steingewinnung angeschnitten wurden, zum Beispiel an der Wingertsbergwand.« Sie klappte eine Karte auf. »Die liegt nahe bei Mendig, südlich des Sees, direkt jenseits der Autobahn. Das gibt Ihnen dann eine Vorstellung.«

»Hm, verstehe. Aber ich will nicht wissen«, erklärte ihr Joe Hutter so freundlich, wie er konnte, »was damals passiert ist, ich möchte erfahren, was heute bei einem Ausbruch des Laacher Vulkans geschehen würde.«

»Projizieren Sie die Katastrophe«, antwortete Franziska, »vor 13 000 Jahren, die ich im Fernsehen geschildert habe, auf die moderne Landkarte.« Sie griff nach einer weiteren Karte mit einer Übersicht über die Eifel und beschrieb mit dem Finger darauf Kreise, die die totale Zerstörungszone, die Gegend, die dann mit einer einen Meter dicken Bimsschicht überzogen wäre, sowie den Umriss eines möglicherweise erneut aufgestauten Rheinsees skizzierten. »Stockholm, Norditalien und Südfrankreich, die ebenfalls von der Eruption betroffen wären, sind auf der Karte natürlich nicht mehr mit drauf«, setzte sie hinzu.

Joe Hutter sah sie mit großen Augen an. »Ich verstehe – aber können Sie mir nicht mehr Details geben?«

Sie drehte sich um und holte nun ein Skizzenbuch aus dem Regal. Sie hat einen schönen Rücken!, dachte Joe. Als sie sich dem Tisch wieder zuwandte, blies sie eine Locke aus der Stirn und musste lachen: »Was schauen Sie denn so betroffen?«

Joe Hutter fühlte sich ertappt. Er hatte sicher nicht betroffen geschaut, nein, er hatte sie angeglotzt, ihre Nase und die Lippen, die wachen, lebhaften Augen, das weiße T-Shirt, das sich an ihren Körper schmiegte. Er war nicht hier, um eine Frau kennenzulernen, rief er sich ins Gedächtnis.

»Was wollten Sie mir zeigen?«, fragte Joe hastig und trank einen Schluck Wasser.

Sie klappte ein Buch auf, eine dicke Fachzeitschrift für Vulkanologie, und schob sie zu Hutter hin. »Hier ist eine moderne topographische Karte, und die verschiedenen dort eingezeichneten Zonen sind die Gebiete, die bei der katastrophalen Eruption am Ende der letzten Eiszeit verwüstet wurden. Hier sehen sie den Laacher See« – sie tupfte kurz mit dem Zeigefinger auf die Buchseite –, »hier sind Koblenz, Mayen, Wiesbaden, Mainz, Frankfurt, und dort Bonn und Köln.«

Hutter ruckte den Stuhl näher an den Tisch und ging ganz nah an die Karte heran. Es war eines, ein Katastrophengebiet mit dem Finger vage umrissen zu sehen, etwas anderes, einen dicken roten Farbklecks auf einer Karte zu betrachten, der ein Gebiet anzeigte, in dem alle Dörfer und Städte völlig zerstört worden wären, hätte es damals bereits Städte und Dörfer gegeben. Jedenfalls, bräche der Vulkan jetzt aus, zerstörten die herabregnenden Felsen, Steintrümmer und Bimsmassen je nach Windrichtung entweder auf jeden Fall Koblenz und große Teile Rheinhessens oder das Rheinland um Köln. Aber eine verwüstete Landschaft war nicht das, was ihn wirklich interessierte, er musste in Erfahrung bringen, wie groß die Wahrscheinlichkeit war, dass der Vulkan ausbrach, dass sich – in einer ersten Phase der Eruption vielleicht – das Seewasser erhitzte.

»Die Karte vermittelt mir ein gewisses Bild«, meinte er

nachdenklich. »Könnten Sie mir genau schildern, welche Vorzeichen wir bei einem neuen Ausbruch zu erwarten hätten, wie lange diese dauern würden und in welche Reihenfolge sich was ereignen würde?«

Auf dem Tisch lag die Zeitung mit den neuesten Meldungen vom Bodensee, wo Wirrköpfe gerade eine Art Ungeheuer von Loch Ness gesehen haben wollten.

Franziska bemerkte den neugierigen Blick des Schotten. »Ja, selbst im Laacher See soll es so ein Monster geben. Sebastian Münster hat es beschrieben. Er hat den ersten Bericht über die Eifel verfasst, irgendwann im 16. Jahrhundert. Er hat sogar ein Bild des Monsters geliefert, eine Art Eifelnessie, die einen Menschen verschlingt. Sinngemäß schrieb er: Es gibt in der Eifel zwei bedeutende Seen, einer bei Ulmen, der andere beim Kloster von Laach. Sie sind sehr tief, haben keinen Einfluss, aber zahlreiche Ausflüsse. Diese Seen nennt man Maare.«

Joe sah sie etwas abwartend an.

»Gut, dann sagt er: Im Ulmener Maar ist ein Fisch, den schon viele gesehen haben, der ist dreißig Schuh lang, und ein zweiter, der misst elf Schuh. Sie gleichen einem Hecht. Das sind zehn und drei Meter«, fügte Franziska als Erklärung hinzu.

Joe Hutter nickte. »Aber das heißt nichts über den Laacher See.«

»Doch. Beide Seen sollen in Verbindung stehen. Es gibt eine Sage, dass ein Hecht, dem man im Ulmer Maar eine Glocke umgehängt hatte, von den Mönchen von Maria Laach in ihrem See geangelt wurde.«

»Stimmt das? Gibt es diese Verbindung?« Vor Hutters Auge breitete sich die Gefahr über alle Seen der Eifel aus – das würde sein Team deutlich überfordern.

»Nein, nein, das ist nur eine Sage«, wiegelte Franziska Jansen lächelnd ab.

Hutter atmete auf. »Da habe ich wohl Glück gehabt! Wir sollten uns auf Fakten und Ihre Lageeinschätzung beschränken, bitte.«

»Würde der Laacher Vulkan heute explodieren, käme es vermutlich zuerst zu einer Erwärmung, dann zu einer Aufheizung des Seewassers.«

Hutter zuckte zusammen.

»Irgendwann siedet und kocht der See. Wir würden immer stärkere Erdbeben spüren, die vermutlich manchen Ort schon lange vor dem Ausbruch in Trümmer legen. Dann würde ein gewaltiger Knall erfolgen. Ein Ausbruch würde Köln, Bonn, Mainz und Koblenz vernichten. Vermutlich auch Frankfurt. Zuerst würden sie meterhoch mit einer Staub-, Asche- und Bimsschicht bedeckt, die Asche würde bis an die Ostseeküste geschleudert oder Oberitalien erreichen. Wenn seine Aschemassen oder ein Lavastrom – wie beim letzten großen Ausbruch – den Rhein aufstauen würden, stünde der ganze Raum von Koblenz über Mainz bis Frankfurt unter Wasser. Ein gewaltiger See, der die Reste dieser Städte unter Wasser setzt, nicht nur mehrere Großstädte, sondern Hunderte von Dörfern und Gemeinden würden darin versinken. Und denken Sie an die ganzen Atomkraftwerke entlang des Rheins, und stellen Sie sich vor, wie die Erde bei so einer Mega-Eruption bebt – das überschreitet jede Sicherheitsnorm, der diese Meiler entsprechen müssen.«

Hutter nickte. Als wären Atomkraftwerke nicht ohnehin schon gefährlich genug.

»Autobahnen und Eisenbahnlinien – die gesamte Infrastruktur Deutschlands wäre gefährdet«, fügte Franziska Jansen noch an. »Heute könnte man natürlich den Damm sprengen, bevor sich so ein riesiger See anstaut, und das Wasser möglichst kontrolliert ablassen, bevor der Sturzstrom ganz Köln und die Kölner Bucht überflutet. Aber selbst das würde sehr wahrscheinlich noch für ein ziemlich katastrophales Hochwasser reichen.«

»Wie wahrscheinlich ist dieses Szenario?« Joe rutschte nervös auf dem Stuhl hin und her.

»Die erkaltete Magmakammer befindet sich dicht unter der Oberfläche. Ich habe gewisse Belege dafür gefunden, dass sich diese Kammer wieder aufheizt – und das sind untrügliche Anzeichen für einen nahen Ausbruch des Vulkans.«

»Wann könnte das passieren?«

Franziska überlegte. »In ein paar hundert, höchstens tausend Jahren. Nicht morgen. Oder ... na ja, wer weiß das schon? Es ist alles möglich, wir müssen das alles weiter überwachen.« Die Kritik ihres Chefs verleitete sie zur Vorsicht.

»Gibt es eigentlich Berichte, dass der Laacher Vulkan in jüngster Zeit aktiv gewesen ist?« Joe Hutter blickte Franziska an, er hoffte auf Entwarnung. »Sagen wir einmal, in den letzten zweihundert Jahren?«

»Nein, die gibt es nicht«, bestätigte Franziska. »Sicherlich nichts, was mit der großen Eruption vor 13 000 Jahren vergleichbar wäre. Aber man weiß es nicht genau. Es gibt zumindest einen Bericht, den der berühmte amerikanische Forscher Charles Fort gemeldet hat, eine kuriose Notiz über ein Erdbeben im Raum Koblenz im März 1841. Damals sollen blaue Meteoriten über den Vulkanbergen von Brohl beobachtet worden sein.« Sie zögerte – das erschien ihr dann doch zu spekulativ, selbst wenn dieser Bericht aus einer alten wissenschaftlichen Zeitung sie sehr faszinierte. »Aber das war wohl kaum ein echter Ausbruch.«

Clara war unbemerkt hinzugekommen. »Wer ist der Mann, Mami?«, fragte sie schüchtern.

Franziska legte die rechte Hand flach auf die Tischplatte, hob den Zeige- und den Mittelfinger leicht an und klopfte jeweils zweimal mit den Nägeln auf das Holz.

»Ist alles in Ordnung?«, erkundigte sich Hutter.

»Ja, ja«, meinte Franziska hastig. Männer in ihrer Wohnung, die mit Clara zum ersten Mal zusammentrafen – das war ein sensibles Thema.

»Wie heißt du denn?«, fragte Hutter an das Mädchen gewandt.

»Clara.«

Joe Hutter lächelte. »Clara ist ein schöner Name. Die Freundin von Franz von Assisi hieß so. Kennst du den? Das war ein guter Mensch, der liebte und respektierte die Natur. Er nannte die Tiere seine Brüder und Schwestern.«

Clara interessierte das nicht. Sie sah Franziska an und sprach über Hutter so, als sei er gar nicht im Raum. »Mama, warum redet der Mann so komisch?«

»Er ist Engländer ...«

»Schotte!«

»Ich dachte, das sei dasselbe.«

»Leider nicht«, antwortete Hutter traurig. »Sonst wären die Engländer ja auch bessere Menschen.« Er blickte Franziska sehr ernst an und verzog dann unvermittelt das Gesicht zu einem breiten Grinsen. »Wir müssen auf die Evolution vertrauen, vielleicht können sich die Engländer im Lauf von ein paar Millionen Jahren noch zu Schotten entwickeln.«

Franziska kicherte. »Und die Deutschen?«

»Die sind eigentlich gar nicht so schlimm. Bis auf den Tee, den sie kochen. Ich sehe da durchaus Potenzial.«

»Und die Schotten?«

»Das sind stolze, schöne Menschen.« Er sah Franziska durchdringend an. »Ich bin leider die berühmte Ausnahme von der Regel.«

Da angelt jemand aber heftig nach Komplimenten, dachte Franziska. »Haben Sie Heimweh?«

»Jetzt gerade nicht«, meinte Joe Hutter lächelnd. »Trotzdem: Ich bin Schotte!«

Clara lachte laut auf. »Trägst du auch einen Rock?«, fragte sie Hutter.

»Das heißt Kilt«, wollte er erklären, aber Clara musste über den eigenen Witz so lachen, dass seine Antwort unterging.

»Bist du sehr geizig?«

»Nun ...«

»Warum bist du denn da?«, wollte Clara nun wissen und zeigte mit dem Finger direkt auf Hutter. Sie grinste breit über ihr ganzes Gesicht.

»Ich will deine Mutter über die Vulkane befragen. Sie kennt sich damit gut aus«, antwortete Hutter. »Sie ist sogar berühmt – weißt du das nicht? Deine Mutter war sogar im Fernsehen.«

»Nein!«, quietschte Clara ganz laut und langgezogen und hüpfte dabei auf und ab. »Warum bist du hier? Nicht bei Mami, sondern bei uns in Deutschland? Schottland ist doch ganz, ganz weit weg.«

»Du kleiner Naseweis!«, entfuhr es Hutter.

»Guck mal«, krähte Clara und deutete auf einen Riss in der Wand, der sich vom Fußboden bis zur Decke zog und sich dort fein verästelte, »der Spalt ist vom seißigen Schock gestern!« Sie hielt sich die Hand vor den Mund und kicherte.

Hutter richtete einen fragenden Blick auf Franziska.

»Sie meint den seismischen Schock, den Erdstoß. Es hat uns ziemlich getroffen.« Sie sah zur Decke. »Ich hoffe, die hält noch ein bisschen.«

Clara stand noch immer vor Joe Hutter und schaute ihn unverblümt an.

»Und nun, kleine Frau«, Franziska gab ihr einen leichten Schubs in Richtung Kinderzimmer, »zurück in dein Reich.« Es verblüffte sie, wie leicht Hutter vom Unterhalter zum fragenden Geschäftsmann wechselte und dann zum interessierten Gesprächspartner ihrer Tochter.

Die Frau war Hutter sympathisch – einen Tick zu sympathisch, denn er hatte einen Auftrag zu erfüllen: »Man soll ja einen ertrunkenen Taucher im See gefunden haben«, sagte er wie beiläufig. Im gleichen Augenblick schon bedauerte er seine Frage. Immer dieses Misstrauen – eine Berufskrankheit.

»Ich habe den Mann gefunden!«

»Ach, kannten Sie ihn?«

»Nein, keine Ahnung, wer das war. Im Krankenhaus wussten sie es auch noch nicht.«

»Auf jeden Fall ein armer Kerl ...«

»Ja, sicher«, meinte Franziska nachdenklich. »Aber es weiß ja auch jeder, dass es zu gefährlich ist, im Laacher See zu tauchen.«

4

Joe schlug wütend gegen den Schreibtisch, weil jemand seine Schublade durchwühlt hatte.

»Das geht absolut nicht!«

»Mensch, Joe, reg dich doch nicht so auf«, meinte Andrew Neal, »ich habe doch nur nach dem Taschenrechner gesucht.«

»Du hättest doch fragen können.« Hutter war sichtlich erregt.

»Du warst aber nicht da!« Neal verteidigte sich, obwohl er nicht wusste, warum eigentlich. Hutter schien manchmal unberechenbar.

»Hast du ein Foto von deiner Liebsten darin?«, flachste der sonst so stille Nordengländer, der scheinbar ohne Unterbrechungen Computersimulationen durchführte. Simulationen des abstürzenden Bombers, des Gleitwegs des Flugzeugs auf dem Seegrund bei Erdbeben verschiedener Stärke und von Vulkanausbrüchen. Eben ließ er einmal mehr Zahlenreihen über den Bildschirm flimmern, was immer die auch bedeuteten. Normalerweise schweigsam, fast schüchtern, profitierte er von der Aufregung, um selbst ein wenig im Mittelpunkt der Aufmerksamkeit zu stehen.

Niemand wusste genau, warum er überhaupt im Team war. Er selbst sprach kaum. Er erledigte die Computersachen, und so, wie er sich verhielt, war er wohl auch der beste Mann dafür. Meistens saß er hinter seinem Monitor verkrochen, aufgeregte rote Flecken huschten über sein Gesicht wie ein Goldfisch im Gas. Der Nordengländer glich einem kleinen Jungen, der in sein Spielzeug, den Computer, ganz vernarrt und in sein Spiel versunken war.

Joe war sich sicher, dass keiner der anderen begriff, warum er sich so aufregte. Man konnte es auch übertreiben mit der Privatsphäre, dachten sie vermutlich.

Gespräche über den Sinn und Zweck ihrer Tätigkeit waren im Team tabu. MacGinnis liebte Räderwerke, die liefen wie geschmiert, und es konnte nur Sand ins Getriebe geraten, wenn ein idealistischer Mitarbeiter auf einen traf, der das alles nur aus Karrieregründen tat, oder auf einen, den bloß die Abenteuerlust lockte.

Seinen Idealismus hatte eine Tat seines Vaters ausgelöst, vor vielen Jahren, als Joe noch ein Kind war. Ihm war längst – zumindest seit einiger Zeit schon – bewusst, dass sein Vater ja nur getan hatte, was alle taten, versteckt, denn es war verboten. Joe war damals keine acht Jahre alt gewesen, in einem Alter, in dem man eher fühlt als denkt, in einem Alter, in dem der Vater noch ein kleiner Gott ist, der alles kann und alles weiß.

Sie fuhren gemeinsam fischen, in dem Ruderboot des Vaters. Das Meer brauste. Die silbernen Fische zappelten an der Leine.

Am Strand lag eine Robbe.

Seehunde galten als Schädlinge. Heute noch ist das so, dachte Joe. Sein Vater machte sie, wie alle anderen Schotten, für seine zurückgehenden Fangerträge verantwortlich. Dabei hätte er nur zum Horizont auf die koreanischen, japanischen oder isländischen Fabrikschiffe schauen müssen, um zu wissen, wer wirklich schuld war.

Der Vater nahm das Ruder in die Hand, hob es und schlug dann mit aller Kraft auf die Robbe ein.

»Nein!«, rief der kleine Joe. »Mach das nicht, Papa, mach das nicht!«

Die Robbe blickte Joe nach dem ersten Hieb aus verwunderten kleinen, schwarzen Knopfaugen an, weil sie nicht begriff, was mit ihr geschah, und sie heulte und plärrte wie ein Baby.

Der Vater schlug ein zweites Mal zu. Der Seehund heulte nicht mehr, und sein Blick wurde glasig. Das Tier sah ihn an, hilflos, die Augen gebrochene Spiegel, matt und müde. Dann, als sein Leben erlosch, leer.

»Drecksvieh!«, schimpfte der Vater. Dann hieb er mit einem weiteren Schlag auf den Hals des Tieres und trennte den Kopf vom Körper. Den Kopf trat er mit dem Fuß fort, ganz beiläufig.

Blut lief über den weißen Korallensand der Bucht von Arisaig. Die Wellen des Atlantiks spülten es ins Meer. Ein schwerer Brecher kam und wirbelte den kopflosen Rumpf des Tieres herum, griff nach ihm, zog ihn ins Meer, warf ihn dann auf den Strand zurück.

Sein Vater war kein böser Mensch. Er tat nur, was alle Fischer taten.

Der Vater ruderte danach wieder nach draußen, in Richtung der Insel Eigg, deren höchste Erhebung, der Sgurr, wie eine Haifischflosse über die Wellen ragte, und warf erneut die Angel aus. Joe hatte an diesem Tag kein Wort mehr mit ihm gewechselt, hatte in ihm den Teufel erkannt. Es ist für ein kleines Kind schwer, den Ausdruck von Hass im sonst gütigen Gesicht des Vaters zu vergessen.

Er begriff damals den Zusammenhang zwischen töten und essen, zwischen fressen und gefressen werden. Seit diesem Tag hatte Joe kein Fleisch mehr gegessen, sich einem noch vagen und naiven, sehr kindlichen Verständnis von Naturschutz verschrieben, das im Laufe der Zeit immer ernsthafter und immer umfassender geworden war. Nun tat er es beruflich, und das unter den fremdartigsten Umständen.

Er schloss die Augen und sah Franziska Jansen vor sich.

Es ist ja immer so beim Verlieben, dass man zuerst das Äußere liebgewinnt, bevor man die inneren Werte schätzen lernt. Joe Hutter beeindruckte Franziskas Selbstsicherheit, auch ihr Fachwissen imponierte ihm, aber vor allem dachte er an ihr Aussehen: die hohe Gestalt, die langen, dunklen Haare, die wachen Augen, ihre Figur, die Beine.

Aber das war unprofessionell. Er durfte sich nicht verlieben.

Also blieb ihm nur noch der Verrat. Er würde sie heute verraten, er würde sie morgen verraten, er würde sie übermorgen verraten. Und dann, wenn alles erledigt war, würde er sie verlassen und nach Schottland zurückkehren. Und damit sich selbst verraten. Aber er hatte keine andere Wahl. Er durfte nicht so sentimental sein, dass Franziska erfuhr, warum er nach Deutschland an den Laacher See gekommen war.

Sie beide hatten keine Chance – was immer Franziska Jansen für ihm empfand.

Das Leben ist schon seltsam, dachte Joe Hutter. Wieso tue ich das alles?

Was hatte er vor Porton Down gestanden, im Regen und in sengender Hitze, hatte lautstark geschrien, sich fast in die Hosen gemacht, wenn die Polizei mit ihren Knüppeln und Plexiglasschildern anrückte. Hatte durch den Stacheldraht gestarrt auf die niedrigen Gebäude, in denen das Vereinigte Königreich bakterielle und chemische Kampfstoffe entwickelte, testete und lagerte.

Dann hatte er die Seiten gewechselt. Hatte er das wirklich? Einige seiner alten Freunde glaubten das. Er nicht – er war nur den Gang durch die Institutionen gegangen. Man hatte ihn an der Universität angesprochen, hatte ihm von der Insel erzählt. Hatte ihm erzählt, was er alles zum Guten verändern könnte. Und er hatte es geglaubt, glaubte es immer noch. Ja, man kann vor den Fabriken des Todes protestieren, Schilder hochhalten, sich von den Bullen prügeln lassen und nach einer ungemütlichen Nacht in Polizeizellen aufwachen. Man kann auch mit den Fabrikanten des Todes zusammenarbeiten und aufräumen und saubermachen, dort, wo sie ihre Giftfracht deponierten. Und genau das tat er.

MacGinnis kam herein. Er trug eine Boulevardzeitung mit dem Bild eines Vulkanausbruchs und eines Lavastroms, der um das Kloster Maria Laach floss, und warf sie so auf den Besprechungstisch, dass die Titelseite mit der schlecht gemachten Fotomontage für alle sichtbar dalag.

»Wir müssen wissen«, schnaufte er, »was hier los ist. Hutter, wie weit ist Ihre Lageeinschätzung?«

Joe Hutter heftete schnell noch ein paar fotokopierte Seiten zusammen und reichte sie seinem Chef.

»Die Landesgeologen sehen keinen Grund zur Sorge. Alles läuft darauf hinaus, dass der Vulkan des Laacher Sees noch aktiv ist, aber zurzeit ruht. Er wird sicher wieder ausbrechen, allerdings nicht in naher Zukunft. Und doch ...«

»Ja?«

»Sie stimmen auch darüber überein, dass sich in der letzten Zeit einiges verändert hat. Die seismischen Aufzeichnungen ...« – Hutter deutete auf eines der Blätter, die er von der Erdbebenwarte erhalten hatte, darauf waren mehrere Zickzacklinien zu sehen – »zeigen ein verändertes Verhalten. Die Produktion von Kohlendioxid steigt fast täglich an, wo es früher perlte, sprudelte und blubbert es jetzt.«

MacGinnis lauschte aufmerksam, dann wandte er sich den Unterlagen zu, las sie gründlich und unterstrich manches in den Ausdrucken und Kopien.

»Diese Vulkanologin ...«, murmelte MacGinnis und blickte auf ein Blatt Papier.

»Sie sagt, kürzlich seien sehr große Gasblasen aufgestiegen. Uncharakteristisch große Blasen.«

»Ist das die Frau mit dem Taucher?«

»Ja. Sie war es, die ihn gefunden hat.«

»Und was hat Ihre Überprüfung dieser Frau Jansen ergeben?«

»Nichts. Ich denke, dass sie nichts mit den Machenschaften dieser Taucher zu tun hat. Aber ...«, Hutter machte eine kleine Pause, als grübelte er ernsthaft nach, »ich würde gern noch etwas mehr Zeit mit ihr verbringen, um wirklich sicher zu sein.«

MacGinnis schmunzelte alterweise. »Ja, tun Sie das.«

»Ein sensationelles Naturereignis« meldete die erste Ausgabe der Tagesschau im Frühstücksfernsehen aus der Eifel. Franziska nahm sich die Fernbedienung und zappte durch alle Kanäle. Manche Sender brachten den Ausbruch des Geysirs sogar in einer Sondermeldung.

Noch als die Nachricht lief, klingelte ihr Handy. Joe Hutter war am Apparat. »Haben Sie die Nachrichten an?«

»Ja.«

»Fahren wir zu diesem Geysir? Wir beide?«

Franziska kannte den Ort. Zuverlässig wie eine Uhr brach er seit Jahren regelmäßig aus: der Brubbel. Zuverlässig maß die Höhe seiner Fontäne rund dreieinhalb Meter. Zuverlässig alle 35 Minuten schoss sie nach oben. Bis eben.

Keine zehn Minuten später fuhr Hutter mit dem Auto bei ihr vor.

Franziska ging zur Beifahrertür und öffnete sie. Joe Hutter blickte zu ihr hoch und schmunzelte. »Wollen Sie fahren?«

Verblüfft schaute Franziska ihn an und lachte. »Ach, ein englisches Auto.« Sie stieg an der anderen Seite ein.

»Sie werden sich daran gewöhnen müssen«, meinte Joe Hutter, »dass ich auf der falschen Seite bin.«

Sie legte den Gurt an und blickte ihm in die Augen. »Wollen Sie einen Crashkurs in Vulkankunde?«

Hutter nickte und drehte den Zündschlüssel herum. Er fuhr ganz unaufgeregt, ärgerte sich nicht über den quälend langsam fließenden Verkehr. Es hatten noch andere die Idee gehabt, in das abgelegene Eifelstädtchen zu fahren. Schaulustige, die sehen wollten, ob das, was im Fernsehen gezeigt wurde, auch in Wirklichkeit existierte. Franziska gefiel diese Gelassenheit. Hektik gab es schon genug im Leben.

»Nun?«, forderte Hutter sie auf.

»Also, der Geysir von Wallenborn ist – nein, er war – ein Kaltwassergeysir.«

»So wie Old Faithful im Yellowstone Nationalpark?«

»Das ist ein richtiger Geysir. Das Wasser wird dort vom Magma erhitzt, bis es hochbricht. Beim Wallenborn ist das anders.«

Joe bremste kurz, um ein anderes Auto von rechts in die Schlange zu lassen.

»Bei einem Kaltwassergeysir wird das Wasser nicht vom Magma unter Druck gekocht, bis es ausbricht. Aber es ist trotzdem ein vulkanisches Phänomen.«

Sie kamen an einem großen handgemalten Schild vorbei, das leicht schräg an einem Holzpfosten im Boden stak und einen spitz aufragenden Vulkan zeigte, der rote Lava, Steine und dicke Rauchwolken spie. »Schnellster Weg zum Brubbel« stand in ungelenken Buchstaben darauf.

Joe zeigte im Vorüberfahren auf den Wegweiser. »Sieht ganz so aus, als würden Sie recht behalten – da kann man schon den Ausbruch sehen.«

Franziska musste lachen. »Der würde vermutlich den Tourismus ankurbeln – na ja, ein paar Stunden lang!«

Hutter hielt an einer roten Ampel. »Also, wie unterscheidet sich nun dieser Bruddel von einem normalen Geysir?«

»Brubbel! Unter der Eifel sitzt ein Plume ...«

»Eine Feder?«

»Nein, so nennen wir Vulkanologen eine hoch aufsteigende Magmakammer. Das heiße Magma entlässt Kohlenstoffdioxid in das umgebende Gestein. Dazu kommen noch andere Gase wie Schwefelwasserstoff – deshalb stinkt der Brubbel manchmal nach faulen Eiern. Das Gas steigt durch haarfeine Risse, aber auch richtige Spalten und Klüfte nach oben und gelangt dann in das Grundwasser. Dort blubbert und drückt es wie Kohlensäure im Sprudelglas. Im Grunde ist es wie bei einer riesigen Sprudelflasche, die man schüttelt – irgendwann wird der Druck zu hoch, und das Wasser spritzt aus dem Hals. Und beim Brubbel ist es nicht anders.«

Hutter schob sich an einem Bus einer TV-Anstalt vorbei, der mit einem Platten am Vorderrad am Rand der Landstraße stand. Das Kamerateam filmte sich selbst. Eine junge Frau sprach in ein Mikrofon, und dem Fahrer, der bei all diesem Theater den Reifen zu wechseln hatte, sah man deutlich an, wie genervt er war.

»Wenn sich so viel Druck angesammelt hat«, fuhr Franziska fort, »dass er sich irgendwie lösen muss, steigt das ganze schäumende Wasser nach oben. Unter dem gewaltigen Druck entleert sich die in sich abgeschlossene Grundwasserkammer, das Gas entweicht und eine Fontäne schießt empor, die je nach Umweltbedingungen zwei bis vier Meter hoch ist.«

»Sieben bis dreizehn Fuß«, rechnete Hutter um und pfiff durch die Zähne.

»Jetzt ja noch höher ...«

»Deswegen fahren wir hin.«

»Darf ich?«, fragte Franziska und kurbelte gleichzeitig das Seitenfenster herunter. Es war jetzt schon heiß, und das Auto erhitzte sich schnell, weil es in der langen Schlange nur langsam vorwärts ging.

»Klar«, sagte Hutter und lächelte, weil sie seine Antwort nicht einmal abgewartet hatte.

»Wenn sich die Wasserkammer entleert hat, lässt der Druck

nach, und die Wassersäule stürzt in sich zusammen. Dann baut das Gas erneut Druck auf, und der Geysir eruptiert wieder. Deshalb bricht er so regelmäßig aus – hier alle 35 Minuten. Daher dauert auch jeder Ausbruch etwa gleich lang, in Wallenborn eben fünf Minuten.«

»Aber nun ist die Wassersäule plötzlich doppelt so hoch und nicht mehr kalt, sondern warm.«

»Deswegen müssen wir ja nachschauen!«

An den Straßenrändern standen von den geschäftstüchtigen Anrainern eilig aufgeschlagene Buden und hastig aufgebaute Tische, auf denen frisches Obst und lokale Spezialitäten angeboten wurden.

Immer wieder kamen sie an Häusern vorbei, die notdürftig eingerüstet waren, an Baufahrzeugen und Zementmischern. Einige ältere Gebäude umflatterten Absperrungen aus rot-weiß-gestreiften Plastikbändern, andere waren mit Bauzäunen umgeben. In den Wänden und im Putz zeichneten sich Risse ab, Haufen von Ziegeltrümmern zeigten an, dass hier ganze Dächer vom Dachstuhl gerutscht waren – alles Zeichen der jüngsten heftigen Erdstöße.

Zwischen den Dörfern gab es weite Blicke über die breite, sanft rollende Hügellandschaft. Vulkanische Kräfte hatten für das schweifende Auge verborgene Maare in diese friedvolle Landschaft gestanzt, aber die ließen sich höchstens erahnen, weil sich über den Seeflächen jeweils kleine Wolkenhaufen ballten.

Sie schwiegen einen Moment lang, in dem Hutter einen Wagen vor sich einfädeln ließ, der, weil es dem Fahrer zu lange gedauert hatte, einfach so lange auf der Gegenspur gefahren war, bis dort Verkehr auftauchte. Ein Deutscher hätte sich jetzt schrecklich aufgeregt, dachte Franziska.

»Übrigens …«

»Ja?« Hutter sah vom Lenkrad zu ihr herüber.

»Joe – wofür steht das eigentlich? Für Joseph?«

»Nein.« Hutter lächelte. »Es heißt Jojakim. Ein israelischer Hohepriester aus dem Alten Testament. Meine Eltern waren ziemlich religiös.« Er lachte verlegen, als sei es ihm peinlich. »Religiöse Fanatiker, eigentlich.«

Nach dem Tod seines Großvaters, eines bekannten Biologen, der bei einem Unfall in seinem Labor ums Leben gekommen war, war sein Vater einer besonders strengen Variante des schottischen Calvinismus beigetreten. Sabbatheiligung, keine Musik – eine Konfession ohne Freude, die vor allem die Pflicht betonte. So hatte seine Erziehung vor allem darin bestanden, ihn auf den Ernst des Lebens vorzubereiten, ihm gleichzeitig aber auch die Großartigkeit der Schöpfung nähergebracht.

»Was haben die Leute früher gedacht, wenn der Geysir emporschoss? Die haben wohl geglaubt, dass dort unten der Teufel eine Suppe kocht!« Hutter zog die Stirn kraus.

»Für die Leute früher war das kein Thema«, meinte Franziska. Sie zog ein paar Unterlagen aus ihrer Tasche und blätterte darin. »Früher war der Geysir von Wallenborn eine harmlos blubbernde Quelle, eine sogenannte Mofette – das sind die Stellen, an denen Kohlenstoffdioxidbläschen nach oben wallen, ganz ruhig und friedlich, so wie jetzt noch im Laacher See.«

»Und was geschah dann ...?«

»1933«, murmelte Franziska und kramte in den Papieren, bis sie die entsprechenden Daten gefunden hatte.

Joe Hutter stoppte das Auto. Franziska blickte auf und sah einen Reisebus, der quer zur Fahrbahn stand. Seelenruhig, als hätten sie alle Zeit der Welt, stiegen die Leute aus, mit Kameras behängt. Der ganze Verkehr stand deswegen still. Sie sah zu Hutter hin, der nicht einmal nervös mit den Fingerspitzen auf das Lenkrad tippte. Der Mann war die Ruhe selbst!

»Was war 1933?«, fragte Hutter.

»1933 bohrte die Gemeinde an dieser Mofette ein Loch, um Mineralwasser zu gewinnen. Dabei piekste sie die unterirdische Wasserkammer an, und der Geysir entstand.«

»Er ist also künstlich?«

»Sozusagen – aber er hätte es vielleicht auch ohne fremde Hilfe bis zur Oberfläche geschafft. Auch das gibt es.« Sie fuhr mit dem Finger über die Zeilen eines Fachtextes und fasste kurz zusammen: »Jedenfalls, als man in 38 Metern Tiefe angekommen war, erfolgte die erste Eruption aus Wasser, Schlamm und Kohlenstoffdioxid. Man senkte dann ein dreißig Meter langes Rohr in das Bohrloch, aber die Säure zerfraß es, bevor man das Mineralwasser kommerziell nutzen konnte.«

»Aber jetzt sprudelt der Geysir doch?«

»Ja, in den fünfziger Jahren ragte nur noch das zerfressene Ende des Rohres aus der Quelle, und daraus strömte das Gas. Vögel, die sich darauf setzen, erstickten und fielen tot um. Man musste also etwas tun. Der Geysir wurde daher 1975 erneut gefasst, dieses Mal in einem Schacht mit Kiesfilter, und dann immer wieder regelmäßig gewartet, bis etwa 1983. Damals kam es alle 55 Minuten zu einer Eruption, und die dauerte ganze 20 Minuten. Es gab allerdings noch keinen Geysir im heutigen Sinne.«

»Also?« Hutter war immer noch keine Ungeduld anzumerken, aber Franziska fand, dass er allmählich genug Details gehört hatte.

»2001 wurde dann das heutige Rohr gelegt«, erklärte sie also, »seitdem hat der Geysir eine Fontäne und seine heutige Periode.«

»Das ging jetzt aber schnell.« Hutter nickte anerkennend und parkte den Wagen einige Kilometer außerhalb von Wallenborn am Fahrbahnrand. Vor ihnen zog sich eine Autoschlange hin, der Verkehr war völlig zum Erliegen gekommen.

»Wir laufen wohl besser das letzte Stück«, meinte Hutter, stieg aus und öffnete Franziska die Beifahrertür.

Sie sahen den Platz schon von weitem: eine kleine Senke, die früher wohl mit Gras bewachsen gewesen sein musste, die nun aber Schlamm bedeckte, Sitzbänke, ein Kassenhäuschen, darum Einfamilienhäuser. Die Stämme der Bäume waren ganz schwarz von Nässe.

Den Geysir von Wallenborn – den Brubbel, wie ihn die Anwohner liebevoll nannten – umgab ein niedriger Jägerzaun, aber zusätzlich begrenzte nun ein rot-weiß-gestreiftes Absperrband der Polizei das Areal. Davor drängelten sich die Schaulustigen. Zwei Polizeibeamte versuchten, die Situation unter Kontrolle zu behalten.

Hutter zeigte einen Ausweis vor. Die Beamten hoben das Absperrband hoch und ließen ihn und Franziska auf das Gelände.

Der Boden war heiß, nicht erhitzt von der Sonne, sondern von innen heraus. Ein eigentümliches Gefühl, beängstigend.

Die früher sehr hübsche Anlage des Brubbels lag völlig verwüstet vor ihnen. Wo noch am Tag zuvor ein gepflasterter Platz gewesen war, auf dem der Geysir in die Höhe sprudelte, breitete sich nun ein Schlammloch, eine Sumpflandschaft aus. Das Metallgeländer, das den Brubbel umgab, neigte sich beträchtlich zur Seite, es war rostig und verbogen, seine Fundamente hatte das Wasser offensichtlich längst unterhöhlt. Die Holzbänke für die Besucher wirkten alt und morsch. Die Wiese hatte sich in ein Feuchtgebiet verwandelt.

Die Natur holt sich zurück, was ihr gehört, dachte Joe. Er musste immer wieder lachen, wenn er sah, wie die Deutschen mit Naturschauspielen umgingen: begradigte Fluss- und Bachläufe, betonierte Seeufer, ein Geysir mit Geländer.

Vermutlich standen selbst vor den Alpengletschern Schilder mit Geschwindigkeitsbegrenzungen.

Franziska sah auf die Uhr. »Noch 15 Minuten, dann kommt er wieder hoch.«

Sie versanken bis zu den Knöcheln im warmen Schlamm und staksten näher zu dem Geysir hin.

Die Erde bebte leicht vor dem Ausbruch.

»Das ist neu!«, stellte Franziska verblüfft fest, als sie leicht ins Wanken geriet.

Als der Grund immer heftiger zu schwanken begann, erblasste Joe Hutter.

Die Erde grummelte. Es handelte sich um ein eigenartiges Geräusch, wie Bauchgrummeln, nur hundertfach lauter, als habe ein Blauwal – nein, eine ganze Schule von Blauwalen – Hunger. Danach ertönte ein Brüllen, ein Tosen, Gewitterdonner – ein feiner weißer Strahl hob sich inmitten des zerborstenen Metallgeländers des Brubbels aus einer Pfütze in dem aufgeweichten Boden, verbreitete sich schnell in einer explosionsartigen Aufschäumung, wurde zu einem überkochenden Topf, schob die wild verstreuten Steine zur Seite, die von dem Pflaster stammten, das früher das Rohr umgeben hatten.

Das hochspritzende Wasser glich nicht dem Strahl eines Springbrunnens, es war ein Aufwallen von Hunderten nach oben sprudelnden Wassersäulen.

Einige Pflastersteine sprangen sogar aus ihrer Verankerung und flogen mehrere Meter durch die Luft.

Instinktiv hielt sich Joe Hutter eine Hand über den Kopf, eine hilflose Geste, ein Schutzhelm wäre sinnvoller gewesen.

»Wir sollten uns besser in Sicherheit bringen!«, brüllte Franziska gegen den Lärm an, sie klang ganz unaufgeregt und sachlich. Hutter bewunderte sie, wie nüchtern sie diesen Urgewalten begegnete. Aber sie arbeitete ja auch als Vulkanologin, sie war sicher einiges gewöhnt. Er, ein auf Mikroben spezialisierter Biologe, hatte wenig Erfahrung mit dem Wüten des Planeten, betrachtete all das als außergewöhnlich, ja beängstigend.

Ohne Vorwarnung begann das Metallgeländer zu rütteln. Aus dem Boden detonierte plötzlich eine schäumende, wilde Masse aus kochendem Wasser, größer als die Aufwallung zuvor, die sich nur etwa einen Meter über das Rohrende gewölbt hatte.

Wie bei einer Explosion schoss ein Wasserstrahl aus dieser Kuppel, raste himmelwärts, immer höher. Dann brach der Strahl unvermittelt in sich zusammen, regnete heiß auf den schlammigen Grund. Joe bekam einen heißen Tropfen ab, er verbrühte ihm die Haut.

Der Boden dampfte. Ein Regenbogen wölbte sich über die Urlandschaft. Die Bäume zeigten erste Anzeichen von Überwässerung und übermäßiger Wärme, der Boden war so matschig, dass die Wurzeln keinen Halt mehr fanden und die Stämme sich zu neigen begannen. Das Gras war ja längst schon verschwunden, einzelne graue Halme schwammen in den trüben Pfützen.

Das Tosen verstummte.

Joe musste es MacGinnis melden, unbedingt, je früher das Team davon erfuhr, desto besser. Der Kaltwasserstrudel, der zu einem kochendheißen Geysir geworden war – das konnte eine unabwägbare Gefahr für ihre Arbeit sein. Franziska hatte ihm zuvor erklärt, dass dieser Brubbel im Grunde nichts anderes darstellte als die Gasbläschen, die aus dem See kamen. Und wenn diese kleinen Blubberquellen im Krater ebenfalls heißes Wasser von sich gaben, und das vielleicht in der unmittelbaren Nähe des Wracks – dann waren die Konsequenzen nicht abzuschätzen.

»Entschuldigen Sie mich bitte kurz«, bat Hutter, »ich muss schnell telefonieren.«

Franziska nickte. Hutter sprach in sein Handy, er drehte Franziska den Rücken zu. Er redete so leise, wie es in dieser Atmosphäre und bei dem herrschenden Trubel nur möglich war, mit schottischem Dialekt, jedenfalls nicht in Oxford-Englisch. Mit ihrem Schulenglisch verstand Franziska kaum etwas.

Sie hörte immer nur einzelne Worte heraus, wie beispielsweise »geysir«, »hot« oder »boiling«. Es ging also um den Brubbel. Joe Hutter hatte seine Coolness völlig verloren, er ging auf und ab, zeigte in die Höhe, als könne sein Gesprächspartner ihn sehen. Manchmal schrie er fast, so aufgeregt war er. Franziska wunderte sich, dass dieses Naturphänomen den Sachverständigen so mitnahm. Aber interessant war es schon, den Mann von einer anderen Seite kennenzulernen.

Der Boden zitterte erneut leicht. Der Brubbel befand sich nur kurze Zeit vor einem weiteren Ausbruch; der wallende Born hatte sich ganz offensichtlich ein neues Intervall gesucht. Statt alle dreißig Minuten brach er nun alle fünf Minuten aus, und das mit der zehnfachen Gewalt.

»Ich gehe jetzt«, sagte Joe unvermittelt. »Kommen Sie mit?«

Sie liefen um die dampfenden Pfützen herum.

Franziska rutschte auf dem glitschigen Boden aus. Hutter sprang von hinten heran und griff nach ihr, bevor sie stürzte. Er hielt sie mit seinen Armen fest umschlossen. Es fühlte sich gut an.

»Sie können mich loslassen«, flüsterte Franziska und wandte den Kopf, »ich habe wieder festen Boden unter den Füßen.« Sie lächelte. »Ich muss jetzt Clara von der Tagesmutter abholen. Sie ist dort direkt vom Kindergarten hin und wartet sicher schon auf mich.«

Vorsichtig gingen sie weiter bis zur Absperrung.

Auf der Rückfahrt schwieg Joe Hutter, offenbar in Gedanken. Es war ganz still im Wagen. Der Ausbruch schockierte ihn immer noch. Die Erde musste, wenn so etwas geschah, hier viel instabiler sein, als er befürchtet hatte.

»Darf ich?«, fragte Franziska und drehte das Autoradio an. Es lief Hitparadengedudel, dazwischen Kurznachrichten.

»War da eben vom Andernacher Geysir die Rede?« Sie war plötzlich ganz hellhörig geworden.

»Habe ich leider nicht mitgekriegt.«

Franziska stellte lauter, aber die Meldung war längst vorüber. Phil Collins sang, und Hutter verzog das Gesicht. »Können Sie das bitte leiser stellen?«

Er parkte direkt vor ihrer Haustür. Sie wollte schon aussteigen, da fragte er noch leise, ob man sich denn auf ein Abendessen treffen könne. »Es sind ja noch so viele Fragen offen.«

Franziska nickte. Sie hoffte, dass sein Interesse nicht nur Geysiren und Vulkanseen galt. Hutter zückte einen Block und schrieb seine Telefon- und Handynummer in akkurater Handschrift auf ein Blatt. Franziska nahm den Block und kramte nach einem Stift, aber Hutter meinte nur: »Ihre Telefonnummer und Adresse habe ich doch.«

Reginald MacGinnis ging einmal rund durch den Raum und klatschte rhythmisch in die Hände. »Schneller, meine Herren!«, rief er.

Am Morgen waren die Teile des eigens für das Team angefertigten Side-Scan-Sonars eingetroffen. Natürlich musste das Gerät nicht Teil für Teil, Schraube für Schraube zusammengebaut werden, aber es bestand dennoch aus mehreren Einzelteilen, die äußerst professionell und präzise zusammengefügt werden mussten. Es handelte sich um ein höchst sensibles Gerät.

Andrew Neal arbeitete so schnell er konnte, ohne dass die Qualität darunter litt. Er wollte dieses verfluchte Wrack genauso sehr wie die anderen finden. Er kniete auf dem Boden und ließ verschiedene Kabelstecker in ihre Buchsen einschnappen. Das Sonargerät stellte ein kleines Wunderwerk dar: Es konnte sich aus eigener Kraft bewegen, blieb dank eines ausgeklügelten Mechanismus stets in der gleichen Seetiefe, ließ sich dabei in seinem Kurs fernsteuern. Ältere Geräte benötigten ein Boot, das sie an einem langen Stahl- oder Nylonseil durchs Wasser zog, oder blieben stationär am Ufer verankert. Dieses Sonargerät hatte Neal zum Teil mitentwickelt. Das Miniatur-Echolot, das die Entfernung zur planen Seeoberfläche abtastete und so eine Fahrt in immer gleicher Tiefe garantierte, stammte von ihm.

Neal nahm die Fernbedienung, einen Computer mit Monitor, in den ein dreidimensionales Modell des Laacher Sees eingegeben worden war. Er trug die gewünschte Fahrstrecke des Sonarroboters ein und testete, ob die Propeller und Seiten- und Höhenruder des Lenk-Mini-U-Boots funktionierten. Ja, das taten sie. Der eigentliche Bodenscanner hing in einer Art Schlitten. Selbst wenn sich das Tauchboot in einer Wendekurve zur Seite neigte, zeigte er absolut senkrecht nach unten. So konnten später beim Erfassen des Seegrundes keine Verzerrungen entstehen. Neal lächelte zufrieden.

Neben ihm kniete MacGinnis, das Gesicht angestrengt und die Wange unter dem krausen Bart gerötet. »Klappt alles?«, fragte er angespannt.

»Bis jetzt ja«, antwortete Neal zufrieden.

»Werden wir unser Ziel damit aufspüren können?« MacGinnis war wie eine Pralinenschachtel: Man wusste nie, was man kriegte, wenn er mit einem sprach. Mal aufbrausend, mal sanftmütig, stets aber auf den Punkt. Die einzige Konstante war sein Missmut, der selbst dann nicht zu überhören war, wenn er am sanftesten sprach – was ja selten genug geschah.

»Mit Bestimmtheit kann ich nichts versprechen«, erwiderte Neal, »aber mit diesem Gerät erhöht sich die Wahrscheinlichkeit beträchtlich.« Er war Ingenieur, er dachte in Zahlen, Statistiken, Wahrscheinlichkeiten.

»Es muss hier schneller gehen, effizienter«, verlangte MacGinnis wieder in seiner üblichen drängenden Art. Der Ausbruch des Brubbels war ein Warnzeichen. Daran sollten seine Mitarbeiter stets denken – sie hatten es nicht nur mit dem Wrack und seiner Ladung zu tun, sondern mit einem Vulkan, dessen Gefährlichkeit niemand genau einschätzen konnte.

Am Anfang hatten sie die Flachwasserzone durchsucht, an der Stelle, wo die Augenzeugen in der Nachkriegszeit die abgestürzte Halifax gesehen haben wollten, waren jedoch nicht fündig geworden. Das Flugzeug war offensichtlich in tiefere Seeregionen gerutscht. Die Erdstöße der letzten Tage hatten es vermutlich noch weiter bewegt.

»Haben Sie von dem Geysir gehört, Neal?«

»Ahaaa«, presste Neal zustimmend aus seinem zusammengekniffenen Mund. Er konzentrierte sich völlig auf das vor ihm stehende Gerät.

»Hutter ist am Geysir«, erklärte MacGinnis, »und informiert sich.«

Die anderen nickten. Während Hutter das Assessment erarbeitete, befasste sich jeder mit seiner speziellen, ihm zugewiesenen Aufgabe. Es war Reginald MacGinnis, der die anderen über den Stand ihrer Teamkollegen informierte, der alle Fäden zusammenhielt.

»Wenn uns der Berg nicht um den Kopf fliegt«, meinte Neal, »dann finden wir die Halifax innerhalb einer Woche.«

Er sah zu seinem Kollegen hinüber, dem Nordengländer, der vor einem Monitor saß. Er tüftelte die Feinheiten des Stahlgerüsts aus, das für die Bergung gebraucht wurde. »In einer Woche haben wir die Details.« Er nickte. Der Nordengländer war ebenfalls ein junger Techniker, er ließ sich gerade einen roten Strubbelbart wachsen, der ihn älter erscheinen lassen sollte. Dann startete er eine neue Simulation, die Auskunft über die Festigkeit der Verschraubungen liefern sollte. Falls sich zu viel Wasser in dem Wrack befand, konnte die Belastung des Gerüsts höher sein als erwartet; ein Problem, das in der Konstruktion berücksichtigt werden musste. MacGinnis ging langsam zu dem Nordengländer hinüber und hörte geduldig dessen Erklärungen zu. Der Nordengländer errötete immer, wenn er mit dem Alten sprach. Er war noch zu unerfahren, um nicht ständig zu fürchten, ihm könne ein Fehler unterlaufen.

Neal drückte den Schalter des Side-Scan-Sonars auf on. Auf dem Bildschirm vor ihm erschienen Quadrate, Rechtecke, starke und schwache Linien, amorphe Flecken – ein Grundriss des Raumes, in dem sie sich befanden. Ganz verschwommen, wie das Foto eines Geistes, erschien der Flur hinter der Wand, und daneben noch Ahnungen der Nachbarzimmer. Es klappte. Neal war zufrieden.

Im Gegensatz zu einem Echolot, das ein Schallsignal direkt nach unten sendet, schickt der Side-Scan seine Töne zur Seite und erfasst somit keinen Punkt, sondern eine Fläche. Das resultierende Bild gleicht dann einer Schwarzweißfotografie des Bodens.

Neal winkte MacGinnis herbei und präsentierte ihm das Bild auf dem Monitor mit einer Handbewegung, wie Zauberer sie machen, bevor sie ein Kaninchen aus dem Hut ziehen.

»Wir können nun«, erklärte Neal die Besonderheit des Verfahrens, »die Form der von uns bereits festgestellten Anomalien im See erfassen. Wir sehen dann, welche davon das Flugzeug und welche beispielsweise nur ein großer eisenhaltiger Lavastrom sind.«

Reginald MacGinnis lächelte. Das waren gute Nachrichten.

»Alles, was wir finden und was annähernd kreuzförmig

ist«, fuhr Neal fort, »könnte die gesuchte Halifax sein. Alles, was nicht kreuzförmig ist, könnte immer noch ein Flugzeug sein, das im Schlamm versunken ist. Aber trotzdem könnten wir eine Form finden, die eindeutig der Bomber ist und auch die richtigen Maße hat. Das wäre der Idealfall, dann müssen wir nicht mehr länger suchen.«

Der Alte nickte. Neal war seine Wahl gewesen, er hatte den jungen Ingenieur vor Jahren direkt von der Universität geholt.

»Wir können zumindest zuerst die bereits mit dem Echolot lokalisierten Ziele genauer untersuchen, von denen wir annehmen, dass der Bomber vielleicht dort liegt. Wir sparen beträchtliche Zeit für sinnlose Tauchgänge.«

Neal ließ die Rotoren des Tauchroboters schnurren. »Selbst die lohnenden Ziele können wir eingehend untersuchen, bevor wir wertvolle Arbeitsstunden mit Tauchgängen verschwenden.« Er stoppte den Propeller, die Schrauben drehten sich noch einen Moment lang weiter und standen dann still. »Das sind unsere Augen.«

MacGinnis blickte auf eine Unterwasserkamera, die neben dem Sonargerät auf dem Linoleumboden lag. »Können wir die auf das Gerät montieren?«

»Ja, aber erst wenn die Testtauchgänge erfolgreich abgeschlossen wurden. Die Kamera verändert das Gewicht des Geräts, mag sein, dass es dann nicht mehr so einfach zu navigieren ist.«

Diese Informationen genügten dem Chef zu diesem Zeitpunkt. Er richtete sich auf und wandte sich wieder dem nordenglischen Ingenieur zu, der das Bergungsgerüst konstruieren und auf den bereits georderten Kran zuschneiden sollte

»Nun, mein Herr, und wie weit sind Sie mit der Simulation der Tragfähigkeit? Die Zeit drängt.«

Sein Handy klingelte. Sofort nahm er ab. Am anderen

Ende sprach Joe Hutter, der ihm aufgeregt schilderte, wie sich der Brubbel in einen gefährlich kochenden Geysir verwandelt hatte.

Vielleicht nimmt mir der Brubbel ja auch den schwersten Teil meiner Arbeit ab, dachte MacGinnis bei sich. Er blieb eine ganze Weile in Gedanken versunken. Dann sah er auf und rief, unerwartet fröhlich: »An die Arbeit, meine Herrn. Wir müssen ein Flugzeug aus dem Wasser holen!«

MacGinnis wollte sich gerade einen heißen Tee eingießen, da flackerten unvermittelt die Computerbildschirme, ein Monitor versagte sogar ganz den Dienst. Die Fensterscheiben klirrten. Einige Bücher polterten aus dem Regal. MacGinnis schüttete eine halbe Tasse über seine Hose.

»Ich werde einmal die Erdbebenwarte anrufen«, knurrte er ungehalten, »die sollen mir die neuesten Aufzeichnungen mailen.«

»Dauert es noch lange, Mami?«

Die Mutter sah auf die Uhr. »Nein, nicht mehr lange!«

Es waren höchstens noch fünfzehn Minuten bis zu dem gewaltigen Schauspiel.

Die Mutter und ihr Söhnchen standen unter Pappeln gegenüber von Leutesdorf auf dem Namedyer Werth, einer schmalen, bogenförmigen Insel im Rhein. Neben ihr und ihrem Sohn saß der Rest ihrer Reisegruppe. Die erfahrenen Besucher trugen Regencapes und klemmten sich Schirme unter ihre Arme. Rund dreihundert waren es. Hinter den Pappeln sah man die Berge.

Bald schon musste der gewaltige Geysir – der größte Kaltwassergeysir der Welt – erneut ausbrechen. Die Touristen reckten ihre Hälse nach oben – sechzig Meter, so hoch wie ein 20-stöckiges Haus – sollte er seine mächtige Wassersäule in die Luft schleudern.

»Bis dorthin spritzt der«, sagte die Mutter zu dem kleinen Jungen. Staunend blickte er zum blauen Himmel empor.

Ein Mann trat aufs Podium und schaltete ein Mikrofon ein. »Lassen Sie mich kurz ein paar Worte zur Geschichte des Andernacher Kaltwassergeysirs sagen – es ist der größte der Welt, er steht sogar im Guinessbuch der Rekorde!«

Raunen und Staunen bei den Zuhörern.

»1903 bemerkte man, wie im Altrheinarm Gasblasen aufstiegen, und bohrte hier auf der Insel Namedyer Werth nach Mineralwasser. Als man in 343 Metern Tiefe war, schoss unerwartet eine über fünfzig Meter hohe Wassersäule aus dem Boden. So etwas passiert hier häufiger, als man denkt. Im November 2009 wurde bei Wiesbaden eine Erdwärme-Probebohrung durchgeführt, dabei quoll Wasser aus 130 Metern Tiefe als Geysir nach oben – fast sechstausend Liter Wasser pro Minute. Es dauerte zwei Tage, bis das Bohrloch gestopft werden konnte! Unser Geysir hier, der Namedyer Sprudel, wurde schnell bekannt. Alle Zeitungen schrieben darüber, es entwickelte sich rasch ein reger Fremdenverkehr. Dann aber kam der Krieg, und unser Naturwunder geriet in Vergessenheit. 1957 wurde es dann ganz verschlossen.«

Der Touristenführer ließ seinen Blick über die Zuschauermenge schweifen, heischte offenbar nach Mitleid. Die Frau sah auf die Uhr – noch acht Minuten, dann würde der Mann ein Ventil öffnen.

»Um den unterirdischen Druck auszugleichen, wurde der Sprudel im Jahre 2001 wieder geöffnet.« Nun erklärte der Mann kurz, wie der Geysir funktionierte: Aus vulkanischen Quellen stieg Kohlendioxid auf, wurde von einer festen Schieferschicht festgehalten und gesammelt; wenn sich zu viel Gas angesammelt hatte, drückte es darauf das Grundwasser zu einer Riesenfontäne an die Erdoberfläche – hauptsächlich Schaum, denn die fünfzig Meter hohe Säule enthielt kaum mehr Wasser als ein durchschnittlicher Gartenschlauch.

Der Geysir stieg zwar hoch, blieb aber dünn. Heimlich hatte man den Geysir in den 1990ern abgelassen, durch ein 350 Meter langes Rohr geführt und durch ein Ventil gebändigt – es handelte sich also um ein künstliches Schauspiel. »Ließe man ihn natürlich sprudeln, bräche er etwa alle anderthalb Stunden aus. Ende des letzten Jahrhunderts hatte man geplant, Andernachs einzigartige Sensation für den Tourismus aufzubereiten – man erwartete damals bis zu 100 000 Besucher pro Jahr. Allerdings machten uns da die Umweltschützer« – der Fremdenführer sprach das Wort mit aller Verachtung aus – »einen Strich durch die Rechnung. Auf der Insel brüten Schwarzmilan, Pirol, Gelbspötter, Klein- und Grünspecht, und die sollten ihre Ruhe haben. Glücklicherweise setzte sich die Vernunft durch, und somit sind Sie heute hier.«

»Wie lange dauert das noch?«, fragte der Sohn.

»Höchstens noch fünf Minuten!« Die Frau spähte kurz auf die Uhr, nickte dann.

Sie hoffte, dass der Mann nicht die ganze Zeit über weiterreden wollte. Es war schon schwer genug gewesen, eine der limitierten Karten für eine der rund dreißig Gruppen zu bekommen, die jedes Jahr im Rahmen einer Schiffstour auf die Naturschutzinsel durften. Auch die Gesichter der anderen Touristen, die um sie herumstanden, verrieten eher Langeweile als Interesse.

Der Mann fügte Datum an Datum, Detail an Tiefenangabe, Informationen zum Wasserdruck an Statistiken über Besucherzahlen. Sie hörte nicht zu, weil sie auf ihren Sohn achtete, der immer ungeduldiger wurde.

»Lassen Sie mich hiermit zum Ende kommen«, führte der Fremdenführer endlich aus. »Ich öffne jetzt den Schieber.«

Für die Zuschauer verborgen, befand sich das obere Ende des Rohrs hinter einem Stapel Bruchsteine. Sie gaukelten ein natürliches Ambiente vor. Es dauerte ein paar Sekunden, dann hörte man ein lautes Plopp!

»Aaah!«, tönte es aus dreihundert Mündern.

Wie in Zeitlupe schäumte die Fontäne nach oben – immer höher, bis in den Himmel hinauf. Nach einer Minute lag ihre Spitze auf einer Höhe mit den Wipfeln der umstehenden Pappeln und Weiden, dann stieg sie auf dreißig, vierzig, vielleicht fünfzig Meter, dann noch höher.

Die Erde zitterte, was all jene verblüffte, die dieses Naturschauspiel nicht zum ersten Mal sahen. Und noch etwas war anders als sonst: Blutrot wallte das Wasser, als es emporquoll – von gelösten Eisenteilchen, wie die Zuschauer später in den Abendnachrichten erfuhren.

Mit einem lauten metallischen Geräusch, als prallte ein Auto gegen ein anderes, platzte das Rohr, das den Geysir aus den tiefen Erdschichten nach oben brachte. Mit aller Gewalt schoss das Wasser heraus.

Eine frische Brise kam auf, zerzauste die Haare der Touristen. Als die Fontäne in sich zusammenbrach, trieb der Wind Wassertropfen in die Zuschauermenge – einen feinen feuchten Nebel. Fein und feucht und kochend heiß.

Die Menge begann zu schreien. Aus vereinzelten Aufschreien und Schmerzensrufen formte sich ein gemeinsames Klagen. Die Zuschauer hielten sich die Hände vor das Gesicht, versuchten, ihre Augen zu schützen, duckten sich. Manche legten sich flach auf den Boden; alle in dem hilflosen Versuch, dem Sprühregen aus siedendem Wasser zu entgehen, der auf sie niederprasselte und jede Hautpartie, die er traf, schmerzhaft verbrannte.

Panik entstand.

Theresa packte sich ihren Sohn und lief davon – einfach nur fort. Ein Ruck ging durch die Zuschauer: eine Fluchtbewegung fort vom Geysir, hin zu den Eingängen, zum Bootssteg, weg von den Schmerzen und Stichen, die jeder einzelne Tropfen verursachte. Der Sprudel röhrte, und in das Donnern mischten sich die spitzen Schreie der Verletzten.

Wie eine Herde kopfloser Tiere bewegten sich die Zuschauer die Wiese hinab. Ein Kind fiel auf den Boden, krümmte sich zusammen, um den trampelnden Beinen und Füßen zu entgehen, die rechts und links von ihm auf den Boden stampften. Einige Erwachsene, von denen keiner auf den Boden blickte, stapften wild darüber, das Kleine schrie hilflos auf und rief verzweifelt nach seiner Mutter. Eine Frau beugte sich hinab, hielt ihren Körper wie einen Schutzschild über das wehrlose Kind, fasste es dann beherzt mit beiden Armen, zog es hoch und trug es in Sicherheit.

Ein älterer Mann schleppte seine Gattin aus der Menschenlawine heraus und setzte sie auf einem Stein ab. Er atmete schwer vor Anstrengung. Die Menschen brandeten ans Ufer des Rheins und wichen ängstlich vor den moosgrünen Strudeln des Flusses zurück, weil sie sich nicht ins Wasser wagten. Sie waren bestimmt längst aus dem Bereich des Geysirs heraus, mussten keine weiteren Schmerzen befürchten. Sie rutschten auf den toten, vom heißen Wasser gekochten und von den Rheinwellen an Land getragenen Fischen aus.

Der Boden vibrierte, dann bebte er und platzte auf. Aus dem Krater kam nicht mehr länger nur eine schmale Fontäne; der Quelltopf verwandelte sich in einen gewaltig aufwallenden Kessel, dessen Wasserarme bald schnell über den Boden in alle Richtungen rasten. Erneute Schreie, und die Menschen kletterten auf Felsen und leichte Erhöhungen.

Ein Aufschrei der Erleichterung erklang schließlich, als sich vom Rheinufer her das Fährschiff näherte, das sie in Sicherheit bringen konnte. Immer neue eisenrote und glühendheiße Wassermassen schwappten aus dem Krater. Dann hob sich erneut eine gewaltige Wassersäule aus dem Erdloch und schoss mehrere Stockwerke hoch in die Luft, brach in sich zusammen und fiel in riesigen Tropfen auf den Boden zurück. Es prasselte und toste, es bebte und dampfte.

Als alle sich auf dem Schiff zusammendrängten und es gerade vom Bootssteg ablegte, erfolgte eine neue Eruption.

Die Eifel hatte eine Touristenattraktion weniger, die Wissenschaft ein Rätsel mehr.

Es gab kaum einen Fernsehsender, der an diesem Abend keine Reportage aus der Eifel ausstrahlte. Reporter umlagerten die Krankenhäuser, die Umweltämter, die vulkanologischen Stationen.

Ausdrucke der Artikel verschiedener lokaler und überregionaler Tageszeitungen, Internetmeldungen, Blogs, YouTube-Videos und einige gebundene Forschungsberichte stapelten sich auf Franziskas Schreibtisch. Mit einem Textmarker in der Hand und einem Laptop versuchte sie, in das Chaos sich widerstreitender Augenzeugenberichte Ordnung zu bringen, Tatsachen und Meinungen zu trennen und das Ergebnis mit Forschungsarbeiten von anderen Zonen mit Supervulkanen, etwa dem Yellowstone-Nationalpark in den USA, zu vergleichen. Deutete das, was am Brubbel und praktisch gleichzeitig am Namedyer Sprudel in Andernach geschehen war, auf einen Ausbruch der Eifelvulkane hin? Oder konnte es auch andere Ursachen geben? Franziska hoffte es. Doch zurzeit ließ sich die gerade entstandene Aktivität nicht anders als mit einer steigenden Magmakammer erklären.

Franziska fasste zusammen, was den verschiedenen Augenzeugenberichten zufolge geschehen war: Da sprachen manche von einem Brüllen; einem Röhren, andere wiederum gaben an, alles habe sich ganz lautlos ereignet. Die Höhe der ersten, eigentlich planmäßigen Eruption schätzten die Zeugen unterschiedlich, einige glaubten gar, das Wasser sei »über 200 Meter hoch« geschossen. Sie erinnerte sich an ihre eigenen Erfahrungen am Brubbel: Was sich in Andernach ereignet hatte, musste vergleichbar gewesen sein, aber um das Zehnfache gesteigert. Das musste sie mit einrechnen, wenn sie beispielsweise las, die Erde habe gebebt wie bei einem starken Erdbeben, »wie in den Fernsehbildern von Japan«, die Bäume hätten sich geschüttelt, oder die ganze Rheininsel sei spürbar um einen halben Meter gesunken. Die Erde sei aufgeplatzt, hatten einige Beobachter den neugierigen Reportern erzählt, mit einem gewaltigen Brüllen, sogar Lava sei geflossen und habe einzelne Menschen erfasst, die schreiend in dem glühenden Gesteinsbrei versunken seien. Davon stimmte ganz gewiss nichts: Ein Geysir spuckt kein glutflüssiges Gestein, und sämtliche Besucher des Ausbruchs waren sicher auf das Schiff gelangt und gerettet worden. Es gab wohl einige Verletzte, aber keine Schwerverletzten.

Uwe Lauf steckte seinen Kopf in den Türrahmen und betrachtete Franziska interessiert. »Was tun Sie da, Frau Jansen?«

»Ich schaue mir die Presse- und Internetmeldungen über die Geysirausbrüche an. Jede Menge Konfusion bei den Berichten, aber ich denke, dass ich eine logische Sequenz der Ereignisse von Andernach herausarbeiten kann.«

Lauf fasste nervös an seine Brille und ruckte sie zurecht. »Bitte«, meinte er verlegen, »geben Sie keine weiteren Panikmeldungen an die Presse. Wir müssen erst prüfen, was die Ursachen für all das sind.«

»Keine Angst, Herr Lauf«, gab Franziska zurück. Sie konnte schon selbstsicher sein, denn sie wusste nur zu genau, dass ihre ersten Andeutungen eines erneuten Ausbruchs sich langsam zu bestätigen begannen. Was sollten die plötzlich heiß hervorsprudelnden Geysire denn anderes sein als Vorboten eines neuen, großen Ausbruchs? Das begriff auch Lauf, und daher war er so verhalten. »Ich werde erst so umfassend wie möglich recherchieren, und ich erzähle auch keine Horrorromane mehr vor laufenden Kameras. Es ist viel zu ernst.

Wir brauchen dringend Hitzesensoren auf dem Grund des Laacher Sees. Und wir brauchen Geld.«

»Geld, ja«, erwiderte Lauf nachdenklich, »Geld aufzutreiben ist immer dann schwer, wenn man es wirklich benötigt ...«

»Unser heutiger Ausflug hat mir sehr gefallen.«

»Mir auch«, gab Franziska zu und lächelte ins Telefon. Sie freute sich über Joes Anruf – fast zu sehr, wie sie sich selbst eingestand. Eigentlich fand sie seinen unerwarteten Anruf zu forsch, zu offensichtlich, zu durchschaubar, aber sie fühlte sich geschmeichelt und – ja, sie wollte von ihm angerufen werden.

»Es tut mir leid, dass ich so plötzlich wegmusste, aber die Pflicht rief«, sagte Joe. »Ich möchte mich dafür entschuldigen ...«

»Wohin mussten Sie eigentlich so schnell?«

»Tut mir leid. Ich darf über Einzelheiten meiner Tätigkeit sprechen. Ich hoffe, Sie verstehen ...«

»Schon gut«, unterbrach ihn Franziska unwillig.

»Lassen Sie uns doch nicht streiten!«, bettelte Hutter.

»Schon gut.« Auch Franziska wollte keinen Streit, ganz und gar nicht. Das war ihr spätestens klar geworden, als Hutter sie am Brubbel aufgefangen hatte. Normalerweise reagierte sie auf so etwas sehr unwirsch, aber bei ihm – er hätte gar nicht mehr loslassen müssen.

»Lassen Sie mich das wieder gutmachen, bitte. Wollen wir nicht zusammen essen gehen? Wir können über den Laacher Vulkan sprechen, aber natürlich müssen wir das nicht. Wie wäre es heute Abend? Also jetzt gleich?«

Franziska zögerte.

»Sagen Sie einfach ja.«

»Ja.«

»Gut, ich hole Sie ab ... in einer Stunde?«

»Gerne«, entgegnete Franziska ein Spur zu schnell, wie sie selbst fand.

Jetzt musste sie blitzschnell einen Babysitter für Clara finden. Doch wen? Mehr als die neugierige Nachbarin, bei der sie Clara ließ, wenn sie abends ihre fünf Kilometer joggte, fiel ihr in der Eile nicht ein. Die anderen Kindermädchen, die sie ab und zu beschäftigte, hatten einen weiteren Anfahrtsweg – und dort konnte Clara auch nicht übernachten.

Also fragte sie ihre Nachbarin. Die quittierte die Anfrage mit einem zweideutigen Lächeln. »Machen Sie sich einen schönen Abend«, sagte sie, dann zwinkerte sie ihr verschwörerisch zu. »Sie haben sich das ja wirklich verdient. Klar, ich kümmere mich um die Kleine.«

Franziska probierte fast ihren gesamten Kleiderschrank durch. Das rote Kleid war wohl einen Tick zu aggressiv, bei dem mit dem Blumenmuster zeichnete sich ihr Bauch viel zu deutlich ab. Außerdem war es zu weit ausgeschnitten – sie wollte ja nicht wie eine verzweifelte Jungfrau auf Brautschau aussehen. Dann das Graue, wie wirkte das überhaupt – ganz in Grau? Das Schwarze war ihr entschieden zu kurz, und beim Blauen fiel es ihr schwer zu entscheiden, welche Schuhe sie dazu tragen sollte.

Schließlich wählte sie schwarze Jeans und ein rotes T-Shirt. Er sollte mich so mögen, wie ich bin!, tröstete sie sich. Dann ging sie zum Schrank zurück und angelte den Push-up aus dem Stapel. Ein bisschen angeben muss man aber auch, rechtfertigte sie ihre Entscheidung. Er soll ja auch etwas neugierig werden.

Sie streifte gerade das T-Shirt wieder über, als Clara durch die angelehnte Tür zu ihr hineinsah: »Du guckst ja so wie lange nicht mehr. Warum bist du denn so aufgeregt, Mama?«

»Bin ich aufgeregt?«

»Mami, du hast doch ganz rote Bäckchen!«
Sie zog dann doch das Schwarze an.

Franziska trug ihre langen Haare hochgesteckt. Als Joe sie abholte, hatte sie gesehen, wie ihn das erstaunte und wie er sie unwillkürlich angestarrt und dann insgeheim gelächelt hatte. Sie bemerkte, dass sie ihm gefiel. Das war gut so! Sie hatte diesen Mann ja sofort gemocht, der gleichzeitig so seltsam ruhig, dann wieder aufgeregt wie ein kleines Kind war. Er wirkte stets ein wenig geheimnisvoll, konnte plötzlich schroff sein und ging dennoch so offen auf sie zu.

Joe stellte fest, dass Franziska Jansen Parfüm benutzt hatte, einen dezenten Duft. Das verwirrte ihn, Vertrautheit und Fremdheit so nahe beieinander, aber es forderte ihn heraus.

»Lassen Sie uns heute Abend nicht von der Arbeit reden«, schlug Hutter gleich zu Anfang vor, als sie im Restaurant Platz nahmen. »Ich will jetzt weder etwas von Vulkanausbrüchen hören noch von Erdbeben.«

»Das Lamm soll hier sehr gut sein«, meinte Franziska und reichte Hutter die Speisekarte.

»Ich esse lieber Salat«, entgegnete er. »Ich bin Vegetarier.«

Franziska blickte ihn erstaunt an, wohl zu erstaunt, denn er fügte gleich hinzu, als habe er die Pflicht, sich zu erklären: »Die armen Tiere tun mir leid.«

»Ich esse auch nur ganz selten Fleisch. Und dann wenig!«

Hutter lachte. »Das ist die übliche Reaktion. Das – oder jemand sagt: Du isst aber den armen Tieren das Essen weg.«

Franziska starrte ihn irritiert an. Verdammt! Dass ich so etwas sage!

»Machen Sie sich keine Sorgen«, beruhigte Hutter sie, »ich bin es gewohnt, in einer Welt von Fleischfressern zu leben. Ich bin auch kein Moralapostel. Essen Sie einfach, was Sie wollen, und ich erfreue mich an meinem Salat.«

»Fisch essen Sie doch?«, fragte der Kellner, der seine letzten Worte mitbekommen hatte. Er wirkte leicht überheblich.

»Haben Sie einen Fisch, der an Bäumen wächst oder Wurzeln hat?« Joe schüttelte den Kopf. Schließlich bestellte er ein Blumenkohl-Käse-Medaillon. Vermutlich kam das direkt aus der Tiefkühltruhe. Der Kellner eilte davon.

»Ich esse lieber den armen Tieren ihr Futter weg«, erklärte Joe Hutter, zu Franziska gewandt. »Sorry, aber als Vegetarier ist man den Leuten wirklich hilflos ausgeliefert.«

»Sie wussten sich schon zu wehren«, meinte Franziska und grinste.

»Ja, als Schotten werden wir mit der Streitaxt in der Hand geboren.«

»Wirklich?«

»Wenn das Ungeheuer von Loch Ness dein Haustier ist, musst du schon bewaffnet sein«, erklärte Joe mit todernster Mine.

Franziska lachte lauthals. Natürlich war der Mann viel zu nett, um brutal zu sein. Sie mochte seinen Witz. »Wie ein Bürohengst wirken Sie aber nicht gerade.«

Joe blickte auf seine Hände – breite Hände, Arbeiterhände. Sie verrieten noch den Vater, die Herkunft.

Franziska versuchte, das Gespräch in eine andere Richtung zu lenken. »Was interessiert Sie denn außer ... Vulkanen?«

Ein rotes Funkeln flackerte über Joes Augen, der Widerschein der Flammen in einem offenen Kamin. Hutter war, so stellte sich heraus, wie wohl jeder Brite, ein großer Musikfan. Er sprach begeistert über Gruppen, die Franziska nicht einmal vom Hörensagen kannte: XTC, Altered Images, Sonic Youth. Einzig die Pet Shop Boys und die Beatles sagten ihr etwas.

»Ich mag Coldplay«, sagte Franziska, eine der wenigen englischen Gruppen, die sie kannte.

Joe kommentierte das nicht. Coldplay war für ihn bloß einfältiges Gewinsel. Es blieb ihm ein Rätsel, warum sich Menschen mit der Musik abgaben, die zufällig im Radio lief, aber er hütete sich, das auszusprechen.

Franziska bewunderte die Begeisterung, die er selbst für so nebensächliche Dinge aufbrachte wie die Musik, die nebenher im Radio dudelte. Sie merkte, wie sehr Hutter sie faszinierte, was ihr eine gewisse Angst einjagte. Sie wollte nicht wieder von einem Mann verletzt werden, der ihr erst den Kopf verdrehte und sich dann davonmachte.

Und Hutter liebte Schottland: »Dort atmet alles Geschichte. Noch als ich ein ganz kleines Kind war, zeigte mir mein Vater die überwucherten Steinkreise im Moor und die verfallenen Hütten der Bauern, die nach Amerika vertrieben wurden, als die englischen Grundbesitzer das Land aussaugten.«

Als Hutter bemerkte, wie viel er redete, forderte er Franziska auf, etwas von sich zu erzählen. Franziska redete über Clara: Wie stolz sie auf ihre Tochter war. Clara war so klug, so aufmerksam – für ihr Alter brachte sie bereits sehr viel Verständnis für die Lage ihrer Mutter auf, die ja so einfach nicht war. Schließlich erzählte Franziska sogar von dem Vater ihrer Tochter, von ihrer Enttäuschung, dass sie sich manchmal überfordert fühlte – und einsam.

Sie plauderten beide, während sie aßen. Es fühlte sich für Joe gut an, endlich einfach einmal zu reden, über seine Hobbys, Schottland, Pop, Whisky und die Unfähigkeit der Deutschen, guten Tee zu kochen. Er beugte sich zu ihr über den Tisch, um ihr näher zu sein. Hutter berührte sie fast, und sie wich nicht zurück. Es war beinahe, als wären sie alte Bekannte.

»Darf ich Ihnen noch etwas bringen? Einen Kaffee oder einen Schnaps?«, fragte der Kellner beim Abräumen. Hutter ließ sich die Getränkekarte bringen.

»Ich trinke nur Glenmoriston«, erklärte er Franziska. »Das ist ein Spleen von mir. Stilisierte Heimatverbundenheit. Der Whisky, den es hier gibt, ist absolut ungenießbar.« Er zwinkerte ihr zu. »Wenn man Whisky oder Tee liebt, ist Deutschland wirklich eine schlechte Adresse.« Glenmoriston war ein Whisky aus seinem Heimatdorf und wurde in der Nähe von Fort William in einer Destillerie hergestellt.

Joe lächelte verschämt, weil sie ihn für einen Snob halten musste, dann suchte er in seiner Tasche nach etwas.

»Ich habe eine Kleinigkeit für Ihre Tochter mitgebracht«, meinte er und wirkte dabei etwas verlegen. Er zog eine Plastikfigur hervor, ein Männchen mit rotem Haar, mit einem Schottenrock bekleidet. Er reichte es Franziska. »Drücken Sie mal auf den Rücken.«

Franziska erfühlte einen kleinen runden Knopf unter dem Puppenhemd und drückte darauf. Es erklang die quäkende Melodie eines Dudelsacks. Sie musste lachen. »Wollen wir nicht zum Du übergehen?«, fragte sie plötzlich und schämte sich im nächsten Augenblick für ihre Direktheit.

Hutter war nicht brüskiert. »Gern – ich bin Joe.«

»Franziska.«

Er lachte. Er hatte sie für sich längst so genannt. Das Eis war gebrochen, die Beziehung auf eine private Ebene gestellt worden. Doch was jetzt? Wie machte man jemandem klar, dass man ihn öfter sehen will, länger, vor allem: nicht beruflich? Er konnte es ihr einfach sagen und sie dadurch völlig vor den Kopf stoßen. Oder vielleicht wartete auch sie nur darauf, dass er es endlich sagte. War es nicht besser, nicht zu handeln und stattdessen Franziska die Initiative ergreifen zu lassen? Oder war das Feigheit? Ein Glas Glenmoriston würde ihm beim Denken jetzt helfen!

Reginald MacGinnis riss ihn aus seinen Überlegungen. Joes Mobiltelefon vibrierte in seiner Tasche. Auf diesem Telefon rief nur sein Chef an.

Joe griff nach dem Handy, entschuldigte sich und drehte Franziska den Rücken zu.

MacGinnis verlangte, dass Hutter sich unmittelbar in den Besprechungsraum begab und sich Side-Scan-Aufnahmen eines Zieles ansah. Neal hielt es für lohnend, und wenn Hutter dem zustimmte, ging es hinein in den See. Notfalls in einer nächtlichen Tauchaktion. Es blieb keine Zeit, jeden Fund erst einmal ausführlich zu dokumentieren oder zu diskutieren. Jedes überflüssige Wort kostete ja unnötige Zeit – wenn Neals Auswertungen auf etwas stießen, musste unverzüglich gehandelt werden. Da unten lag eine Zeitbombe, und der See machte sie mit jeder Sekunde gefährlicher.

Franziska fühlte sich zurückgesetzt. Erst diese Freundlichkeit, ja Verlegenheit, und nun drehte sich Joe von ihr weg, zeigte so auf drastische Art, dass sie nicht zählte. Er flüsterte ins Telefon, ganz offensichtlich sehr darum bemüht, dass sie bloß nichts mitbekam. Dann legte er auf.

»Sorry ...«

»Ist es was Schlimmes?«

»Ich muss leider weg! Sofort!«

Mit diesen Worten sprang er auf und verschwand.

Franziska blickte ihm wütend nach.

Joe war in das Hauptquartier geeilt, hatte aber feststellen müssen, dass das Ziel doch nicht erfasst worden war. Neal teilte ihm das in knappen, enttäuschten Worten mit. Eine Neuanalyse hatte das angebliche Flugzeug verschwinden lassen, es war wohl nur ein Fels gewesen. Hutter musste nicht tauchen.

Er fand keinen Schlaf. Der Abend hatte ihn aufgewühlt. Er sollte sich mit Franziska Jansen treffen, um das Gefahrenpotenzial auszuloten, das die gegenwärtigen geologischen Vorgänge auf das Projekt als Ganzes haben könnten. Es ging nach wie vor um die Rettung vieler Menschen, aber es war auch ein Fenster aufgegangen in eine Zukunft, an die er zuvor nie gedacht hatte. Das machte ihn nervös. Er war hier, um einen Job zu erledigen. Doch die Dinge änderten sich, Prioritäten verschoben sich.

Er klappte den Laptop auf, schaltete ihn ein und betrachtete einen Film über ein Schaf. Die Bilder flackerten. Der Film war noch mit einer Kamera aufgenommen worden, die man wie eine Uhr aufzog.

Das Schaf fraß Gras. Es war mit einem Seil an einen Pfosten gebunden. Dann zuckte es plötzlich, stürzte zu Boden, strampelte mit den Beinen und verdrehte die Augen. Der Ton fehlte, aber Joe stellte sich ein jämmerliches Blöken vor, dann ein schreckliches, angsterfülltes Schreien.

Das Schaf krümmte sich, wenige Augenblicke löste es sich buchstäblich in Luft auf.

Hutter überlegte, welche Panik hier um sich greifen würde, wenn die Menschen erfuhren, warum er und das Team an diesen See gekommen waren. Und wenn sie erfuhren, dass das Wrack noch immer nicht aufgespürt worden war.

Unvermittelt dachte er an Franziska. Das tolle schwarze Kleid, das sie getragen hatte, war viel zu kurz gewesen. Sie hatte den ganzen Abend lang immer wieder am Saum gezupft, um ihn wenigstens in die Nähe ihrer Knie zu ziehen, doch das gelang ihr nicht. Als eine Mischung aus Sirene und naivem Kind rutschte sie auf dem Stuhl. Diese Zupferei hatte Joe nur dazu gebracht, sich auf ihre schlanken, wohlgeformten Beine zu konzentrieren. Fältchen bildeten sich um ihre Augen, wenn sie lachte, und sie lachte oft. Er mochte die Art, wie sie über ihre Tochter erzählte. Er ahnte, welche Anstrengungen es für sie bedeutet hatte und noch bedeutete, die Tochter alleine zu erziehen und dabei einen verantwortungsvollen Job zu erledigen. Er bewunderte sie für ihre Kraft. Er mochte, dass sie nicht verhärtet war von all dem. Sie musste ihm gegenüber misstrauisch sein, natürlich, man hatte sie schon einmal betrogen, und er würde ihr Misstrauen bestätigen, natürlich, weil auch er sie betrügen musste. Sie durfte nichts von ihm wissen. Da kann man sein ganzes Leben lang moralisch den anderen überlegen sein – und befindet sich plötzlich in so einer Situation. Kopf – ich werde lügen; Zahl: Ich lüge.

Trotzdem: Wie gerne wäre er jetzt bei ihr.

Sein Job erforderte es, dass er von Ort zu Ort reiste wie ein moderner Nomade. Niemals länger als ein paar Monate irgendwo, dann weiter. Ist der Drache tot, braucht man den Helden nicht länger. Nach der Bergung des Bombers würde er fort sein, irgendwo auf der Welt – ein anderer Brennpunkt, ein ähnliches Spiel.

Er startete den Film ein zweites Mal. Erneut stürzte das Schaf zu Boden, japste, strampelte und löste sich auf.

Und doch: Wer sagte denn, dass dies nicht sein letzter Auftrag sein konnte?

»This could be the first day of my life«, summte er mit Melanie C. vor sich hin. »Talking to myself ...« summte er und lachte plötzlich. Er führte gerade Selbstgespräche.

Er schenkte sich einen Fingerbreit Glenmoriston ein, ein bernsteinfarbener Tropfen, ließ das Lebenselixier durch seine Kehle rinnen, atmete erleichtert auf und ging dann endlich schlafen.

TEIL II

Sie belügen mich, und ich muss die Lüge sein.
(Jorge Luis Borges: *El cómplice*)

1

»Wie findest du denn den Schotten?«

Clara hielt die Puppe hoch wie ein Fußballer einen Pokal nach dem Endspiel. Sie hatte wohl schon zum hundertsten Mal den Knopf gedrückt, die Dudelsackmusik war bereits schwächer und noch leiernder geworden. »Der ist klasse, Mama.«

Puh! Gute Nachrichten für Franziska.

Clara verschwand in ihrem Kinderzimmer. Franziska starrte das Telefon an. Sollte sie? Oder besser nicht? Die Gedanken an Joe ließen sich nicht so leicht verdrängen, weil aus dem Nebenzimmer ununterbrochen Dudelsäcke herüberdrangen. Andererseits hatte er sie brüsk zurückgelassen, als sein Telefon klingelte ...

Sie nahm das gerahmte Bild vom Fensterbrett. Ein Foto aus glücklicheren Tagen. Es zeigte links und halb angeschnitten den mittlerweile abwesenden Vater und rechts sie. In die Mitte hatte sie ein Foto von Clara geklebt, Clara im Alter von drei Jahren, selig lächelnd.

Vor zwei Jahren hatte sie dieses Bild montiert, damit Clara einmal wusste, wie ihr Vater ausgesehen hatte. Dieser elegante Kerl – dieser Blender. Sein überlegenes Lächeln mit den strahlend weißen Zähnen erinnerte Franziska daran, wie er sie umgarnt hatte. Vermutlich nicht nur sie – wer konnte schon sagen, wie viele seiner Überstunden heimliche Treffen mit anderen Frauen gewesen waren? Trotzdem: Sie hasste ihn nicht, konnte ihn nicht hassen, nicht einmal verachten – er hatte ihr Clara geschenkt.

Der Dudelsack quäkte erneut. Sie stellte sich Hutter im Schottenrock vor, eines dieser unförmigen Musikinstrumente umgeschnallt, das Pfeifenrohr im Mund, wie er auf einem Besucherparkplatz am Loch Ness oder vor dem Castle von Edinburgh auf und ab schritt, eine Mütze zum Geldsammeln vor sich. Nein, das war lächerlich. Sie sah ihn eher als Bergsteiger, im Wintersturm steile Hänge erklimmend.

Sie hatte sich nie geschworen, nie wieder etwas mit Männern zu tun haben zu wollen. Aber jeden neuen Versuch hatten die alten Zweifel begleitet, ihr Unbewusstes arbeitete Verdächtigungsszenarien in Romanlänge aus, und das Misstrauen zerfraß alles. Nun war Hutter da, ein netter Kerl, ehrlich und voll Zuwendung. Wie er sie aufgefangen hatte, als sie am Brubbel ausgerutscht war! Wie er ihr im Restaurant in den Mantel geholfen hatte! Und das hatte nichts mit den falschen Aufmerksamkeiten von Claras Vater zu tun, die nur dazu dienten, sie zu beruhigen und sich dabei anderen Frauen als Galan zu präsentieren. Hutter war echt, aber er ließ sie immer wieder stehen. Egal, was sie taten, irgendwann erhielt er einen Anruf, ließ alles liegen und stehen und verschwand.

Sie griff nach dem zerfletterten Buch mit den Affirmationen, das sie selbst ihren engsten Freunden nicht zeigte. Für so etwas schämte man sich als moderner Mensch. Sie klappte die violett bedruckten Seiten auf: »Niemand hat die Erlaubnis, dich nicht zu mögen. Du hast das Recht, geliebt zu werden.« Sie legte das Bändchen in die Schublade zurück. So war es!

Es mangelte ihr nicht an Selbstvertrauen, im Gegenteil: Ihre Führungen durch die Vulkaneifel gehörten zu den beliebtesten Touren, die das ScienceCenter anbot. Sie wusste auch, dass sie gut aussah, die oft genug viel zu anzüglichen Blicke der Männer bewiesen es ihr immer wieder. Aber nach der gescheiterten Beziehung zu dem Vater des Kindes, wegen der Tatsache, dass er sie betrogen hatte, und weil manch andere

Versuche, einen neuen Partner zu finden, zu schnell und zu drastisch im Chaos geendet waren, blieb ein Unbehagen, ein Zweifel: Geht es denn tatsächlich schon wieder? Sollte ich nicht lieber warten?

Und nun gefiel ihr dieser Joe Hutter. Das geschah zu schnell, zu unkontrolliert, und wenn sie etwas brauchte in ihrem Leben, dann war das unauffällige, unaufgeregte Selbstkontrolle. Nicht ihretwegen, sondern wegen Clara. Ein Kind fühlt, wenn etwas nicht stimmt.

Niemand hat die Erlaubnis, mich nicht zu mögen. Ich habe das Recht, geliebt zu werden.

Sie wollte nie wieder im Stich gelassen werden.

Aus dem Kinderzimmer drang immer noch »Amazing Grace« herüber. Es war nur noch eine Frage der Zeit, bis die Batterie leer war.

Manchmal erschrak sie selbst darüber, wie spießig ihre Träume von der Zukunft mittlerweile waren: ein Eigenheim, weiß gestrichen mit rotem Dach, ein gepflegter Rasen und ein Vorgarten, das Kind im fröhlich tapezierten Kinderzimmer, der Mann, der abends regelmäßig und pünktlich von der Arbeit nach Hause kommt, die Urlaube *all inclusive* im familienfreundlichen Hotel mit Bar, Pool und Animation in einem beliebten Feriengebiet ohne Vulkane in der Nähe und zu Hause Sonntagsausflüge mit dem Fahrrad und Mann und Kind.

Noch erschreckender war, dass in diesen Phantastereien Joe Hutter, der seltsame Brite, an ihrer Seite entlangspazierte, Clara an der Hand, die lächelnd zu ihm aufsah. Man konnte sich so schnell etwas vormachen, und sie kannte diesen Mann überhaupt nicht.

»Amazing Grace.« Ja, Clara hatte er schon erobert, mit einem so billigen Trick wie einer Dudelsack spielenden Puppe! So einfach würde er es bei ihr nicht haben.

»Mama, schaust du schon wieder das Bild an?«, fragte

Clara, die plötzlich neben ihr stand und ihr über beide Ohren strahlend den völlig ermatteten und endlich verstummten Kiltträger entgegenstreckte.

Nach mehreren Wochen mit königsblauem Himmel war es nun bewölkt und grau. Es sah nach Regen aus.

Franziska handelte nach einem Spruch aus einem Kalender, den sie sich einmal notiert hatte: »Ergreife den Tag.« Also rief sie Joe an.

Sie versuchten es beide mit etwas Small talk. Dann piepste es drei Mal in der Leitung:

»Tut mir leid«, unterbrach er, »jemand klopft bei mir an. Ich muss …«

»Schon gut«, meinte Franziska. Natürlich. Als hätte sie es nicht anders erwartet.

»Ich melde mich gleich wieder!«, erklärte Joe und legte auf.

Verdammt, schimpfte Franziska vor sich hin, bin ich denn nichts wert? Sind die anderen wirklich immer wichtiger? Kaum piept sein Mobiltelefon, bin ich abgeschrieben. Doch Joe hielt Wort – keine zwei Minuten später vibrierte ihr Handy. Ärgerlich hob Franziska ab. Wie zur Entschuldigung bat er sie gleich um ein Wiedersehen. Er fragte sie, ob sie ihm die Stellen des Sees zeigen könnte, die für eine vulkanologische Untersuchung und für eine Bewertung des Gefahrenpotenzials am interessantesten waren. Franziska sagte zu, allerdings zögernd. Sie erklärte, dass Clara mit von der Partie sein müsste. Am Sonntag war der Kindergarten geschlossen, sie fand auf die Schnelle auch keinen Babysitter, der auf ihre Tochter aufpassen würde.

Sie warteten in einem längeren Stau an einer Baustellenampel, weil eine Fahrspur der Straße gesperrt war. Im Asphalt klaffte ein breiter Spalt. Ein Gebäude stand eingerüstet, überall hingen Warnschilder: »Achtung! Einsturzgefahr!«

Es dauerte drei Ampelphasen, bis Joe endlich an die Reihe kam. Nie verlor er seine Geduld.

Franziska dirigierte ihn von Wassenach aus, einem Dorf, das auf der Hügelkette lag, die den See umzog, zu einer scharfen Kurve in der Landstraße, an der die Felder am Ortsrand in einen Mischwald übergingen, und deutete auf die rechte Seite.

»Hier parken wir!«

Joe Hutter stellte seinen Wagen auf einen Parkplatz vor einem Hotel. Sie stiegen aus, und Franziska wies auf einen mächtigen Block aus Basaltlava.

»Hier geht es los!«, sagte sie und zeigte auf den Waldrand.

Sie liefen den Weg empor. Er bildete den festen Bestandteil ihrer Touristenführungen, die mit diesem Programmpunkt entweder begannen oder endeten. Es roch nach Kiefernharz und Blütenstaub. Clara hüpfte voran, ein fröhlich schwirrender Schmetterling auf einer Wiese voller Blumen.

Nach einem kurzen Anstieg gelangten sie zu einem hoch aufragenden Turm aus schwarzem Lavagestein.

»Das ist der Lydiaturm«, erklärte Franziska, während sie die Treppen im Inneren erklommen, »dreiundzwanzig Meter hoch. Du wirst gleich sehen, warum ich dich hierher geführt habe.«

Offenbar fand Clara das Stufensteigen zu anstrengend.

»Das ist so steil«, maulte sie.

Joe Hutter wollte Clara auf den Rücken nehmen, doch die Decke war nicht hoch genug. Also trug er sie wie einen Sack in seinen Händen. Das letzte Turmstück, ein Holzgerüst, bot mehr Platz. Schließlich waren sie oben angelangt. Hier war es kühler und windiger als im Tal.

Franziska nahm Clara bei der Hand und ging vor bis zur Brüstung.

»Du kennst den See sicher von Luftfotos«, sagte sie zu Hutter. »Hier hast du die gleiche Perspektive!«

147

Tief unter ihnen glänzte der See. Blau und kreisrund lag er vor ihnen, hinter einen Halbkreis aus bewaldeten Hügeln. Kein Boot war zu sehen, und von fern waren die Türme der Benediktinerabtei nur schwach zu erkennen. Der See sah tatsächlich wie ein Vulkankrater aus, mit aufragenden, steilen Wänden. Dennoch: Von dieser hohen Warte aus wirkte er ganz still und friedlich. Nichts ließ die titanischen Kräfte erahnen, die unter diesem Trichter schlummerten und die – einmal entfesselt – imstande waren, das Land im weiten Umkreis zu verwüsten.

Joe erinnerte sich daran, wie er den See zum ersten Mal gesehen hatte, auf dem Weg von der Autobahn zum Kloster. Schon bei Plaidt und Kruft bewunderte er die steil aufragenden, noch ganz frisch wirkenden Zuckerhüte der Vulkanberge. Allein die dichte Bewaldung nahm ihnen etwas von ihrer Bedrohlichkeit.

Aber nichts konnte ihn auf den Blick auf den See vorbereiten: Es ging zuerst leicht schräg hinauf am Außenhang des Berges, dann über einen schmalen Sattel. Plötzlich tat sich das ungeheuere Erdloch vor ihm auf. Fern schimmerte die Oberfläche des Sees. Es glich einer Idylle und ließ dennoch in all seiner Grandiosität die Kräfte erahnen, die es geschaffen hatten.

Es war ruhig hier oben. In der Ferne zog ein Bussard seine Kreise. Joe genoss die Stille, schloss eine Sekunde lang die Augen und sog tief die Luft ein. Wie wenig solcher Augenblicke hatte er in den letzten Wochen erleben dürfen. Und wie bald würden ihn die Eile und Hektik seiner Aufgabe wieder einholen.

Der Wind zerzauste Franziskas Haare und wirbelte sie Joe ins Gesicht. Instinktiv schob er sie zur Seite. Er lachte, und Clara lachte mit ihm.

»Mama fängt dich ein!«, krähte die Kleine.

Franziska waren diese Worte ihrer Tochter peinlich. Sie

hüstelte aus Verlegenheit. Sie versuchte abzulenken und verfiel in ihre Fremdenführerroutine.

»Geradeaus blicken wir auf das Südostufer, dort liegt die Stelle mit den Mofetten, den Gasblasen.« Franziska zeigte Joe die wichtigsten Orientierungspunkte. »Dort rechts liegt das Kloster, knapp links davon, näher am Ufer, der Biohof. Und hier«, sie wies in die entgegengesetzte Richtung, »direkt unter uns erstreckt sich der Campingplatz. Von hier aus sehen wir ihn nicht. Links ist sehr schön die Steilwand der Caldera zu erkennen.«

Er nickte. All das war ihm von den Karten und von mehreren Erkundungsgängen in der Umgebung vertraut.

»Es gibt eine schöne Sage von einem versunkenen Schloss im See«, wandte sich Franziska halb zu Clara und halb zu Joe Hutter. »Sie erzählt von einem armen Fischerjungen, der eines Nachts mit seinem Nachen über den See fuhr. Plötzlich hörte er wunderschöne Musik, die aus dem Wasser kam. Er beugte sich über den Rand seines Kahns und erblickte einen herrlichen Palast mit prächtigen, hell erleuchteten Fenstern, in dem gerade ein herrschaftlicher Ball stattfand. Zwei Seejungfern tauchten zu ihm hoch, und willig stürzte er sich in ihre Arme. Sie aber zogen ihn nach unten und ersäuften ihn. Du siehst«, Franziska wandte sich an Joe Hutter, »dass man schon immer wusste, dass der See dem Menschen gefährlich werden kann.«

Hutter lachte. Ihn interessierten solche Märchen nicht – er musste die realen Gefahren des Vulkans möglichst präzise einschätzen.

»Aber nun«, meinte er deshalb, »möchte ich die Stelle sehen, an der die Riesenblasen aufgestiegen sind.«

Die Uferwiese glitzerte feucht, obwohl es schon länger nicht mehr geregnet hatte. In einigen Pfützen, in denen sich das Wasser sammelte, glänzte das Sonnenlicht.

Wir dürfen das nicht vergessen, überlegte Joe, wenn wir das Podest für die Halifax montieren. Sonst sinkt es ein.

Franziska band beim Gehen ihre langen Haare zu einem Pferdeschwanz zusammen. Sie fühlte sich seit langem wieder einmal unbeschwert, fast fröhlich. Joe tat ihr gut. Sie lächelte, als sie Clara beobachtete, die aufgeregt im Kreis um Joe herumsprang und ihm ganz großsprecherisch erklärte, wie der Vulkan ihrer Meinung nach funktionierte. Wasserteufel spielten in ihrer Geschichte eine wichtige Rolle.

Joe hörte ihr interessiert zu, und mehr als einmal fragte er nach und erkundigte sich nach Details. Clara war sichtlich stolz, dass ein Erwachsener sie so ernst nahm.

»Hier ist die Stelle, an der der Wasserteufel wohnt«, berichtete sie und deutete vage auf das Wasser, »und dort« – sie bewegte den ausgestreckten Arm leicht nach links –, »dort hat Mami den Taucher aus dem See geholt.«

»Zeige mir noch mal genau die Stelle, an der sich der Wasserteufel gezeigt hat«, flüsterte Joe Clara ins Ohr.

»Dort war das!«

Der Mann hatte Schnittwunden von Glasscherben, überlegte Joe. Er muss irgendwie, vielleicht durch eine Strömung oder durch einen Unterwassergeysir, gegen das zersplitterte Cockpit geschleudert worden sein. Joe stellte sich die Karte vor, die im Kommandozimmer hing, die mit den vielen möglichen Orten, an denen das Flugzeug liegen konnte, und fand eine räumliche Übereinstimmung. Er sollte das spätestens morgen ein weiteres Mal unter die Lupe nehmen!

Franziska bemerkte, dass Joe den Kopf nervös drehte und hinter sich blickte. Plötzlich blieb er stehen, ging in die Hocke und schob mit beiden Händen das trockene Laub zur Seite, bis er ein silbriges Stück Stanniolpapier freilegte, eine Bonbonverpackung oder das Blättchen, das in einer Zigarettenschachtel steckt. Er zog es sorgfältig aus dem Boden! Franziska lächelte. So viel Umweltbewusstsein hielt sie für verschroben. Dann bemerkte sie jedoch, dass sich Joe aus der Hocke immer wieder umwandte und den Weg genau betrachtete.

Franziska folgte seinem Blick. Er musterte einen Mann. Sie gingen weiter. Joe sah sich noch einmal um. Dieser Mann hielt immer den gleichen Abstand zu Franziska und Joe. Wenn sie stehen blieben, blieb er mit nur kurzer Verzögerung ebenfalls stehen, blickte gedankenverloren um sich, machte ein Foto.

Franziska erkannte in ihm den Mann, der schon so unbeholfen abseits auf dem Weg gestanden war, als sie den toten Taucher gefunden hatte.

»Das ist nur ein ganz gewöhnlicher Tourist«, erklärte Franziska an Joe gewandt, der den Spaziergänger nach wie vor aufmerksam musterte. »Den sehe ich seit zwei Wochen öfter hier. Er steht am Ufer und beobachtet die Enten mit dem Fernglas.«

Der Mann war klein, aber von auffälliger Statur, muskulös.

»Die Enten?«

»Enten und Blesshühner.«

Joe kniff die Augen zusammen und musterte den Mann ein weiteres Mal skeptisch, bevor er weiterging.

Der Mann ging ebenfalls weiter.

»Warum sollte uns überhaupt jemand folgen?«

»Es gibt die seltsamsten Menschen. Vielleicht ein Stalker. Du warst im Fernsehen, du siehst gut aus. Wer weiß ...« Joe zog die Augenbrauen hoch und machte ein finsteres Gesicht.

»Bist du stark genug, um mich zu verteidigen?«

»Nein, schnell genug beim Weglaufen!«

Sie lachten. Der Mann kam unmerklich näher. Franziska bemerkte, dass Joe ihr Schritttempo ganz allmählich gedrosselt hatte. Der Mann blieb stehen. Es irritierte Franziska, dass Joe sich so oft umsah. Sie kannte ihn nicht so nervös.

Unvermittelt blieb Joe Hutter wie angewurzelt stehen: Dort, keine hundert Meter vom Wassersaum entfernt, ragte der Kopf eines Tauchers im Neoprenanzug über den Seespiegel. Die Kerle versuchen es erneut, wer immer sie sind, fuhr es ihm durch den Kopf.

Franziska war ein paar Schritte vorangegangen, und Clara eilte ohnehin fröhlich vor sich hinhüpfend weit voraus.

Da! Jetzt war der Mann untergetaucht. Angestrengt betrachtete Hutter die Oberfläche, die wieder ruhig und leer vor ihm lag.

»Was schaust du so?«, erkundigte sich Franziska.

»Ich glaube, da war was …«, antwortete Joe Hutter ziemlich vage.

»Lass uns weitergehen, es sind noch zwei Kilometer bis zu den Mofetten«, meinte Franziska.

»Ich muss leider …«, begann Hutter. Er wollte ihr nicht erklären, warum es so wichtig war festzustellen, was ein Taucher im See suchte.

Im gleichen Moment kam der Taucher wieder hoch. Es schien ihm nichts auszumachen, dass jeder ihn vom Ufer aus erkennen konnte. Gleich darauf war er wieder verschwunden.

Was macht der nur?, fragte sich Joe. Er zwängte sich durch das Gestrüpp und die Büsche näher ans Ufer heran, um besser beobachten zu können. Er blickte hinter sich. Der stämmige Mann folgte ihnen nicht mehr.

»Wir sollten wirklich weiter …«, schlug Franziska vor, dieses Mal mit einer entschiedeneren Stimme. Clara war inzwischen schon vorausgegangen und blieb nun zögernd stehen, wartete auf ihre Mutter.

Wieder kam der Taucher nach oben, dieses Mal ganz nahe beim Ufer, keine zwanzig Meter von Hutter entfernt. Joe lachte laut auf – es war ein Blesshuhn, von dem er aus der Entfernung nur den schwarzen Körper erkannt hatte. Nun sah er deutlich die weiße Blesse auf der Stirn des Vogels und hörte auch das vertraute nasale Quäken des Schwimmvogels.

»Niedlich, oder?«, fragte Franziska und wollte gerade wieder drängen, da ging Hutter auch schon von selbst zum Uferweg zurück. »Gibt in Schottland keine Blesshühner? Hier in Deutschland findet man sie in jedem Teich.«

»Ja, niedlich«, pflichtete er ihr bei. Wie sollte sie auch ahnen, dass ein Taucher im See eine große Gefahr darstellte?

Es begann etwas zu tröpfeln, bald aber schon fiel der Regen stärker.

Sie waren innerhalb kürzester Zeit klatschnass, durchweicht bis auf die Haut. Hutter klebte das Hemd am Körper. Franziska, die nur ein T-Shirt trug, begann zu zittern. Joe zwang sich, nicht genauer hinzusehen, zog sein Jackett aus und reichte es ihr, damit sie es hastig überzog.

Sie liefen um die Pfützen herum und hüpften ungelenk über eine große Spalte, die sich quer über den Weg zog und die sehr wahrscheinlich das jüngste Erbeben aufgerissen hatte.

Wasser schoss durch die Rinne und wusch sie tiefer aus, rauschte schließlich in einer weißschäumenden Kaskade in den See.

Sie begannen, schneller zu gehen, schließlich rannten sie nur noch. Joe Hutter hatte Clara huckepack genommen. Er blickte nicht zu Boden, um so zu vermeiden, dass der Regen ihm in die Augen lief; er musste sehen, wo er ging, um Clara nicht gegen einen tiefhängenden Ast zu schlagen.

Plötzlich hörten sie ein lautes Geräusch.

»Der Wasserteufel!«, rief Clara aufgeregt, doch als Joe und Franziska auf den See schauten, sahen sie nichts als die kabbelige, vom Regen aufgepeitschte bleigraue Fläche.

»Wir haben ihn verpasst«, keuchte Franziska atemlos.

»Ja«, stieß Joe neben ihr hervor, selbst schon ganz außer

153

Atem, obwohl er durchtrainiert war. Er trug ja nicht immer ein fünfjähriges Kind auf dem Rücken. »Aber ...« Er verstummte abrupt.

Sie befanden sich fast direkt gegenüber dem Kloster, das am anderen Ufer, geduckt hinter seinem Gerüst, neben den moderneren Gebäuden stand. »Am Verbrannten« hieß die Gemarkung passenderweise.

Weiter durch den Wald bis zur »Alten Burg«, wo einst die Festung des Pfalzgrafen gestanden hatte. Die massive Halbinsel stellte die Ruine eines Basaltkegels dar, eines Vulkans, der noch älter war als die Laacher Caldera, seine seeseitige Hälfte hatte die damalige Explosion einfach fortgesprengt und weit nach oben in die Atmosphäre gerissen.

Sie ließen den Wald hinter sich und näherten sich dem letzten Drittel des Seerandes, der aus Feldern, Wegen, Wiesen und dem großen Besucherparkplatz bestand. Nur noch zwei Kilometer, und sie waren wieder beim Auto. Sie durchschritten eine breite Au, die großen Viehwiesen am Südufer des Sees, an Pappeln vorbei, die den Weg säumten und die hinter dem Regenvorhang nur noch graue Umrisse waren. Im Schilf im Flachwasser standen Schwertlilien, trieben Seerosenblüten. Der Regen drückte sie nieder. Ein Windstoß fuhr in den Riedgürtel, das Schilf raschelte und rauschte wie trockenes Papier.

Schon lag der Parkplatz wieder vor ihnen, holten sie die Stimmen der Leute ein.

Ihre Schritte platschten, wenn sie auf den feuchten Boden traten. Joe starrte angestrengt geradeaus.

»Der Regen hat unseren Ausflug versaut. Und jetzt ist er schon zu Ende«, sagte Franziska gegen das Prasseln der Regentropfen.

»So ein paar Tropfen erschüttern einen echten Schotten doch nicht!«, erklärte er dann trotzdem aufgeräumt. »Da muss schon ein bisschen mehr vom Himmel kommen! Aber ...«

»Aber?«, rief Franziska fragend.

Schweigen.

»Aber«, antwortete Joe nach langer Zeit, »das muss ja nicht das letzte Mal gewesen sein, dass wir uns sehen. Wir können ...«

»... uns vor dem Einschlafen eine SMS schicken«, ergänzte Franziska. Das hatte sie, ohne zu überlegen, gesagt, und schon hätte sie sich dafür ohrfeigen können. Aber sie war direkt, und wenn Hutter das nicht mochte – sein Pech. Sie bedauerte nur, dass es anzüglicher klang, als sie das gewollt hatte. Es sollte liebevoll klingen, interessiert – aber man sollte einem Mann keine Vorstellung von einer Frau im Bett in den Kopf setzen, wenn man ihn nur nett findet und besser kennenlernen möchte.

Joe blieb ganz Gentleman. »Ja«, keuchte er, »das sollten wir tun. Vorm Einschlafen, nach dem Aufstehen ... und jeden Tag um genau 15 Uhr!«

»Ich will auch eine SMS«, krähte Clara von ganz oben.

»Du auch«, erwiderte Joe.

Endlich kamen sie am Wagen an. Joe schloss auf, und Franziska und Clara schlüpften hinein. Die Scheiben beschlugen sofort.

Joe blieb im Regen stehen, er wartete, bis der seltsame Mann, der hinter ihnen den gleichen Weg gegangen war, völlig erschöpft ebenfalls am Parkplatz eintraf und sein Auto aufschloss. Und während der Regen auf ihn herabprasselte, stand Joe da und blieb auch stehen, bis der Mann seinen Wagen gestartet hatte und ganz langsam vom Parkplatz fuhr.

Erst dann stieg er ein, holte einen völlig feuchten Block aus seiner Hose und trug zu Franziskas Verwunderung das Kennzeichen des Autos ein, mit dem der Mann weggefahren war.

Danach war Joe sichtlich entspannter. »Na, wer braucht ein Handtuch?«, rief er fröhlich.

»Ich!«, antworteten Franziska und Clara wie aus einem Mund.

»Hier im Auto habe ich keines.« Er fischte ein Päckchen Papiertaschentücher aus dem Handschuhfach, öffnete es und reichte es Franziska. »Zumindest das Gesicht könnt ihr euch abtrocknen.«

Er schaute durch die Scheibe auf den prasselnden Regen. »Wie der Wind pfoff! Und wir waren mittendrin!«

»Das gibt es gar nicht, pfoff«, verbesserte Clara.

»Pfeifte«, korrigierte sich Joe, und Clara krähte vergnügt.

Franziska stieß sie in die Seite, um sie zum Schweigen zu bringen.

»Ist schon gut«, sagte Joe und rubbelte sich selbst trocken, »dann musst du mir eben richtiges Deutsch beibringen.«

Immer kühnere und höhere Bögen aus harten Gitarrenriffs türmten sich in seiner Vorstellung zu einem abstrakten, weit aufragenden Gebilde. Ever fallen in love, sangen die Buzzcocks in seinem Kopf, with someone you shouldn't have fallen in love with?

Präzision war wichtig. Aber sie war nicht alles. Eines der Hauptcharakteristika des Lebens, stellte Joe fest, war dessen Unberechenbarkeit. Die Anarchie, das Chaos, der Zwang zur Improvisation. Er fühlte Sand im Getriebe seines Uhrwerks. Und er genoss es.

No man is an island. Niemand ist eine Insel. Der Dichter John Donne hatte das vor über vierhundert Jahren gesagt.

Aber John Donne irrte: Joe Hutter war eine Insel. Er stand allein hier, hatte keine Familie mehr. Seine Eltern waren zwei Jahre zuvor bei einem Autounfall tödlich verunglückt, sein Großvater war im Zweiten Weltkrieg bei einem mysteriösen Unfall gestorben.

Sicher, er hatte Freunde, doch Freundschaften pflegte er nur zwischen seinen Aufträgen. Es ging nicht anders. Das war schwer genug: Habe mal Freunde, die du wegen deines Jobs immer belügen musst. Weil alles geheim ist, was du tust.

Freundschaften innerhalb der Gruppe galten als unerwünscht. Jeder hielt sich dran; wenn nicht, wusste MacGinnis das schon zu unterbinden. Er lebte hier als Fremder in einem fremden Land. Und sobald dieser Auftrag beendet sein sollte, würde es ihn in das nächste fremde Land verschlagen, mit neuen, unbekannten Kollegen.

Der Unfall seines Großvaters war eines der vielen Dinge, über die man in seiner Familie nicht sprach. Es gab keine Probleme, hatte keine zu geben, und wenn, dann half es, in der Familienbibel nachzuschlagen. Er wünschte sich, dass es seinen Eltern nun gut ging, dass für sie stimmte, was sie geglaubt und sich erhofft hatten. Das Schweigen in der Familie jedenfalls lehrte ihn, präzise zu sein, Schwierigkeiten frühzeitig zu erkennen und sie zu lösen, bevor sie sich auswuchsen. Es war genau diese Präzision, die ihm nun bei seinen Aufgaben half: das stille und kühne Abwägen von Optionen.

Und nun war plötzlich Franziska in sein Leben getreten.

»Tut mir leid«, erklärte sie, als sie über eine Stunde zu spät am Treffpunkt erschien. »Clara hatte einen Unfall.« Sie atmete schwer, ob wegen der Hektik oder aus Angst, wusste Joe nicht zu sagen.

»Um Himmels willen!« Joe erschrak. »Was ist passiert?«

»Nein, nein, es ist nichts Schlimmes passiert«, beruhigte ihn Franziska. »Sie hat nur eine Schürfwunde, weil sie vom Fahrrad gefallen ist. Aber ich musste sie noch schnell verarzten. Sie ist jetzt bei unserer Nachbarin. Alles halb so schlimm.«

Joe merkte, dass er sich ernsthaft Sorgen machte. Er spürte, wie sich sein Leben änderte. Wie plötzlich andere Menschen eine große Rolle zu spielen begannen.

Franziska und er trafen sich, um gemeinsam einige Meldungen über Erdveränderungen zu untersuchen. Die meisten Menschen halten die Erde für unwandelbar – eben für den festen Boden unter den Füßen. Doch das stimmt nicht: Sturmfluten können ganze Steilküsten fortreißen oder Landstücke und Sandbänke anschwemmen; Erdbeben lassen Inseln entstehen oder im Meer versinken; Flüsse ändern ihren Lauf; Seen stauen oder entleeren sich; und durch vulkanische Kräfte entstehen innerhalb weniger Tage hohe Berge. Was für Geologen selbstverständlich war, entdeckten die Eifelbewohner gerade: Von der Sensationspresse angestachelt, meldeten sie zahllose vulkanische Gefahren. Nach Andernach und dem Brubbel bauschte die Presse so manche Pfütze zu einem sich bildenden Geysir auf, nahmen die Menschen Erschütterungen wahr, die sie sich nur einbildeten. Am Tag zuvor war in Koblenz eine Panik entstanden, weil schwarze, sich ballende Gewitterwolken im Westen der Stadt von einigen für einen Ausbruch des Laacher Sees gehalten worden waren und sich die Vermutung durch Blogs im Internet in Minutenschnelle fast in eine Gewissheit verwandelt hatte. Eine Nachrichtenagentur hatte sogar schon eine entsprechende Meldung an die Zeitungen geschickt – mit einem Dementi zehn Minuten später.

Ein wenig schämte sich Franziska, als sie von diesen Vorfällen erfuhr. Sie gab sich und ihrem dramatischen Fernsehauftritt eine Mitschuld daran. Einige der Meldungen schienen trotzdem einer näheren Begutachtung und Prüfung wert.

Je häufiger die Boulevardzeitungen Bilder von rotglühenden Lavaströmen, brodelnden Kratern und Fotomontagen des Laacher Sees mit Rauchsäule brachten, desto öfter meldeten einfache Bürger vulkanische Phänomene in ihren Vorgärten.

An diesem Nachmittag hatten Franziska und Joe Hutter mindestens drei dieser Meldungen aus der unmittelbaren

Umgebung des Laacher Sees kontrolliert, aber jedes Mal feststellen müssen, dass es sich um Falschmeldungen handelte. Die Leute waren aufmerksamer geworden und hielten es für ihre Pflicht, den Behörden Erdveränderungen und seltsame Vorkommnisse zu melden, die auf Vulkanismus hindeuteten. Manch einer interpretierte da ganz gewöhnliche Dinge neu und sah sie im falschen Licht der Horrormeldungen.

Dabei unterschätzten manche die realen Gefahren gehörig: Ein Reporter schlich sich nachts hinter die Absperrung des Brubbels, um Fotos zu schießen – und erlitt hochgradige Verbrennungen.

Und von der eigentlichen Gefahr, dachte Joe, weiß ohnehin nur eine Handvoll Leute. Ein heißer Geysir, der im Laacher See sprudelte, war die größtmögliche Katastrophe, die er sich vorzustellen vermochte.

»Du machst dir ja ziemlich viel Mühe für deinen Investor«, meinte Franziska.

»Es ist auch ein großer Investor«, entgegnete Joe, als beide einen steilen Bergweg erklommen.

Ein Ort blieb ihnen noch zu überprüfen, der fünfhundertsechzig Meter hohe Hochstein oder Forstberg bei Obermendig, keine zehn Kilometer westlich des Laacher Sees. Wenn sie den Fremdenführer für Touristen spielte, schwärmte Franziska immer von dessen »gut erkennbarem Krater«. Ehrlicherweise aber glich der Berg einem Nichtgeologen jedem anderen mischwaldbestandenen deutschen Mittelgebirgshügel mit einer leichten Delle auf dem flachen Gipfelplateau. Der Hochstein war viel älter als der Laacher Vulkan, seinen letzten Ausbruch hatte er vor rund dreißigtausend Jahren – kaum vorstellbar, dass er jetzt plötzlich wieder aktiv werden sollte.

Dennoch: Auf dem Hochstein hatte ein Polizist einen Riesenspalt bemerkt und keine hundert Meter davon entfernt einen neuen, blubbernden Krater, den offenbar glühende, in der Nacht leuchtende Lava füllte.

»Unmöglich ist es nicht«, erklärte Franziska Joe Hutter, als beide einen geschotterten Waldweg zu der Stelle hochstiegen, »aber trotzdem wieder schwer zu glauben. Unser Seismograph hat nichts registriert außer den üblichen Mikroerschütterungen, und ein Vulkanausbruch ... nun, den hätten doch ein paar Leute mehr gesehen.«

»Könnte nicht doch irgendwo Lava aus einem Spalt austreten?«

»Das werden wir bald sehen.«

Hutter befragte das GPS, sie befanden sich jetzt in unmittelbarer Nähe. Franziska lief voran und blieb abrupt stehen.

Vor ihnen zog sich ein klaffender Spalt durch eine Lichtung, einige kleinere Risse erstreckten sich bis auf den Weg. Vorsichtig näherte sich Franziska dem Abgrund und schaute hinab. »Das sind mindestens fünf Meter!«

Beißender Qualm sei daraus hervorgequollen, wüst nach Schwefel habe es gestunken, als säße der Teufel selbst dort unten, hatte der Polizist angegeben. Irgendwie geleuchtet habe das alles in der Nacht, und weiter unten am Berg sei ein Krater entstanden, in dem die Lava kochte.

Franziska starrte auf das Loch im Boden und holte dann ein langes dünnes Drahtseil aus ihrer Tasche, dessen Ende sie geschickt und ohne große Worte zu machen um einen Baum am Rand der Lichtung band und mit einem Einschnappschloss befestigte.

Joe bewunderte sie. Sie war so tatkräftig und effizient und vorausschauend – dass sie das Seil mitgenommen hatte!

Franziska tauchte in den engen Spalt hinein, der kaum breiter war als sie selbst. Sie rutschte Stück für Stück nach unten. Es roch muffig, die Enge war beklemmend. Ihre Nase rieb am bröselnden, rinnenden Sand einer Wand; Steine, die hervorragten, drückten ihr schmerzhaft in den Rücken. Sie atmete tief, um ihre Platzangst im Schach zu halten. Sie atmete gewöhnliche warme Waldluft. Sie schmeckte keine Spur irgendwelcher vulkanischer Gase.

Der Boden des Spalts war mit Herbstlaub bedeckt. Wurzeln ragten aus den Seitenwänden.

»Genau das dachte ich schon aufgrund der Erosionsspuren«, sagte sie triumphierend, als sie den Kopf wieder aus dem Loch hob, und reckte ein dürres, braunes Laubblatt in die Höhe. »Der Riss ist mindestens sechs Monate alt.«

»Aber ...«

»Vermutlich eine Absenkung durch Regengüsse, ein Stück des Hangs ist gerutscht. Keiner hat dieser Spalte Bedeutung zugemessen, bis jetzt die Zeitungen Panik schüren. Da betrachtet man das mit anderen Augen. Und meldet es ...«

Vielleicht stimmte es, was Uwe Lauf zu ihr gesagt hatte: dass alles gar nicht so schlimm war, dass die Serie von kleineren und stärkeren Erdstößen nicht bedeutete, dass der Laacher Vulkan aus seinem jahrtausendelangen Schlaf erwachte. Ja, gewiss hatte Clara riesige Blasen im See bemerkt, aber sie hatte auch von Wasserteufeln gesprochen – vielleicht war das gar keine kindliche Ausdrucksweise, sondern kindliche Phantasie. Wer wusste schon, wie sehr die Kohlendioxidproduktivität des Kraters schwankte, es konnte gut sein, dass es ganz normal war, dass größere Blasen kamen.

Vom Laacher See ging die Sage, der Benediktinerabtei gegenüber habe sich einst eine Raubritterburg befunden. Die Klosterbrüder und die wüsten Rittergesellen lebten in beständiger Feindschaft – die fromme Lebensweise der guten Benediktiner war den Halunken ein ständiger Dorn im Auge, deshalb setzten sie ihnen zu, wo sie nur konnten. Die bösen Ritter überfielen die Mönche und raubten ihnen Hab und Gut. Eines Tages nun, es war Winter und der See lag vereist und starr in der Kälte, lud der Herr der Raubritter die Mönche ein, zu ihm zu kommen – er liege im Sterben, bereue seine Sünden und erbete Vergebung. Die Mönche kamen mit dem Schlitten quer über den Laacher See zur Feste der rauen Kerle, die aber hatten nur im Sinn, die Gottesmänner zu vernichten. Als sie das verstanden, eilten die Mönche mit dem Schlitten zurück zu ihrer Abtei, dicht verfolgt vom Ritter und seinen Gefährten, die ihnen auf ihren Rössern hinterher galoppierten. Der Ritter hieb mit seinem Schwert nach dem Abt, als dieser fast schon das Ufer am Kloster erreicht hatte, aber die schützende Hand Gottes ließ das Schwert fehlgehen. Der Ritter traf hart auf das Eis und durchschlug die Eisdecke. Ein Loch tat sich auf, und der See verschlang den Ritter und seine Kameraden. Seitdem hockte er dort unten mit seinen Spießgesellen als Helfershelfer des Teufels.

Das konnte bedeuten, dass früher auch am Landesteg des Klosters Gasblasen aufgestiegen waren, die sich die Menschen durch eine Sage erklären wollten. Heute war das nicht mehr der Fall. Schwankte vielleicht nur der Grad der Aktivität des Sees? War eine Warnung vor einem Ausbruch pure Hysterie?

Vor ihnen, in einer Kuhle des Berges, lag nun der Krater.

Der Durchmesser betrug gerade mal drei Meter, es hatte sich Wasser in dem Loch gesammelt. Es wellte sich leicht unter dem Wind, der auch die jungen Frühlingsblätter magisch rascheln ließ.

Joe kniete sich nieder und steckte einen Finger in das Wasser. Es war kalt. Einen kochenden Kraterkessel jedenfalls stellte man sich anders vor. Franziska ging neben ihm in die Hocke und zog die Stirn in Falten, dann lachte sie. »Die Angst bringt die Leute dazu, die eigenartigsten Dinge zu sehen.«

Es handelte sich nur um eine Pfütze mit Wasser, das vom Sand rot gefärbt war. In konzentrischen Schlieren trieben darauf als feine Schicht gelbe Pollen, die von irgendwelchen Bäumen stammten. Keine Lava, kein Schwefel.

»Das waren alles Fehlalarme«, meinte Franziska.

Sie rutschte, als sie sich aufrichtete, am matschigen Pfützenrand aus und drohte, in den Schlamm zu fallen. Joe sprang zu ihr hinüber, packte sie am Arm, hielt sie fest und zog sie nach hinten fort.

»So schlimm wäre das nicht gewesen«, stieß sie kurzatmig hervor, »ich wäre nur nass geworden.«

Er legte den Arm um sie und führte sie über das rutschige Laub zurück zum Weg. »Aber es musste ja nicht sein.«

Sie spürte seinen Arm um ihre Hüfte und merkte, dass sie dagegen nichts einzuwenden hatte. Sie drückte sich ein wenig enger an ihn und tat so, als bereite ihr das Gehen Schwierigkeiten.

Sein Handy klingelte. Joe ließ sie los und drehte ihr den Rücken zu. Er sprach leise, dann legte er wieder auf.

»Es tut mir leid. Ich muss leider ...«

»... eben einmal kurz telefonieren und dann schnell weg«, ergänzte Franziska den Satz.

Beide lachten.

Und doch spürte Franziska ihren Ärger darüber. Sie war eifersüchtig auf wen immer, mit dem er da ständig sprach – und der ihn immer dann anrief, wenn sie sich näherkamen, als hätte er einen siebten Sinn dafür ...

»Ich rufe dich an, versprochen!«, sagte Joe, während er schon ging.

»Was mache ich, wenn du dich nicht meldest?«, rief sie ihm nach.

»Dann rufst du die Polizei an und lässt mich suchen. Ich melde mich auf jeden Fall«, antwortete Joe. Im selben Augenblick verfluchte er sich dafür. Er hätte sich ohrfeigen können. Gefühlsduselei hatte ihn das sagen lassen. Er lachte, auffällig, fast einfältig. Es schien ihm besser, wenn Franziska das für einen Scherz hielt. Er stieg in seinen Wagen und fuhr los. Sie sah ihm lange gedankenverloren nach.

163

Weiter unten am Hang, von beiden unbemerkt, sprudelte eine neue Quelle. Ihr Wasser war siedend heiß.

Der Nordengländer nagte an seiner Unterlippe. Seine Augen irrlichterten von seinem Monitor zu MacGinnis hinüber, dann zurück zum Bildschirm. Seine Wangen verloren erst jeden Teint, verwandelten sich in teigige Flächen. Dann färbten sie sich zartrosa, dann knallrot wie ein Luftballon, wurden dann wieder blass. Aufgeregte rote Flecken huschten über das ganze Gesicht.

»Da haben wir sie!«, sagte der Nordengländer fast erleichtert, als er seine Analyse abgeschlossen hatte.

Andrew Neal stand von seinem Schreibtisch auf, trat hinter den Nordengländer, ging in die Hocke und starrte auf dessen Monitor. Ungläubig schüttelte er sein weißes Haupt. Er streckte seinen Zeigefinger aus und berührte fast die Oberfläche des Bildschirms damit.

»Die Halifax?« Dann brach es aus ihm heraus: »Es ist die Halifax!«

Der Nordengländer nickte. Das dachte er auch.

»Sind Sie sicher?«, fragte MacGinnis. »Das ist der Bomber?«

»Es kann sich nicht um einen Fehler handeln?«

»Und Sie sind sich sicher?«

Reginald MacGinnis war plötzlich aufgeregt wie ein kleines Kind.

Neal hatte mit dem Side-Scan-Sonar das Bodenrelief des Sees zwischen dem Campingplatz und der Alten Burg erfasst, um eine bereits früher entdeckte Anomalie C näher zu untersuchen. Er spürte ein kreuzförmiges Artefakt auf, zu geradlinig, um natürlichen Ursprungs zu sein.

Der Nordengländer hatte die Aufzeichnungen in seinen Computer eingespeist und eine ganze Batterie von Tests darüberlaufen lassen: von einer Falschfarben-Kontrastanalyse über das Ausfiltern technischen Rauschens bis zu einer Profilverstärkung. Jetzt war aus dem Verdacht praktisch eine Gewissheit geworden: Neal hatte ein Wrack gefunden, ein Flugzeugwrack. Leider war es zu klein für eine Handly Page Halifax, dennoch war es sehr gut möglich, dass der Bomber sehr tief in den Schlamm gesunken oder zerbrochen war oder dass Neal zumindest einen Teil des Flugzeugs gefunden hatte.

Die Euphorie wich einer eigenartigen, angespannten Stille.

Vielleicht sogar beängstigte die Vorstellung, nun dem Ziel so nahe zu sein. Was, wenn die Bergung misslang? Wenn die Aktion, die die Welt vor dem Verderben bewahren sollte, nun zum Auslöser der Katastrophe wurde?

Allein MacGinnis wirkte fröhlich, fast ausgelassen – so hatten sie ihn seit Tagen nicht mehr gesehen. »Wir sind jetzt dran, und wir beenden dieses Kapitel!« Er wandte sich an den Nordengländer. »Ich möchte, dass Sie eine Simulation des Ausbruchs fahren«, sagte er im Befehlston. »Jede Wettersituation, von Windstille bis zum Orkan, von dem aufgefundenen Wrack und von unserer geplanten Bergungsstelle aus.«

Der Nordengländer nickte wortlos und begann sofort damit, Daten in seinen Computer einzugeben.

»Ich will auch wissen«, fuhr MacGinnis fort, »wie viele Leute dann in welchen Zeitintervallen sterben werden – in Skalen von Sekunden, Minuten und Tagen! Die Toten in Tausendern!«

Vor dem Fenster hüpfte ein Vogel auf einen Zweig und zwitscherte sein Abschiedslied zur untergehenden Sonne.

Neal betrachtete einen Ausdruck der randverstärkten Sonarechos und fuhr den Umriss des Flugzeugs mit seinen Fingern nach.

»Wir sollten unverzüglich Joe Hutter informieren«, meinte er, »damit der sofort tauchen kann. Es sollte da …«, er blickte auf einen Seitenbalken der Grafik, »na ja, mindestens dreißig Fuß, vermutlich tiefer sein.« Die Tiefe hatte sich mit dem Side-Scan-Gerät, das im See noch nicht kalibriert worden war, schwer messen lassen.

»Es ist schon spät«, antwortete MacGinnis. »Es wird bereits dunkel. Wir dürfen gerade jetzt keine unnötigen Risiken eingehen. Hutter kann morgen tauchen. Lassen Sie ihm seinen Frieden für diese Nacht.« Auf einmal erschöpft sank er in seinen Stuhl zurück. »Gehen Sie doch nach Hause, wenn Sie ihre Simulation beendet haben«, sagte er dann mit einer breit ausholenden Geste seiner rechten Hand, die zur Tür wies. »Schlafen Sie sich gut aus! Ich muss noch ein paar dringende Anrufe machen.« Er goss sich eine Tasse Tee ein. »Leider!«

Der Alte hatte wie immer recht: Ihre verständliche Aufregung musste einem planvollen Handeln weichen. Am nächsten Tag war die übliche konzentrierte und geschäftige Nüchternheit angesagt.

»Gute Nacht, Mr. MacGinnis«, sagte der Nordengländer, die Hand bereits an der Türklinke, die Augen müde.

»Gute Nacht.«

»Bis morgen, Chef.«

»Bis morgen, Neal. Morgen wissen wir mehr.«

Es roch nach frischem Tee.

Ihre Wohnung umfasste einen erweiterten Flur als Wohnzimmer mit Essnische, ihr Schlafzimmer und Claras Kinderzimmer, dazu ein Bad und eine winzige Küche, alles möbliert mit einer eigenen Mischung aus Familienerbstücken und günstigen Schränken vom Möbeldiscounter. Schön war etwas anderes.

Die Tage waren aufregend gewesen – in vielerlei Hinsicht.

Erst die Ausbrüche des Brubbels und des Andernacher Geysirs, dann der Ausflug mit Joe zum See und der Platzregen, als ihr das T-Shirt unangenehm nass auf der Haut klebte; dann Clara, die vom Rad gefallen war; danach, am Nachmittag, der erneute gemeinsame Ausflug zu angeblich vulkanischen Erscheinungen – die Verabredung, eine SMS zu schicken.

Und nun? Nun sah Franziska auf die Uhr und wartete. Sie kam sich vor wie ein Teenager. Um 20 Uhr wollte Joe sich melden, dann noch einmal vor dem Einschlafen.

»Ich male ihm ein Bild vom Wasserteufel«, erklärte Clara und verschwand mit einem Stapel Papier und Buntstiften in ihrem Zimmer. Franziska ahnte schon, dass es keine fünf Minuten dauern würde, bis ihre Tochter wieder zu ihr zurückkehrte, vermutlich mit über zwanzig Farbbildern unter dem Arm.

Der Boden bebte – ein leichter Erdstoß.

Es war nicht schlimmer als die Bodenvibrationen, das Gläser- und Scheibenklirren, das ein Schwerlaster erzeugt, der auf der Straße vorbeifährt, aber es ließ sich deutlich spüren.

Clara kam aus ihrem Zimmer gestürmt. »Mama, kommt das jetzt jeden Tag um diese Zeit?«

»Nein, das kommt jetzt nicht immer. Du brauchst dich nicht zu erschrecken, das war nur ein kleiner Erdstoß. Da passiert nichts!«, beruhigte Franziska ihre Tochter. Aber so einfach verhielt es sich nicht – leichte Erdstöße waren an sich nichts Ungewöhnliches, doch die Häufigkeit, in der sie gerade vorkamen, stellte ein deutliches Alarmzeichen dar.

Franziskas Handy vibrierte: eine SMS. Sie klickte sie an: »Es ist zwar noch keine Schlafenszeit, aber ich schicke trotzdem ein kleines Lebenszeichen – bis später, Joe.«

»Bis später!«, simste Franziska zurück.

Dann überlegte sie es sich anders. Sie konnte nicht warten, nahm ihr Mobiltelefon und wählte seine Nummer.

Er war überrascht, als er abnahm. »Na, hast du Sehnsucht?«, wollte er keck wissen.

Franziska schluckte, entschied sich dann, so zu tun, als

handle es sich um etwas Berufliches. Wie ein Teenager!, dachte sie. Man will etwas und lügt, damit es leichter fällt, und der andere erfährt nicht, dass man tatsächlich nur seine Stimme hören wollte.

»Wir hatten hier einen leichten Erdstoß ...«

»Tatsächlich? Hier war nichts zu spüren.«

Franziskas Herz pochte. Fast hätte sie sich entschuldigt, begann dann, umständlich zu erklären. »Doch, doch – hier hat es gebebt. Wenn du nichts gespürt hast, dann war es wohl ein sehr lokales Beben und ...«

»Schon gut, ich glaube dir ja«, unterbrach sie Joe.

»Ich habe mir überlegt, dass ich einen Spaziergang um den See mache, nachts, wenn alles kühl ist, und dann die Seeoberfläche mit einer Wärmebildkamera fotografiere. Das könnte uns Auskunft darüber geben, ob sich das Wasser an manchen Stellen erwärmt.«

»Das würde ich nicht machen!«, stieß Joe hervor. Er lag auf dem Sofa und hatte sein Fernsehgerät auf stumm gestellt, als das Telefon klingelte, aber jetzt saß er aufrecht und äußerst angespannt da.

»Warum nicht?«

»Zu gefährlich – nachts«, log Joe. Er konnte kaum sagen, dass er befürchtete, sie könnte ihn bei einem seiner Tauchausflüge, sollten sie plötzlich nötig sein, aufspüren und die Polizei alarmieren, weil das Tauchen im See ja strikt untersagt war. Oder was könnte alles passieren, wenn sie zufällig auf diese anderen Taucher stieß, die sich ebenfalls im See herumtrieben?

»Was soll daran gefährlich sein, wenn ich ein paar Wärmebildaufnahmen mache«, fragte Franziska erstaunt nach.

Durch den Spalt, den die nur angelehnte Tür zum Kinderzimmer ließ, klang Dudelsackmusik zu Franziska herüber. Sie lächelte gequält.

»Was war denn das?«

»Clara. Sie liebt den Dudelsackspieler.«

»Schön, dass ihr mein Geschenk gefällt.«

»Ja, sie spielt schon die ganze Zeit damit, und jetzt hält es sie auch noch vom Schlafen ab«, klagte Franziska mit gespieltem Unverständnis.

»Besser, als wenn das ein Erdbeben übernimmt«, stellte Joe fest.

»Vielleicht werde ich auch Unterwassermikrofone versenken«, griff Franziska die Unterhaltung über den Vulkan wieder auf. »Dadurch kann man heiße Quellen und sonstige fremde Geräusche im See orten. Wenn diese Störgeräusche zunehmen, heißt das, dass da unten etwas vorgeht.«

Und ob da unten etwas vorging! Joe befand sich praktisch jeden Tag mindestens einmal unter Wasser, um das Wrack aufzuspüren, tauchte einen möglichen Liegeplatz nach dem anderen ab und untersuchte ihn genau, und er achtete auch auf unterseeische Hangrutschungen oder andere Anzeichen vermehrter seismischer Aktivität. Aber das durfte niemand wissen – und selbst Unterwassermikrofone konnten dazu führen, dass Franziska ihn bei seinen Tauchgängen unbeabsichtigt aufspürte und auf diese Weise das ganze Unternehmen in Gefahr brachte. Aber wie riet er ihr überzeugend davon ab, ohne wie eine Memme zu klingen?

»Hast du denn die Mittel dafür? Ich meine, kann sich das Forschungsinstitut das leisten?«, tastete er das Terrain vorsichtig ab.

»Unterwassermikrofone kann man besorgen und dafür Fördergelder beantragen«, erwiderte Franziska.

Joe atmete auf. MacGinnis konnte so etwas recht einfach verhindern. Schließlich waren sie ja auch im Auftrag der deutschen Behörden hier, die kein Interesse daran hatten, dass die Aktion an die Öffentlichkeit gelangte.

»Die Wärmebildkamera haben wir – das klappt auf jeden Fall«, fuhr Franziska fort.

»Ich halte das für viel zu gefährlich«, wandte Joe erneut ein. Er hasste sich dafür, dass er sie anlügen musste. Mit Entsetzen stellte er sich vor, wie er von einem nächtlichen Tauchgang zurückkehrte und am Ufer auf Franziska mit ihrer Kamera traf.

Franziska lachte laut auf. »Du bist mir ein Angsthase!«

Dann verabschiedeten sie sich. Kaum hatte sie den Hörer in die Ladestation geklinkt, hüpfte das Gerät nach rechts davon – erneut ein Beben, das die gesamten Möbel zum Vibrieren brachte. Sie hörte das Geschirr in der Küche klirren.

Eine kleine Nippesfigur aus Keramik, ein Dagobert Duck in Frack, mit Zylinder und erhobener Zeigefeder, sprang vom Regal und zerschellte auf dem Boden. Franziska betrachtete den zertrümmerten Erpel.

Der Ausbruch rückt näher, wurde Franziska mit einem Mal bewusst.

Es ist wirklich Zeit, etwas zu tun, dachte sie.

Ich bin launisch wie ein Weib, dachte Joe, als er aufgelegt hatte und seine Stimmung unvermittelt von heiterer Freude in tiefstes Grau umschlug. Er litt unter seinen Lügen, er war sie satt, doch er durfte ja nicht die Wahrheit sagen.

Manchmal hasste er seinen Beruf.

At home I am a tourist, dachte Joe – sogar dort, wo ich zu Hause bin, bin ich nur Durchreisender.

Er schenkte sich noch einen Glenmoriston ein.

Müde und gelangweilt zappte er durch die Fernseherkanäle, sah explodierende Autos, Menschen mit Geldschulden, ungehorsame Hunde und untalentierte Sänger, die amerikanischen Hitparaden-Soul nachjaulten. Eine Moderatorin erklärte, dass die Ursache von Kopf- und Rückenschmerzen bei Frauen in Deutschland zur Hälfte in der falschen BH-Größe liege.

Er schaltete den Fernseher aus.

Er erinnerte sich an die Schläge seines Vaters bei jedem Mal, wenn der ihn bei einer Unwahrheit ertappt hatte. Er weinte damals nie; weinen hieß, eine Schwäche zuzugeben, und er verachtete Schwäche. Sein Vater schlug ihn aus Liebe ... Was tat man nicht alles aus Liebe? Die komischsten Sachen.

Er hatte geweint, als seine Eltern starben, Rotz und Wasser geheult und konnte gar nicht mehr aufhören damit. Er wusste selbst nicht, ob er um sie trauerte oder um sich. Er fand mittlerweile nicht mehr, dass Schwäche immer schlecht war. Schwäche konnte eigentlich Stärke sein. Nur nicht bei seinem Job: Da bedeutete Schwäche Risiko, und Risiko bedeutete Gefahr.

Jetzt leiste ich mir diese billigen Sentimentalitäten, dachte Joe, und morgen funktioniere ich wieder wie immer.

Er löschte das Licht. Die Dunkelheit, die ihn umgab, war nicht schwarz und finster, nur grau, unentschlossen und müde. Einzelne blasse Streifen des Mondlichts drangen durch die Schlitze der Fensterläden und krochen selbst unter seine geschlossenen Lider. Er warf sich von der einen Seite auf die andere, krümmte sich zusammen wie ein Embryo. Aber er fand keinen Schlaf.

Er lag noch mehrere Stunden wach, nachdem er die Lampe ausgeschaltet hatte. Dann schlief er endlich ein.

Er träumte von Franziska. Das war das einzig Gute, von dem er träumen konnte.

2

»Ich darf noch einmal daran erinnern«, erklärte Gerd Schmidtdresdner und stieß dabei wichtigtuerisch seinen Zeigefinger in die Luft, »dass die Waffen nur zur Verteidigung gedacht sind.«

Er nahm eine der Harpunen in die Hand und richtete sie gegen die Zimmerwand. Er drückte ab. Der Metallpfeil schnellte heraus, schlug mit einem lauten Knall ein, drang durch den Putz und bohrte sich daumentief in die Ziegelmauer.

»Richtet sie gegen Beine oder Arme!«, bläute er seinen Tauchern ein. »Wir wollen das Gold, wir sind keine Mörder. Aber rechnet stets damit, dass ihr bedroht werden könntet.«

Am Abend zuvor hatte Gerd Schmidtdresdner einen Anruf seines anonymen Informanten erhalten. »Beeilen Sie sich!«, hatte der Mann gesagt. »Das gegnerische Team ist dem Flugzeug bereits sehr nahe gekommen. Wenn Sie die Goldbarren bergen wollen, müssen Sie unverzüglich handeln!«

Gerd Schmidtdresdner hatte das nicht gern gehört. Es steckte schon so viel Geld in dieser Operation. Etliches davon hatte der anonyme Tippgeber vorfinanziert, er würde dafür auch einen bestimmten Anteil erhalten, große Teile stammten allerdings auch aus Schmidtdresdners Privatvermögen. Das durfte keine Fehlinvestition werden. Er finanzierte die Taucher – von denen einer bereits ausgefallen war. Zudem hatte er bereits Unsummen für das modernste technische Equipment ausgegeben. Dennoch – sollte er auf die

Goldbarren stoßen und sie aus dem Flugzeugwrack bergen können, wäre er ein gemachter Mann.

Und nun mussten sie sich plötzlich beeilen. Wenn er nicht rasch vorankam, würden ihm andere seinen Schatz wegnehmen. Also hatte er sein Team zusammengerufen. Der Morgen begann müde, das Licht war noch fahl und grau und kroch mehr durch die Fenster, als dass es hereinschien.

Sein Tauchteam hatte er nicht allein nach der Erfahrung der einzelnen Teilnehmer zusammengestellt. Es handelte sich nicht um Naturburschen, die man für ein Projekt begeistern konnte; das waren harte Männer, die von der Bergung, häufig der illegalen Bergung, von wertvollen Gegenständen lebten. Alle waren bereits in Kontakt mit der Polizei gekommen. Manche mehr als einmal, im besten Falle wegen Hehlerei, im schlimmsten, weil ein Mitbewerber mit den Fäusten ausgeschaltet worden war. Keine schweren Kriminellen, aber auch keine Hobby-Schatztaucher. So eine Auswahl stellte immer ein Sicherheitsrisiko für ein Projekt dar, aber hier wusste er ja von Anfang an, dass mit harten Bandagen gekämpft werden würde.

Schmidtdresdner war in das Besprechungszimmer getreten, die Reliefkarte des Seebodens zusammengerollt in den Händen. Die Männer hatten sich bereits an der Kaffeemaschine bedient, vor jedem stand eine dampfende Tasse. Einer der Taucher hatte Brötchen mitgebracht. Jemand raschelte mit der Tüte, um sich eines herauszuholen, hielt aber sofort inne, als Schmidtdresdner hereinkam. Er schilderte den Tauchern in dürren, kurzen Worten, was er bei seinem abendlichen Telefonat erfahren hatte.

»Also Leute, es wird eng!«

Mit einem Mal waren alle Männer hellwach.

Schmidtdresdner rollte die mitgebrachte Karte auf und zeigte in eine Bucht, die geschützt am Waldrand lag. »Hier haben die Sondierungen die besten Chancen ergeben, und hier hatte Archy seinen tödlichen Zusammenstoß mit unseren ... *Konkurrenten*.«

Er händigte den Tauchern eine Kopie der Karte aus, in Plastikfolie geschweißt, damit man sie unter Wasser verwenden konnte.

»Vergesst niemals, dass das Wrack uns gehört – und macht das jedem klar, der sich daran vergreifen will!«

Gerd Schmidtdresdner drückte jedem der Männer eine automatische Harpune und ein Tauchermesser in die Hand. »Ihr wisst, wie man damit umgeht?«

Sie nickten.

Es konnte losgehen.

»Ich schlage vor, dass ihr euch nun vorbereitet und spätestens in einer halben Stunde im See seid.«

Die Männer erhoben sich.

»Das dort unten«, schärfte Schmidtdresdner seinen Tauchern ein, »das ist euer Gold. Denkt immer daran! Lasst es euch von niemandem wegnehmen!«

»Schon klar, Boss«, murmelte einer der Taucher und fuhr mit seinem Daumen über die Spitze seiner Harpune.

Die anderen lachten.

»Jeder von euch untersucht ein Drittel des Terrains«, wies Schmidtdresdner seine Gruppe an. Die drei Taucher hörten aufmerksam zu, jeder wollte der sein, der das Projekt zum Erfolg führte. »Ihr schwimmt vom Ufer bis in eine Distanz von 500 Metern zur Seemitte, und das möglichst systematisch, und diese Flachwasserzone sucht ihr ab. Wenn wir das Wrack aufspüren, war das definitiv euer letzter Job. Dann habt ihr ausgesorgt.«

Die Taucher verließen das Zimmer und überquerten in der Morgenkühle den Hof. Schon stand die Sonne rot und rund über dem Horizont, sie spiegelte sich schillernd in den Pfützen. Dann stiegen sie in den Transporter, den Gerd

Schmidtdresdner zum See fuhr. Die Männer schlüpften während der Fahrt in ihre Taucheranzüge und schnallten sich die Pressluftflaschen um.

Schmidtdresdner bog aus der Zufahrtsstraße ab zum See, hielt den Wagen an, sprang heraus und öffnete die Autotür. Sie eilten über den in der Frühe noch verlassenen Parkplatz zum Ufer, stülpten sich die Flossen an die Füße und verschwanden im kalten Wasser. Alles lief ohne ein Wort ab, präzise, die Planung funktionierte.

Schmidtdresdner sah den aufsteigenden Luftblasen noch eine ganze Weile versonnen zu, bis sie sich in der Ferne verloren. Noch schwammen sie als Gruppe, bald würden sie sich trennen und die ihnen zugewiesenen Areale des Seebodens untersuchen. Wenn das Flugzeugwrack dann lokalisiert worden war, mussten sie in der nächsten Nacht zurückkehren, die einzelnen Barren mit starken Seilen an Bouyancy-Bags festschnüren und die Ballons, mit Druckluft gefüllt, an die Oberfläche steigen lassen. All das konnte nur bei Nacht geschehen und ohne Einsatz von Scheinwerfern oder Taschenlampen. Jeder der Taucher trug eine Kamera bei sich, so hatten sie, wenn alles wie geplant ablief, den ganzen Nachmittag Zeit, um ein dreidimensionales Modell des Laderaums zu erstellen, damit später jeder Griff im Dunkeln saß.

Ein erster Reisebus rollte auf den Parkplatz. Für Schmidtdresdner war es Zeit, sich davonzumachen.

»I am the son, I am the heir, of nothing in particular«, summte Joe vor sich hin und stellte sich die quer zur Liedrichtung sägenden Gitarren Johnny Marrs vor. Er zog die Vorhänge an dem großen, zum See hinausgehenden Fenster zu, um das grelle Licht, das sich in den Monitoren spiegelte, und die drückende Hitze etwas auszusperren, als Reginald MacGinnis ihn zu sich winkte.

Zum ersten Mal bemerkte Joe in MacGinnis' Gesicht ein

Anzeichen von Erschöpfung, keine körperliche Ermattung, sondern Lebensverdruss. Vielleicht, dachte Joe, ist sein Missmut ja nur ein Panzer, etwas, das ihn vor den falschen Antworten schützt, die er sich geben müsste.

Er hatte seinem Chef gesagt, dass er das neue Ziel unbedingt betauchen wollte. Die Stelle, die der Nordengländer gefunden hatte und von der sich Neal – und auch MacGinnis – so viel versprachen. Vielleicht lag darin auch die Ursache für MacGinnis' eigenartige Laune. Denn er ahnte, dass sie sich nun kurz vor dem Ziel befanden.

»Im Krieg haben sie Bomben auf London geworfen, und jetzt retten wir ihre Ärsche«, merkte MacGinnis bitter an.

»Das ist lange her«, entgegnete Joe. Dieser Anflug von nationalem Chauvinismus, so fehlplatziert und veraltet, verblüffte ihn. Er schätzte Reginald MacGinnis eigentlich völlig anders ein.

»Sie müssen so denken, Hutter«, warf MacGinnis ein und wischte die Sorgen scheinbar mit einer Handbewegung von sich, »wegen dieser Frau, die Sie kennengelernt haben.«

»Sie heißt Franziska Jansen«, erklärte Joe. Aber selbst, wenn er Franziska nicht getroffen hätte, dachte er, würde er nicht so dämlich national denken.

»Wer weiß, vielleicht verraten Sie ihr alles ...«

Joe schnappte nach Luft, wollte etwas entgegnen, unterdrückte dann den Impuls. Er fühlte, wie Neal ihn neugierig anstarrte, aber als er selbst in dessen Richtung schaute, drehte Neal seinen weißen Schopf ruckartig zur Seite und versuchte, unauffällig zu wirken.

»Das ist definitiv mein letzter Auftrag«, meinte MacGinnis und zog damit Joes Aufmerksamkeit erneut ganz auf sich, »danach werde ich in Rente gehen. Wenn Sie wüssten, Hutter, wie viele Nachrichten über angebliche Zugunglücke, Fabrikexplosionen, manchmal auch Fluten und sogar Erdbeben ich in meinem Leben schon inszeniert habe, um abzulenken, um in Ruhe eine chemische Waffe hier, eine biologische dort zu bergen. Aber was wir tun, ist ein Job mit echtem Potenzial – es hört nie auf!« MacGinnis lachte laut, aber unangenehm. »Hat man den Dreck im Irak beseitigt, kann man in Afghanistan gleich weitermachen. Manchmal passiert es aus Menschenliebe, aber noch öfter, damit die eigenen Truppen beim Einmarsch nicht behindert werden. Hier machen wir es ja des Bündnisses wegen, und weil jedem klar war, dass man etwas tun musste, als wir unsere eigenen geheimen Unterlagen über das Projekt entdeckten.«

Joe nickte. Er hatte sämtliche Unterlagen durchgearbeitet.

Sein Telefon klingelte, aber MacGinnis beachtete das penetrante Piepen nicht. »Doch selbst in einem der sogenannten Dritte-Welt-Länder wäre es uns nicht egal. Wir täten dort das Gleiche. Nicht, weil uns die Unterprivilegierten eines Entwicklungslandes interessieren. Nein, wenn hier etwas schiefgeht, ist langfristig die gesamte Welt bedroht. Und deswegen«, MacGinnis bohrte seinen Finger in die Luft, »deswegen würden wir es auch in Afrika tun. Weil der Erreger innerhalb von wenigen verdammten Wochen Gottes eigenes Land zerstören würde.«

Joe dachte an die wunderschöne Vorhalle des Klosters, das sogenannte Paradies, an dem er täglich mehrmals vorbeikam. Dort hockte auf einem Pfeiler am Durchgang ein Teufelchen aus Stein, eine Skulptur aus dem Mittelalter, das die Sünden der Menschen, die an ihm vorübergingen, auf einer langen Pergamentrolle mitschrieb. MacGinnis' Verdrossenheit und sein Zynismus steckten ihn allmählich an.

»Manchmal«, überlegte Joe laut, »denke ich, das Leben auf der Erde wäre besser ohne uns Menschen.«

»Sie wissen«, entgegnete MacGinnis schnell, »dass Sie jederzeit abbrechen können, wenn Sie dem Druck nicht mehr gewachsen sind.«

Joe schüttelte den Kopf. Das hatte er auch nicht gemeint.

Der Nordengländer seufzte auf. Joe erblickte seinen Kollegen am Monitor vor der weißen Wand mit dem großen Riss, der sich seit den Erdstößen der letzten Tage quer durch den ganzen Putz erstreckte. Ein rotes Flackern huschte über die bleiche Gesichtshaut des Nordengländers, dann schlug er reflexartig zweimal verzweifelt mit der Handfläche gegen seinen Monitor. Irgendein Programm lief wohl nicht, wie es sollte.

»Passen Sie gut auf sich auf und achten Sie auf sich, Hutter.« MacGinnis tappte ihm mit der flachen Hand auf die Schulter. »Sie wissen, wie sehr ich Sie und Ihre Arbeit schätze.«

Joe blickte an den großen Säulen entlang durch das dunkle Kirchenschiff zum Altar. Die Klosterkirche wirkte innen viel kleiner als von außen, ähnelte so gar nicht dem majestätischen Bollwerk, sondern schien nur düster und drückend. Joe senkte seinen Kopf und schloss die Augen.

Es fiel ihm nicht leicht, fromme Gefühle zu entwickeln, nicht, nachdem seine Eltern beide bei einem grauenhaften Unfall gestorben waren. Wenn er sich überlegte, wie sein Großvater qualvoll gestorben war ...

Und doch spürte er noch den anerzogenen Impuls, betete manches Mal fast automatisch und ganz still um Rettung, wenn er einen Krankenwagen vorbeifahren sah, oder er dankte spontan für einen schönen Tag. Er hatte dafür gedankt, dass er Franziska begegnet war.

Nun betete er aber für sich, dafür, dass sein Tauchgang gelang, doch er vermochte sich nicht zu konzentrieren. Immer wieder schlenderten Touristen vorbei, unterhielten sich lauter, als es dem Gebäude angemessen war.

Joe seufzte und stand auf. Gott, wenn es dich gibt, hilf mir und schütze mich, flehte er innerlich.

Die Geister der Erziehung ließen sich nie so leicht austreiben.

Er trat aus der Finsternis hinaus in das gleißend helle Sommerlicht.

»Sie haben gebetet?«

Joe drehte den Kopf. Schon wieder MacGinnis. Er war ihm offenbar gefolgt und erwartete ihn bereits auf dem Kirchenvorplatz.

»Ich habe es zumindest versucht ...« Joe zuckte mit den Schultern.

»Aber?«

»Es gelingt mir nicht.«

Bevor Joe noch befürchten konnte, MacGinnis könnte ihn auslachen, meinte sein Chef: »Na ja, schaden kann es wohl kaum.«

»Ja«, meinte Joe etwas unsicher.

»Verzagen Sie nicht, Hutter«, antwortete MacGinnis milde, »denken Sie daran, dass wir alle, Sie und ich, seine Geschöpfe sind.«

So kannte Joe den Alten nicht. Kam gar kein zynischer Spruch? Oder stellte MacGinnis' Hinweis auf Joes angebliche Verzagtheit schon die schlimmste Spitze dar?

Sein Chef legte eine Hand fast freundschaftlich auf Joes Schulter. »Wir schaffen das!«, sagte MacGinnis dann. »Machen Sie sich keine Sorgen, Hutter. Wir finden das Zeug da unten im See.«

Joe schwieg.

»Sie verschließen sich, Hutter«, meinte MacGinnis besorgt. »Sie müssen sich öffnen.«

Joe verblüffte die unerwartet väterliche Art seines Chefs.

»Zum Beispiel diese Frau – was ist mit ihr?«

»Das ist rein beruflich«, log Joe. Er versuchte, das Thema zu beenden, ohne MacGinnis zu verärgern.

Sie trennten sich.

Joe überquerte den Vorplatz der Kirche, ging an Restaurant und Buchhandlung vorbei, quälte sich durch die Massen von Touristen, die ihm im Wege standen – die meisten im Pensionsalter. Er durchschritt die Unterquerung der Fahrstraße am See und trat auf den geschotterten Parkplatz und von dort geradewegs auf den See zu.

Bäume und Sträucher säumten fast das gesamte Ufer, dahinter lagen ausgedehnte Schilfgebiete in der Flachwasserzone. Nur an wenigen Stellen reichte die Wiese an den See heran, eine Lücke im Ufersaum klaffte neben dem Bio-Bauernhof des Klosters. Hier sollte das Wrack geborgen werden.

Man konnte das Gefühl mit alten Vinylplatten vergleichen. Bei Stücken, die man oft hörte, gab es immer eine Stelle, an der es knackste; je öfter man den Song mit diesem Knacks hörte, desto mehr wurde er zu einem festen Bestandteil des Lieblingsliedes, bis man es ohne diesen Knacks gar nicht mehr hören wollte.

So war es mit Joe Hutters Angst – sie war der Knacks beim Tauchen. Angst ist ein wichtiges Gefühl. Hielte sie uns nicht zurück, würden wir zu viele gefährliche und riskante Dinge unternehmen, aber wenn wir sie nicht überwinden, dann wagen wir nichts.

Hutter tauchte im Flachwasser, den Boden stets im Blick. Hatte er keinen festen Boden, sondern nur noch mehr Wasser unter sich, wurde ihm mulmig. Es war ein sehr atavistischer Instinkt – eine Urangst, ein Warngefühl aus einer Zeit, in der Affenmenschen in flachen Ufergewässern paddelten, in denen Krokodile und riesige Haie lauerten.

Die Nacht über hatte es geregnet. In der Nähe des Seerandes trieben abgerissene Blätter und Zweige auf der Oberfläche, Sand war in den See gespült worden und hatte sich noch nicht völlig gesetzt. Joe stieg in das Wasser und fand es viel trüber als bei seinem letzten Tauchgang. Selbst als er bereits weiter nach draußen geschwommen war, blieb das Wasser bräunlich. In wenigen Metern Tiefe betrug die Sichtweite nur zwei oder drei Taucherlängen. Alles, was weiter entfernt lag, konnte er nur noch als undeutliche Schemen wahrnehmen.

So unlieb Hutter solche Situationen auch waren, sie gehörten dazu wie der Knacks auf der Platte. Er entfernte sich mit kräftigen Beinschlägen vom seichten Uferrand hin in Richtung Seemitte, um das Artefakt zu untersuchen, das bei den Side-Scan-Versuchen so auffällig gewesen war.

Eine leichte Strömung trug ihn hinaus. Mit ein paar starken Tritten seiner Beine kehrte er in Richtung Ufer zurück. Er hob kurz den Kopf über die Seeoberfläche und peilte mehrere große Bäume am Wasserrand an, um sich zu orientieren und seine Position zu bestimmen. Er konnte jetzt nicht mehr weit von dem großen Sonarziel entfernt sein, das er untersuchen wollte.

Der Ort war von Andrew Neal am Vortag aufgespürt worden, hatte ihm MacGinnis mit knappen Worten erklärt. Es handelte sich um eines der Ziele, die sie gleich zu Beginn durch Echolotpeilung entdeckt und auf der Karte mit einem Kreuzchen markiert hatten. Neal war mit dem Side-Scan-Roboter mehrmals über die Stelle gefahren, hatte ein großes x-förmiges Objekt aufgespürt, dessen Form eindeutig an ein Flugzeug erinnerte. Zu klein für eine Halifax, aber Rumpf und die Enden der Flügel steckten wohl zu großen Teilen noch im Bodenschlamm.

Joe prüfte die Anzeige seines GPS, die horizontale Entfernung zum Ziel betrug höchstens fünfzig Meter. Das Wrack musste in etwa zwölf Metern Tiefe liegen, tiefer war das Wasser hier nicht. Joe hoffte, dass überhaupt etwas aus dem Grund ragte, der Side-Scan-Sonar durchdrang ja den Schlamm und zeigte möglicherweise Strukturen auf, die mit dem bloßen Auge nicht zu erkennen waren.

Ein eigentümliches Gefühl beschlich ihn. Nicht die Furcht

vor zu viel Wasser unter sich, sondern das seltsame Gefühl, angestarrt zu werden. Seine in langen Jahren erlernte, selbst kleinste Details und Veränderungen aufmerksam registrierende Wachsamkeit meldete sich. Unbewusst musste er etwas in den Augenwinkeln bemerkt haben, er wendete seinen Kopf hin und her; aber in dem trüben Wasser mit seinen Myriaden von Schwebeteilchen konnte er nichts ausmachen.

Er atmete schneller und heftiger. Er spürte das an seinem ganzen Körper, aber er konnte es auch sehen: Seine Luftblasen stiegen zahlreicher und in kürzeren Abständen empor.

Die Art von Bewegung, die er jetzt undeutlich wahrnahm, ließ ihn plötzlich an einen zweiten Taucher denken. Konnte es wirklich sein, dass ein zweiter Taucher in seine Nähe gekommen war? Joe ließ sich zwanzig Fuß in die Tiefe sinken. Er befand sich in einem whiskyfarbenen Zwielicht. Aufmerksam studierte er die Umgebung. Er vermochte nichts zu erkennen.

Hatte er sich getäuscht? Auch das war eine Möglichkeit – vielleicht hatte er sein Frühwarnsystem überreizt. Hier ganz in der Nähe war es gewesen, hier hatte sich seine nahe Begegnung mit dem Taucher ereignet, der dann im Krankenhaus gestorben war.

Joe verharrte eine Viertelstunde in seinem Tiefenversteck. Doch irgendwann musste der Vorrat in seinen Pressluftflaschen erschöpft sein. Er vergeudete hier wertvolle Zeit, so nahe beim möglichen Wrack, und das nur, weil ihm der frühere Tauchgang noch in den Knochen saß. Wahrscheinlich sah er bloß Gespenster.

Vorsichtig bewegte er sich wieder nach oben. Er drehte sich dabei mehrmals sehr langsam um die eigene Achse.

Plötzlich schwamm der Schatten wieder in seiner Nähe, diesmal direkt vor Joes Gesicht. Ein kapitaler Karpfen, mindestens zwei Fuß lang, schob sich vorbei, wand sich in die trübe Entfernung, verlor sich dann in dem grauen Hintergrund. Ein Fisch hatte ihn genarrt!

Joe schlug mit den Beinen und trieb sich auf sein Ziel zu. Dort schwebte ein anderer Taucher über dem Boden.

Der andere Taucher winkte ihm zu.

Nun war es zu spät: Es hatte keinen Zweck mehr, sich zu verstecken. Man hatte ihn gesehen. Es blieb Joe nichts anderes übrig, als darauf zu reagieren. Also hob er einen Arm und winkte vorsichtig zurück.

Der Mann ignorierte ihn.

Jetzt dämmerte es Joe allmählich. Ganz langsam, fast zaghaft, drehte er seinen Kopf und blickte hinter sich – dort schwamm ein zweiter Taucher im selben Abstand wie der erste. Der Mann hob ebenfalls seine Hand und formte mit Daumen und Zeigefinger das OK-Zeichen. Er sah dabei zur Seite, weder zu dem anderen Taucher hin noch zu Joe.

Zögernd blickte Joe auch in diese Richtung – und dort schwebte ein dritter Taucher!

Bevor Joe überlegen konnte, was er tun sollte, raste auch schon eine Harpune auf ihn zu.

Joe hielt die Luft an.

Dann traf ihn der Schuss.

Der Schmerz ergriff seinen ganzen Körper, überwältigte ihn.

Sein Kopf dröhnte, die Arme wurden ihm schwer, seine Bewegungen träge und langsam. Ihm wurde schwarz vor Augen. Dann verlor er das Bewusstsein.

Er sank in die Tiefe.

Warum rief Joe nicht an?

Sie hatten doch ausgemacht, dass er sich um 15 Uhr melden sollte.

Nun war bereits 15.30 Uhr, und sie hatte noch immer keine SMS von ihm erhalten!

Franziska starrte auf das Display ihres Handys. Sie hatte schon die Akkus herausgenommen und neue hineinschnappen lassen, um sicherzugehen, dass es nicht an den Batterien lag. Hatte er es vielleicht in diesem Augenblick versucht?

Sie fürchtete, dass sie sich in etwas hineinsteigerte. Sicher, Joe Hutter war ein netter Kerl, und die Art und Weise, wie er sie beim Brubbel aufgefangen hatte, wie er von sich aus das mit den SMS vorgeschlagen hatte – dafür gab es nur eine Erklärung: Er mochte sie.

Andererseits: Taten Männer nicht ohnehin alles, um eine Frau in falscher Sicherheit zu wiegen und sie dann fallen zu lassen? Das hatte sie selbst schon zur Genüge erlebt. Sie musste nur an Claras Vater denken.

Trotzdem wusste Franziska instinktiv, dass etwas nicht stimmte. Ein Mann kann faul sein, ein Mann kann unzuverlässig sein, er kann eine Absprache vergessen, aber er arbeitet doch immer auf den Moment seiner Eroberung hin. Hutter hätte sich gemeldet, egal, was er für sie empfand, und sei es nur, um sie herumzukriegen.

Dieses Mal übernahm sie die Initiative! Sie würde handeln!

Sollte sie Joe eine SMS schicken? Vielleicht fühlte er sich ja so unsicher wie sie? In solchen Dingen ist jeder unsicher, selbst der coolste Typ. Oder drängelte sie ihn damit und verscheuchte ihn erst recht?

Franziska ging zur Kaffeemaschine, stülpte eine Filtertüte in den Filter, füllte Wasser nach, gab Kaffeepulver hinzu und schaltete das Gerät an.

»Vermutlich hast du ein wichtiges Meeting«, begann sie eine SMS, »melde dich doch bitte, sobald es vorbei ist.« Sie zögerte, dann änderte sie den Text: »wenn es vorbei ist.« Nur nicht drängen. Immer eine Wahl lassen.

Sie schickte die SMS noch nicht ab. Es könnte ja sein,

dass Joe gerade in diesem Augenblick selbst die versprochene SMS an sie geschickt hatte, und dann verstärkte sich der Eindruck noch, sie bedränge ihn.

Sie goss sich eine Tasse Kaffee ein. Sie nahm einige Papiere aus dem Regal und legte sie auf ihren Schreibtisch. Man hatte sie gebeten, eine neue Wanderroute auszuarbeiten, die die verschiedenen Kraterformen der Eifel miteinander verband – also den Caldera des Laacher Sees, die typischen Eifelmaare, etwa das Totenmaar bei Daun, und richtige Kraterseen, also mit Wasser gefüllte Vulkankrater, wie das Windsborn genannte Mosenberger Maar in der Nähe von Manderscheid. Franziska legte eine Liste der lohnenden Objekte vor sich hin – sie hatte sich überlegt, auch einen erkalteten Vulkanschlot und ein sogenanntes Trockenmaar, in dem der See längst verlandet und vertorft ist, in die Route mit aufzunehmen. Sie faltete drei topographische Karten der Region auf und breitete sie über den Boden aus. Sie musste ja bereits vorhandene Wanderwege kombinieren, um ihr Ziel zu erreichen.

Warum meldete sich Joe bloß nicht?

Sie sah auf die Uhr: vier Uhr nachmittags. Joe war nun schon seit praktisch einer Stunde überfällig. Er hatte doch so zuverlässig gewirkt! Und er hatte gestern eine SMS geschickt, um 11 Uhr abends, also vor dem Einschlafen, obwohl sie telefoniert hatten, und heute, um 8 Uhr morgens, hatte er eine witzige SMS geschickt, mit ganz vielen Smilys, und ihr einen schönen Tag gewünscht.

Und jetzt stellte er sich tot.

Franziska zog ihr Handy aus der Tasche. Keine SMS.

Sie schickte ihre SMS ab und ärgerte sich im selben Moment über ihre Ungeduld. Aber was soll's? – so musste Joe einfach reagieren.

Dann kniete sie sich auf die Karten und suchte einen Fußweg, der vom Laacher See nach Südwesten zur Vulkaneifel führte. Er sollte möglichst weit von Straßen entfernt liegen, möglichst zur Hälfte durch Waldgebiete und zur Hälfte durch Felder führen. Ein Wirtshaus alle fünf Kilometer, in das man einkehren konnte, musste mit eingeplant werden. Keine einfache Aufgabe, aber je länger Franziska auf die Karten schaute, desto deutlich arbeiteten sich Trassen und machbare Strecken heraus. Jetzt packte sie der Ehrgeiz. Hier entlang, dort an der Kreuzung nach Westen, hier an der Gabelung den unteren Weg nehmen, der sich so eng am Hang anschmiegte und durch ein Hochmoorgelände und dann über eine Lichtung führte. Hier war ein kleiner Ort, den sie kannte, dort gab es nicht nur zwei ganz passable Gasthäuser, sondern auch eine sehenswerte Kirche und mehrere nette Fachwerkhäuser.

Das Handy vibrierte! Endlich!

Franziska zog das Gerät aus ihrer Tasche, war aber so aufgeregt, dass es ihr entglitt und quer über den Zimmerboden rutschte. Verdammt! Sie robbte ihm nach und zerknüllte dabei die topographischen Karten. Auch egal! Schließlich bekam sie das Mobiltelefon zu fassen und stellte fest, dass es wieder eine dieser Werbe-SMS war. Günstig! Toll! Sie haben gewonnen! Verdammt, warum meldete Joe sich nicht? »Hallo – was ist los? Geht es dir gut?«, schrieb sie und schickte die SMS ab. Ob das ein Fehler war? Sie sah hoch zur Uhr, es war fünf Uhr am Nachmittag – noch eine Stunde, und sie hatte Feierabend.

Um 17:30 Uhr hatte sie noch immer keine Nachricht von Joe.

Auch um 18 Uhr meldete er sich nicht.

Um 19 Uhr: Fehlanzeige.

Nichts.

Sie schickte eine letzte SMS: »Jetzt bin ich wirklich sauer.« Damit er das nicht als Schlussstrich deutete, fügte sie schnell hinzu: »Und traurig.«

Joe schickte keine SMS zum Einschlafen, und er meldete sich auch am nächsten Tag nach dem Aufstehen nicht.

»Ihr habt was?« Gerd Schmidtdresdner mochte es kaum fassen. »Wisst ihr nicht, dass das ein Stich ins Wespennest ist? Illegale Aneignung ist eines, aber Mord ...«

Sie waren ohne Ergebnis nach Koblenz zurückgekehrt und wussten nun nicht, was ihren Teamleiter stärker aufbrachte: ihre Erfolglosigkeit oder der Mord an dem fremden Taucher. Nun saßen sie auf unbequemen Stühlen vor ihm wie Schüler vor dem Lehrer, und er hockte in seinem bequemen Bürosessel hinter dem Schreibtisch. Schmidtdresdner genoss es zu zeigen, dass er das Geschehen kontrollierte.

Der Schreibtisch sah wie immer aufgeräumt aus: sauber gewischt, die Papierstapel akkurat im gleichen Abstand zueinander parallel ausgerichtet, auf einem Platzdeckchen die Schneekugel mit der Frauenkirche, eine nostalgische Referenz, daneben in einem Lederrahmen das Foto seiner Frau.

Im Regal hinter ihm lagen gestapelt ein paar Paperbacks von Clive Cussler und Tom Clancy, daneben standen Fachbücher über Archäologie, Gewässermorphologie, Strömungskunde und Bedienungsanleitungen für Metalldetektoren und Taucheraccessoires.

Die Männer schauten ihren Chef ratlos an.

»Wenn es hier morgen von Bullen wimmelt, weiß ich, wem ich das zu verdanken habe!«

»Aber du hast doch selbst gesagt ...«

»Ein Warnschuss, verdammt. Ich habe von einem Warnschuss gesprochen. Ich habe doch nichts von Umbringen gesagt. Wir sind doch keine Mörder!«

Er ging zum Fenster und riss es auf. »Wenn ich sage: Spring! Springst du dann?«

Der Taucher schüttelte den Kopf.

Gerd Schmidtdresdner beruhigte sich wieder. »Natürlich

ist es gut, wenn ihr Eigeninitiative zeigt. Wir brauchen den Input von jedem, um diesen Goldschatz zu heben. Aber ...«, er blickte ernst um sich, »die Polizei auf uns zu hetzen ist sicher der falsche Weg.«

»Aber er wollte doch an unser Wrack!«, protestierte Bernick, der älteste und erfahrenste der Taucher.

»Unser Wrack? Habt ihr es wenigstens gefunden?«

Die drei blickten zu Boden. »Nein«, sagte dann einer von ihnen kaum hörbar.

Gerd Schmidtdresdner betrachtete die Karte des Sees, die an der Wand hing, nahm sich einen dicken schwarzen Markierstift und kreuzte die Stelle sorgfältig an. »Hier brauchen wir also nicht weiter zu suchen«, meinte er dann.

Er machte eine Pause, um seinen Worten Nachdruck zu verleihen. »Wenn das Flugzeug nicht dort unten liegt, warum habt ihr dann auf diesen Mann geschossen?« Er sah herausfordernd in die Runde. »Versteht ihr, wir dürfen nur die minimalsten Risiken eingehen. Niemand sollte auf uns aufmerksam werden. Weder unsere Konkurrenten ...« – er zuckte mit den Schultern, wie um anzudeuten, dass es dazu nun wohl zu spät sei – »... noch die Polizei.«

»Aber ...«, meinte Bernick.

Schmidtdresdner bemerkte recht deutlich die Unzufriedenheit und Verärgerung in der Stimme. »Was aber?«, antwortete er deshalb besonders scharf.

»Ist schon gut ...«, beschwichtigte Bernick.

»Überlegt euch auf jeden Fall ein gutes Alibi für die Tauchzeit«, schäumte Schmidtdresdner weiter. »Am besten nicht untereinander!«

Sie nickten pflichtschuldig. Gerd Schmidtdresdners Handy klingelte. Er sah kurz auf das Display. »Geht mal raus«, murmelte er.

Die Männer murrten und schlugen demonstrativ geräuschvoll die Tür zu, als sie den Raum verließen. Sie waren keine

Unmenschen, insgeheim hofften sie, ihr Schuss wäre nicht tödlich gewesen und der Konkurrent habe sich retten können. Aber die Rituale von Coolness und Männlichkeit verlangten, dass sie unbeteiligt taten, den Gegner geringschätzten und mit allen Mitteln loswerden mussten.

»Er spielt sich wieder auf!«, meinte Bernick. »Er hat gut reden, er sitzt den ganzen lieben Tag bequem in seinem Bürosessel und wagt nie etwas. Von uns ist immerhin schon einer draufgegangen.«

Die anderen Taucher stimmten zu, als sie auf dem Flur standen.

»Es wird Zeit, dass wir das in unsere eigenen Hände nehmen«, meinte einer und klatschte mit der geballten Faust in die flache Hand.

»Ich wette, dass nichts davon in der Zeitung stehen wird. Nicht über den Unfall. Der war dort genauso illegal wie wir selbst.«

»Wir können Schmidtdresdner bei der Polizei verpfeifen, wenn wir das Gold in der Tasche haben.« Skrupel kannte zumindest dieser Taucher keine mehr: Wer einmal so weit gegangen war wie er, akzeptierte keine Grenzen mehr. Er hatte jemanden getötet, es war ihm gleichgültig. Ein Konkurrent weniger, das Business war hart. Nur das Gold zählte.

Sie grinsten.

»Bis auf die Tatsache, dass er unsere Namen hat«, meinte Bernick.

»Ich höre euch selbst noch hier«, rief Schmidtdresdner aus dem Zimmer. »Und jetzt geht endlich an die Arbeit und findet das verdammte Flugzeug!«

Olav Bernick holte den Fahrstuhl. Sie stiegen schweigend ein und fuhren gemeinsam nach unten.

»Er bezahlt uns zwar«, meinte dann einer der Taucher, »aber das gibt ihm noch lange nicht das Recht, uns zu behandeln, als wären wir seine Sklaven.«

»Er ist ein Großmaul. Der hat doch nur eine große Klappe«, antwortete Bernick bedächtig. »Du wirst schon sehen, wer sich letzten Endes das Gold holt.«

Die anderen nickten, um sich selbst zu versichern, dass sie das Heft in der Hand hielten. Sie verließen den Lift und spazierten in die Stadt.

In seinem Hotelzimmer öffnete Bernick die Schrankschublade und holte vorsichtig sein Tauchermesser heraus. Es war ein Solinger SEK-Messer, aus einem einzigen Stück harten Stahl geschnitten, noch schärfer als ein Schweizer Armeemesser.

Er hielt es hoch vor die Nachttischlampe und drehte es langsam, bis es in dem Licht der Glühbirne hell auffunkelte.

3

Franziska betrat in die Polizeidienststelle, ignorierte die im Korridor wartende Schlange und rief dem Beamten hinter der Theke gleich laut zu: »Ich möchte eine Vermisstenanzeige aufgeben!«

»Ja, gern. Aber bitte einer nach dem anderen«, meinte der Polizist gelassen, »da sind noch welche vor Ihnen an der Reihe!«

Also wartete Franziska fast eine Viertelstunde, bis ein Polizist sie in sein Büro führte. Links von ihr stand eine Regalwand mit Aktenordnern, vor ihr, hinter einem Holzschreibtisch, nahm der Polizist Platz, ein älterer Mann, der vermutlich die Tage bis zur Pensionierung zählte, er setzte sich vor der Tastatur des Computers; hinter ihm gab ein Fenster mit ein paar Blumentöpfen den Blick auf ein Stück blauen Himmel frei.

Franziska begann gleich von Joe, ihrer Verabredung, sich zu melden, und seinem Verschwinden loszureden.

Abwehrend hielt der Beamte die Hände hoch. »Bitte eins nach dem anderen, junge Frau!« Er rückte die Tastatur zurecht und suchte offenbar auf seinem Bildschirm das passende Formular.

»Ich sehe ja«, sagte er dann sehr ruhig, »dass Sie sich große Sorgen machen. Aber wenn Sie jetzt eine Vermisstenanzeige aufgeben wollen, müssen wir erst die wichtigen Dinge erfassen.«

Franziska nickte stumm.

»Also, wer wird vermisst?«

»Der Name ist Joe Hutter. Mit U, es ist ein englischer Name ... also ein schottischer, aber ...«

»H – U – T – T – E – R«, buchstabierte der Polizist laut mit, während er den Namen eingab.

»Haben Sie die Adresse von Herrn Hutter?«

Franziska sah ihn ausdruckslos an.

»Wo wohnt der Mann?«, ergänzte der Polizist seine Frage, als habe ihn Franziska nicht verstanden.

»Ich ... ich weiß es nicht«, musste sie zugeben.

»Und – wo arbeitet er?«

»Bei einer Art Versicherung. Ähm, er ist so etwas wie ein Geologe, ein ...« Sie überlegte: »... ein *risk assessment officer*.«

»Mehr wissen Sie nicht?«

Eigentlich wusste Franziska gar nichts über Hutter.

»Haben Sie ein Foto von dem Mann?«

Franziska schüttelte den Kopf.

»Sind Sie sich sicher, dass er Ihnen geschrieben hätte?«

Franziska nickte. Dann fiel ihr ein, wie unberechenbar Joe sich gezeigt hatte: Er hatte ihr den Rücken zugekehrt und telefoniert, aber er hatte auch Geschenke für Clara mitgebracht und sich für sie interessiert. Sie dachte an die SMS, die sie von ihm erhalten hatte, und wusste plötzlich ganz genau, dass er sich auf jeden Fall wie vereinbart gemeldet hätte. Also konnte er nicht. Also war etwas geschehen. Also musste man ihn suchen.

»Ja«, sagte sie mit fester Stimme, voller Überzeugung, weil sie sich tatsächlich sicher war. »Ja, natürlich hätte er sich gemeldet.«

Ein jüngerer Beamter kam mit einem Stapel Aktenordner unter dem Arm herein, die er geräuschvoll auf einem kleinen Beistelltisch deponierte. »Wo sollen wir den nach ihm suchen, wenn Sie nicht wissen, wo der Vermisste wohnt, was er tut und wie er aussieht?«, fragte er. Er hatte anscheinend einiges mitgehört.

Sie zuckte mit den Schultern und blickte den älteren Polizisten mit etwas ausdrucksleeren Augen an. Ja, sie war hilflos, besaß nicht die leiseste Ahnung, was zu tun war. Sie wusste nur, dass man etwas tun musste.

»Es soll auch schon mal vorgekommen sein«, meinte der junge Polizist grinsend, »dass sich ein Mann bei einer Frau nicht mehr gemeldet hat, obwohl er das versprochen hatte.«

»So etwas würde Joe nie tun!«

Die beiden Beamten blickten sich mitleidig an und dann zu ihr wie zu einem kleinen Kind, das die Zusammenhänge der Welt noch nicht versteht und das in einer Traumwelt mit Prinzen, Elfen, Einhörnern und einem lieben Gott lebt, der dafür sorgt, dass niemand ein Leid erfährt.

»Es tut mir wirklich sehr leid«, erklärte der ältere Polizist, und er sah jetzt sogar so aus, als meine er das ernst, »aber wir können eine Vermisstenmeldung nur herausgeben, wenn uns präzise Angaben vorliegen. Sie haben ja nur einen Verdacht.«

Der junge Polizist verließ den Raum.

Franziska war darüber erleichtert. »Was soll ich machen?«, fragte sie den älteren Beamten. »Ich bin mir sicher, dass Joe etwas zugestoßen ist. Ich kann es nicht beweisen, aber ich weiß, dass er sich gemeldet hätte.«

»Ich verstehe Ihre Sorge, aber«, der Mann holte tief Luft, »was sollen wir tun? Eine Suche nach Unbekannt ausschreiben? Gesucht wird ein Engländer, bitte melden?« Er klang nicht ironisch.

»Ich habe Joe Handynummer …«

»Bitte simsen Sie ihm weiter, oder rufen Sie ihn an. Sagen Sie mir auch Bescheid, falls er sich meldet …« Der Polizist klickte das Formular, das er aufgerufen hatte, wieder weg. »Bitte verstehen Sie, dass ich noch weitere Sachen erledigen muss …«

Franziska seufzte, dann erhob sie sich und ging zur Tür.

»Melden Sie sich, sobald Sie einen Anhaltspunkt haben, nach wem wir fahnden und wo wir suchen sollen!«, rief ihr der Polizist noch nach.

Der Mann, den sie aus dem See geholt hatte, war noch am selben Tag verstorben; nun war der nächste Mann, der gleich darauf in ihr Leben getreten war und den sie so vermisste, ebenfalls verschwunden. War auch er tot?

Sie sah durch ein Fenster auf den blauen Himmel, in dem eine prächtig strahlende Sonne stand, auf eine Straße voller geschäftiger Leute, die ihre Einkäufe erledigten, und hoffte, dass Joe Hutter wohlauf war, dass es einen guten Grund gab, warum er sich nicht gemeldet; einen Grund, der sie nicht frustrieren und betrüben musste.

Neal wunderte sich: Sonst zog MacGinnis Hutter deutlich vor, jetzt schien es ihn nicht zu kümmern, dass Joe nicht da war.

»Wo ist eigentlich Hutter?«, fragte Neal.

MacGinnis schüttelte den Kopf. »Gehen Sie an Ihre Arbeit!«

Neal wiederholte die Frage: »Wo ist eigentlich Hutter? Ich habe ihn heute noch nicht gesehen.«

»Kümmern Sie sich um Ihren Auftrag, Neal – er tut das, was er tun muss.«

MacGinnis legte Wert darauf, dass sie sich nicht allzu gut kannten und nicht befreundet waren. Die Arbeit sollte ohne Emotionen verrichtet werden. Trotzdem: Man plauderte schon mal miteinander. Und Neal und Hutter, die ja vieles gemeinsam erledigten, informierten sich in der Regel darüber, wenn sie einen Außenauftrag hatten.

Dass MacGinnis nichts verriet, musste bedeuten, dass Hutter einen wichtigen Auftrag ausführte, und das wiederum war von Interesse für alle. Neal begriff vieles nicht, was ihr Chef tat, aber letztendlich hatte sich bislang immer alles als vernünftige Entscheidung herausgestellt. Also fragte er nicht weiter nach.

Es herrschte eine seltsam gedrückte Stimmung.

Der Nordengländer kam zu Neal. »Ich habe MacGinnis auch schon gefragt, und er meinte, es ginge mich nichts an.« Eigentlich war der Nordengländer gar nicht so schlimm. Neal nahm sich vor, ihn bei passender Gelegenheit nach seinem Namen zu fragen. Jetzt aber musste er erst einmal sein Side-Scan-Sonar warten und auf einen neuen Einsatz vorbereiten.

Also widmete Neal sich seinen Geräten. Er blickte mehrere Male heimlich zu MacGinnis hinüber.

Der Chef sprach wie immer am Telefon. Redete er mit Hutter?

Vielleicht ist Hutter in Mönchengladbach beim UKSC(G), überlegte Neal, dem Headquarter des britischen Unterstützungskommandos in Deutschland, einem der beiden Hauptquartiere der Britischen Streitkräfte hier. Dann spielte er doch eine größere Rolle in all dem, war vielleicht sogar der Stellvertreter von Reginald MacGinnis.

Sollte die gefundene Anomalie eine Niete sein, musste Neal in einem Gittermuster den See durchkreuzen. Wenn man es auf möglichst hohe Auflösung einstellte, wies das Side-Scan-Sonargerät eine Bandbreite von fünf Metern auf, das heißt, dass es – bis auf den Grund, der sich unmittelbar unter ihm befand und der deshalb nicht erfasst werden konnte – jeweils fünf Meter rechts und links zur Fahrtrichtung abtastete und wiedergab.

Das Gerät sandte einen Schallimpuls in einem stumpfen Winkel als Streuimpuls zur Seite und maß die Zeit, die es dauerte, bis der Ton reflektiert wieder zum Gerät gelangte. Diese Entfernung, die das akustische Signal zurücklegte, druckte ein softwaregestütztes Ausgabegerät als Grafik aus, es konnte also auch im trüben Wasser sehen, teilweise sogar in den Schlamm hinein. Ragt etwa ein Fels aus dem Schlamm, dann liegt er näher am Schallimpulsgeber als der Boden, der sich vielleicht fünfzig Zentimeter darunter befindet. So entsteht ein Relief des Untergrundes, das in eine Art Schwarzweißfotografie des Seebodens umgerechnet wird.

Je gebündelter der Impuls, desto präziser das Abbild. Das Gerät arbeitete mit einem Frequenzspektrum von hundert bis fünfhundert Kilohertz, die höhere Frequenz brachte eine verbesserte Auflösung bei verringerter Reichweite. Neal hatte das Instrument nun auf fünfhundert Kilohertz eingestellt. Er war Optimist.

Neal spitzte die Ohren, aber er verstand nicht, was sein Chef sagte. Eine der unangenehmeren Charaktereigenschaften von MacGinnis war, dass er zwar fest und bestimmt redete, aber häufig so leise, dass man ihn nur verstand, wenn alle still waren und man direkt neben ihm stand.

Bevor Neal das Besprechungszimmer verließ, um seine stundenlange Kreuzerei auf dem See zu beginnen, gab er sich nochmals einen Ruck, und beugte sich zu dem Chef hinunter: »War es jetzt die Halifax, oder muss ich weitersuchen?«

MacGinnis blickte zu ihm auf.

»Ich fertige dann nämlich einen Feinscan des Ziels an, um die Bergung vorzubereiten, damit wir alle wichtigen Details kennen.«

MacGinnis sah ihn weiter interessiert an.

»Oder eben einen Grobscan, falls das Ziel D wieder nicht die Halifax ist und wir weitersuchen müssen.«

»Gehen Sie einmal davon aus, dass ich Sie informiert hätte.«

»Es ist also nicht die Halifax?«

MacGinnis blickte wieder in seine Akten und ignorierte ihn. Also beschloss Neal, mit nur geringer Auflösung den Seeboden systematisch zu erfassen. Er hatte schon den ganzen gestrigen Tag unnötig untätig verbracht, weil er auf Joes Rückkehr gewartet hatte. Jetzt wollte er die Zeit sinnvoller nutzen.

»Bitte entschuldigen Sie meine Aufdringlichkeit, Sir«, versuchte er es hartnäckig weiter. »Morgen Abend, spätestens übermorgen sind meine Sonardaten so weit ausgewertet, dass ich alle relevanten Ziele überprüft und die besten festgelegt habe. Hutter ist unser einziger Taucher. Wird er dann zur Verfügung stehen?«

»Ich habe alles unter Kontrolle«, versicherte ihm MacGinnis. »Kümmern Sie sich nicht darum!«

Neal zuckte mit den Achseln und ging aus dem Raum.

Mit einem hilflosen Lächeln sah der Nordengländer ihm nach, bis Neal endgültig den Raum verlassen hatte. Dann widmete er sich erneut seiner Simulation des Ausbruchs, die die Zahl der Todesopfer nach einem einfachen Sommergewitter hochrechnete – das Wrack befand sich dieses Mal bereits aufgebockt auf der Uferwiese. Sollte das der Fall sein – stellte der Nordengländer fest –, würde es rund zwei Stunden dauern, bis Frankfurt entvölkert wäre.

»Total toll: 12 million people dead«, blinkte die Anzeige neben der Grafik.

Neal hatte das Hauptquartier verlassen, schimpfte vor sich hin und hielt auf das Boot mit Außenbordmotor zu. Er zürnte MacGinnis noch immer, weil der so mit ihm gesprochen hatte, als verdiente er keine Informationen.

Wütend stellte er das Side-Scan-Sonar auf hundert Kilohertz zurück und hakte die Stahltrosse des Sonarschlittens ein. Dann startete er den Motor, glitt hinaus auf den See und fuhr auf ihm hin und her, immer wieder, in parallel zueinander liegenden Fahrbahnen und dann im rechten Winkel dazu erneut.

Das Boot schlingerte. Aus der Tiefe des Wassers drang ein

diffuses Rumpeln. Es schwoll an und verlor sich. Harte kleine Wellen schlugen gegen die Bordwand. Manche Stellen der Seeoberfläche schäumten kurz auf, dort stiegen Gasblasen empor und platzten. Es roch wie ein Kühlschrank, der tagelang ohne Strom war.

Andrew Neal würgte. Wieder ein kurzes, heftiges Erdbeben.

Ein paar tote Fische, seltsam verkrümmt, trieben aus der Seetiefe hoch und schaukelten auf den kleinen Wellen. Neal fuhr heran, stülpte sich vorsichtshalber eine Atemmaske über und entnahm seine üblichen Wasserproben.

Die beiden Männer zogen ihre Ausweise so schnell hervor und ließen sie so rasch wieder in ihre Taschen gleiten, dass Franziska nicht viel mehr erkennen konnte, als dass sie höchst offiziell aussahen. Sie traten so selbstsicher in die Wohnung, als gehöre sie ihnen und nahmen, ohne zu fragen, am Tisch im Esszimmer Platz. Anders als die deutsche Polizei schienen sich die Briten sehr wohl für den Verbleib von Joe Hutter zu interessieren.

»Sie kennen Jojakim Hutter?«, fragte einer von beiden. Er war ein smarter Typ. Glattrasiert, in Maßanzug und Hemd, trug eine dunkle, gedeckte Krawatte.

»Ja, natürlich!«, antwortete Franziska verblüfft.

»Wissen Sie, wo er sich gerade aufhält?«

»Nein«, sagte Franziska zögerlich.

Der Krawattenträger tippte Notizen in seinen Palm. Sein Begleiter, der aussah wie ein Kobold, saß stumm neben ihm.

»Joe ist verschwunden«, fügte Franziska hinzu.

Die Männer reagierten nicht.

»Ich dachte, Sie suchen ihn, weil ...«

Erneut keine Reaktion.

»Wieso sind Sie dann hier?«, stieß Franziska heraus.

Der Krawattenmann überlegte kurz, sagte dann: »Hat er Ihnen gesagt, was er vorhatte?« Die Fragen stellte stets der clevere Kerl. Der andere saß neben ihm und starrte vor sich hin.

»Das habe ich doch schon alles der Polizei erklärt!«, sagte Franziska leicht genervt.

Die beiden Briten blickten sich verblüfft an. Offenbar begriffen sie gerade, dass die deutsche Polizei über das Verschwinden Hutters informiert war.

»Sie kennen den Grund, warum Hutter hier in Deutschland ist?«, wollte der Glattrasierte nun wissen.

»Nun, er ist Geologe bei einer Versicherung, er interessiert sich für den Laacher See.« Franziska nahm an, dass sie damit nicht allzu viel Neues sagte.

Der glattrasierte Krawattenträger zog die Augenbrauen hoch. »Oder?«, ergänzte sie dann in einem seltsam fragenden Tonfall, der sie selbst wohl am meisten überraschte. Sie klang so defensiv, dabei hatte sie gar nichts verbrochen, sondern wollte nur helfen. Doch die unheimliche Situation, die unerklärliche Neugier der beiden Männer, all das lief doch auf eine Frage hinaus: Wer war Joe wirklich?

Sie fühlte sich unwohl bei diesen Männern. Der Kobold, der keine Fragen stellte, durchbohrte Franziska fast mit seinen Blicken. Er hatte strähnige rote Haare und eine blasse, teigige Haut mit Sommersprossen, schiefe Zähne – ein Brite wie aus einer Karikatur entsprungen. Offenkundig hielt er sie für ... Ja, für was? Er starrte sie so herablassend an, weil er sie für eine Schlampe hielt.

Plötzlich sagte der Krawattenmann: »Nehmen Sie sich vor Joe Hutter in Acht! Halten Sie sich von ihm fern!«

»Mama, wer sind diese Leute?« Clara hatte sich unbemerkt ins Wohnzimmer geschlichen und deutete nun ungeniert auf die beiden Briten.

»Schicken Sie das Kind fort!«

Der Kobold packte Clara bei den Schultern und drückte sie vom Tisch weg.

»Lassen Sie sofort meine Tochter los!«, zischte Franziska. Aufgebracht stand sie auf.

»Jetzt beruhigen Sie sich doch«, beschwichtigte Mr. Glattrasiert mit einer ausdruckslosen, fast gelangweilten Stimme. Er sah den Kobold böse an: »Let her go«, befahl er ihm.

Clara stand am Tisch und heulte.

»Wer sind Sie eigentlich?«, rief Franziska empört aus. »Ich habe Ihre Ausweise nur kurz gesehen, als Sie hereinkamen.«

»Sie sollten uns nicht als Ihre Feinde betrachten«, antwortete der Smarte. »Wir können nicht befehlen, was Sie zu tun oder zu lassen haben. Aber wir können Ihnen nur gut zuraten, dass Sie Ihr naives Vertrauen zu Herrn Hutter aufgeben.«

»Und warum?«

»Sie verstehen sicher ...« Der Smarte stand auf, der Kobold folgte wie eine Marionette. Sie liefen bereits zur Eingangstür, obwohl Franziska noch saß. Der Smarte drehte sich noch einmal um und nickte Franziska zu, als fordere er sie auf, zu ihm zu kommen und die Tür für ihn zu öffnen.

»Wir wollen uns wirklich nicht einmischen«, meinte der Smarte versöhnlicher, nachdem er die Tür selbst geöffnet hatte, »aber wir sind nicht ohne Grund gekommen. Ich darf Ihnen keine Vorschriften machen, aber ich kann Ihnen einen guten Ratschlag geben: Es wäre wirklich besser, Sie hielten Abstand zu Hutter.«

Franziska sah ihn ungläubig an. Warum gab man ihr das zu verstehen? Wer waren die Männer überhaupt?

»Es ist besser für Sie«, ergänzte der Kobold, die ersten Worte, die er überhaupt gesprochen hatte, mit einer überraschend angenehmen Stimme.

Dann waren die beiden draußen. Franziska ließ die Tür hinter ihnen zufallen.

Endlich waren die beiden weg!

Aber: Wo war Joe Hutter?
Und: Wer war Joe Hutter überhaupt?

Über den Bildschirm flackerte eine Aufnahme des Laacher Sees, offenbar im Winter gemacht, denn es lag noch Schnee, und darin züngelten, aus einer Dokumentation über Hawaii entnommen und über den friedlichen Eifelsee geblendet, Lavafontänen. Ein Reporter stand vor dem See, ließ sich vom Wind die Haare zerzausen und sprach in ein Riesenmikrofon, das in eine Art Schafswolle gewickelt war. Auch die weiße Wolle zappelte im Wind. Franziska hörte nicht, was der wackere Mann sagte, sie hatte das Gerät auf stumm geschaltet.

Am Morgen hatte der See wieder gebebt, die privaten Fernsehkanäle nutzten die Gelegenheit für weitere Panikmache.

Franziska schaltete entnervt ab.

»Im Kindergarten haben sie gesagt, dass wir hier bald alle sterben müssen«, meinte Clara traurig.

»Wer hat das gesagt?«, erkundigte sich Franziska entsetzt.

»Die anderen Kinder.«

»Und warum?«

»Weil der Berg explodiert«, antwortete Clara. »Stimmt das, Mama?«

Clara kletterte auf Franziskas Schoß. Franziska legte eine Hand auf den Kopf ihrer Tochter und strich ihr durch das Haar.

»Nein, das stimmt nicht«, erwiderte sie. Noch spukten ihr die beiden seltsamen Briten und ihre unerwartete Warnung im Kopf herum.

Sie erblickte den Stapel bemaltes Papier, den ihre Tochter auf dem Küchentisch hinterlassen hatte: Es war immer das gleiche Bild, mit leichten Variationen: Oben, im linken Eck, klebte eine Viertelkreissonne mit Stupsnase, großen Augen und lächelndem Mund. Ihre langen gelben Strahlen breiteten sich über die ganze Zeichnung aus. Auch über den großen blauen Kreis inmitten stilisierter Bäume, aus dem Qualm und rote Striche quollen – die Lava. Es sollte der Laacher See sein. Daneben hatte Clara kleine gelbe Kästen mit spitzen roten Dreiecken darüber gemalt: die Häuser der Menschen und ihre Dächer. Die Dächer brannten.

Was die Medien alles anrichten, schoss es Franziska durch den Kopf, dann erinnerte sie sich daran, dass sie selbst bei diesem Zirkus mitgemacht hatte. Der Grat zwischen berechtigter Warnung und Sensationsgier war schmal. Warnte sie die Menschen, und es geschah nichts, hatte sie nur die nun vorherrschende Katastrophenangst bedient. Warnte sie gegen besseres Wissen nicht und der Laacher Vulkan brach aus, nahm sie all jenen, die vielleicht fliehen konnten, diese letzte Chance.

»Wenn der Vulkan ausbricht«, beruhigte Franziska ihre verängstigte Tochter, »dann werden wir vorher alle gerettet.« Sie vermutete, dass es längst einen Evakuierungsplan gab.

»Wird Joe uns retten?« Clara blickte sie aus großen Augen an. Die Augen strahlten: Clara wollte von Joe gerettet werden.

Franziska hätte am liebsten nein gesagt. Es war eine Frage, die sie nicht beantworten konnte – nicht einmal sich selbst. »Als wir uns das letzte Mal trafen«, log sie, »wusste er noch nicht, ob er bald abreist.« Clara sollte nicht denken, Joe habe sie oder ihre Mutter verlassen.

»Aber er kommt doch wieder?«

Was sollte sie jetzt sagen? Dem Kind eine Hoffnung rauben, auf die es sich versteift hatte? Und war sie denn nicht selbst überzeugt, dass Joe sich melden würde? Vielleicht empfand er wie sie, hatte aber Furcht, plötzlich auch noch eine Vaterrolle zu übernehmen? Er wirkte nicht wie jemand, der nur auf Eroberungen aus war. Saß er jetzt in seiner Heimat bei einer anderen Frau? Sie versuchte diese Vorstellung zu verbannen.

»Wenn er kann«, sagte Franziska sacht und küsste Clara auf die Wange, »und wenn er darf, dann meldet er sich wieder.«

»Haben ihn die beiden Männer weggebracht?«

Franziska erschauderte: »Aber nein, mein Schatz.«

»Ist er jetzt in Schottland?«

Franziska schwieg. Wie gerne hätte sie diese Fragen mit einem beherzten »Ja, er ist in Schottland, aber er kommt wieder, er mag doch deine Mama, und dich mag er ganz besonders!« beantwortet. Sie hatte es mittlerweile aufgegeben, auf ihr Handy zu starren.

»Wir könnten ja nach Schottland fahren und ihn holen«, schlug Clara vor.

»Schottland ist weit, und wir wissen nicht, wo er dort wohnt.«

Und mit wem, dachte Franziska müde. Sie schaltete den Fernseher wieder ein. Sie sah eine gespenstische nächtliche Szene, brennende Häuser, verzweifelte Menschen, viel Rauch und Feuer. War der Laacher Vulkan tatsächlich schon ausgebrochen? Sie tastete hektisch mit der Hand auf dem Sofa umher, fuhr dann mit der Handfläche über den Tisch, schob Claras Katastrophenbilder zu Seite und fand darunter endlich die Fernbedienung. Sie stellte den Ton lauter.

Die Reportage kam aus Korsika. Es ging um Waldbrände. Franziska atmete erleichtert auf.

Es ist sehr leicht, immer das Schlimmste zu glauben, dachte sie, wenn man sich im Stich gelassen fühlt. Sie sehnte sich die Zeit zurück, in der es in ihrem Leben niemanden gab außer Clara und ihr selbst. Dann war Hutter in ihr Leben getreten, ganz unauffällig, und plötzlich steckte sie in einem riesigen Wirbel, einem endlosen Schlund, einem kreisenden Mahlstrom.

»Geh jetzt schlafen«, hauchte sie Clara ins Ohr, dann trug sie ihre Tochter in ihr Bettchen. Sie merkte, wie das tiefe leere Gefühl des Alleingelassenseins über sie hereinbrach, und sie wollte um alles in der Welt verhindern, dass ihre Tochter mit ansah, wie sie weinte.

Plötzlich stand Franziska da, am Seeufer, auf einer Erdscholle, die sich löste und auf den See hinaustrieb gleich einer schwimmenden Insel. Das Wasser hatte sich in Lava verwandelt und leuchtete golden. Eine Herde Schafe umspielte den treibenden Erdklotz wie eine Schule Delfine, sprang hoch aus den glühenden Wogen und schoss in sie hinein, dabei löste sich ihr Fleisch von den Knochen. Reginald MacGinnis thronte auf einem Kran, die Arme ausgebreitet wie ein Prediger, und dirigierte die ganze Szenerie, als leite er ein Orchester. In das Gebrause und Getöse aus Lava und umherfliegenden Felsbrocken mischten sich die harten Gitarren der Sex Pistols, sie spielten »Submission«. »I drown, drown, you're dragging me down«, schrie Jonny Rotten mit voller Inbrunst.

Joe wusste, dass er halluzinierte, aber er konnte nichts dagegen unternehmen. Vermutlich Fieber, überlegte er sich, als er kurzzeitig für wenige Minuten klar im Kopf wurde, dann erschienen wieder die schwimmenden Schafe mit ihrem unheimlichen Wasserballett, sprangen als gesunde Körper aus der glutheißen Brühe und tauchten als Skelette zurück in den See.

Alles tat ihm weh. Es fühlte sich an, als klaffe in seiner Seite eine meterlange Wunde, als hätte man ihm mit einer Axt in den Rücken gehauen.

Das Ufer verschwamm vor seinen Augen. Die Bäume wankten, sie waren kaum mehr als diffuse braune Striche mit schemenhaften grünen Büscheln darauf. Er dachte, er müsse sich jeden Augenblick übergeben.

Ich darf nicht aufgeben!, dachte er. Mit letzter Kraft schob er sich ans Ufer, kroch auf allen vieren über eine kleine Kiesbank, durch eine Schilfzone, bis er ermattet auf einem Pfad im Wald zusammenbrach.

Er konnte nicht sagen, wie lange er bewusstlos gewesen war, sicherlich nicht lange, niemand hatte ihn in der Zeit gefunden. Er sah hoch zum Himmel, der ganz grau war, mit rosa Schlieren. Es musste schon spät am Abend sein, sehr unwahrscheinlich, dass noch jemand unterwegs war, ein Jogger vielleicht oder jemand, der seinen Hund Gassi führte.

Es konnte dauern, bis er wieder bei Kräften war.

Plötzlich schoss es ihm durch den Kopf, wo genau er war. Hier, diesen breiten Ast, der sich wie ein Krakenarm über den Pfad schob und dann wieder in die Höhe stieg, das Schilf, durch das er gerobbt war – irgendwo hier in der Nähe, etwas den Hang hinauf, stand eine kleine windschiefe Hütte, in die er sich zurückziehen konnte. Erst einmal schlafen, dachte er. Dann jemanden um Hilfe rufen. Er tastete seine Seite ab. Die Wunde war nicht klein, aber sie blutete nicht mehr. Eigentlich sollte er MacGinnis anrufen. Musste er ins Krankenhaus? Ihm fehlte die Kraft für Entscheidungen. Erst einmal zur Hütte kommen.

Den Abhang hoch – doch das war leichter gesagt als getan. Die Anstrengung war gewaltig. Die Schräge kam ihm vor wie eine steile Felswand in den Cairngorms, den steilsten Bergen Schottlands. Laub bedeckte den Boden, und es schien ihm, als rutsche das Laub bei jeder seiner unbeholfenen Bewegungen, als führte ihn jeder Schritt nach oben zwei Schritte zurück zum See.

Ein brauner Fleck, dort, zwischen den Bäumen. Ein roter Fleck darauf, das rostige Wellblechdach. Es konnte nicht mehr weit sein.

Das letzte Mal, das ihm so übel gewesen war, lag über fünfzehn Jahre zurück. Er protestierte an irgendeinem gottverlassenen Weg in einem gottverlassenen Winkel im regengepeitschten Wales gegen einen Atomtransport zur Nuklearschleuder Sellafield, und der Staat ließ es sich nicht nehmen, deutlich zu demonstrieren, dass er keinen Widerstand gegen sein Atomprogramm wünschte. Damals traf ihn der Schlagstock eines Polizisten direkt in den Magen, und als er zu Boden ging, schlug der Mann ein zweites Mal zu, auf Hutters Hinterkopf, bis alles in Farben tanzte, Sonnen sprühten, schließlich die ganze Welt in einer gewaltigen Explosion verging und er das Bewusstsein verlor. Freunde schleppten ihn weg und brachten ihn in Sicherheit.

Die Hütte befand sich in einer Mulde, und Hutter stürzte den kleinen Abhang hinunter und schlug gegen die Tür. Sie sprang mit einem knarrenden Geräusch auf.

Als Hutter erneut die Augen öffnete, war es längst finster geworden. Er lag auf dem Rücken und blickte direkt in den klaren Sternenhimmel. Die winzigen Lichter drehten sich. Wieder spürte er, wie sein Magen rebellierte. Säure sammelte sich in seinem Mund. Er hob mühsam den Kopf und spie aus.

Er drückte sich mit den Füßen auf dem Boden ab und schob sich in die Hütte hinein. Der Tür fiel hinter ihm zu und klapperte ein-, zweimal gegen den Rahmen. Es roch muffig, nach altem Heu.

Hutter war so weit wach, dass er sich seine Wunde genauer betasten konnte. Es stach nicht mehr in die Seite, wenn er sie berührte, es tat nur noch weh. Das Blut bildete eine harte Kruste, es war längst getrocknet. Offensichtlich trat auch kein neues Blut mehr aus. Ein gutes Zeichen. Die Wunde war etwa fingergroß, die Harpune musste ihn in die Seite getroffen haben. Aus der Tatsache, dass er noch am Leben war, schloss er, dass keine inneren Organe verletzt worden waren. Vielleicht hatte der Taucheranzug ihn geschützt. Er atmete auf.

Auf dem Boden der Hütte lag Stroh, darüber ein alter

Schlafsack mit einem hässlichen Blumenmuster. Er krümmte sich auf dem Fetzen zusammen und versuchte einzuschlafen. Wellen von Schmerzen durchfuhren ihn, dann merkte er, dass er zitterte, obwohl es so kalt gar nicht sein konnte.

Er hob eine Hand an seine Stirn. Sie war heiß, Schweiß rann herab, tropfte ihm in die Augen. Ich habe Fieber, dachte er. Dann verlor er erneut das Bewusstsein.

Er konnte nicht sagen, wie lange diese neuerliche Ohnmacht gedauert hatte, aber als er die Augen öffnete, krochen bereits erste Lichtfinger durch die angelehnte Tür in das Innere der Hütte.

Er hob den Kopf. Die Welt war nicht mehr verschwommen, die Baumstämme waren Baumstämme mit Rindenmuster, sie standen still und fest an ihrem Platz und tanzten nicht. Er fühlte seine Stirn: trocken. Er fühlte seine Seite, der Druck war unangenehm, aber der Schmerz durchfuhr ihn nicht mehr. Gut!

Er hatte Hunger und Durst.

Er musste unbedingt MacGinnis verständigen, ihm sagen, wo er war. Er musste die anderen davor warnen, dass sie bei ihren Tauchgängen auf bewaffnete, zu allem entschlossene Gegner treffen konnten. Er musste … er hatte … da war doch ein Wrack gewesen? Hatte er die Halifax lokalisiert? Immer wenn er seine Erinnerungen aufrufen wollte, versanken sie in grauem Schlamm, hatte er Wolle statt Nervenzellen unter seinem Schädel. Er fluchte.

Er sollte MacGinnis anrufen. Vermutlich hatte der in der letzten Nacht ein französisches Restaurant in Köln besucht, war vom Menü enttäuscht und mies gelaunt. Vermutlich suchte man schon nach ihm. Oder auch nicht. Bei diesen Sonderaufgaben war es schon einmal nötig, tagelang verschollen zu sein, wenn man einer Spur nachging. Er musste unbedingt MacGinnis anrufen. Das war wichtig. Das war seine Pflicht.

Der Morgennebel lag als dünner weißer Schleier über dem See, zart wie ein Spinnennetz. Die feinen Nebelschwaden ballten sich zu einer großen weißen Blumenkohlwolke zusammen, die in großen bauschigen Ballen nach oben stieg. Die Kraterwand hinter dem See nahm er nur als bleiche graue Silhouette wahr. Ein erster Sonnenstrahl traf auf die Türme des Klosters, sie erglühten goldgelb. Dann leuchtete das ganze Gebäude auf.

Er zog sein Handy aus der wasserdichten Tasche und sah auf dem Display, dass er ganze zwei Tage geschlafen hatte – von dem Abend, an dem er verletzt worden war, die ganze Nacht und den Tag darauf und die folgende Nacht, bis er jetzt im Morgengrauen erwacht war.

Er sollte unbedingt MacGinnis anrufen.

Er flippte das Handy auf und tippte Franziskas Nummer ein.

4

Er legte auf und rief als Nächstes die Nummer von MacGinnis an, er erklärte, wo er sich befand, und gab einen kurzen Lagebericht.

Dann warf er sich eine alte Decke, die in der Hütte lag, um die Schultern. So sah man wenigstens seine blutverschmierte Kleidung nicht. Er stolperte zum Ufer und spülte Wasser über sein Gesicht, er war zu stolz, sich helfen zu lassen, wollte aus eigener Kraft, nicht als Besiegter zum Hauptquartier zurück. Er schleppte er sich zum Kloster. Es dauerte eine Ewigkeit: Den Weg, den er sonst in einer Dreiviertelstunde zurücklegte, zog und zog sich. Er war noch schwach auf den Füßen, jeder Schritt kostete enorme Kraft. Alle hundert Meter blieb er stehen, hielt sich mit ausgestrecktem Arm an einem Baumstamm fest und verschnaufte.

Die ersten Jogger waren bereits unterwegs und liefen keuchend an ihm vorbei. Sie warfen ihm abschätzige Blicke zu – er war verschmiert, stank vermutlich, wankte. Ein Penner, der den Spaziergang der guten Leute stört.

Langsam erwärmte sich die Luft. Hutter fühlte, wie die Wärme in seinen erschöpften Körper kroch. Er konnte bereits schneller laufen, musste nicht mehr so häufig anhalten und nach Luft schnappen. Der Gedanke an ein Frühstück, das ihn im Kloster erwartete, trieb ihn vorwärts. Er sah bereits den Parkplatz vor sich – jetzt war es nicht mehr weit.

Er humpelte den Weg entlang, der die Uferwiesen durchschnitt, überquerte den Parkplatz, der um diese morgendliche Zeit noch fast leer war, und näherte sich mit letzter Kraft und schwer atmend dem Klostergebäude.

Als er den Raum betrat, bot sich ihm das gewohnte Bild. Der Nordengländer flog zum hundertsten Mal über eine computergenerierte Modelllandschaft der Eifel in 3-D, er wollte so den Absturzort einkreisen, Neal beugte sich über einen Stapel Papierausdrucke des Side-Scan-Sonars in verschiedenen Auflösungsstufen, um weitere natürliche Ziele von potenziell künstlichen Objekten zu unterscheiden und so das Wrack zu finden.

Joe räusperte sich.

Alle sahen zu ihm hin, die übliche Geschäftigkeit erstarb sofort. Reginald MacGinnis stand auf der Stelle auf und ging, kräftig schnaufend von der plötzlichen Aktivität, mit ausgebreiteten Armen auf ihn zu.

»Endlich! Da sind Sie ja wieder! Wo zum Teufel haben Sie gesteckt?«

»Man hat auf mich geschossen.«

»Wer hat geschossen?«, brach es aus MacGinnis heraus.

»Keine Ahnung ... andere Taucher im See.«

»Hm ...«

»Ich muss unbedingt einen Bericht schreiben.«

»Machen Sie das! Aber Sie sehen furchtbar erschöpft aus. Mir reichen fürs Erste die wichtigsten Fakten. Ruhen Sie sich doch erst mal aus, Hutter. Schreiben Sie den Bericht später.«

Joe hörte es, aber die Worte drangen nicht wirklich zu ihm. Langsam, wie unter Drogen, erwog er sie. Er konnte sich schon vorstellen, wie er nach zwei Tagen Liegen im eigenen Blut, mit aufgequollenem Gesicht und bereits von dem kleinen Spaziergang über zwei Meilen völlig erschöpft, auf seinen Chef wirken musste. Vermutlich war es besser, erst einmal eine Runde im Bett zu schlafen, um dann wieder einen klaren Kopf zu haben.

»Sie haben mich nicht gefunden?«, erkundigte sich Hutter bei seinem Vorgesetzten.

»Wir haben nicht nach Ihnen gesucht«, antwortete MacGinnis.

Hutter sah ihn fragend an.

»Wir haben nicht nach Ihnen gesucht, weil jeder von uns die maximale Freiheit braucht. Jeder von uns muss doch völlig autonom agieren können«, erklärte MacGinnis langsam, als rede er mit einem unverständigen Kind. »Ich vertraue Ihnen. Sie waren möglicherweise auf einer Spur, oder haben jemanden verfolgt.«

Schon immer war MacGinnis für Joe ein Rätsel gewesen. Undurchschaubar hinter seiner Maske aus Missmut und Gleichgültigkeit. Seit dem Tod seiner Frau hatte diese gespielte Verachtung und Interesselosigkeit eher noch zugenommen. Was MacGinnis wirklich dachte und fühlte – man wusste es nicht, konnte es bestenfalls ahnen.

Hutter schwirrten allerlei Gedanken im Kopf herum, als er zu seinem Schreibtisch zurücktrottete, um ein paar Sachen herauszunehmen. War es denn so leicht, auf ihn zu verzichten?, überlegte er. War es MacGinnis ganz gleich, was mit ihm geschah? Warum hatte man nicht nach ihm gesucht? War er so wertlos für das Unternehmen?

Die anderen wirkten weniger entspannt als sein Chef: »Ich habe mir wirklich Sorgen gemacht«, sagte der Nordengländer, »niemand wusste doch, wo Sie waren und warum Sie einen ganzen Tag gefehlt haben.« Er sah zu Boden. »Aber MacGinnis meinte, es sei alles in Ordnung, wir müssten uns keine Gedanken machen.«

»Wir haben dich vermisst«, sagte auch Neal, der von seinem Platz aufgestanden und zu ihm getreten war. Joe konnte echte Besorgnis aus seiner Stimme heraushören. »Wo bist du gewesen?«

»Ich wollte eine deiner Markierungen inspizieren. Ich bin

aber nicht dazu gekommen. Drei Taucher haben mich angegriffen und auf mich geschossen.« Er tastete nach seiner Wunde. Sie schmerzte kaum noch, das Schlimmste war also vorüber.

»Um Himmels willen! Geht es dir gut?«

»Ja, ich brauche jetzt erst einmal eine Mütze Schlaf, dann bin ich wieder okay. Es ist vermutlich nur ein Streifschuss. Halb so schlimm. Die Angst war schlimmer als die Verletzung.«

»Ich wusste nicht … Hätte ich gewusst … Ich dachte, du wärst auf einem Geheimauftrag.«

»Das ist jetzt keine verletzte Eitelkeit«, raunte Joe Neal zu. »Aber: Warum hat der Alte nicht nach mir suchen lassen? Er meinte, es sei so sicherer. Ich weiß nicht, was ich davon halten soll. Auf mich wirkt das eher so, als hätte es ihm mehr Sorge bereitet, in welchem französischen Restaurant er den nächsten Gockel in Weinsauce isst, als mich zu finden.«

»Ich weiß«, meinte Neal, »doch ich denke, er tut nur so. Ich glaube, er wollte uns nicht beunruhigen. Ich habe zumindest gehört, wie er mit ein paar alten Kameraden vom Geheimdienst telefonierte. Er hat dich wohl doch suchen lassen.«

Joe zuckte müde mit den Schultern. Die Situation überforderte ihn. Ja, er brauchte dringend etwas Ruhe.

Joe versuchte trotzdem, sofort einen ausführlichen Bericht zu verfassen, aber es gelang ihm einfach nicht. Je stärker er sich konzentrierte, desto mehr verschwammen die Linien vor seinem Auge. Blitzartig sah er die Harpune vor sich, die auf ihn zuschoss. Er sah das Licht, das in Streifen ins Innere der Hütte flutete. Er brachte nur Halbsätze zustande, die Verben wollten nicht zu den Substantiven passen. Er schaffte es einfach nicht, die Situation neutral darzustellen. Er grübelte, was eigentlich passiert war. Schließlich schrieb er nur eine halbe Seite, die zumindest die wichtigsten Fakten enthielt.

Er bemerkte, dass MacGinnis hinter ihm stand. Der Alte erteilte ihm die Absolution. »Ja, gehen Sie jetzt, ruhen Sie sich aus«, sagte der Chef zum zweiten Mal.

Vermutlich hatte MacGinnis recht. Joe fuhr sich durch die kurzen Haare, sie klebten fettig am Kopf. Er sah an sich herunter: Seine Klamotten glichen einem Tarnanzug, fleckig von Erde, Laub, Feuchtigkeit und verkrustetem Blut.

Er hatte die Hand bereits an der Türklinke, da fiel ihm wieder ein, dass Neal meinte, MacGinnis hätte doch durch alte Geheimdienstkumpels nach ihm suchen lassen. Er drehte sich zu seinem Chef um und meinte nur kurz und verhalten: »Danke.«

»Wofür?«, entgegnete MacGinnis. Es klang ehrlich.

Welche Erfrischung ihm die heiße Dusche brachte. Joe genoss es zu duschen. Danach fühlte er sich wie neugeboren, auch wenn die Wunde in seiner Seite noch stach. Aber der Schweiß war abgewaschen, das Blut fortgespült. Er betrachtete sich im Spiegel: Er sah tatsächlich schon wieder recht passabel aus.

Joe wohnte als Einziger in einem Zimmer im Anbau des Klosters Maria Laach. Neal hatte ein Zimmer in dem Dörfchen Glees, das unweit westlich des Sees lag; von dem Nordengländer hatte er mal gehört, dass der irgendwo in einem Kaff bei Koblenz hauste. Wo die Unterkunft von MacGinnis lag, wusste niemand.

Joe band sich ein Handtuch um und trat dampfend aus der Dusche. Er wuschelte sich mit einem Tuch durch die Haare, sie wurden schnell trocken.

Sein Pieper meldete sich. Neal hatte einen Arzt verständigt, der schon unterwegs war, um sich die Wunde anzusehen.

Joe ging ins Schlafzimmer und streifte sich schnell etwas über. Im nächsten Moment klopfte es schon an der Tür.

Ein junger Mann trat ein, vermutlich der Dorfarzt. Er wirkte kompetent, und Joe streifte das T-Shirt hoch, das er frisch angezogen hatte, damit der sich die Wunde ansehen konnte. Sie war nun sauber, aber das heiße Wasser der Dusche hatte sie wieder aufplatzen lassen, sie sonderte ein wenig Blut ab. Der Arzt gab ihm eine Spritze und ein paar Pillen für den Fall, dass die Schmerzen stärker würden.

»Es ist nichts Schlimmes, keine tiefe Wunde«, meinte er, als er seine Instrumente schon wieder in seinem Koffer verstaute.

»Schonen Sie sich noch ein paar Tage.«

Joe musste grinsen. »Das ist schwer möglich. Aber ich passe auf mich auf.«

Er dachte an Franziska, nachdem der Arzt gegangen war. Er vermisste sie, ihre Nähe, ihr Lächeln. Er würde sich gleich bei MacGinnis abmelden, ihm sagen, er müsse einen klaren Kopf bekommen und wolle spazieren gehen.

Er telefonierte kurz und holte sich das OK von seinem Chef. Wie er sich darauf freute, Franziska zu treffen!

Er legte sich hin, und als er wieder die Augen öffnete, war es bereits nach 17 Uhr. Er hatte den halben Tag verschlafen. Er holte ein Glas aus dem Schrank und genehmigte sich einen Fingerbreit seines geliebten Glenmoriston. Es tat gut, füllte ihn mit neuer Wärme.

Er zog sein Handy aus der Jackentasche und klingelte bei Franziska an. Sie war schon Zuhause.

»Ich bin bald bei dir«, sagte er, zog die Wohnungstür hinter sich zu und fuhr zu ihr.

»Aber du blutest ja!«, rief Franziska entsetzt aus, als er eintrat.

Joe blickte an sich herab. Tatsächlich färbte sich sein frisches weißes T-Shirt an der Seite wieder rot.

»Ich bin nicht James Bond«, stellte Hutter fest, »ich blute, wenn man auf mich schießt.«

»Du bist ja auch kein Agent.«

»Doch, genau das bin ich!«

Sie sah ihn verblüfft an.

»Ich bin ... bin ...« Joe überlegte, wie er es besser formulieren und erklären konnte, und wiederholte schließlich einfach nur, was Franziskas gesagt hatte, »... tatsächlich ein Agent.«

»Ein Agent?«

»Ja, ich bin vom Geheimdienst.«

Sie starrte ihn an, als hätte er ihr gestanden, ein Außerirdischer vom Mars zu sein, der im Bermuda-Dreieck Schiffe entführt.

Er musste es ihr irgendwie verständlich beibringen – verständlich, glaubhaft und sorgsam.

»Manchmal fühle ich mich, als sei ich in der Geschichte von Elia und den Baalpriestern gefangen – mit Wasser, Feuer, Rauch und Vernichtung.«

Franziska warf ihm einen ungläubigen Blick zu. »Elia was?« Ihre Eltern waren keine calvinistischen Eiferer gewesen, die das Alte Testament in sie hineingeprügelt hatten. Sie fühlte sich als Wissenschaftlerin, die all den religiösen Firlefanz nicht mehr benötigte, mit dem man kleinen Kindern Angst machte und sie auf Spur brachte.

»Elia war ein Prophet. Er lag im Streit mit König Ahab von Israel, weil der den Baal anbetete. Da sagte er eines Tages: Lassen wir das doch einmal endgültig entscheiden, wer von uns beiden recht hat. Also versammelte sich das ganze Volk und die vierhundertundfünfzig Baalpriester und die vierhundert Propheten der Aschera auf dem Berg Karmel. Die Heiden schlachteten einen Stier, ritzten sich die Haut, das Blut floss, und sie tanzten sich in eine wilde Ekstase, aber ihre Götter antworteten nicht.«

»Antworten sie denn je?«

»Elia aber war ganz allein – allein gegen alle anderen. Er schlachtete seinen Stier, zog einen Kreisgraben um den Altar, füllte ihn mit Wasser und benetzte dann auch den Holzstapel und den Stier. Da fiel das Feuer Gottes herab und fraß Brandopfer, Holz, Steine und Erde und leckte das Wasser auf im Graben. Klingt das nicht wie ein Vulkanausbruch in einem Eifelmaar – symbolisch natürlich nur? Das Volk bekehrte sich, und über dem leeren Meer stieg eine kleine Wolke auf wie eines Mannes Hand. Und ehe man sich versah, wurde der Himmel schwarz von Wolken und Wind, und es kam ein großer Regen.«

»Da haben sich sicher alle gefreut, oder?«

»Alle bis auf die Baalpriester. Sie wurden noch an Ort und Stelle erschlagen. Ich habe damals daraus gelernt, dass man nur durch Blutvergießen kriegt, was man will, ganz gleich, ob man auf der richtigen oder falschen Seite der Moral steht. Und dass man sich immer auf höhere Mächte berufen kann, wenn man Blut vergießen will. So ähnlich hält es die Menschheit, und deshalb bin ich am Laacher See.«

»Glaubst du das tatsächlich?«

»Als Kind glaubte ich es. Aber jetzt nicht mehr. Ich bin da, um zu verhindern, dass das Feuer aus den Wolken zuckt und die Stiere auffrisst und das Wasser vernichtet.«

»Du willst verhindern, dass es zu einer Eruption kommt? Wie soll das gehen?« War Hutter übergeschnappt, hatte sie ihn doch falsch eingeschätzt?

»Nein«, sagte Joe hastig. »Du glaubst, es ginge um einen Ausbruch des Laacher Sees. Das mag sein, aber es geht hier um sehr viel mehr – die Vernichtung des Lebens.«

Franziska sah ihn mit offenem Mund an.

»Hier schlummert eine tödliche Gefahr«, fuhr Joe fort, »und niemand weiß davon. Dafür fürchtet sich jeder«, er zeigte auf die Zeitung, die auf Franziskas Tisch lag – auf dem

Titelblatt prangte ein Foto mit dem undeutlichen Buckel einer Art Wal –, »vor dem Ungeheuer im Bodensee.« Die Nessie vom Bodensee füllte seit Tagen die Titelseiten und lieferte unsinnige Schlagzeilen.

»Ach Quatsch!«, unterbrach ihn Franziska. »Das nimmt doch niemand ernst. Das ist nur eine Kopie eures Ungeheuers vom Loch Ness. Ein Ungeheuer im Bodensee!«

»Ich fange am Anfang an. Wir Briten beschließen im August 1942 auf einer kleinen Insel vor der schottischen Küste, mit Milzbranderregern zu experimentieren. Die sollen dann mit Aerosol-Bomben im feindlichen Deutschland abgeworfen werden.«

»Um Himmels willen!«

»Es war Krieg ... aber es kommt schlimmer. Ein Professor für Bakteriologie an der Universität Oxford, R. L. Vollum, lieferte eine Milzbrandzucht, ein besonders virulentes Bakterium mit der Bezeichnung Vollum 14578. Professor Vollum hat sich übrigens später bei der Erforschung von Tuberkulose und Meningitis verdient gemacht und vielen Kranken geholfen, und seinen Bakterienstamm Vollum 14578 haben noch später die USA im Irak-Krieg gegen Saddam eingesetzt.«

»Was hat das mit dem Laacher Vulkan zu tun?«

»Hab bitte einen Moment Geduld. Gruinard Island, die Insel, auf der diese Versuche stattfanden, hat man von 1978 an gesäubert. Zuerst wurde alles genauestens studiert, dann startete 1986 eine groß angelegte Dekontaminierungsaktion. Zuerst wurde mit Unkrautvernichtungsmittel die Vegetation weggeätzt und darauf abgefackelt. Dann haben wir ...«

»Wir?« Sie setzten sich, Franziska ihm gegenüber, mit verschränkten Armen.

»Gleich ... Wir haben 280 Tonnen Formaldehyd in 2000 Tonnen Meerwasser gelöst und diese Mischung allmählich über einen Zeitraum von drei Monaten in den Erdboden geleitet. Auf diese Weise wurden alle noch erhaltenen Keime abgetötet. Zumindest alle, die sich auf der Insel befanden. Im April 1990, nach 48 Jahren, gab das britische Verteidigungsministerium die Insel Gruinard dem Eigentümer als erregerfrei zurück.«

»Also war alles in Ordnung?«

»Fast alles. Im Zuge dieser Aktion entdeckte man zahllose Unterlagen über die Experimente, die in den Archiven verstaubten. Und dabei ist man auf Dokumente und Filme gestoßen, die mit dem See hier zu tun haben: unter anderem 16-mm-Farbfilme, die von den Experimenten gemacht wurden. Sie sind heute alle der Öffentlichkeit zugänglich – bis auf einen. Er versetzte selbst die Regierung in Schrecken.«

»Und was zeigt dieser Film?«

»Schafe, die mit dem Milzbranderreger infiziert sind und jämmerlich verrecken. Diese Schafe verschwinden sprichwörtlich vor der Kamera.«

»Was soll ...«

»Sagen wir es einmal so: Wir haben auf Gruinard Island das Wirken der Evolution beobachtet. Bakterien lieben extreme Umweltbedingungen, wie beispielsweise die Mikroorganismen, die in der Tiefsee die Schwefelquellen bevölkern. Nun, der Bakterienstamm, den wir im Krieg zufällig geweckt haben, liebt hohe Temperaturen und übersteht Feuer, er mag sogar das Feuer und vermehrt sich darin erst recht. Und das tut er rasend schnell. Wir entdeckten ihn, als wir die Schafkadaver verbrannten. Dadurch überlebte eine Mutation des Erregers, die hitzeresistent war. Nicht nur das: Sie liebte Hitze. Und sie war tausendmal infektiöser als der Milzbranderreger, den Vollum geliefert hatte. Sie fraß in Sekundenschnelle das Fleisch der Tiere auf, die es infizierte. Es gibt kein Gegenmittel, bis heute nicht. Die Infektion führt unweigerlich zum Tod. Unsere Forscher kamen auf die geniale Idee, diese mutierten Milzbranderreger in Aerosolbomben zu packen und auf deutsche Städte zu werfen. Kurz:

Man hat diese Mutation isoliert und in Behälter gesteckt, in der Hoffnung, dass der Erreger in Verbindung mit dem Feuersturm brennender Städte die deutsche Bevölkerung auslöscht – man hat hochgerechnet, dass nach einem erfolgreichen Abwurf ein Umkreis von zwanzig Meilen in drei Stunden getötet wird.«

»Davon habe ich nie etwas gelesen.«

»Es ist ja auch streng geheim. Das Verteidigungsministerium bekam bald Skrupel, nur eine einzige Bombe gelangte je zum Einsatz.«

»Hier?«, fragte Franziska ängstlich.

»In einem Halifax-Bomber, der am 28. August 1942 startete und über Deutschland abstürzte – in den Laacher See. Und hier wartet der Erreger, bis ihm günstige Umweltbedingungen einen Ausbruch erlauben ...«

»Schämst du dich dafür ...?«, wollte sie wissen.

»Nein. Deutsche, Japaner, Amerikaner – schau dir an, was die alles getan haben. Die Schuldfrage bringt uns auch nicht weiter. Man muss etwas dagegen tun, nicht mit dem Finger auf andere zeigen. Unsere Leute taten, was sie für ihre Pflicht hielten. Es herrschte Krieg, und die Gefahr, von den Deutschen überfallen zu werden, war zu groß. Aber jetzt sind wir Freunde, Gott sei Dank ...«

Franziska schien ein leichtes Erröten zu bemerken, doch Joe schüttelte es schnell ab und sprach weiter. »Heute helfen wir euch, diese Bakterien aus dem See zu holen und hoffentlich endgültig zu vernichten.«

»Du arbeitest also für die englische Regierung ...?«

»Für die britische. England ist nur ein Teil. Ich bin Schotte.«

»Also bist du eine Art Rambo?«

Er lachte laut auf. »Nein, Rambo tötet Menschen. Das möchte ich nicht ... tun müssen.«

Mit einiger Verspätung begriff Franziska plötzlich, was Joe

ihr gerade berichtet hatte. »Und wenn sich der Vulkan wieder regt, selbst wenn er nicht ausbricht, wenn nur das Wasser heiß wird und kocht wie beim Brubbel ...?«

»Dann vermehrt sich Vollum 14578 schlagartig. Und dann sind Koblenz und Köln tot!«

Franziska starrte ihn an. »Deshalb all deine Fragen und dein Interesse am Brubbel und am See.«

»Ja. Du verstehst schon ...«

Franziska nickte, dennoch kochte die Wut in ihr hoch, die Wut, betrogen und belogen worden zu sein. »Wer bist du, Joe? Wer bist du?« Sie sprang auf, schrie fast. Sie wusste nicht, was sie mehr erschreckte: die Nachrichten über diesen gefährlichen Milzbranderreger oder dass Joe so genau Bescheid darüber wusste.

»Ich gehöre zu einer Sondereinheit des britischen Verteidigungsministeriums. Wir beseitigen Spuren missglückter biologischer und chemischer Angriffe, bevor Schlimmeres geschieht. Und vertuschen dann alles. Aber ...«

»Was?«

»Ich bin einer von den Guten. Ich will Menschen helfen, Franziska, nicht sie vernichten!«

»Ich fasse es nicht«, schrie Franziska auf. »Du hast mich von Anfang an belogen!«

Die Anspannung der letzten beiden Tage entluden sich. Franziska ballte die Faust und wollte auf Joe einprügeln, er fasste ihren Arm im Schlag und hielt ihn fest. Sie fielen sich in die Arme und schluchzten hemmungslos.

»Ich musste es tun«, flüsterte Joe. »Was hättest du an meiner Stelle getan? Wenn jemand erfährt, was ich dir eben gesagt habe, wandere ich ins Gefängnis. Bitte glaube mir das! Außer uns sind noch andere Taucher im See, einer von ihnen hat mich angeschossen. Und wer weiß, wer die anderen sind und was sie vorhaben. Vielleicht Terroristen, vielleicht Geheimdienste, die für irgendeinen Diktator arbeiten. Ich musste es

geheim halten ... aber jetzt habe ich es dir gesagt, weil ...
weil ...«

»Weil?«

»Weil du mein erster Gedanke warst, als ich aus meiner Ohnmacht erwachte!«

Sie schnaubte.

»Ich bin doch ein Mann, den es offiziell gar nicht gibt.«

»Aber dein Name stimmt?« Franziska klang spöttisch.

»Ja, der Name stimmt.«

»Wenigstens etwas!« Sie wollte provozierend klingen, aber es misslang ihr. Ihre Stimme wurde bereits wieder sanft.

»Das Wasser des Laacher Sees ist zu Gift geworden!«, berichtete ein Reporter atemlos.

Das Team starrte gebannt auf den Fernseher.

»Ich glaube das nicht. Es gibt da sicher keinen Zusammenhang«, sagte Andrew Neal sehr ernst zu MacGinnis. Er fuhr sich durch das störrische weiße Haar. »Die neuen Proben, die ich noch heute Morgen entnommen habe, sind sämtlich negativ. Das Labor hat es vor einer halben Stunde bestätigt. Selbst die toten Fische tragen keine Bakterien.« Er atmete tief durch, den Blick halb auf den Fernsehschirm gerichtet, über den die Nachrichten flimmerten. »Es kann einfach nicht sein.«

Beim Anblick von Hautkrankheiten und Ausschlägen wenden sich die meisten voller Ekel ab. Auch Reginald MacGinnis verzog angewidert das Gesicht, als die Bilder im Fernsehen gezeigt wurden.

»Wir müssen unbedingt nachprüfen«, meinte er, »ob sich ein paar von unseren Babys nach draußen gewühlt haben. Sollte das der Fall sein, entstünde auf der Stelle die Notwendigkeit, das Gebiet komplett zu evakuieren.«

Er stellte das Fernsehen lauter. Der Reporter stand auf dem Parkplatz vor dem Kloster, hinter sich die spiegelnde Fläche des Sees, und berichtete, wie Badende ans Ufer gekommen waren, überall mit Quaddeln bedeckt und mit Pusteln übersät. Der Mann im Fernsehen, der seine Stimme zwischen nüchterner Reportage und aufrichtigem Zorn hin und her oszillieren ließ, hielt sein Mikrofon mehreren Leuten mit kreideweißen Gesichtern unter die Nase. Man konnte nicht sagen, ob sie alle betroffen waren, ob eine nahestehende Person betroffen war – man hielt ihnen ein Mikrofon vor und sie redeten. Einige klagten über Übelkeit, andere über Hautreizungen. Ein Mann im Muscle-Shirt, der eher nach einem Sonnenbrandopfer aussah, kratzte sich ständig die gerötete Haut und gab die Schuld »dem System«. Ein paar jung und lebendig aussehende Frauen in Bikinis wussten eigentlich nichts beizutragen, meinten aber, wenn hier tatsächlich etwas Schlimmes passiert sei, sei das »eine Schweinerei«.

Schließlich kamen doch noch einige verwertbare Informationen. Ein älterer Mann war mit Atemnot auf der Wiese zusammengebrochen und musste nun notärztlich versorgt werden. Die Kamera schwenkte zum Parkplatz hinüber, vor dem Hintergrund der eingerüsteten Klosterkirche waren ein Krankenwagen und verschiedene Sanitäter zu erkennen. Sie schoben gerade eine Trage in den Notarztwagen.

Ein Mann kam ins Bild, ein Mediziner, der die Sanitäter begleitet hatte und nun die weniger betroffenen Opfer versorgte. Er vermutete eine Algenblüte, wollte aber noch nicht sagen, welche Sorte die Ursache der verschiedenen Symptome sein könnte. Er nannte auch endlich Zahlen: Er selbst hatte nach eigenen Angaben mit über einem Dutzend Leute mit Beschwerden gesprochen. Ein Mann wurde gerade in den Krankenwagen geschoben, zwei weitere Krankenwagen waren unterwegs, um Patienten mit Dauererbrechen abzuholen. Rund siebzig bis achtzig Personen befanden sich am Badestrand, und einige davon waren noch nicht im Wasser gewesen.

Machte, so überschlug es MacGinnis schnell im Kopf,

zwischen einem Fünftel und einem Viertel aller Anwesenden, das Beschwerden zeigte.

Eigentlich hätte der Erreger schneller und gnadenloser zuschlagen müssen. Aber wer wusste schon, was ein Dreivierteljahrhundert unter Wasser mit ihm anstellte? Die Wahrscheinlichkeit, zwei verschiedene Erreger im gleichen See zu haben, schätzte er gering ein. Die Möglichkeit ließ sich jedoch nicht ausschließen.

»Wir müssen unbedingt prüfen, ob es unsere sind«, rief MacGinnis zu seiner Truppe gewandt.

Alle wussten, was das hieß: Es konnte, sollte sich der Verdacht bestätigen, die augenblickliche Evakuierung der Seeregion, vielleicht des ganzen südlichen Rheinlands bedeuten.

»Schnell, schnell: Haben Sie den Namen dieses Arztes notiert, Neal?« MacGinnis schrie beinahe.

»Ich bin schon auf den Nachrichtenseiten im Internet – ich habe den Namen des Arztes und …«, er klickte etwas herum, »… hier auch schon seine Telefonnummer.«

»Er soll uns sofort unterrichten, wenn es etwas Neues gibt. Und«, MacGinnis erhob mahnend den Finger, »besondere Vorsicht walten lassen, ja? Sagen Sie ihm, wir seien die Außenstelle des Gesundheitsministeriums für Katastrophenfälle. Er kann gerne nachfragen. Das ist so abgesprochen.«

Neal murmelte, er sei sich dessen wohl bewusst, während er den Anschluss des Arztes wählte. Eine Sprechstundenhilfe erklärte ihm, dass der Doktor noch unterwegs sei.

»Bitte, er soll sofort zurückrufen«, erklärte Neal mit offizieller Stimme.

Er stand auf und wandte sich zur Tür. »Ich gehe gleich rüber, falls er noch da ist.« Er stülpte sich einen Mundschutz über, lief über die Kalkbrösel im Flur, der aussah, als werde er gerade renoviert, öffnete eine Hintertür und trat ins Freie.

Aber der Herr verschaffte einen großen Fisch, Jonas zu verschlingen. Und Jonas war im Leibe des Fisches drei Tage und drei Nächte. Und Jonas betete: Ich rief zu dem Herrn in meiner Angst, und er antwortete mir; ich schrie aus dem Bauche der Hölle, und du hörtest meine Stimme. Du warfest mich in die Tiefe mitten im Meer, dass die Fluten mich umgaben; alle deine Wogen und Wellen gingen über mich, dass ich gedachte, ich wäre von deinen Augen verstoßen. Wasser umgaben mich bis an mein Leben, die Tiefe umringte mich; Schilf bedeckte mein Haupt. Und der Herr sprach zum Fisch, und der spie Jonas aus ans Land.

Er überlegte kurz. Dann erinnerte er sich an den hundertvierten Psalm und vollendete den Absatz in seiner akkuraten Handschrift: *Wo die Schiffe einher ziehen, dort ist der Leviathan, der Meeresdrache, den du zu deinem Spielzeug machst.*

Drei Tage unter den Wassern, dann gerettet. Der Drache ein Spielball seines Schöpfers: Es kam alles so, wie er es vorhergesehen hatte.

Bald kommt der Tag. Die Stunde ist schon nahe.

Es ist wie bei Elia. Es ist wie bei Sodom und Gomorrha. Herr, ich lasse Feuer und Schwefel vom Himmel regnen.

Es gibt keinen Weg zurück, wer zurückblickt, erstarrt zu Salz.

Die Erde braucht uns nicht. Wir brauchen die Erde.

Es muss getan werden – einer muss es tun, und nun werde ich es sein, der es vollbringt. Ich werde mich meiner Pflicht nicht entziehen. Es sind die letzten Tage der Menschheit – so Gott will und gnädig ist –, ich aber bin völlig ruhig und ruhend in mir selbst. Ich habe den Prozess nicht geschaffen, ich werde nur die Maschine anwerfen, die ihn vollendet.

Er schrieb die schweren Worte präzise auf die vorgezogenen Linien der Seite. Sie standen gerade da, aufrecht. Präzision war wichtig.

Gott zeigte sich im Berg, da gab es keinen Zweifel. *Ziehe eine Grenze um das Volk und sprich zu ihnen: Hütet euch, auf den Berg zu steigen oder seinen Fuß anzurühren; denn wer den Berg anrührt, der soll des Todes sterben. Keine Hand soll ihn anrühren, sondern er soll gesteinigt oder erschossen werden; sei es Tier oder Mensch, sie sollen nicht leben bleiben. Als nun der dritte Tag kam und es Morgen wurde, da erhob sich ein Donnern und Blitzen und eine dichte Wolke auf dem Berge und der Ton einer sehr starken Posaune. Das ganze Volk aber erschrak. Der ganze Berg jedoch rauchte, und der Rauch stieg auf wie der Rauch von einem Schmelzofen, und der ganze Berg bebte sehr. Und der Posaune Ton wurde immer stärker.*

Ich redete, und Gott antwortete mir nicht, dachte er bitter.

Und er stieg hinunter zum Volk und sagte es ihm. Und sie opferten Brandopfer und Dankopfer von jungen Stieren. Und er nahm die Hälfte des Blutes und goss es in die Becken, die andere Hälfte aber sprengte er an den Altar. Da nahm er das Blut und besprengte das Volk damit und sprach: Seht, das ist das Blut des Bundes. Und die Herrlichkeit des Herrn war anzusehen wie ein verzehrendes Feuer auf dem Gipfel des Berges. Und er ging mitten in die Wolke hinein und stieg auf den Berg und blieb auf dem Berge vierzig Tage und vierzig Nächte.

Lange verstand er den verborgenen Sinn dieser Verse nicht – bis er vom Laacher See erfuhr, dem rauchenden Berg, und ihn dann höhere Mächte an diesen Ort geführt hatten. Da begriff er endlich. Es war an der Zeit, dass sich all das den Menschen offenbarte, dass er sie mit dem Blute seines Bundes besprengte, dass er sein Brandopfer darbrachte.

Da sprach Er zum Satan: Gut, ich gebe dir den Menschen in deine Hand, tu mit ihm, was du willst, nur schone sein Leben. Er rang mit der Erkenntnis, dass der Mensch in die Krallen des Versuchers geworfen war.

Warum war es so wichtig, dass er all diese Prophezeiungen, all seine Taten dokumentierte? Sicherlich tat er es nicht für die Nachwelt – welche Nachwelt auch, es würde keine geben –, sondern ausschließlich für sich. Und selbst er würde es nie mehr lesen können.

Denn von selbst bringt die Erde Frucht hervor, zuerst den Halm, danach die Ähre, danach den vollen Weizen in der Ähre. Wenn sie aber die Frucht gebracht hat, so schickt er alsbald die Sichel hin; denn die Ernte ist da.

So schrieb das Evangelium nach Markus im vierten Kapitel. Er mochte diese harten, unbarmherzigen und deshalb gnadenlos ehrlichen Stellen der heiligen Bücher. Sie redeten unmittelbar mit ihm, anders als das sentimentale Gewäsch von Liebe und Rettung: Diese Lügen nutzten nur den Schwachen, er aber war nicht schwach. Er konnte den Tatsachen in die Augen sehen, ohne zu blinzeln.

Wenn das Licht in dir Finsternis ist, wie groß muss diese Finsternis sein! Schau mal nach oben, Gott, dachte er, hoch zum Nachthimmel: Dort ist alles finster und düster, nur durchbrochen von dem schwachen und jämmerlichen Glimmen winzigster Sterne. Du selbst hast eine Welt der Dunkelheit geschaffen, also steh dazu. Die neunundneunzig Namen Gottes – das waren neunundneunzig Bezeichnungen für Verlassenheit, Einsamkeit, Sinnlosigkeit und Leere.

Wenn man die Welt erlösen will, schrieb er weiter in gestochen scharfen Buchstaben in sein Tagebuch, *dann darf man das nicht mit Liebe tun. Es wurde versucht, es hat nicht funktioniert. Wer heute die Welt erlösen will, muss demütig und unbarmherzig sein.*

Fehlalarm! Die Ergebnisse der chemischen und biologischen Untersuchungen durch ein Labor des Bundeslandes Rheinland-Pfalz erlösten das gesamte Team.

Andrew Neal strich sich nervös durch seine weißen Haare, als sich das PDF im Schneckentempo öffnen ließ. Schließlich brachten ihn die Schachtelsätze in Beamtendeutsch ins Schwitzen. Dann aber verstand er die Analysen und lächelte. Er eilte zu MacGinnis hinüber, der sich brummend über den Ausdruck beugte und dann ungläubig den Kopf schüttelte.

»Aufgrund des Badeverbots«, erklärte ihm Neal, »ist es bislang zu keinen weiteren Fällen von Hautverätzungen, Pusteln oder Ausschlägen gekommen. Ich habe alle Krankenhäuser der Gegend abtelefoniert, dort ist seit heute Mittag niemand mehr mit ähnlichen Beschwerden oder Symptomen eingeliefert worden.« Er hielt seine Telefonnotizen hoch, als bedürfte die Feststellung eines Beweises.

Dass die kurze Epidemie ihr Ende gefunden hatte, stellte allerdings nicht die eigentlich erfreuliche Nachricht dar. Nun, mit den Untersuchungsresultaten, gab es eine verlässliche Sicherheit, dass selbst die aufgetretenen Fälle, die im Fernsehen so dramatisch und mysteriös wirkten, auf einem Fehlalarm beruhten. Zwar stellte das Baden und Schwimmen im See tatsächlich eine Gefahr für die Gesundheit dar, aber Schuld daran hatten nicht die Erreger, derentwegen sie hierher gekommen waren. Man konnte definitiv davon ausgehen, dass die Bakterien noch fest verschraubt in ihren Bomben saßen.

Den Fehlalarm hatte die Blüte einer bestimmten, mikroskopisch kleinen Blaualge ausgelöst, einer Bakterie aus der Frühzeit des Lebens, deren Lebensraum sich durch die Einbringung von zu viel Gülle überdüngt und dadurch optimal umgestaltet hatte. Das Überangebot an Nährstoffen hatte – in Kombination mit den heißen Temperaturen – zu einer Massenentwicklung, einer sogenannten Cyanobakterien-Blüte geführt. Direkt unter der Seeoberfläche bildeten sich große, von den Wellen träge bewegte Schlieren aus Mikrowesen. Wer immer schwamm, tauchte seinen Kopf, seinen Körper, die Arme und Beine in diesen giftigen Teppich, nahm bei ungeschickten Atemzüge ganze Kolonien in sich auf.

Der Hautkontakt mit Cyanobakterien konnte drastische

Folgen haben: Ihr Gift wirkte auf Leber und Nerven, erzeugte Hautirritationen und Beschwerden wie etwa Übelkeit, Erbrechen, Atemnot und Durchfall. Ein schweres Umweltdelikt, aber es hatte nichts mit der abgestürzten Halifax zu tun.

»Es gibt außer einem Lavaausbruch noch eine zweite vulkanische Gefahr im Laacher See«, sagte Franziska. »Achte darauf, wenn du jetzt öfters tauchst.« Sie stellte Joe eine Tasse Tee hin und überprüfte seinen Verband.

»Worauf soll ich achten?«

»Sagt dir der Name Nyos etwas?« Franziska wusste längst, dass Joe wenig Ahnung von Vulkanologie hatte.

»Nyos? Irgendeine Grunderinnerung … eine Katastrophe?«

»Ja. Nyos ist ein Maar in Kamerun. Dort steigt, wie hier im Laacher See, CO_2 aus einer Magmakammer im Erdinnern.«

»Tse-Oh-Zwei? Das klingt wie ein Jedi-Ritter aus Star Wars.«

»Kohlenstoffdioxid. Das Gas, das auch bei den Mofetten aufwallt und das die Geysire angetrieben hat.«

»CO_2! – Ich hatte dich nicht verstanden!«

»Nun, im Nyos-See steigt dieses Kohlenstoffdioxid aus der Erde, aber der tiefe See, der Druck des Wassers, hält dieses in Konzentration giftige Gas in der Seetiefe. Nun kam es am 21. August 1986 dort zu einem Unterwassererdrutsch oder kleinen Erdbeben, niemand weiß es ganz genau, und das geschichtete Wasser wurde durcheinander gewirbelt. Das setzte eine große Gasblase aus ihrem Gefängnis auf dem Seegrund frei. Sie stieg nach oben, und 1,6 Millionen Tonnen des tödlichen Gases fluteten wie eine Lawine über das Land. Es gab siebzehntausend Tote. Bis heute darf niemand mehr dort wohnen.«

»Und so eine Blase gibt es im Laacher See auch?«

»Nein, der See ist nicht tief genug. Der Wasserdruck reicht nicht aus, um das Kohlendioxid in der Seetiefe zu halten. Aber man sieht ja am Ostufer, wie viel von dem Gas austritt. Hier im Laacher See handelt es sich um reines Kohlendioxid, und es tritt nicht nur in der seichten Uferzone aus. Mitte der neunziger Jahre haben Forscher des Eidgenössischen Instituts für Umweltforschung mit Tauchern in einunddreißig Metern Tiefe hier im Ostteil des Laacher See Trichter im Schlamm entdeckt, aus denen ganze Trauben von Blasen herausblubberten, fast hundert Prozent reines Kohlendioxid, vermengt mit Edelgasen wie Helium, Argon und Neon. Die Wissenschaftler haben anhand der isotopischen Signatur festgestellt, dass diese Gase aus dem Erdmantel kommen, also aus dem Erdinnern.«

»Halt, halt.« Joe hob beschwörend die Hände. »Ich bin kein Chemiker und kein Geologe. Worauf willst du hinaus?«

»Kurz gesagt: Die Forscher haben ganz erhöhte Gaswerte, vor allem Helium, im Hypolimnion gemessen, im tiefen Wasser des Sees. Vom Grund bis etwa in eine Tiefe von fünfundzwanzig Metern ist beispielsweise die Heliumkonzentration zwar dreißig Mal geringer als im Nyos-Krater, aber auch zwanzig Mal höher als im Crater Lake in Oregon, einem Caldera, der sich mit dem Laacher See vergleichen lässt.«

»Worauf soll ich achten?«

»Tote Zonen im See, in denen sich übermäßig Gas angesammelt hat. Es wird nur unter der Seeoberfläche gefährlich. Selbst wenn dasselbe passiert wie in Nyos, gibt es hier nicht genug Gas, um eine Katastrophe heraufzubeschwören.«

»Ich atme ja im See aus der Pressluftflasche.«

»Ich will nur, dass du auf dich aufpasst.«

Ein Vulkan kurz vor dem Ausbruch, eine alte, unkontrollierbare Massenvernichtungswaffe, die der Vulkan auslösen konnte, Gas, das Taucher erstickte, und eine unbekannte Konkurrenz, die mit dem Feuer spielte, ohne zu wissen, was sie dabei riskierte – gibt es denn eine Gefahr, die es hier nicht gibt?, dachte Joe.

Wenn die Erde um den Laacher See bebte, fand Franziska Meldungen darüber höchstens noch bei den Kleinmeldungen der Lokalzeitungen. Es musste schon ordentlich rappeln, damit überregional berichtet wurde, und die plötzliche, heiße Eruption der beiden Eifelgeysire schien zwar den Fernsehkanälen noch eine Sondersendung wert gewesen zu sein, doch jetzt herrschte Stille. Man brauchte schon ein gewisses detektivisches Gespür, um in den überregionalen Medien überhaupt etwas über die kleineren Beben zu finden. Die zunehmende Aktivität schien niemand wirklich zu interessieren. Eine große Boulevardzeitung machte zwar nach wie vor auf der ersten Seite mit einer Schlagzeile zum Eifelvulkan auf, doch extrem übertrieben und so sensationalistisch, dass niemand den Ernst der Lage begriff. Zudem berichtete sie über das zweite kuriose Sommerthema, Sichtungen eines nessieartigen Ungetüms im Bodensee. Wenn schon einmal Vulkanologen in den Medien befragt wurden, wiegelten sie in der Regel ab und sprachen von natürlichen Fluktuationen der Aktivität, die nun eben einmal vorzukommen pflegten. Dennoch war Franziska überzeugt, dass hier etwas geschah, das nicht ignoriert werden durfte. Von dem, was sie von Joe erfahren hatte, ganz zu schweigen.

Sie beschloss, das ScienceCenter solle mit gutem Beispiel vorangehen, machte einen Termin mit ihrem Chef Uwe Lauf aus und spazierte keine dreißig Minuten später durch seine Tür. Er empfing sie trotz der späten Uhrzeit in seiner väterlichen Art – freundlich, ernst und stets besorgt.

»Wir brauchen unbedingt Temperaturmesser auf dem Seeboden«, kam sie gleich zur Sache, »am besten mindestens ein Dutzend, in regelmäßigen Abständen verteilt.«

»Wie soll das gehen? Man hat uns schon wieder Mittel

gekürzt.« Lauf hätte ihr erzählen können, dass er mit der Regierung und dem Wissenschaftsministerium über ein Frühwarnsystem verhandelte, dass sich diese Verhandlungen aber hinzogen, weil erst noch Kompetenzen in Berlin und dann der Verteilungsschlüssel hier vor Ort geklärt werden mussten. Er hätte ihr auch sagen können, dass in der Hauptstadt unter Einbeziehung der geologischen Institute der Universitäten und sogar des ScienceCenters ein Notfallplan erstellt wurde, bei dem Verkehrsexperten längst an einer eventuell nötigen Evakuierung der gesamten Region arbeiteten. Aber man wollte in Berlin vernünftigerweise Panik vermeiden. Zudem hatte er eine Schweigeerklärung unterschrieben.

»Aber es besteht eine ernsthafte Gefahr!«

»Sie verstehen doch, dass wir die seismische Station hier nur unterhalten, damit die Touristen sehen, dass der Vulkanismus noch aktiv ist.« Uwe Lauf hatte großes Verständnis für seine Mitarbeiterin, die klug genug war, die Zeichen zu erkennen, aber er konnte und wollte den Entscheidungen nicht vorgreifen. So schnell würde die Katastrophe nicht kommen. Glaubte er zumindest.

»Und was ist«, Franziska zeigte auf einen Monitor auf Laufs Schreibtisch, »mit der stets zunehmenden Bebentätigkeit? Das deutet doch auf mehr als einen kurzen Schauer und Gänsehauterlebnis für Eifelbesucher hin, oder?«

Wie um Franziskas Worte zu unterstreichen, klirrte in diesem Augenblick Laufs Kaffeetasse auf dem Unterteller, und seine Kugelschreiber rollten ruckartig über den Tisch. Die Nadel des Seismographen zeichnete aufgeregte Zickzacklinien auf das Papier, das die Erdstoßintensität aufzeichnete.

»Sehen Sie! Das war wieder eines!«, stellte Franziska fast triumphierend fest.

Lauf tat so, als hielt er es lediglich für ein weiteres, unbedeutendes Zittern der Erde.

»Ich habe bereits mit der Universität gesprochen«, meinte

er zögerlich und strich sich verlegen durch den Vollbart. »Die behalten das im Blick.«

»Was wäre, wenn ...«

»Wenn ...«

»... wenn ich jetzt etwas Eigeninitiative zeigte«, beendete Franziska ihren Satz, »und die Instrumente, die wir ohnehin haben, einsetzen würde, um meine Messungen vorzunehmen, und zu einer endgültigen Aussage käme?«

»Nur zu! Ich schätze Eigeninitiative sehr.«

Von ferne kläffte ein Hund, ein zweiter antwortete ihm heiser. Der See plätscherte verschlafen gegen das Ufer, eine unvermittelte Windböe raschelte durch die Blätter und ließ sie rauschen.

Die Nacht war klar, die Luft windstill. Kein Wölkchen trübte den Himmel, und die Sterne funkelten herab wie Tausende neugieriger Augen.

Es war kühler als erwartet. Franziska fröstelte, und sie zog den Kragen ihrer Jacke hoch. Wie ruhig der See vor ihr lag, eine schwarze, glänzende Fläche aus dunklem Glas, die beständig gegen die Kiesel und Schilfpflanzen am Ufer murmelte. Die Vögel schliefen, nur ab und zu schrie ein Kauz.

Etwas bewegte sich durch den dunklen Wald, mit schnellen Schritten. Franziska erstarrte. Vielleicht stimmte, was Joe gemeint hatte: dass es hier nachts allein zu gefährlich sei. Nein, Unsinn. Das Tapsen hörte auf. Es war bestimmt nur ein wildes Tier gewesen, das sie nun gewittert hatte und das diesen Eindringling im Schutz der Nacht vielleicht noch immer misstrauisch beäugte. Franziska schüttelte sich, versuchte die dumme Furcht vor dem Unbekannten abzustreifen, beruhigte sich und ging weiter. Hier, zwischen den dichten Bäumen, erhellte der Mond den Weg kaum noch, einzig aus dem Boden ragende Wurzeln schimmerten kurz in blassem Silber auf.

Schon auf dem Parkplatz war es still gewesen. Er lag um diese Zeit von den Menschen verlassen da, es parkte auch niemand mehr hier. Franziska hatte den See schon oft nachts umrundet, sie fürchtete sich nicht vor der Dunkelheit. Sie hatte kurz ihre Kamera getestet, indem sie diese auf die Abtei richtete. Funktioniert, stellte sie zufrieden fest, weil sie die Wärme, die durch die Fenster abstrahlte, als deutliche rote Quadrate erfasste.

Sie sah zwischen den Bäumen durch auf den See. Der breitete sich tiefschwarz vor ihr aus, glatt, ein gigantisches Tintenfass. Der Mond warf seine Sichel hinein, sie zersplitterte in tausend kleine helle Striche, als eine Ente vorbeischwamm.

Es war still. Allein das leichte und leise Plätschern der Wellen, die ans Ufer schwappten, ließ sich vernehmen. Eine kleine Brise huschte durch den Wald und raschelte mit den Blättern. Die tausend leisen Geräusche, die sie plötzlich wahrnahm, rissen sie aus ihren Gedanken. Sie musste an die Arbeit gehen.

Franziska nahm ein Infrarotbild auf, dann ging sie weiter. Sie zählte ihre Schritte im Kopf mit: eins, zwei, drei, vier, fünf ... zehn ... zwanzig. Alle fünfhundert Schritte blieb sie kurz stehen und nahm ein Bild des finsteren Sees auf. Die dösenden Enten erschienen auf dem Digitalfoto wie flammende rote Punkte mit einem gelben Saum. Jedes Mal, wenn sie stehen blieb, führte sie eine GPS-Berechnung durch. Auf der Computerkarte würden ihre Positionen genau markiert sein, ebenso ihre Blickrichtung. Wenn sie recht behielt, sollten dann die präzisen Koordinaten erfasst sein.

Eins, zwei, drei, vier, fünf ... Jetzt befand sie sich bereits gegenüber der Abtei und musste durch Gesträuch und Unterholz, um zum Ufer zu gelangen. Sie fühlte sich wie ein Urwaldforscher, der unberührtes Gebiet betrat. Mehr als einmal blieb sie im Gestrüpp hängen. Fast wäre sie einen Schritt zu weit gegangen und ins Wasser getreten. Klick! Ein weiteres Foto.

Über vier Stunden war sie am Seeufer entlanggegangen, über aus dem Boden ragende Wurzeln gestolpert und in feuchte Riedpfützen getreten. Franziska fühlte sich erschöpft, wertete aber noch in derselben Nacht die Digitalbilder am Computer aus. Sie setzte sie so zusammen, dass sich gleiche Bereiche überlappten, dass die verschiedenen Einzelaufnahmen als Mosaik das Gesamtbild der Seeoberfläche ergaben. Dann ließ sie den Rechner die Winkel und GPS-Positionen kalkulieren und aus dem Mosaikbild der Seeoberfläche, das ja durch die Aufnahmewinkel verzerrt dargestellt wurde, ein ideales Luftbild erstellen.

Sie hatte es schon befürchtet: Was sie aber erblickte, nachdem das Gerät dieses Idealbild präsentiert hatte, verschlug ihr den Atem.

Der See schien als tief dunkelblauer, am Rand leicht ausgebeulter Kreis auf. Dunkelblau war die Farbe für die tiefsten Temperaturen, hier war er am kältesten. Zu den Rändern hin färbte sich der unregelmäßige Kreis hellblau, manchmal sogar grün – die seichten Uferzonen hatten sich am Tage stärker erhitzt, waren jetzt in der Nacht noch wärmer als die tiefen Stellen. Irgendwo im Schilf, dort, wo das Feld in den Wald überging, saß ein dicker roter Strich, etwa menschengroß. Das konnte nur jemand sein, den sie beim Nachtbaden oder Tauchen erwischt hatte. Kein wirkliches Problem!

Das wirkliche Problem lag im See. Dort zeigte sich, im besten Fall orange, was warm bedeutete, oder rot, was sehr warm bedeutete – so wie der kleine rote Strich auf einen Menschen hinwies –, ein länglicher Ring aus teils runden, teils ovalen Flecken, die viel wärmer waren als das sie umgebende Wasser. Der Ring glich einem Südseeatoll – insgesamt gesehen praktisch ein perfekter Kreis. Er zerfiel in zahllose kleine und größere Einzelelemente, die aber nie weit genug voneinander entfernt lagen, um keine deutlich sichtbare Einheit zu bilden.

Einzig heiße unterseeische Quellen konnten das Seewasser so erwärmt haben, dass es sich so drastisch auf den Wärmebildaufnahmen zeigte. Der Ring – oder das Atoll – zog sich von der Seemitte bis knapp vor das Land im südwestlichen Teil des Laacher Trichters hin. An einer Stelle reichte es bis fast an das Ufer. Franziska blendete die topographische Karte des Gewässers über das Wärmebild und stellte fest, dass das Wasser in der Region um die beiden Landestege bis etwa zur Seemitte von einem eigenen, kleinen und lichtschwächeren Kreis umschlossen wurde. Er wurde weniger heiß angezeigt, aber auf das Zentrum hin gab es auch mehr und tieferes Wasser, das erwärmt werden musste.

Für diese beiden, sich praktisch ineinanderschachtelnden Kreise konnte es nur eine Erklärung geben. Die Anordnung der Quellen – oder des warmen, vom Boden nach oben wallenden Wassers – verriet, dass sich der Seeboden ringförmig erhitzte.

Franziska vermutete dahinter Anzeichen für einen neuen Krater.

Aufsteigendes Magma, das intensiv genug ist, eine Wassersäule von fünfzig Metern Tiefe aufzuheizen, liegt verdammt nahe an der Oberfläche, viel zu nahe.

Franziska hatte, auch wenn es so schwer zu begreifen war, das Foto eines kommenden Vulkanausbruchs vor sich.

Oder doch nicht? Die ineinander verschlungenen Kreise lagen zu sauber da, zu regelmäßig. Es gab noch eine zweite Option: Es konnte sich um ein Artefakt des Rechners handeln, eine nur scheinbare Formation, so wie seltsame Wellenlinien, das sogenannte Moiré, entstehen, wenn man zwei gerasterte Bilder übereinander projiziert. Vielleicht handelte es sich tatsächlich nur um einen Rechenfehler?

Sie ordnete die Aufnahmen zu einem neuen Mosaik an, startete die Simulation ein weiteres Mal, ließ jeweils nur ein Viertel des Sees errechnen, dann noch ein Fehlerprogramm darüberlaufen und die Aufnahmen neu zusammensetzen.

Aber es stimmte. Sie hatte sich nicht geirrt. Leider: Die beiden Ringe waren noch immer da. Das Atoll hatte sich leicht verändert, manche Stellen erschienen nun weniger heiß, andere heißer, aber an der Tatsache änderte sich nichts. Der Ring aus Wasser, der wärmer war als seine Umgebung, zeigte sich unverändert deutlich.

Es war ein Krater. Er schlummerte noch unter der Erde, unsichtbar, aber er rückte näher nach oben.

Sofort rief sie Joe an. Er gähnte, als er abnahm. »Weißt du, wie spät es ist? Es ist ... fünf Uhr früh!«

Franziska erklärte hektisch, was sie in den letzten Stunden herausgefunden hatte.

»Heißt das etwa, dass da ein ganzer Ring aus Geysiren an die Oberfläche quillt?«, wollte Joe wissen. Er war mit einem Schlag hellwach. Es war eine unheimliche Vorstellung. Er erinnerte sich deutlich an seinen Tauchgang, als ihn eine Strömung davongetragen hatte, zu einem Platz auf dem Seegrund, an dem Blasen aus der Erdtiefe stiegen und das Wasser sich warm anfühlte.

»Ich wünschte mir, dass das so wäre. Ich denke eher«, antwortete Franziska langsam, »dass sich die Magmakammer als solche angehoben hat und nun viel näher am Seeboden liegt. Das ganze Grundwasser heizt sich dadurch auf. In ein paar Wochen, spätestens in zwei Monaten kocht der gesamte See.«

»Wie äußert sich solch eine heiße Stelle im See?«, erkundigte sich Joe.

Franziska überlegte kurz. »Man spürt sicher eine Strömung. Das Wasser ist heiß. Blasen steigen vom Grund auf.«

»Und der Seegrund selbst?«

»Der fühlt sich auf warm an, vielleicht sogar heiß. Dort entstehen Geysire und heiße Quellen.«

Joe zuckte zusammen. Das war genau das, was er im See erlebt hatte. Er verstand augenblicklich, dass das Wrack direkt neben einem solchen Geysire ruhen konnte. Ein Geysir, dieses eigentlich harmlose Naturphänomen – überall sonst eine Touristenattraktion – konnte hier, direkt unter dem Flugzeug, der Zünder sein, der den Weltuntergang auslöste.

Die Rechnung hätte selbst ein Grundschüler anstellen können: tödliche Bakterien, die sich bei großer Hitze explosionsartig vermehren, plus eine Unterwasserquelle, besser: mehrere, ringförmig im See angeordnet, die wie ein Geysir kochend heißes Wasser ausspucken. Das Ergebnis der Gleichung: eine potenzielle Katastrophe.

5

Endlich gab es eine gute Nachricht, eigentlich die beste, die es in der Situation geben konnte: ein Verdienst von Andrew Neal, der in einem kleinen Motorboot mehrere Stunden lang über den See in regelmäßigen Linien, die am Ende ein imaginäres engmaschiges Gitternetz bildeten, hin- und hergefahren war, das Side-Scan-Gerät an einer Leine hinter sich herziehend. Er hatte so den gesamten Seeboden in einer Auflösung von zehn Zentimetern kartiert, weil klar geworden war, dass die Echolotlokalisierungen und Stichproben viel zu unzulänglich waren. Die Messungen ergaben auf dem Computerbildschirm ein klares topographisches Relief des Seebodens in 3-D. Wenn immer er eine interessante Stelle fand, konnte er sie mit der Maus heranzoomen, um sie näher zu untersuchen. Der Grund des Laacher Sees war kein plattes Plateau, er wies Schründe auf, Miniaturcanyons, Hügel und Bodendellen. Man hatte alte Kühlschränke darin versenkt, ausgebrannte Autos, alte Silos, dazu kamen Baumstämme, die, vom Sturm entwurzelt, auf dem Seegrund ihre letzte Ruhestätte gefunden hatten. Und all diese Bodenmerkmale und künstlichen und natürlichen Objekte lagen in einer Schlammschicht begraben, die sein Side-Scan-Sonar je nach deren Beschaffenheit mal gut, mal kaum und mal überhaupt nicht zu durchdringen vermochte.

Das Echolot ermöglichte es, massige von weichen Objekten zu unterscheiden, der Side-Scan lieferte zusätzlich wertvolle Informationen über das ungefähre Aussehen der Gegenstände. Beide waren dennoch anfällig für Luft- und Gasblasenaggregationen, die im See so selten nicht vorkamen, und Dichteunterschiede zwischen unterschiedlichen Wasserschichten. Die Interpretation der erfassten Daten erforderte also einen gewieften Fachmann.

Andrew Neal fand bei dieser zweiten Suche über dreißig Ziele, die in Frage kamen und die sich zum größten Teil mit den Orten deckten, die er bereits bei seiner Echolotsuche aufgespürt hatte. Jede dieser Stelle nahm er genau unter die Lupe. Er wusste, was in diesem Falle von seinen analytischen Fähigkeiten abhing.

Andrew Neal hatte auf diese Weise nach einer intensiven Auswertung aller Sonardaten drei Stellen markiert, an denen das Wrack der abgestürzten Halifax liegen musste. Dort und nirgendwo anders. Die erfolgversprechendste Stelle markierte er mit einem dicken roten Kreuz. Diese drei Orte waren viel eindeutigere Ziele als das Kreuz, zu dem Joe getaucht war, als man ihn angegriffen hatte. Neal vermutete mittlerweile, dass es sich dabei um ein Autowrack mit geöffneten Türen handelte – die neuen Aufnahmen legten das nahe. Joe Hutter hatte sich dort ganz unnötig in Gefahr begeben.

Die neugeorteten Stellen befanden sich praktisch in unmittelbarer Nähe zueinander – die größte Entfernung zwischen Neals Kreuzen betrug gerade einmal zweihundertachtzig Meter. Neal hatte zuerst sich selbst, dann den Rest des Teams überzeugt, dass jeder der drei Orte der Platz sein konnte, an dem das Wrack der Halifax lag, und dass kein anderer Ort, kein anderes der gefundenen Sonarziele dafür in Frage kam. Er drängte auf schnelles Handeln. MacGinnis trug zwar Skepsis zur Schau, aber nach einer längeren Besprechung schwieg er und nickte nur noch.

Neal umkreiste mit dem Finger immer den Schatten auf den Sonarausdrucken, der einem Flugzeug am stärksten ähnelte. Joe sollte erst diese drei, vor allem das vielversprechende erste Ziel betauchen.

Die Auswertung der Messungen des Side-Scan-Sonars zeigte dort deutlich einen Rumpf, an dem die Ansätze zweier Flügel zu sehen waren.

Das gesamte Gebilde war erneut zu klein, um tatsächlich der gesuchte Bomber zu sein, aber niemand wusste, wie tief das Flugzeug im Bodenschlamm steckte. Gut möglich, dass große Teile davon zu stark mit Sediment bedeckt auf dem Grund lagen. Das Sediment durchdrang der Side-Scan nicht so leicht, das konnte zu einer verzerrten Darstellung führen. Neal hatte das Echolot auf die betreffende Stelle geleitet und ein sehr starkes Signal erhalten, das auf eine große Masse hindeutete. Es handelte sich definitiv nicht um einen alten Baumstamm oder ein im See versenktes Autowrack.

Die beiden anderen Stellen hielt er für weniger erfolgversprechend. An einer befand sich definitiv ein langes metallisches Irgendetwas.

Die Ausdrucke wiesen eine oben abgerundete längliche Form auf; man konnte aber beim besten Willen keine Flügelansätze erkennen. Die gerade Form war ebenso lang oder nur knapp kürzer als der Rumpf der Halifax, nämlich etwa sechzig Fuß, doch aufgrund der fehlenden Flügel hielt Neal das Objekt für zweitrangig, verglichen mit dem fast eindeutigen Flugzeug an der ersten Stelle. Vielleicht war im Winter einmal ein Lastwagen über den zugefrorenen See gefahren und dabei durch das Eis gebrochen und versunken. Möglicherweise handelte es sich auch um einen erkalteten Lavastrom, der ja ebenso Eisen enthielt wie ein von Menschen gebautes Flugzeug. Das Echolot und das Magnetometer hatten auch hier heftig reagiert – Neal war der Meinung, dass diese Stelle Platz zwei auf seiner Rangliste lohnender Ziele einnahm.

Die dritte Stelle war diffus, eigentlich zu groß, aber grob kreuzförmig. Der Ausdruck des Sonars zeigte zwar die Flugzeugform, jedoch so unregelmäßig, dass Neal dazu neigte, sie als natürliches Objekt zu identifizieren. Es nahm Platz drei auf der Dringlichkeitsliste ein.

Alle anderen Orte, die er mit Echolot, Sonar und Magnetometer untersucht hatte, waren einer nach dem anderen ausgeschieden. Hier, an diesen drei Stellen, an einer davon, lag definitiv das Wrack. Neal wischte die Sorge, dass er mit den unterschiedlichsten Methoden bereits weitaus mehr als ein Dutzend »eindeutiger Ziele« aufgespürt hatte, für den Augenblick beiseite.

Zwar befanden sich die Instrumente und Geräte, die für die Bergung benötigt wurden, längst auf ihrer Reise, doch jetzt telefonierte MacGinnis wie wild, um sie schneller vor Ort zur Verfügung zu haben.

Besondere Ballone, aufblasbare Gummihüllen, die *buoyancy bags* genannt wurden und dazu dienten, schwere Gegenstände vom Seegrund zur Oberfläche zu bringen, kamen aus einem Werk in Südengland, das auf Ballonhüllen und Spezialkunststoffe spezialisiert war. Jede Menge extrem dünner, dafür aber auch extrem tragfähiger Metallträger sollte auch bald angeliefert werden. Mit ihrer Hilfe konnte man das Wrack mit den Ballons bergen: Sie sollten unter die Flügel oder – wenn möglich – den Rumpf geschoben werden, um das Flugzeug in einem Stück zu bergen, sollte das nötig sein. Unterwasser-Schneidbrenner, feinere Magnetometer, Spezialkameras, die auch bei wenig Licht passable Bilder lieferten – all das musste an den Laacher See gebracht werden. Mit dieser logistischen Aufgabe beschäftigte sich MacGinnis.

»Machen Sie schnell!«, sagte MacGinnis sehr bestimmt in den Hörer. »Die Bergung wird morgen oder übermorgen stattfinden.« Er legte sichtlich unzufrieden und genervt auf.

An der Wand hing bereits ein großer Schauplan, wie das gefährliche Wrack zu heben sei. Der Nordengländer hatte ihn am Computer erstellt, perfekt ausgearbeitet – es sah fast aus wie das Foto eines schon geborgenen Bombers, ein beruhigender Blick in die Zukunft. Man musste nur die Streben unter das Flugzeug schieben, die Ballons mit Druckluft füllen, und schon schwebte dieser fliegende Holländer zur Oberfläche hinauf. An der Seeoberfläche würde man ihn, falls die Gesamtbergung notwendig wäre, an den Kran hängen und dann an Land ziehen, auf einen entsprechend ausgerüsteten Schwerlaster laden und in eine Halle bei Koblenz transportieren, wo die Bomben entschärft werden sollten. Dazu hatte man schon alles vorbereitet.

MacGinnis verhandelte mit der Kommune, damit die Genehmigung erteilt wurde, den Platz für den Kran etwas weiter nach Norden zu verlegen. Hutter hatte wegen der geplanten Stelle Bedenken erhoben, bei einer Begehung fand er sie zu instabil, den Grund zu sehr von Wasser durchtränkt. Die Verlegung war eine Formalität, aber man hatte sich darum zu kümmern.

Hutter selbst würde jetzt das Flugzeugwrack betauchen, um festzustellen, ob sich die Bomben bereits im See bergen ließen, dann musste nicht das Wrack als Ganzes gehoben werden.

Andrew Neal lächelte zufrieden vor sich hin. Er war stolz: Endlich hatte er das Wrack der Handly Page Halifax lokalisiert.

Zumindest dachte er das.

Nachdem man auf ihn geschossen hatte, war selbst sein Restgefühl Sicherheit verschwunden. Aber Joe musste wieder tauchen, es ging nicht anders. Die Wunde schmerzte nur noch, wenn er sich ruckartig bewegte.

Joe kämpfte sich durch den Schleim der grünen Algen, die überall im flachen Wasser wucherten. Es fühlte sich an, als schwimme er in dicker Gemüsesuppe. Er fürchtete sich nicht vor diesen grünen Fäden, die an ihm klebten. Die Algen entstanden als Folge der frühen Hitze und als Resultat der Verschmutzung. Seit dem Skandal vor ein paar Jahren, als große Mengen Gülle ungeklärt in den See geflossen waren und ein Viertel des Bodens in eine Wüste verwandelt hatten, als Fadenalgen die gesamte Vegetation erdrückt und weiße Schimmelpilze auf den überdüngten Stellen gewuchert hatten, hatte sich manches verbessert.

Der See flimmerte in sanftem Blau, kein gewöhnliches Blau, sondern Blau in allen Schattierungen vom klaren Azur über grünlich schimmerndes Türkis bis zum verwaschenen Graublau. Unter sich, wo man den Boden nicht sehen konnte, war es finster schwarz.

Das Ziel, das Neal ihm ausgedeutet hatte, schien kaum groß genug für eine Halifax, aber wer wollte schon mit Sicherheit sagen, wie viel davon noch im Seegrund steckte?

Für diesen Tauchgang hatte Joe sich bewaffnet. Er tastete nach der Pistole in einer Tasche an seinem Taucheranzug. Es sollte ihm kein zweites Mal passieren, dass man ihn überraschte.

Er wunderte sich, dass sich keine anderen Taucher in der Gegend befanden. Er blieb angespannt, weil er ihr Eintreffen jeden Moment erwartete.

Ein Schwarm kleiner Fische glitt auf ihn zu, um ihn herum und dann weiter. Das Tauchverbot galt schon so lange, dass hier im See wohl bereits eine Generation Fische herangewachsen war, die nie zuvor einem Menschen begegnet war und keinerlei Angst vor ihm hatte.

Er war halb froh, als er sich weiter draußen in dem See befand, wo das Wasser tiefer war und daher kälter und wo deshalb keine Algen wuchsen. Auch die Sicht war nun besser.

Er durchquerte den kleinen Canyon, den sie mit dem Echolot aufgespürt und mit dem Side-Scan kartiert hatten. An seinem Ende befand sich auf der Karte das große schwarze

Kreuz mit dem dicken roten Fragezeichen – der wahrscheinliche Fundort des Wracks der Halifax.

Die Algen filterten das Licht, sorgten dafür, dass es schon recht bald unter der Oberfläche dunkler wurde. Er wollte keine Taschenlampe einsetzen, um sich nicht zu verraten.

Joe hielt sich stets etwa drei Fuß über dem teils sandigen, teils schlammigen Seegrund auf – nah genug, um ordentlich sehen zu können und keine Details zu übersehen, weit genug vom Boden entfernt, um den Überblick zu behalten.

Ein mannsgroßes Schwert ragte aus dem Boden – ein Propellerblatt?

Unter dem Schlamm, ein paar Yards weiter, verbarg sich etwas. Zwar war der Boden hier eben wie überall, aber Joe dachte, er könne einen leichten geraden Strich sehen, einen kleinen Hügel, möglicherweise Teile des Rumpfes, die knapp über die Schlammschicht ragten und ebenfalls mit Schlamm bedeckt waren. Joe ging tiefer und wischte mit der Hand über die sanfte Erhebung. Darunter war Metall.

Der Rumpf verlor sich wenige Meter entfernt bereits in der Finsternis, und Joe tauchte vorsichtig daran entlang. Er näherte sich einer Kante, hier fiel der Seeboden abrupt um mehr als eineinhalb Meter ab. Er kannte diese Stelle von den Aufzeichnungen des Side-Scan-Sonars. Genau an dieser Abbruchkante, die insgesamt keine zwanzig Meter lang war, hatte Andrew Neal die Anomalie registriert: Genau hier befand sich auf der topographischen Karte des Seebodens das Kreuz.

Er schaltete die Lampe an. Allmählich schälte sich die Verlängerung der Bodenwelle aus dem Dunkel: eine Pilotenkanzel. Glassplitter starrten aus der Öffnung.

Joe tastete sich heran. Jeder seiner Flossenschläge wirbelte Schlamm auf, und die Schwebeteilchen reflektierten das Licht, so dass das aufgewühlte Wasser das Licht seiner Taschenlampe bereits nach wenigen Fuß wieder völlig verschluckte. Er vermochte nur das zu erkennen, was gerade noch in Reichweite seiner Hände lag.

Langsam ergriff eine eigentümliche Aufregung Besitz von Joe. Hatte er es endlich geschafft? War die Suche nun zu Ende? Konnte man endlich daran gehen, das lange verschollene Wrack und seine gefährliche Ladung zu bergen – und die Ladung unschädlich zu machen?

Hutter blies mit Druckluft den Schlamm fort, wartete, bis sich die Trübnis ein wenig gelegt hatte. Schattenhaft konnte man nun die Umrisse des Flugzeugwracks erkennen. Wie eine alte, vergilbte Schwarzweißfotografie lag die Maschine vor dem grauen Hintergrund des Seebodens.

Er schwamm auf die Pilotenkanzel zu. Überall fand er Spuren frischer Kratzer im Lack, Beulen, als hätte man mit einem schweren Eisenrohr gegen den Rumpf geschlagen. Hier musste jemand versucht haben, das Cockpit mit einem Stemmeisen aufzuhebeln.

Er ließ sich nach oben treiben, um das ganze Wrack besser zu überschauen. Bald verloren sich die Enden der Maschine im Halbdunkel. Er glitt zurück zum Grund.

Auf den Fotos hatte die Halifax, ein großer Bomber, anders ausgesehen. Hatte der Aufprall eine solche Kraft gehabt? Alles schien ihm zu klein – eventuell verzogen, verbogen, daher nun unkenntlich.

Ein kahler Ast eines vielleicht vor vielen Jahren in den See geschwemmten toten Baumes griff aus dem Bodensediment nach ihm wie eine Knochenhand. Ein Schwarm unauffälliger grauer Fische tänzelte um die dürren Zweige und flog davon, als er sich näherte. Der ebene Boden war hier von Tausenden kleiner Krater überzogen – vielleicht Stellen, an denen Fische nach Nahrung gewühlt hatten, oder kleine Schlote, aus denen vulkanische Gase austraten.

»Ich habe das Flugzeug gefunden!«, meldete Joe trotz seiner Zweifel per Funk an die Bodenmannschaft.

In der Nähe der geborstenen Glaskuppel wölbte sich ein mit Algen überwucherter Fels aus dem grauen Boden wie die Rückenflosse eines Urzeitfischs. Joe tauchte näher heran. Es war ein Stuhl, etwas mit Flächen, die im rechten Winkel zueinander standen. Müll im See? Nein, nun erkannte er es deutlicher: Es handelte sich um das Höhenleitwerk und einen Hinterflügel eines Flugzeugs. Der Flügel auf der linken Seite des Leitwerks fehlte – vermutlich hatte es ihn beim Aufprall auf den See abgerissen, er war fortgeschleudert worden und an irgendeiner anderen Stelle des Gewässers versunken.

Wenn das aber das Leitwerk war, dann konnte das unmöglich die Halifax sein – oder der gesamte Mittelteil lag woanders. Es ruhte ja, nur knapp vierzig Fuß von der Pilotenkanzel entfernt, auf dem Boden. Ein furchtbarer Verdacht stieg in Joe auf. Er schob sich zur Pilotenkanzel, vermaß dabei die Länge des Wracks.

Tatsächlich stimmte alles an diesem Wrack nicht. In der Kanzel war nur Platz für einen Mann Besatzung. Die Trümmer, die im Ganzen noch intakt schienen, wirkten viel zu kurz – weniger als vierzig Fuß: Das konnte keine Halifax sein.

Joe tauchte zurück zu dem Höhenleitwerk und wischte den Überzug aus grünen Algen und eine dünne Schlammschicht zur Seite, darunter fand er, in Weiß auf einen tarnfarbenen Untergrund gepinselt, schon leicht abgeblättert, aber dennoch lesbar, die Seriennummer des Wracks. Er fuhr mit den Fingern die Zahlen nach und gab sie eine nach der anderen per Funk nach oben durch: »2–6–7 ... nein 1, es ist eine 1–3–8. Das war's.«

Er hörte, wie oben an Land jemand die Nummer in ein Keyboard eintippte.

»Wir haben es«, sagte Neal schließlich, »hier ist es: ›P-47D-22-RE Thunderbolt 42-26138 (48th FG, 494th FS) lost west of Laacher Lake, Germany Feb 23, 1945. Pilot POW‹.«

Es handelte sich um ein amerikanisches Jagdflugzeug vom Typ P-47 Thunderboldt vom Stützpunkt Lakenheath in England, von dem 494. Kampfschwadron. Irgendwo westlich des Laacher Sees abgeschossen und dann in den See gestürzt. Kein Bomber, kein Brite – nicht die gesuchte Halifax!

Joe hatte das falsche Wrack gefunden!

TEIL III

ich danke Dir (…) für diesen blauen wahren Traum
von Himmel, und für alles
das natürlich ist das unendlich ist das Ja ist
    (e. e. cummings: *i thank You God for most this amazing*)

1

Es war die aufsehenerregendste Nachricht aus dem Dorf seit dem Juli 1991, als ein paar Witzbolde einen Kornkreis in ein Feld in der Nähe getreten und so für eine kurze Sensation gesorgt hatten.

An diesem Tag verschwand in Glees, einer Gemeinde unweit des Laacher Sees, ein Auto. So etwas geschieht täglich und regt auch niemanden wirklich auf – mit Ausnahme des Besitzers –, und das Auto wurde auch gleich darauf nicht weit entfernt wieder aufgefunden. Es war nicht die Tatsache, dass ein Auto verschwand, die die Nachricht erst zur Nachricht machte, sondern wie es verschwand.

Dort, wo der Besitzer seinen Wagen geparkt hatte, klaffte nämlich eine über fünf Meter lange und rund eineinhalb Meter breite Erdspalte, und zehn Meter tiefer, auf der Motorhaube stehend und reichlich ramponiert, fand man den PKW.

In der ganzen Eifel hatte man die leichten Erderschütterungen gespürt, hier aber – und nur hier – waren sie so heftig gewesen, dass sich die Straße öffnete wie ein Haifischmaul und ein Auto verschlang. Nur hier wiesen die Häuser breite Risse auf.

Es war also ein lokales Beben, das keineswegs auf die üblichen seismischen Ursachen zurückgehen konnte. Mit anderen Worten. Es hatte definitiv mit dem Vulkan zu tun.

MacGinnis reichte Joe den Polizeibericht und ein paar Farbfotos, die per Mail übermittelt worden waren. »Für Ihr Assessment, Hutter.«

Joe ging zu Neal, der die Sachen interessiert betrachtete. Dann kehrte er zu seinem Schreibtisch zurück und wählte Franziskas Nummer im Büro.

»Aus welcher Tiefe stammt das Wasser des Brubbels?«

Er hörte, wie Franziska einige Worte auf ihrer Tastatur tippte. »Das Wasser stammt aus vierzig Metern Tiefe.«

»Und bei dem Geysir von Andernach?«

»Viel mehr: dreihundertvierzig Meter«, antwortete Franziska.

»Sehen wir uns nach der Arbeit?«

»Aber ja doch, ich freue mich«, erwiderte sie und schickte ihm einen Kuss durchs Telefon. Sie war ja allein im Büro. »Übrigens – ich mag die Art, wie du dir mit der Hand über den Hinterkopf streichst, wenn du verlegen bist.«

Joe fühlte sich durchschaut und ertappt – genau das hatte er eben getan. »Heißt das«, fuhr er mit betont nüchterner Stimme fort, »dass sich die Magmakammer jetzt fünfzig Meter unter dem Erdboden befindet?«

»Sie wünschen eine Gruppenführung?«, fragte Franziska unvermittelt. »Wie viele Personen? Aha. Achtzehn. Und wann? Einundzwanzigster Mai? Ihr Name? Regina Kotowski. Könnten Sie den Nachnamen noch einmal …? Ah ja, mit w. Gut, ich sehe mal, was sich machen lässt.« Nach einer kurzen Pause flüsterte sie: »Da hat eben mein Chef reingeschaut. Er mag es nicht, wenn man im Büro privat telefoniert.«

Joe räusperte sich. »Also befindet sich die Magmakammer jetzt zwischen dreihundert und fünfzig Meter unter dem Erdboden?«, wiederholte er.

»Nicht unbedingt – es heißt nur, dass sie höher liegt als vorher und somit die Umgebung der Wasserreservoirs heißer geworden ist. Aber ja – sie ist gestiegen.« Sie wollte nicht nur von schlimmen Dingen sprechen. »Und sonst – was machen wir heute Abend?«

»Ich hole dich ab?«, fragte Joe.

»Ja, bitte.«

Er legte auf und bemerkte, dass Neal ihn ganz neugierig musterte. »Enge Konsultationen mit der Vulkanforscherin?«, fragte er unverschämt breit grinsend.

Joe nickte. »Es gibt da noch offene Fragen, die zu klären sind.«

Joe hatte MacGinnis Franziskas Mosaik gezeigt, und sein Chef erkannte sofort dessen Bedeutung: »Das heißt also definitiv, dass es zum Ausbruch kommen wird. Falls wir die Halifax nicht innerhalb der nächsten Wochen finden ... und sichern, dann ...«

Joe nickte stumm. Er überließ es dem Alten, die anderen zu informieren. Der Nordengländer wurde totenbleich, kratzte sich nervös am Bart.

Neal eilte zur Wand und bohrte seinen Zeigefinger auf das Sonarziel zwei. »Das sollte der Flieger sein.« Er fuhr den kreuzförmigen Schatten mit der flachen Hand ab.

Ihnen war bewusst, dass nun alles schnell gehen musste.

»Wir können keine Rücksicht mehr darauf nehmen«, meinte Neal, »ob die Bevölkerung etwas von unserem Projekt mitkriegt oder nicht. Ich fahre Hutter jetzt an die Stelle«, er klopfte mit der Faust auf die Karte, »und er findet heraus, ob es dieses Mal ein Treffer ist. Wenn nicht, fahren wir zum nächsten Kreuz weiter, und wenn auch das eine Niete ist, zu dem nächsten Ziel.«

MacGinnis nickte, und sie hasteten sofort los, durch den in Folien gehüllten Gang, durch die Fluten der Touristen, die murrten, weil die Abtei wegen der Bebenschäden gesperrt und nicht mehr zu besichtigen war, hin zum Bootssteg.

Auf dem Boot verlor Joe das GPS-Gerät keine Sekunde aus den Augen, selbst als er den Taucheranzug überstreifte. Langsam hob er den Arm.

»Stopp!«, sagte er dann und sprang in den See.

Er fiel senkrecht herab, tiefer, bis zum Grund. Es umgab ihn die übliche Finsternis, und er erlaubte sich einige Sekunden, um sich an die Sichtverhältnisse zu gewöhnen. Nur wenige Gesteinsbrocken und vereinzelte Kiesel unterbrachen die eintönige Schlammlandschaft des Seebodens unter ihm. Über sich erkannte er, schon ganz klein, den Schattenriss des Bootes. Er griff an seine Hüfte, fühlte nach seiner Waffe.

In der Ferne glitt ein Schwarm Fische vorbei, aber Joe konnte keine anderen Taucher ausmachen. In den letzten beiden Tagen hatte MacGinnis für eine verstärkte Polizeipräsenz gesorgt. Beamte patrouillierten entlang der Ufer. Jeder, der hier tauchte, stand bereits mit einem Bein im Gefängnis.

Eine Strömung zog ihn. Sie fühlte sich warm an. Joe ließ ein kleines neongelbes Plastikteilchen los, es trieb erstaunlich schnell von ihm weg. Er selbst bot dem Wasser eine größere Angriffsfläche – vermutlich hatte es ihn während seines Tauchabstiegs über ein Dutzend Yards von der eigentlichen Zielstelle weggespült. Er orientierte sich an der Wasseroberfläche, Neal und das Boot waren längst weit zur Seite abgedriftet.

Das Plastikteil schoss nach vorn weg, überlegte Joe, ich muss mich umdrehen und in die Gegenrichtung laufen. Er ging auf dem Seeboden, selbst wenn das viel anstrengender war als zu schwimmen, weil er kein zweites Mal die Orientierung verlieren durfte.

Joe stapfte zwanzig Schritte gegen die Strömung, da ragte am Rande seines Sichtfeldes etwas aus dem Boden. Er stieß sich vom Grund ab und tauchte direkt darauf zu.

Zuerst erkannte er nur zwei dünne Wände aus Metall, die aus dem Boden staken – wie eine Blechhütte, bei der man Front und Rücken entfernt hatte. Es konnte sich um die beiden Höhenleitruder der Halifax handeln. Joe bemerkte ein zweites Wrackteil. Mehrere Mannslängen entfernt lag mehr Metall.

Er erreichte die zweite Stelle mit wenigen Schwimmbewegungen. Aus dem Boden ragte, leicht schräg gestellt, ein Ende des Flügels. Das letzte Erdbeben musste das Wrack aus dem Schlamm geschält haben, der es so lange verborgen hatte. In halber Entfernung zum Rumpf lag die Ruine eines Triebwerks. Vier Motoren hatten die Halifax angetrieben, jeder ehemals mit 1615 PS ausgestattet und nun nutzlos, die Rotorblätter nach hinten gekrümmt und in sich gedreht wie Reißzähne, braun und fleckig vom Rost.

Der Rumpf der Halifax lief als grauer Schlammrücken, von Schatten weich gezeichnet, von der Pilotenkanzel zur Seemitte hin, anfangs klar und deutlich, dann immer niedriger, bis das Ende im Schlamm versank und sich nicht einmal mehr erahnen ließ. Den schmalen Hügel unterbrachen zwei eingefallene Kuppeln, die Pilotenkanzel und die Glaskuppel des Bordschützen. Dort stach aus dem zersplitterten Glas noch das Rohr der Kanone hervor.

Von dem gewölbten Rumpf war Schlamm herabgerutscht und gab den Blick auf die Oberfläche frei.

Joe konnte nicht anders, er musste das Metall anfassen, um sich zu vergewissern, dass er das Flugzeug dieses Mal wirklich aufgespürt hatte. Er fühlte die Kälte des Metalls, die raue Oberfläche.

Das Gerüst, das die Oberflächenverkleidung hielt, wirkte wie das Gerippe eines vorsintflutlichen Tieres. Algen überzogen es. Als Joe zufasste, stoben ein paar kleine Fische aufgeregt davon und verschwanden in Richtung des Wrackinneren.

Das Ende des Rumpfs, früher eine Glaskuppel, lugte geborsten aus dem Schlamm; sie stand aus dem grauen Untergrund wie das riesige, weit geöffnete Maul eines Hais. Aus der Höhle stieß das verbogene Rohr der Bordkanone heraus wie der Reißzahn eines Seeungeheuers. Ein Fischschwarm schwamm hinein und verschwand im Dunkeln.

Das Cockpit war größtenteils intakt geblieben, das Glas aber gesplittert, der Rumpf – so weit Joe das sehen konnte, denn er ragte nur wenig über die braune Bodenschicht – zeigte keine größeren Risse, besonders nach unten hin nicht, wo sich die Klappe für die Bombenabwürfe befand.

Vermutlich unbeschädigt!, stellte Joe erleichtert fest.

»Ich habe die Halifax«, sprach er klar und deutlich in sein Funkgerät. GPS würde den Rest erledigen.

Es konnte dieses Mal keinen ernsthaften Zweifel geben: Das war das Wrack der Handly Page Halifax!

Joe tauchte auf die Pilotenkanzel zu.

Wie oft hatte er am Simulator für diesen Augenblick trainiert, doch nun schien er sich an nichts erinnern zu können. Sein Gedächtnis war wie leergefegt. Kalter Schweiß rann seinen Rücken hinunter. Es ist nur die Aufregung!, sprach er sich selbst Mut zu. Er erkannte ein Detail an dem Paneel mit den Anzeigen wieder, und plötzlich kehrte das eingeübte Bild zurück.

Auch wenn das Glas geborsten war und den Weg in die Pilotenkanzel freigab, so hielt, wenn auch gebogen und gekrümmt, doch die Metallverstrebung, in die die Scheiben einst gespannt waren. Einfach war es nicht, durch dieses Gitter zu kommen, doch es gelang Joe nach mehreren Versuchen. Nun musste er sich selbst hinabstürzen auf den Boden des Cockpits. Er tauchte hinein wie ein Turmspringer ins Becken. Wie Streichhölzer in einem Briefchen befanden sich zwei Reihen weißer Hebel mit runden schwarzen Köpfen in dem ohnehin kleinen Raum. Joe tauchte seitwärts an ihnen vorbei und kam zum Pilotensitz. Von dort versuchte er, wie er es am Modell des Flugzeugs geübt hatte, eine Wendung um neunzig Grad, damit erreichte er den Fußboden der zweiten Ebene der Kanzel, der etwas tiefer lag als der erste und wo er die Tür ins Innere der Halifax zu finden hoffte.

Als er diese zweite Ebene erreicht hatte, stellte er sich mühsam auf die Füße. Schlamm und Algen bedeckten das Cockpit, so dass die Anzeigen mehr zu erahnen als zu erkennen waren. Runde, zylindrische Anzeigen füllten sein Sichtfeld, er musste nun die Taschenlampe einschalten, um besser sehen zu können. Rechts ragte ein schwarzer Kasten unterhalb der rechten Verstrebung des Fensters heraus, eine zentimeterdicke Schlammschicht lag darauf, und in einem Reflex wischte Joe sie weg. Minutenlang, so schien es ihm, trübten die Schwebeteilchen danach seine Sicht. Er musste geduldig abwarten, bis sie sich einigermaßen gesetzt hatten.

Die tiefere Ebene, auf der er nun stand, beengte ihn noch mehr als der Teil der Kanzel mit dem Pilotensessel. Ursprünglich hatte hier eine Bank mit zwei gepolsterten Sitzen gestanden. Der harte Aufschlag auf den See hatte sie gegen die Decke gehebelt und das Gestänge völlig verbogen. Jetzt hingen die Beine der Sitzbank zu ihm herunter wie Stalaktiten in einer Tropfsteinhöhle. Einige Elektrogeräte befanden sich links von ihm, aus einigen schaute ein Kabelwirrwarr heraus. Er drehte den Kopf, und der Strahl seiner Taschenlampe erhellte schwach ein graues Geländer, in großen weißen Stahlösen geführt. Hier musste es weiter in den Rumpf gehen.

Joe wendete sich vorsichtig um. Bisher hatte er in die imaginäre Flugrichtung geblickt, nun galt es, dieser den Rücken zuzuwenden. Ein weiterer, völlig verbogener Klappstuhl lag ihm im Weg, und hinter diesem Sitz führte eine Tür in den Rumpf. Die Tür stand offen, war aber durch den Aufprall aus den Angeln gerissen und in sich verbogen. Joe tastete sich näher heran, fasste fest an den Griff. Die Tür war völlig verrostet, und mehrere Versuche Joes, sie zu bewegen, scheiterten. Es klaffte nur ein kleiner Spalt von der Kanzel zum Inneren des Flugzeugs, und durch diese enge Lücke musste Joe sich nun hindurchzwängen.

Vorsichtig, zuerst mit den Händen nach Widerständen oder scharfkantigen Wrackteilen fühlend, presste sich er durch das Loch und tauchte in den Rumpf hinein.

Wo genau lag der Bombenschacht?

Joe studierte die Skizze, die er bei sich trug, aber sie half ihm nur wenig. Alles war, als das Flugzeug vom Himmel fiel, nach vorn gestürzt, und als der Schwanz dann auf dem Seegrund unterhalb des Vorderteils zu liegen kam, nach hinten gerutscht. Jetzt lagen die Trümmer im ganzen Rumpf verstreut. Flüchtig erkannte er verrutschte und halb vermoderte Kisten, wuchernde Algen, Schläuche und Metallstreben, die in den Weg ragten. Überall herrschte drangvolle Enge. Bei jeder Bewegung stieß er entweder an die Flugzeughaut oder an Trümmerstücke. Die Sicht verringerte sich jedes Mal, wenn er Sediment aufwirbelte. Er bemerkte, dass er schnell und hastig atmete, sein ganzer Körper spannte sich an.

Im Rumpf herrschte noch mehr Unordnung als im Cockpit. Je weiter er vordrang, desto größer wirkte das Durcheinander. Beim Absturz musste alles, was nicht niet- und nagelfest gewesen war, nach vorn gestürzt sein. So vorsichtig wie nur möglich, um sich nicht an den scharfkantig heraussstehenden Trümmerstücken der Seitenwand und sonstigen harten Gegenständen zu verletzten, ging Joe auf alle viere. Damit schränkte er sein Sichtfeld zwar weiter ein, aber wollte er den Einstieg in den Bombenschacht finden, blieb ihm gar keine andere Möglichkeit, als sich auf dem Boden entlang zu tasten.

Langsam bewegte Joe sich durch den Rumpf – kein einfaches Unterfangen mit den Schwimmflossen an den Füßen. Er duckte sich, um einer aus der Wand stehenden verbogenen Strebe auszuweichen, drehte sich um eine aufgeplatzte Munitionskiste herum, in der sich früher Patronengurte für die Maschinengewehre im MG-Turm befunden hatten. Sie lagen nun in größeren Brocken um die ehemalige Box verstreut.

Joe richtete sich halb auf. Plötzlich vibrierte der ganze Rumpf. Er verlor er den Boden unter den Füßen. Eine zweite Munitionskiste rutschte auf ihn zu, riss ihm den Boden unter den Füßen weg. Es wirbelte ihn an die linke Rumpfseite, er schlug erst mit dem Ellenbogen, dann der Schulter, schließlich mit dem Kopf auf das harte Metall. Kleine Trümmerstücke umflirrten ihn aufgeregt. Er hörte ein Geräusch, als schabe Metall über Metall.

Sein Herz raste. Joe spürte, wie Adrenalin in seinen Kopf schoss. Nun nicht von der Furcht packen lassen! Er tippte an seine Helmlampe. Sie flatterte, dann leuchtete sie wieder gleichmäßig. Joe merkte, dass er auf dem Gang des Flugzeugs saß, der Stoß hatte ihn zu Boden geschleudert.

Was war geschehen? Hatte ein Erdstoß das Flugzeug durchgeschüttelt? Die Abhänge im See sollte eigentlich nicht so steil sein, dass die Halifax ins Rutschen geriet. Vermutlich ein Erdstoß. Was bedeutete das für die Bomben?

Joe hörte ein Knirschen über seinem Kopf. Eine Strebe polterte herunter. Bevor er sich von der Stelle rühren konnte, klemmte sie sein Bein ein. Er zog daran, konnte es aber nicht bewegen.

Ich muss hier weg, überlegte er – doch der Eisenträger hielt ihn fest.

Ein scharfkantiger Gegenstand, vielleicht ein Teil der Innenverkleidung, der durch die heftige Bewegung abgerissen worden war, trieb auf ihn zu, drehte sich dabei langsam um seine Achse, flackerte kurz im Licht auf.

Unvermittelt schwiegen die Vögel.

Dann bebte die Erde, kurz und heftig. Für einige Sekunden verlor die Welt ihren Halt.

Alle fühlten es.

Ein dumpfes Grollen drang aus der Erde, vermischte sich mit dem Rauschen der Wogen zu einem alldurchdringenden Donner. Eine von dem kurzen, aber heftigen Erdstoß erzeugte Aufbäumung des Bodens schoss vom See her über das Land, huschte als grauer Schatten über die Wiesen. Die Rinder des Bauernhofs am Ufer schrien ängstlich auf. Die Vögel im Wald stoben plötzlich auf und flogen ziellos umher.

Die Geländewelle wälzte sich schlängelnd auf den Parkplatz zu, sie wirbelte Grashalme in die Luft, ihre Wurzeln noch fest in Erdklumpen verankert. Autos hüpften auf und ab wie Spielzeugmodelle, und bei mehreren Wagen gingen die Alarmanlagen an. Das Gerüst, das die über tausend Jahre alte Benediktinerabtei umgab, wankte an deren Westseite bedenklich hin und her. Menschen rannten kreischend aus dem Restaurant und liefen auf dem Parkplatz hin und her.

Die Kühe kauten nach ein paar Minuten wieder zufrieden weiter, die Vögel zwitscherten und pfiffen erneut, das Wasser des Sees aber beruhigte sich erst nach vielen Stunden.

Erstaunt beobachteten Spaziergänger auf dem Rundweg und Sonnenanbeter auf den Seewiesen, wie das Wasser des Sees ans Ufer schwappte, sich dann zurückzog und einen kleinen Kies- und Lehmstreifen freiließ.

Dann überschwemmte es das Ufer erneut ein paar Fußbreit und zog sich zurück, darauf brandete es wieder aufs Land.

Offenbar bewegte der ganze See sich im Rhythmus weniger Minuten hin und her. Es musste ein starkes Beben gewesen sein.

Im Kontrollraum der Briten riss mit einem lauten Knack die zum See gerichtete Wand. Eine feine, sich nach oben immer stärker verästelnde Linie zog sich vom Boden bis zur Decke. Putz rieselte herab auf den Teppichboden.

Der Becher vor dem Nordengländer kippte um, und der Tee ergoss sich auf die Tastatur seines Computers.

»Shit!«, fluchte er.

Zumindest in diesem Moment gab Reginald MacGinnis seine sonst alles beherrschende Gleichgültigkeit auf: »Hutter! Was ist mit Hutter?«

Andrew Neal lüftete die Kopfhörer ein paar Millimeter. »Ich habe gerade keine Rückmeldung von ihm ... Die Funkverbindung steht aber.«

»Versuchen Sie, wieder Kontakt mit ihm zu bekommen. Stellen Sie fest, ob er verletzt ist.«

»Hutter?«

Eine kleine Pause. Es wurde totenstill. Alle blickten auf Neal, der zum Hauptquartier zurückgekommen war, um Material zu laden, und dort sofort das Mikrofon übernommen hatte. »Ich kriege ihn nicht!« Er wiederholte Joes Namen. Sein Gesicht wirkte angespannt, die anderen lasen daraus, dass er immer noch keine Rückmeldung ihres Kameraden erhalten hatte.

»Einen Moment!«

Aufatmen. Der Nordengländer lächelte sogar, er dachte, Hutter habe sich gemeldet.

»Ich habe gerade einen Anruf des seismologischen Instituts erhalten. Es war ein Erdbeben, sehr regional. Das Epizentrum lag wohl direkt unter dem Laacher See.« Er sah zu dem Nordengländer rüber. »Ich stelle es Ihnen durch, damit ich weiter nach Joe suchen kann.«

Der Nordengländer nickte, nahm hastig das Gespräch an, notierte eifrig Zahlen mit. »Können Sie mir das als PDF durchschicken?« Er sah Neal fragend an.

»Hutter?« Andrew Neal gab nicht auf.

»Hast du ihn?«, fragte der Nordengländer.

»Ruhe, Leute, Ruhe«, mahnte MacGinnis mit fester Stimme und lächelte mild. »Wir finden Hutter schon wieder.

Zumindest haben wir jetzt die Koordinaten«, stellte er dann mit einiger Zufriedenheit fest.

»Hutter? Hutter, bist du da?«, drang es in seinen Kopfhörer.
Er musste sich beruhigen. Unbedingt. Den Atem runterfahren. Die Dunkelheit ignorieren.
»Hutter, melde dich!«
»Ich bin hier im Rumpf. Eingeklemmt ...«
»Sollen wir jemand runterschicken?«
»Warte.« Er drückte gegen das Metallteil, das ihn festhielt. Es saß locker. Das würde er schaffen. »Alles in Ordnung, glaube ich. Hat es einen Erdstoß gegeben?«
»Ein schwaches Erdbeben. Bist du verletzt?«
Joe sah an sich herab, konnte keinen Schnitt oder eine andere Verletzung erkennen. »Nein.«
Er drückte die Strebe fort. Es ging leichter, als er erwartet hatte. Er hob die Strebe einen Zoll weit an und zog dann sein Bein heraus. Dann ließ er sie fallen. Sie krachte gegen die Rumpffinnenseite – ein grollendes Geräusch. Er fühlte, dass die Vibrationen durch seinen ganzen Körper fuhren. Er streckte das Bein – es folgte seinen Befehlen. Mühsam rappelte er sich auf, hielt sich mit einem Arm an der gerundeten Innenwand fest. Er trat mehrmals auf das Bein auf. Es schmerzte nur ein wenig. Gut!
»Joe? Joe?«
»Ich bin jetzt wieder frei, im Rumpf und suche nun den Bombenschacht«, meldete er an Neal zurück.
»Ist gut.«
Joe blieb geduckt stehen. Am besten warte ich, bis sich die Schwebteile gesetzt haben und die Sicht wieder klar ist. Welche Sicht? Selbst mit dem Licht am Helm konnte er allerhöchstens zehn Fuß weit sehen. Er befand sich in einer zerbrechlichen Metallröhre unter Wasser, sah weder, wo er hergekommen war, noch, wie weit sich dieser Tunnel vor ihm

erstreckte, was darin noch lag, er konnte den Boden nicht erkennen und hatte zudem die Orientierung verloren. Wo war der Bombenschacht?

Es war Zeit, die Bomben zu suchen.

Unbeholfen bewegte er sich in Richtung Rumpfmitte, dann glitt er auf einer Patrone aus, die über den Gang rollte. Er stürzte ganz langsam, rappelte sich wieder auf.

Ich muss vorsichtiger sein!

Joe ging langsam, mit jedem Schritt mühsam seine Standfestigkeit prüfend. Der Rumpf saß trotz der Erschütterungen wieder fest auf. Nichts schwankte. Dennoch rechnete er damit, dass das gesamte Wrack mit einer plötzlichen und unerwarteten Bewegung abrutschen konnte. Dann wurden alle losen Stücke durch diese Metallröhre rutschen, konnten ihn treffen und verletzen. Er durfte sich keine Fehler erlauben. Allmählich näherte er sich dem Cockpit. Dort, an der Stufe, die zum Vorraum führte, fiel er auf die Knie. Sorgfältig, um sich nicht an den scharfkantigen Glasscherben zu schneiden, tastete er den Boden und den Stufenabsatz ab, bis er eine Stelle entdeckt hatte, an der die Metallplatte einen Spaltbreit abstand – der Zugang zum Bombenschacht. Das war jetzt keine Simulation mehr, bei der er Fehler machen durfte.

Den Flur bedeckte eine ebenso graue Schlammschicht, wie sie auch auf dem Seegrund lag. Er stand auf, um alles zu überblicken.

Joe stolperte über ein Trümmerstück, ging zu Boden. Er richtete sich auf, nachdem sich sein Herzschlag beruhigt hatte. Seine Knie fühlten sich wie Pudding an. Offenbar war er längst nicht so zur Ruhe gekommen, wie er sich vorgemacht hatte.

Er schob eine schwere Holzkiste zur Seite, die Teile der Luke zustellte. Einige Metallträger und abgerissene rohrähnliche Gebilde auf dem Boden versperrten ihm den Weg. Er musste sie zuerst forträumen. Jede Aktion hinterließ Schlieren im Schlamm, und jedes Mal dauerte es eine Zeit, bis sich die aufgewirbelten Teilchen wieder gesetzt hatten. Schließlich hatte er die Kiste so weit zur Seite gestemmt, dass er den Eingang zum Bombenschacht freigelegt hatte. Statt der erwarteten doppelten Klapptür fand er ein unförmiges, verbogenes Blechteil vor!

Es handelte sich offenbar um einen Teil der Seitenwand, der abgerissen worden war, sich gelöst und mit anderen Trümmerstücken des Bombers verharkt hatte. Das unentwirrbare Geflecht bildete eine korrodierte Barriere. Joe trat dagegen, das Teil beulte sich und sprang dann in seine Form zurück.

Er zog sein Tauchermesser aus der Scheide und hebelte das Blechteil ab, das ihm den Weg in den Bombenschacht versperrte. Kleine Schlammlawinen flossen träg herab und nahmen ihm erneut die Sicht. Er schwitzte vor Anstrengung.

Wieder musste er warten, bis er sich durch eine viel zu kleine Öffnung quetschen konnte. Sieben Leute umfasste die Besatzung damals – und davon waren vier bei dem Absturz ums Leben gekommen.

Joe fühlte sich wie Odysseus, als der auf seinen jahrelangen Irrfahrten in den Hades hinabstieg und die Schatten der Toten sich um ihn scharten und ihn jämmerlich drängten und baten, er möge ihnen Blut bringen, damit sie ein wenig Anteil hätten an den Lebenden. Odysseus scheuchte sie mit seinem Bronzeschwert oder einer flackernden Fackel fort von sich, damit sie ihn nicht in ihrem Reich behielten, dem Reich der Schatten.

Immer wenn Joe an die möglichen Opfer der künftigen Epidemie dachte, stellte er sie sich wie diese ausgemergelten Höllengestalten vor, die Homer schilderte. Und hier, direkt unter ihm, lag nun der Hades.

Den Schacht füllte fast klares Wasser – offenbar hatte das Hindernis ihn seit dem Absturz der Halifax verschlossen und so Schlamm und Algen ferngehalten. Die Wände wirkten eng, schmierig, voll Öl. Joe glitt vorsichtig hinein. Jetzt musste er ganz nahe bei den Bomben sein, von denen nur eine – er wusste nicht, welche genau – die tödliche Fracht trug. Aber auch die anderen Bomben konnten, wenn er nicht vorsichtig war, losgehen. Er blickte in den flachen Raum, unter dem sich eine Klappe nach unten öffnete, damit die Besatzung ihre tödliche Fracht abwerfen konnte. Er erstreckte sich unter der Pilotenkanzel, gerade einmal so hoch, wie Joe breit war. Er drückte sich dann langsam voran, Zentimeter um Zentimeter. Es gab so wenig Platz um ihn herum, dass er sich fragte, wie er je wieder rückwärts aus diesem Verlies herauskommen sollte. Das Wasser war weniger trüb als im übrigen Flugzeug. Er leuchtete mit der Lampe umher, betrachtete die Metallbäuche der Bomben, die von allen Seiten her auf ihn zudrängten. Für kurze Zeit ergriff ihn das Gefühl von Sinnlosigkeit. Er verlor die Orientierung, merkte, wie ihm eine Gänsehaut über den Rücken lief, weil er sich nicht mehr zurechtfand in diesem Gewirr an Bomben, Schläuchen, Kabeln und Metallwänden.

Joe atmete tief, versuchte, die aufkeimende Panik abzuschütteln. Er lag horizontal im Schacht. Er knipste die Taschenlampe wieder an. Ihr Lichtkegel bohrte sich in die Schwärze des Wassers. Er sah, dass der gesamte Schacht durch den Beschuss der deutschen Jagdflieger verzogen worden war. Die Crew hatte die Bomben nicht abwerfen können. So weit er es in der Enge und Finsternis erkennen konnte, befanden sich noch alle Bomben im Wrack – lange, stromlinienförmige Metallkörper wie künstliche Delfine, schön in ihrer Funktionalität. Große Metallzangen, die Gelenke von leichtem Rost befallen, hielten sie fest in ihrem Griff.

Ich sollte erleichtert sein, sagte Joe sich, ich habe endlich die Bomben gefunden. Jetzt können wir sie an Land holen und unschädlich machen.

Doch das Gegenteil war der Fall: Er hätte kotzen können – in diesen Hülsen lauerte der Tod.

Er rüttelte sacht an einem der Metallkörper. Die Bombe hatte sich im verbogenen Schacht verkeilt, und sie steckte noch fest in ihrer Verankerung.

Joe schabte mit dem Tauchermesser den Rost von der Zange, welche die Bombe eisern festkrallte. Die rote Rostschicht blätterte ab und ließ darunter den unkorrodierten Stahl sehen. Er hatte gehofft, das Metall vielleicht bereits brüchig zu finden – Fehlanzeige, der Griff hielt.

»Uns bleibt keine andere Wahl«, erklärte Joe über Funk. »Wir müssen die Halifax am Stück bergen. Einzeln kriegen wir die Bomben nicht raus.«

Joe kletterte durch das zersplitterte Glas des Cockpits nach außen, wo ihn absolute Finsternis umhüllte. Eine Strömung erfasste ihn und zog ihn augenblicklich mit sich fort.

Die Erdstöße hatten den See aufgewühlt, das ganze Wasser war noch immer trüb. Joe blickte um sich: Es gab keine Sicht, um ihn herum herrschte absolute Finsternis. Er orientierte sich an den Luftblasen, die er von sich gab, und tauchte mit aller Kraft bis zum Grund hinab. Dort sah er gewaltige Schleifspuren, die der noch weiter in die Tiefe rutschende Flugzeugkörper hinterlassen hatte.

Das Beben hatte einen der Flügel der Halifax leicht angehoben, das Emblem der Royal Air Force aus großen, konzentrischen Kreisen deckte der Regen aus Schwebeteilchen gerade wieder zu.

Joes Herz klopfte und pochte wie wild. Jetzt nur nicht in Panik verfallen!, schoss es ihm durch den Kopf, doch es half nicht viel. Er spürte die ersten Anzeichen für die Panik, die gerade heftig und fast unbeherrschbar in ihm aufwallte.

Er versuchte, von der Bodenfurche zum Flugzeugrumpf zurückzuschwimmen, doch in der dunklen Brühe fand er ihn nicht mehr. Er wusste jetzt überhaupt nicht mehr, wo er sich befand. Nicht allzu weit vom Wrack, vermutlich, aber wo lag das Wrack? Wo der Boden durch die Dunkelheit schimmerte, wirkte alles schlammgrau und platt, von Rissen durchzogen.

Joe begann heftig zu husten, eine hysterische Reaktion. Wo war oben, wo unten?

Ruhe. Beruhige dich …

Um ihn herum gab es nur diese trübe Suppe, Sichtweite weniger als zwei Fuß.

Es ist völlig sinnlos, wenn ich hier in der Dunkelheit im Kreis umherirre, fasste Joe endlich wieder einen vernünftigen Gedanken. Mit immer noch wild hämmerndem Herzen und Wasser im Mund hockte er sich auf den weichen Seegrund. Der Boden fühlte sich merkwürdig warm an, jedenfalls viel zu warm für die Tiefe, in der er sich aufhielt.

Dank Franziska wusste er, was das bedeutete: Er saß in der Nähe einer heißen Quelle, vielleicht sogar eines Geysirs.

Überall um ihn herum perlten kleine Gasblasen aus dem Boden, stiegen langsam zur Seeoberfläche empor.

Joe wartete einige Minuten, bis sich das Wasser leicht aufklarte. Tote Fische mit milchig gewordenen Augen trieben taumelnd vorbei.

Joe erkannte, tatsächlich nur wenige Meter entfernt, die vagen, aber gewaltigen Umrisse der Halifax, die aus einer Kuhle im Grund herausragte, bevor eine neue Wolke aus Schlamm, Lehm und Dreck ihm zum zweiten Mal die Sicht auf das Flugzeug raubte.

Endlich ließ das Herzrasen nach, atmete er fast normal. Allmählich konnte er wie bei Nebel sehen. Zur Sicherheit befestigte er einen Peilsender an einem der Wrackteile auf dem Boden. Er durfte nicht das Risiko eingehen, den einmal lokalisierten Bomber durch erneute Erdstöße wieder zu verlieren.

Dann beobachtete er die Luftblasen, die er ausstieß. Ihnen nach ging es an die Oberfläche. Allmählich fand er sich zurecht. Er tauchte möglichst senkrecht zur Seeoberfläche hoch und nahm dort ein GPS-Signal, um zum zweiten Mal den neuen Standort der Todesfracht zu bestimmen. Die alte Messung war unnütz geworden, das Wrack hatte sich bewegt. Hoffentlich ist es nicht geborsten, dachte er, hoffentlich hat das Beben nichts freigesetzt.

Er lebte ja noch! Aber die toten Fische?

Er hoffte, dass der See sie nur bei lebendigem Leibe gekocht hatte, dass sie nicht den Erreger in sich trugen.

Joe tauchte in einer kleinen, geschützten Bucht auf und zog die Schwimmflossen aus. Er wartete auf einen Augenblick, in dem keine Fußgänger den Uferweg entlangwanderten. Auf dem überfüllten Pfad schlenderten mehr Familien und Einzelpersonen als in den Wochen zuvor. Die meisten trugen Kameras um den Hals oder um das Handgelenk. Katastrophentourismus!, dachte Joe. Seit die Zeitungen über einen möglichen Vulkanausbruch berichtet hatten, boomte der Fremdenverkehr. Das aufgeregte Gerede verriet, dass einige, vom Erdbeben erregt, den Ausbruch geradezu herbeisehnten.

Endlich tat sich eine Lücke auf. Joe hastete über den Pfad und eilte zu seinem Versteck, zog sich Straßenkleidung an. Er kam, als er zum Besprechungsraum zurückkehrte, an Vätern vorbei, die ihre Kinder auf den Schultern trugen, an Eltern, die Kinderwagen hastig zum Parkplatz schoben. Ein kleines Mädchen ließ einen Luftballon los und blickte ihm weinend nach.

Man merkte ihnen noch die Aufregung über den heftigen Ruck an, der sie vor knapp einer halben Stunde erschreckt hatte. Sie sprachen durcheinander, gestikulierten. Einige starrten immer noch fassungslos auf den See.

Sportflugzeuge brummten am Himmel. Das Geschäft mit Rundflügen über den »schlafenden Vulkan« lief gut. Kinder kreischten, Autotüren schlugen zu, Motoren wurden angelassen. Das – machte sich Joe deutlich – war die reale Welt. Für die meisten würde sich diese Erfahrung schon bald in ein spannendes Ausflugabenteuer verwandeln.

Und unten im See tickte die Zeitbombe.

»Ich will nicht, dass du kommst, es ist wirklich gefährlich.« Joe seufzte. Er wiederholte sich, doch es half alles nichts.

»Ich will auch zuschauen«, krähte Clara dazwischen. »Ich will dabei sein, wenn Joe das Flugzeug aus dem Wasser holt.«

»Das kommt nicht in Frage!«, stellte Franziska fest.

Clara sah sie traurig an. »Warum denn nicht?«

»Du hast gehört, was Joe gesagt hat: Es ist zu gefährlich.«

»Und wieso darfst du zuschauen und ich nicht?«, fragte Clara nach.

»Mami darf es auch nicht!«, sagte Joe streng und viel lauter, als er eigentlich wollte.

Franziska wollte unbedingt unter den Zuschauern sein, begriff die Gefahr nicht, versprach ihm, ihn nicht zu stören, sie wollte ihm einfach nur nahe sein. Er konnte nicht erklären, dass das Wahnsinn war, dass sie sterben könnte, weil er Clara nicht ängstigen wollte.

Joe wollte keinen Streit. Nicht heute. Nicht mit ihr.

»Du bringst mich nicht davon ab!«, sagte Franziska mit fester Stimme. Sie wollte bei ihm sein, weil sie ihn liebte. Er wollte das nicht, weil er sie liebte.

Schließlich gab er nach und machte eine Handbewegung, die seine Resignation anzeigte.

»Ich passe schon auf«, sagte Franziska.

Er lächelte müde. »Hab deinen Autoschlüssel stets griffbereit. Und wenn du merkst, dass irgendetwas misslingt, dann läufst du zu deinem Auto und fährst davon. Versprichst du mir das?

Sie versprach es ihm.

»Habt ihr in Schottland auch Vulkane?«, wollte Clara wissen. Sie spürte die Spannungen und versuchte auf ihre kindliche Art, das Thema zu wechseln. Sie reichte ihm ein selbstgemaltes Bild. Ein Mann im Schottenrock trat einen glühenden Vulkan aus wie eine Zigarettenkippe.

»Nein, Clara, Vulkane haben wir in Schottland Gott sei Dank nicht. Wir haben nur ein paar kleinere Erdbeben.«

»Scheismische Stöße.« Clara kicherte.

Joe stand auf. »Ich muss jetzt zurück zum See.«

Franziska begleitete ihn zur Tür.

»Versprich mir«, sagte er zum Abschied, »dass du auf dich aufpasst.«

Sie nickte.

»Es wird schon alles klappen«, log er. Abschiede gelangen ihm einfach nicht.

Er ging zu seinem Auto. »Bis morgen«, rief er ihr zu. Sie winkte ihm nach.

Er fuhr durch eine dunkle Nacht, Wolken verdeckten die Sterne. Nur wenige andere Wagen waren unterwegs.

2

»Selbst wenn man sie laut herausschreit«, erklärte MacGinnis dem Team augenzwinkernd, als er mit einem Fuß die Tür zu dem Raum aufstieß, in dem die Journalisten bereits auf ihn warteten, »glaubt niemand mehr an die Wahrheit; aber jeder kniet vor der Lüge.« Er schmunzelte. Hier saßen die Reporter, er wollte sie belügen, und so stolzierte er zu den wartenden Reportern.

Er war ein seltsamer Mensch. Verblüfft beobachtete Joe Hutter, wie sein Chef mit einem breiten Grinsen im Gesicht ganz offensichtlich das Interesse der Medien – hauptsächlich Vertreter der Lokalzeitungen – genoss und sich in einen umgänglichen Märchenerzähler verwandelte. Eine Anekdote hier, ein locker eingestreutes Witzchen dort – MacGinnis gab den leicht spleenigen englischen Flugzeugnarr mit sichtlichem Vergnügen.

Neal kniff Joe vergnügt in die Seite und deutete dann auf MacGinnis. »Na, hättest du das von ihm gedacht?«

»Nein. Alles, aber das nicht.«

Am Morgen war eine E-Mail an die Presse herausgegangen, nun, Punkt 10:30 Uhr, begann die Pressekonferenz der britischen Flugzeugenthusiasten.

Der Einladung war etwa ein Dutzend Reporter gefolgt. Bei den meisten ließ sich deutlich erkennen, dass ihnen im Lauf der Zeit die Begeisterung für ihre Arbeit abhanden gekommen war – sie hätten ebenso über einen Karnevalsumzug oder ein Gartenfest berichtet. Ein paar Journalisten wirkten sehr jung, Berufsanfänger, die vielleicht von großen, lukrativen Zeitschriftenengagements träumten. Reginald MacGinnis hatte die Fachpresse für Flugzeugwesen, Militär und Technik außen vor gelassen – eine notwendige Sicherheitsmaßnahme, um eventuell bei Interviews auftretende peinliche Wissenslücken erst gar nicht zuzulassen.

So saßen nun Journalisten von Lokalzeitungen und Wochenblättern sowie das TV-Team des lokalen Fernsehsenders, der sonst Werbebeiträge der Gemeinden brachte, in dem nüchternen Raum, in dem normalerweise das Kloster seine Presseempfänge ausrichtete. Die Vorhänge wurden zugezogen, und nur ein gelbliches, fahles Licht kroch müde in den Raum.

MacGinnis sprach mit einem breiten englischen Akzent und tat häufiger so, als suche er den passenden deutschen Ausdruck – wie sagt man das? –, als er grob beschrieb, welches Interesse das britische Team an dem Wrack des Flugzeuges hatte. Einmal erntete er sogar einen lauten Lacher, als er meinte, man hole den Bomber aus dem See, »weil ein Flugzeug nicht ins Wasser gehört – dort ist es fehl am Platz«.

Er erklärte, sie seien eine Gruppe britischer Flugzeugenthusiasten, die das Wrack eines im Zweiten Weltkrieg nach einem Abschuss in den Laacher See gestürzten Halifax Bombers Modell Handly Page 57 bergen und danach restaurieren und dann in das englische Flugzeugmuseum Brooklands in Weybridge, Surrey bringen wollten. Dort stehe auch bereits ein anderes Schmuckstück, eine Wellington N2980, die am 28. September 1985 durch ein Team der Herriot Watt University aus 69 Metern Tiefe im schottischen Loch Ness gefischt worden war, in den sie während eines Trainingsflugs am Neujahrsabend 1940 gestürzt war.

MacGinnis beantwortete alle Fragen zu der Bergung, erklärte, warum es so wichtig war, das Flugzeug in ein Museum zu bringen. Technikenthusiasmus und eine verklärte Sicht auf den Zweiten Weltkrieg seien wohl in ihrem Heimatland weiter verbreitet als in Deutschland. Immerhin erzählte einer der schon älteren Journalisten mit glänzenden Augen, er habe nur gute Erinnerungen an die Handly Page Halifax, weil sie das erste Airfix-Modell gewesen sei, das er als Kind ordentlich hinbekommen hatte.

»Haben Sie keine Angst, dass Ihre Bergung durch eine Eruption gestört wird?«, fragte jemand.

MacGinnis blieb gelassen. »Nun, wir Briten sagen: *no risk, no fun!*«

Eine der Kulturdamen schüttelte im Fortgehen den Kopf. So viel Aufwand um ein rostiges Flugzeug erschloss sich ihr nicht.

Joe mochte es, diesen ausgeglichenen, gutgelaunten und jovialen MacGinnis zu betrachten: Es schien so, als halte der Alte durchaus noch ein paar Überraschungen bereit. Er lächelte, als sein Chef einen Scherz machte, der den offiziellen Teil der Pressekonferenz beendete.

Danach verteilte MacGinnis auf Hochglanzpapier gedruckte Imagebroschüren des Museums, in dem schon mehrere andere Bomber und Jagdflugzeuge ausgestellt wurden, die man aufwendig aus Seen, Mooren und Meeren gerettet hatte, und teilte einen Zeitungsartikel über die Bergung des Wellington-Bombers aus, den man aus den Tiefen des Loch Ness geholt hatte.

Die Reporter mochten immer einen »persönlichen Touch« selbst in die langweiligsten Sachartikel bringen. Nachrichten sind keine Nachrichten mehr, wenn die Menschen dahinter nicht sichtbar werden. Einige Reporter folgten MacGinnis, als der sich erhoben hatte und schon zur Tür schritt.

»Wie gefällt Ihnen unsere schöne Eifel?«, fragte ihn eine junge Journalistin. Sie fuhr sich immer wieder nervös durch die Haare, wollte offenbar alles richtig machen.

»Na ja, sie swängt mir etwas zu oft.« Sollte heißen: Sie schwankt.

»Können Sie sich vorstellen, hier mit Ihrer Gattin die Ferien zu verbringen?«

Joe horchte auf. Diese Journalisten und ihre Klischeefragen! Vor knapp zwei Jahren hatte MacGinnis seine Frau durch einen Autounfall verloren. Er ließ sich das zwar nicht anmerken, doch Joe war überzeugt, dass der alte Griesgram furchtbar litt und sehr um sie trauerte. Noch immer trug er den Ehering am Finger. Um seine Augen lag ein müder Zug, wenn er von ihr sprach.

Doch MacGinnis blieb cool, ganz Profi. »Ich bin mir sicher«, sagte er ohne ein Wanken in der Stimme, »dass Frau MacGinnis bald hier mit mir einen ... wie sagt man ... paradiesischen Urlaub verbringen wird.«

Gerd Schmidtdresdner hätte am liebsten den Fernseher eingetreten, dabei war niemand schuld daran, dass ihm diese blöden Engländer zuvorkamen, niemand außer seiner Gruppe und ihm.

Chancen hatten sie wahrhaft genug gehabt, nur genutzt hatten sie die nicht. Einer seiner Leute war sogar bei der Suche umgekommen – vermutlich durch die Hand der Konkurrenten. Um Archy war es nicht schade, er war ein Idiot gewesen und hätte die Polizei fast auf ihre Spur geführt. Dann diese ominösen anderen Taucher, einen hatte man verletzt, vermutlich sogar getötet, das konnte Ärger mit der Polizei geben.

Das untersuchte Wrack hatte sich ebenfalls als Enttäuschung entpuppt. Endlich gefunden – und dann gab es in dem Flugzeug kein Gold.

Allerdings: Im Fernsehen sprachen die Engländer immer von einem Bomber. Das Flugzeug, das sie durchsucht hatten, war kein Bomber gewesen. Aber vielleicht wussten die Engländer auch gar nichts von dem Schatz. Wer so öffentlich herumerzählt, dass er ein Flugzeug im See sucht, der muss damit rechnen, dass er Zuschauer haben wird. So ein Gerede macht den heimlichen Abtransport von Goldbarren nicht einfacher.

Es gab also noch eine Chance – eine letzte Chance!

Wollte er nicht auf seinen bereits beträchtlichen Kosten sitzen bleiben und seinen Tippgeber, der ja selbst einiges zugeschossen hatte, verärgern, musste er schnell handeln. Er stellte sich vor, wie sein Auftraggeber zu Hause vor seinem Bildschirm saß und seine Investitionen ebenfalls schwinden sah.

Gerd Schmidtdresdner überlegte noch einmal: Er hatte auf Bestellung Nazikrempel aus Tümpeln, Flüssen und Seen geborgen und an die Nachfahren von irgendwelchen Bonzen geschickt, die in Südamerika hockten und sich das Zeug voller Stolz an die Wand hängten. Er hatte archäologische Kostbarkeiten heimlich aus Pfahlbaudörfern geholt und sie an den staatlichen Stellen vorbei an private Sammler mit antiquarischem Geschmack vermittelt. Er hatte Schiffswracks betaucht, Segelschiffe und große Metallkolosse, deren Safe geknackt und Goldbarren in Geld verwandelt. Kurz: Eigentlich gelang ihm immer alles, was er anfasste.

Und nun sollten ihm ein paar englische Dorftrottel den größten Fund seines Lebens wegschnappen? Das kam nicht in Frage.

Andererseits bedeutete eine öffentliche Ankündigung der Bergung dieses verdammten Flugzeugwracks auch, dass diese Newcomer sich mit den Behörden arrangiert hatten, dass alles rechtens war, was sie taten, dass sich eventuell sogar Polizeibeamte vor Ort befanden, um die Bergung zu sichern und ihre Ausführung zu überwachen.

Schmidtdresdner nahm sich das Telefon und machte ein paar hektische Anrufe. Olav Bernick war in seiner Mannschaft sicher der verwegenste und – ja! – auch skrupelloseste Taucher. Jemand, dem er vertraute, dem er aber auch zutraute, dass er das ein oder andere für ihn erledigte, mit dem er sich selbst die Hände nicht schmutzig machen wollte.

Bernick verstand sofort, wovon Schmidtdresdner redete. Mehr noch: Ihm war die Begeisterung deutlich anzuhören – Begeisterung und Wut, denn auch Bernick empfand die Briten als Störenfriede, die sich aneignen wollten, was ihm und seinem Team gehörte. Es verstand sich auch ohne große Worte, dass man an das Flugzeug, wenn es erst einmal geborgen am Seeufer stand, so einfach nicht mehr herankommen würde.

Als beste Lösung bot sich nach wie vor ein Tauchgang an. Besonders jetzt, da der See wegen der Vulkanhysterie gesperrt war: Die Vernünftigen gingen dort nicht mehr spazieren, und die Unvernünftigen, die Sensationssucher, wurden von der Polizei kontrolliert. Baden war verboten, Bootsfahren untersagt, Tauchen erst recht ein *no go*.

»Wir sollten möglichst frühzeitig mit dabei sein«, erklärte Schmidtdresdner. Er hörte Bernicks Antwort aufmerksam zu und nickte dann: »In Ordnung, so erledigen wir den Job!«

Die Engländer würden Augen machen!

Nun zeigte sich, welche Simulationen der Nordengländer die ganze Zeit über programmiert hatte. Mit einem Beamer warf er ein hellblaues, wolkiges Rechteck auf eine Leinwand.

Der Nordengländer griff sich einen Laserpointer vom Tisch und klickte mit der Maus das Icon »Simulation starten« an. Auf dem Schirm erschien eine topographische Karte des Laacher Sees und seiner Umgebung. Ein X markierte die Stelle, an der sich das Wrack der Halifax befand.

»Ich habe nicht ausgerechnet, was geschieht, wenn wir die Bombe bergen und einfach nur unschädlich machen.« Er lachte humorlos. »Dann passiert nichts.«

Das Bild blieb, wie es war, nur das X verblasste allmählich, bis es völlig verschwunden war.

»Nun geht es darum, was geschieht, wenn nicht alles nach Plan läuft. Vom See ausgehend werdet ihr jeweils einen roten Fleck sehen, der stellt das Gebiet dar, das dann von der Infektion betroffen sein wird – also die Region, in der alles Leben ausgelöscht werden wird.«

Er klickte die nächste Simulation an – wieder das gleiche Ausgangsbild: der See und das Kreuz, dieses Mal am Ufer.

»Hier haben wir die erste Option: Das Flugzeug wird geborgen und etwas geht schief. Da wird nur der Kraterkessel betroffen sein. Dann gibt es rund fünfhundert tote Biokühe und, wenn die Witterung günstig ist, einen Todeskreis um den See mit einem Durchmesser von etwa zehn Meilen.«

Der Kessel des Laacher Sees wurde tiefrot, das Umland rosa. Offenbar würden nach den Berechnungen des Nordengländers die Berge des Kraterwalls die Verbreitung des Erregers aufhalten, zumindest so lange, bis Gegenmaßnahmen getroffen werden konnten. Er zog, wie um das zu unterstreichen, mit dem Lichtpunkt des Laserpointers einen Kreis um die Caldera.

»Nun zur zweiten Option: Die Bombe verbleibt im See. Dann bleibt alles beim Alten, es sei denn, die Bombe korrodiert, und ein Geysir erfasst die Erreger.«

Das müsste doch ähnlich glimpflich ablaufen wie bei der missglückten Bergung, fuhr es Joe durch den Kopf.

Der Nordengländer schien seine Gedanken zu lesen. »Ein Geysir trägt die Erreger in die Luft, von wo aus sie im Wind weiterverteilt werden können. Schlimmer noch wären ein Geysir und ein Sturm mit Böen. Der Wind könnte die Erreger in hohe Schichten der Atmosphäre tragen, von wo aus sie sich theoretisch weltweit verbreiten können. Aber das ist ein worst-case-Szenario.«

Er klickte eine neue Simulation an, und wie in einem Zeichentrickfilm breitete sich der rote Fleck ungebremst aus.

»Hier bin ich ausgegangen von einem 300 Fuß hohen Geysir«, erklärte der Nordengländer, »also in etwa wie die Fontäne von Andernach. Er trägt die Erreger, kombiniert mit einem leichten Wind aus Westen.« Er deutete auf die Karte auf dem Bildschirm, auf der sich ein roter Fleck ruckartig vom Laacher See immer weiter nach Osten zog, sich dann dreiteilte und entlang des Rheins und seiner wichtigsten Nebenflüsse nach oben, rechts und unten weiter verbreitete. »Gelangen die Erreger auf Schiffe, sind sie innerhalb von zwei bis fünf Tagen überall von Rotterdam bis Basel. In dieser Zeit vermehren sich die Erreger, teilen sich. Ich rechne damit, dass Deutschland, Ostfrankreich, Belgien und die Niederlande innerhalb von zwei Wochen komplett entvölkert wären, mit leichterem Befall in den Randgebieten, etwa Süddänemark, Westfrankreich oder Norditalien.« Der Nordengländer verfolgte die Ausbreitung des mutierten Milzbrandbazillus mit dem Laserpointer, zog schließlich mit dem Lichtpunkt einen Kreis von rund tausend Kilometern um den See.

»Wir haben noch eine dritte Option«, berichtete er dann weiter und startete den nächsten Film. »Der Geysir bricht aus, die Erreger befinden sich in der heißen Wassersäule, und ein Orkan fegt über den See. Kann tatsächlich passieren. Es reicht vielleicht schon ein einfaches Gewitter – wir haben dann dasselbe Szenario wie zuvor, allerdings im Zeitraffer.« Er klickte ein neues Ikon an, die todbringende rote Fläche verteilte sich schneller und breiter auf der Landkarte. »Vermutlich könnten dann noch am gleichen Abend Koblenz, Wiesbaden und Frankfurt entvölkert sein – je nach dem, mit welcher Geschwindigkeit die Unwetterfront voranrückt.«

MacGinnis seufzte und rutschte auf seinem Stuhl hin und her.

»Wir haben also nur die Möglichkeit«, fuhr der Nordengländer unbeirrt fort, »die Bombe auf jeden Fall zu heben und zu neutralisieren. Abwarten wäre in der gegenwärtigen Lage zu riskant. Bei der Bergung kann ebenfalls einiges schiefgehen. Aber wenn wir nichts tun, stehen wir vor der Alternative Pech oder Schwefel, anders ausgedrückt: halb oder ganz Europa.«

»Also nur Schwefel«, fasste MacGinnis zusammen. »Ganz gleich, was wir tun – entweder wir bergen die Bombe, oder es kommt zu einer Katastrophe.«

Der Nordengländer nickte. »Ich habe noch eine letzte Simulation«, sagte er dann. Von dem Kreuz im See ausgehend wurde zuerst Deutschland, dann Europa, schließlich die ganze Welt von Rot überzogen. »Das würde geschehen«, erklärte er dazu, »wenn der Vulkan ausbricht und sich die Erreger in der Aschewolke ausbreiten. Diese Eruptionssäule, die mit Überschallgeschwindigkeit Asche und Felsbrocken in den Himmel bläst, reicht bis in 40 Kilometer Höhe und würde binnen zweier Tage im Jetstream die gesamte Welt umrunden. Das«, er hielt inne, offenbar zum ersten Mal bestürzt über das, was dann geschehen würde, »das wäre definitiv das Ende der Menschheit.«

»Also, meine Herren«, meinte MacGinnis und klatschte in die Hände, »wir sollten doch dafür sorgen, dass die Bomben aus dem See geholt werden.«

Nachdem die Metallhülle der Handly Page Halifax endlich aufgespürt worden war, mussten sofort alle Vorbereitungen zu der Bergung des brisanten Wracks anlaufen. Lastwagen, die die Einzelteile eines besonderen Lastkrans mit sich führten, LKWs, die Wohncontainer und die großen Gegenlasten aus Beton für den Kran herankarrten, Kisten mit Tauch- und Bergemitteln.

Alles war für den Tag der Bergung vorbereitet: Am Ufer stand nun hoch und fest auf einem mit Betonplatten ausgelegten Areal der Hebekran, daneben lag das Gerüst, das den Flugzeugkörper fassen sollte, in Einzelteilen auf der Wiese. Draußen auf dem See schaukelte die Boje, die den Liegeplatz des Wracks der Halifax markierten.

Joe war mit dem Motorboot vor den beiden Anlegestegen schon fast an der Stelle, um weitere Bojen an den Flügelspitzen zu setzen. Die wichtigsten Bergemittel wie Tauchgeräte, *buoyancy bags* und Pressluftbehälter befanden sich in einem Container auf dem Parkplatz vor dem Kloster Maria Laach.

Alles schien perfekt zu funktionieren. Trotzdem blieben die Mitglieder des Teams immer wieder stehen und sahen missmutig und skeptisch zum Himmel hoch. Dort ballten sich schwarze Wolken.

Die Luft war schwül und drückend.

Gaffer umringten das abgesperrte Areal auf der Wiese am Seeufer, von dem aus die Bergung des Bombers erfolgen sollte. Olav Bernick hielt sich in der zweiten Reihe, er durfte nicht auffallen. Noch beobachtete er, sondierte die Lage, das Kleiderbündel fest in die Hände gepresst. Dann ging er zielstrebig auf den Bergekran zu.

Im Trubel dieser Baustelle fiel er nicht weiter auf – es waren ja überall Menschen beschäftigt, liefen durcheinander, verständigten sich schreiend über große Entfernungen, sprachen in Walkie-Talkies. Sicherlich gab es niemand unter diesen englischen Flugzeugfanatikern, der jetzt noch jeden der Gruppe kannte. Jedenfalls war es ihm recht einfach gelungen, sich einzuschleusen – ein Zufall war ihm zur Hilfe gekommen.

Er trug einen Blaumann wie die anderen Arbeiter, und er war telefonisch von MacGinnis, dem Leiter der englischen Truppe, angeheuert worden. Aber er war natürlich kein gewöhnlicher Monteur – er war Schatztaucher und gehörte zu Schmidtdresdners Team. Wie die anderen Techniker stand er vor dem Kran.

Vielleicht genügte es, eine Schraube nicht ganz so eng

anzuziehen, wie es eigentlich erforderlich wäre, damit das Flugzeug zurück in den See glitt, wo dann das Schatztaucherteam schnell und unbehelligt im seichten Wasser die Goldbarren abtransportieren könnte.

Olav Bernick stand jetzt oben auf dem Kran, alles drehte sich leicht vor seinen Augen. Er hielt eine Hand um den Kranarm gekrallt, mit der anderen umklammerte er den elektrischen Schraubendreher. Der bewegte die Schraube keinen Millimeter weit.

Hier mit der Säge zu hantieren wäre viel zu auffällig und viel zu anstrengend. Die dicke Stahltrosse bekam er nie durch. Also etwas anderes. Man musste den ganzen Vorgang ja nur aufhalten. Eine Verschnaufpause. Um zwischenzeitlich ans Wrack zu gelangen. Die konnten ja keine Wachen auf dem Seeboden aufstellen.

Gerd Schmidtdresdner hatte ihn hierher geschickt: Es würde einfach sein, hatte er gemeint, er würde nicht auffallen, und das hatte sich als richtig herausgestellt. Der Wirbel, der hier herrschte, war unüberschaubar; natürlich hatte er einen Ausweis vorgezeigt. Aber Techniker, die nur Gerüste montieren sollen, überprüft man nicht so genau.

Bernick stemmte sich gegen das Gewinde, bis der Bolzen locker schien. Er musste ja nur im entscheidenden Moment versagen, um das Wrack zurück in den See zu schicken.

»Sie da oben«, rief MacGinnis.

Er sah hinab und hob grüßend die Hand.

»Klappt das alles da oben?«

»Ja«, brüllte er zurück.

MacGinnis lächelte und schritt langsam weiter.

Unvermittelt verfinsterte sich der Horizont, es wurde düster. Dunkle Wolkenballen zogen auf und türmten sich immer höher am Himmel. Die schwarze Mauer rollte bedrohlich näher, einzelne Stellen hellten sich durch Blitze fahl auf. Es krachte und donnerte. Der Wind fuhr in die Bäume.

Das Wasser wurde unruhig, Schaumstreifen liefen quer über den See, als der Wind heftiger und die Wellen höher wurden, trugen sie weiße Kämme. Schließlich warfen die rasenden Wogen Schaumkronen, verwandelten sich in richtige Brecher, die ans Ufer tosten.

Die wenigen Expeditionsboote, die noch auf dem See fuhren, tanzten auf und ab wie Papierschiffchen, näherten sich mühsam dem Ufer. Joe kämpfte sich mit seinem Boot zum Schiffssteg zurück, die starken Böen brachte es gefährlich ins Schwanken. Das Boot tauchte mit einem lauten und ruckartigen Platschen tief in die Wellentäler. Schließlich erreichte er den Seerand. Joe sprang auf den Steg, vertäute das Boot und lief zum Kran, um mitzuhelfen.

Andrew Neal und der Nordengländer spannten eine große schwarze Plastikplane über die Motoren des Krans, sie knatterte und beulte sich aus wie das Hauptsegel eines Windjammers im Orkan. Mit Metallpflöcken fixierten sie die Plane am Boden.

»Geschafft!«, brüllte Neal heiser.

Der Regen fiel heftiger. Die schweren Tropfen schlugen auf den Boden wie Garben aus einem Maschinengewehr; sie trommelten auf das Gehäuse des Krans, auf die Plastikplane, auf den feuchten Boden. Das Getrommel war so laut, dass man nun gegen den Wind und gegen das Dauerfeuer des Regens anschreien musste.

Joe kam hinzu, das Wasser schoss in Kaskaden von seiner Ölhaut herunter. Bei jedem Schritt gab der Grund nach, so durchnässt war er.

Der Kran knirschte, wenn ihn die Windböen erfassten, die Gerüste, die später den Flugzeugrumpf aufnehmen sollten, ächzten. Männer zogen hastig ihre Regencapes über.

»Es hat keinen Zweck«, schrie MacGinnis gegen den Regen an, der ihm fast waagrecht ins Gesicht peitschte, »wir brechen ab!«

Sie flohen in die Schutzhütte. Auch Olav Bernick eilte zu dem Container, um sich unterzustellen.

»Keine Angst!«, rief der Nordengländer und versuchte das Brausen des Sturmes zu übertönen. »Ich habe das simuliert!«

Joe sah ihn fassungslos an.

»Ich meine«, brüllte der Engländer, »wenn jetzt etwas schiefgeht, müssen wir nicht lange leiden!«

Bernick fragte sich, ob die Briten aus Zucker waren. Das bisschen Regen konnte ihnen doch nun wirklich nichts ausmachen.

Die Wiese dampfte, als die Sonne endlich zwischen den Wolken hervorbrach und die Feuchtigkeit verdunsten ließ.

Joe und Neal sprangen aus dem Wohnwagen, in dem sie sich untergestellt hatten, und liefen über das Gras zum Kran. Es galt, nun schnell das gesamte System zu überprüfen, damit die Bergung reibungslos über die Bühne gehen konnte. Hektische Betriebsamkeit breitete sich über die Uferwiese aus, Menschen liefen umher, Maschinen dröhnten. Dazwischen die massige Statur von MacGinnis, der seine Augen überall zu haben schien. Mit leicht angedeuteten Handbewegungen und den üblichen knappen Anweisungen war er der Fels in der Brandung, der mit grimmigem Blick dirigierte und Anweisungen gab.

Olav Bernick schaute sich wachsam um, betrachtete den hoch aufragenden, knallgelben Pneukran, eine Stahlgiraffe, die sich auf eine Metallplattform kniete. Er überwand erneut seine Höhenangst und kraxelte unbeholfen zum zweiten Mal den Kranarm hoch. Seine Knie flatterten, er fühlte, wie das Adrenalin durch seine Adern schoss und ihn aufputschte. Die Wiese wirkte ganz weit weg. Er atmete schnell. Es musste einfach klappen! Er begann an der Drehtrommel zu arbeiten, die sich an der Spitze des Kranarms befand und über die die Stahltrosse laufen sollte, die dann auf die Winde spulte.

Bernick schwitzte. Die bereits wieder drückende Hitze machte ihm zu schaffen. Aber das war ja nicht alles: Er wollte bei seiner Sabotage nicht ertappt werden. Ihm war wohl bewusst, dass er dafür in den Knast wandern konnte.

Er klammerte sich an die Metallstreben des Kranarms und stützte sich mit seinem ganzen Gewicht auf das Werkzeug, das er an der Mutter verkeilt hatte. Er musste zu Ende bringen, was er vor dem plötzlichen Regenguss in Angriff genommen hatte. Die Mutter hielt. Er drückte fester. Schweiß lief ihm von der Stirn in die Augen. Er sog tief die Luft in seine Lungen, presste die Zähne zusammen, setzte nun all seine Kraft ein. Schweiß und Staub machten seine Handflächen glitschig, fast entglitt ihm das Werkzeug.

Er biss sich auf die Unterlippe, stemmte mit ganzer Kraft. Das verdammte Ding wollte einfach nicht ... Jetzt! Er spürte einen Ruck. Hatte sich die Mutter von der Schraube gelockert? Ein neuerlicher Versuch – ja, die Mutter gab nach. Unendlich langsam drehte sie sich, widerwillig, aber sie drehte sich. Er durfte sie nicht zu weit lösen, sonst bestand die Gefahr, dass es noch jemand bemerkte.

Aber sie drehte sich! Er hatte es geschafft: Die Mutter saß locker. Endlich! Gut so!

»Ich will, dass Sie alles noch einmal überprüfen«, rief MacGinnis.

Der dicke Mann mit dem wilden Vollbart, der Chef der Truppe, blickte jetzt scharf und durchdringend zu ihm hoch. Der Typ hatte ihn schon vor dem Sturzregen ausgiebig beobachtet. Hatte er etwa Verdacht geschöpft?

Hinter dem griesgrämigen Mann stand ein Zwei-Meter-Kerl mit schlohweißem Haar, er besprach etwas mit dem Typ, der – nach seiner Statur zu schließen – wohl der Taucher gewesen war, auf den sie im See geschossen hatten. Also lebte der Kerl. Gut! Der Schatzsucher musste sich jetzt auf den Kran konzentrieren.

Olav Bernick lockerte die Schraube an dem Kranarm mit einem letzten kräftigen Stoß ein winziges Stück weiter, aber nicht weit genug, dass sie abstand und so auffiel. Aber jetzt nichts wie weg!, dachte er erlöst. Er probierte es noch einmal: Die Schraube ließ sich etwas drehen, aber nicht weit genug, dass sie wirklich ihren Halt verlor. Sie rastete nach wenigen Millimetern wieder ein und steckte so starr und fest in der Mutter wie zuvor. Mist!

Plötzlich, in einer blitzartigen Eingebung, begriff er, das Werkzeug saß noch an der Mutter: Hier handelte es sich um einen hochmodernen Pneukran – ein hochkomplexes, vielfach verschweißtes, vernutetes und abgesichertes Instrument. Allein die Tatsache, schoss es ihm durch den Kopf, dass er diese Mutter hatte lösen können, zeigte schon, dass sie für die Gesamtstatik nebensächlich und erlässlich war. Ich bin ein Idiot!, dachte er und wischte sich den Schweiß aus der Stirn, wie konnte ich nur so blöd sein! Ich gehe hier ein großes Risiko ein für einen solchen Blödsinn! Dann fiel ihm das Schlepptau ins Auge, ein aus vielen Strängen gezwirbeltes Stahlseil, und er griff mit der Hand an die Seitentasche seines Monteuranzugs, in dem er das scharfe Tauchermesser erfühlte – stark genug, um Korallen aufzubrechen und Haihaut aufzuschlitzen. Und er lächelte.

Dann zog er sein SEK-Messer aus der Scheide.

Er warf einen letzten Blick auf sein Werk, bevor er wieder auf das Metallpodest kletterte, auf das der Kran montiert war. Er hatte es also tatsächlich geschafft, das Stahlseil anzuschneiden. Er hatte keine Ahnung, ob das die Bergung zu verhindern vermochte. Doch zumindest war es einen Versuch wert. Er erwachte aus seinem Adrenalinrausch, genoss die Endorphine, die nun durch seinen Körper jagten. Jetzt nahm er die Hektik wieder wahr, die überall auf dem Platz herrschte, hörte die kurzen Befehle, das Kreischen von Sägen und das Klopfen von Hämmern, sah diese verdammten Engländer am Seeufer stolzieren, als gehöre das Gewässer ihnen.

Er sprang vom Podest auf den Boden und blickte zufrieden auf sein Werk. Dann schlich er sich davon. Niemand bemerkte ihn, alle waren zu sehr damit beschäftigt, den nächsten Tag vorzubereiten.

Andrew Neal wartete, zum letzten Mal, wie er hoffte, seinen Sonar-Fisch. Joe Hutter brütete über den Skizzen des Wracks. Der Nordengländer stand auf dem Bootslandesteg und überprüfte das Schlauchboot, mit dem Joe auf den See fahren würde, um die Gerüste für das Wrack zu versenken und dann die Stahltrossen daran zu befestigen.

Joe blickte auf den See, dessen Wasser grau vor ihm lag, mit einzelnen bernsteinfarbenen Tupfern aus Sonnenlicht. Dort draußen, Richtung Seemitte, lag fast starr die Hauptboje, die den Flugzeugruheplatz anzeigte, darum verteilt die vier kleineren Schwimmkörper, welche die beiden Flügelspitzen, das Schwanz- und das Kopfende der Halifax markierten. In Richtung des Waldrandes montierten mehrere Arbeiter die letzten Streben an das stumpfe Stahlskelett, das die Reste des Wracks im See umschließen sollte, stellten andere die Betonpflöcke für die Bühne auf, auf der die Halifax zum Liegen kommen sollte. Nur wenige Handgriffe fehlten, und alles würde bereitstehen.

Joe empfand keine Aufgeregtheit. Er fühlte sich, als stünde er unter dem Einfluss von Beruhigungsmitteln. Er spürte, dass er völlig ausgelaugt und erschöpft war. So verhielt es sich jedes Mal, bei jedem Auftrag: Der nahe Erfolg machte ihn müde. Nur noch einen Tag, dann war es erledigt! Wenn alles klappte, war morgen die Gefahr vorüber, der Drachen erschlagen, das Bakterium vernichtet.

Joe betrachtete den Kran, über dem die jetzt schon niedrige Sonne im Westen stand.

MacGinnis klatschte in die Hände, die Wangen leicht gerötet vor Aufregung. »Morgen, meine Herren, beginnen wir damit, das Wrack aus dem See zu heben!«, rief er atemlos. Es war ein seltener Anblick, MacGinnis so froh und zufrieden zu sehen. An diesem Tag strahlte er vor bester Laune.

Bernick zwinkerte Gerd Schmidtdresdner zu, als er an ihm vorüberging, um zu bedeuten, dass alles zu seiner vollsten Zufriedenheit erledigt worden war.

Schmidtdresdner lächelte, als er das Treiben am Ufer betrachtete.

Morgen war der entscheidende Tag

Vor wenigen Tagen hatte er zugesehen, wie ein kleiner Junge auf dem Parkplatz vor dem Kloster eine Ameisenstraße entdeckt hatte. Zuerst betrachtete er die kleinen Insekten aufmerksam, wie sie Nadeln und Sandkörner schleppten. Seine Zunge leckte aufgeregt über die Lippen. Dann hüpfte der Bursche auf einem Bein die Straße entlang, vor Vergnügen quietschend, und zermatschte mit jedem Schritt mehrere der eifrigen Insekten. Es stimmte: *Wenn Ihr nicht werdet wie die Kinder...*

Er öffnete die Kladde und nahm den Federhalter in die rechte Hand. Vor ihm lag, aufgeklappt, das heilige Buch.

Welchen Gewinn hat der Mensch von all seiner Mühe? Eine Generation vergeht, die nächste kommt; die Erde aber bleibt ewig. Die Sonne geht auf und geht unter und läuft zurück zum Ausgangspunkt, und dort geht sie wieder auf. Der Wind weht nach Süden und kommt nach Norden und wieder zurück an den Ort, an dem er anfing. Alle Wasser fließen ins Meer, doch wird das Meer nicht voller; an den Ort, von dem sie herfließen, fließen sie wieder hin. Das Auge sieht sich niemals satt, und das Ohr hört sich niemals satt. Was ist eben geschehen? Dasselbe, das wieder geschehen wird. Was habe ich getan? Was ich immer wieder tun werde; denn es geschieht nichts Neues unter der Sonne. Geschieht denn etwas, wovon man sagen könnte: Siehe, es ist neu? Es ist zuvor auch geschehen in den langen Zeiten, die vor uns gewesen sind.

Er betrachtete zufrieden die Seiten. Das war unvergängliche Weisheit, vor über zweieinhalb Jahrtausenden aufgeschrieben und immer noch gültig. Und doch sollte nun das Ende der Zeiten kommen. In aller Bescheidenheit diente er als der Prophet des Untergangs.

Er blätterte um, setzte den Füllfederhalter erneut an und schrieb in seinen schönsten, präzisesten Buchstaben: *Ich sah mir alles an, was unter der Sonne geschieht; und siehe, es war alles eitel und nichtig, ein Haschen nach dem Winde. Denn alles Fleisch ist wie Gras und alle Herrlichkeit des Menschen ist wie die Blumen der Wiese, das Gras verdorrt, die Blume fällt ab.*

Er sah aus dem Fenster auf den See, in dem sich die Sonne spiegelte. Er seufzte. Es musste sein: *Ich werde eine neue Erde schaffen, ich befreie sie von ihrer Last. Der erste Himmel und die erste Erde verging, und das Meer ist nicht mehr. Und abgewischt werden sein alle Tränen von den Augen, und der Tod wird nicht mehr sein, und weder Leid noch Geschrei noch Schmerz wird noch sein; denn das Erste ist vergangen. Siehe, ich mache alles neu!*

Er blickte auf. Dann schrieb er die letzte Zeile und unterstrich sie mehrmals: *Das Alte ist vergangen, siehe, es ist alles neu geworden.*

Er klappte das Tagebuch zu und legte es in die Schublade. Es war endgültig an der Zeit, die Welt zu erlösen. Er stand auf, erfasste mit einem Blick das Ufer, den Kran und die Taucher. Er lächelte.

Es wird ein Tag sein, an dem die Menschen zerstreut werden wie die Motten und die Berge zerfasert wie Wolle. Und all jene, deren Taten auf der Waage nach oben steigen, sie werden den Abgrund als Wohnstatt haben.

Dunkel und Finsternis, sie werden die gesamte Welt umhüllen. Die Wasser werden sich in feurige Kohle verwandeln, alles wird brennen. Selbst das Meer wird zu Feuer werden. Ein bitteres, niemals verlöschendes Feuer wird unter dem Himmel fließen als Zeichen des Zorns des Gerichtes.
Dann wird kein Übel mehr sein, noch Lügen.
Der richtige Moment würde bald kommen. Das spürte er.
Nein, das wusste er.

Sie fuhren in einem kleinen Boot mit Außenbordmotor zu der Stelle. Grünes Wasser, mit weißen, wirbelnden Schaumkronen besetzt, gurgelte die Bordwand entlang. Joe Hutter und Andrew Neal trugen Taucheranzüge, der schweigsame Nordengländer steuerte und sollte dann, wenn Hutter und Neal im See waren, immer wieder zum Landungssteg pendeln, um neue *buoyancy bags* aufzuladen und zum Wrack zu bringen.

Die Stützgerüste glichen großen Haifischschutzkäfigen aus alten Jacques-Cousteau-Filmen, die, an Halteseilen befestigt, mit einem anderen Boot von einigen Ingenieuren auf den See hinaus zur Unglücksstelle geschleppt wurden.

Neal und Joe tauchten zu dem Lageort des Wracks. Dort, in rund dreißig Metern Tiefe, hatten sie auf dem Seeboden bereits einen Ring aus Unterwasserscheinwerfern aufgestellt, die die gesamte Szene in ein seltsames Zwielicht setzten, mit Schatten, die wirr hin und her flatterten.

Die Gerüste wurden an Stahltrossen in den See hinabgelassen. Auf halber Höhe befestigte Joe mehrere Hebeballons an den vorgesehenen Ösen, die er mit Druckluft füllte, bis das Gleichgewicht ausgewogen und die schweren unhandlichen Gestelle einfach zu bugsieren waren.

Er zog mit Neal gemeinsam weitere Stahltrossen unter die Flügelenden der Halifax und flutete die daran befestigten *buoyancy bags* mit Druckluft. Ganz langsam hoben sich die

Stahlflügel leicht empor, aber immerhin so weit, dass beide mit vereinten Kräften das Hebegestell unter die Flügel wuchten konnten.

Jetzt war ihr Part erledigt, nun mussten die Experten an die Arbeit, erfahrene Monteure.

Sie arbeiteten im Bodenschlamm, jede falsche Bewegung wühlte Schwebeteilchen auf und hüllte sie in eine finstere Wolke, die sich nur langsam wieder legte.

Nun brachten sie die großen *bouyancy bags* unter den Flügeln an, Ballons, die ein Kompressor ganz langsam mit Luft aufblies – vierzehn Ballons, in sieben Schritten, jeder Schritt dauerte 45 Minuten. Das Warten und Abwarten zerrte an den Nerven.

Das Wrack sollte erst langsam vom Boden angehoben werden, bis es wenige Fuß über dem Grund schwebte.

»Alles okay da unten?«

»Ja«, quäkte es aus der Leitung zurück. Der Techniker hob den Daumen nach oben. Alle starrten gebannt auf den Monitor.

Die Taucher stülpten den kreuzförmigen Rahmen über die Flügel, schoben ihn unter den Rumpf, der kaum dreißig Zentimeter über dem Schlammboden schwebte. Dann schlangen sie dicke Stahltrossen um den Rumpf und befestigten noch dickere Trossen an festen Haken, die in das Aluminiumgerüst eingelassen waren. Dann legten sie weitere Ballons für den Auftrieb unter das Flugzeug und befestigten sie an Ösen im Gerüst. Wieder wurde quälend langsam Luft hineingepumpt, aber plötzlich, wie von Zauberhand gezogen, rüttelte sich das Flugzeug leicht und schwebte dann gemächlich nach oben.

Zuerst tauchte eine Flügelspitze auf, sie schnitt wie die Rückenflosse eines Metallhais durch die Seeoberfläche, schließlich glitt der ganze Bomber aus der Tiefe über die Wasserlinie.

Dann wurde die Konstruktion, die nun einem Floß aus Jules Vernes Romanen glich, ganz langsam zum Ufer geschleppt, ins flache Wasser.

Oben wurden Trossen an dem Rahmen befestigt. Sie sollten zusätzlichen Halt garantieren. Der Kran stand am Ufer auf einem frisch zementierten Fundament, und direkt vor ihm schaukelte eine große Lastbarke, die das Flugzeug fürs erste aufnehmen sollte.

3

Sie begannen früh am Morgen, als noch Dunst über dem See und der ganze Kraterkreis noch im Schatten lag. Die Sonne stand unterhalb der Berge, erst in einer Stunde würde sie bis über den Rand der leichten Anhöhe gewandert sein, die den Laacher See umrundete. Dann sollten ihr Licht und ihre Wärme das Ufer erreichen. Die klare Luft schmeckte kalt und frisch.

Vögel zwitscherten vom Wald herüber, die ersten Insekten summten über die Wiese. Von dem Biohof am Ufer trug der Wind das Muhen der Kühe herüber.

Joe glaubte, weitere Zeichen der andauernden Anspannung bei MacGinnis feststellen zu können. Es überraschte ihn nicht. Unter diesem enormen Druck zu bestehen, erforderte schon ein besonderes Naturell, und MacGinnis hatte bewundernswert durchgehalten. Nun aber wirkten seine Bewegungen fahrig, sein linkes Auge zuckte nervös. Wenn man dem Chef eine Frage stellte, überlegte er seine Antwort eine Sekunde länger als üblich, antwortete in einem langsamen Ton und schien tatsächlich Schwierigkeiten zu haben, sich ganz auf seinen Job zu konzentrieren.

Aber Reginald MacGinnis war ja nicht allein. Sie alle, der Nordengländer, Neal, MacGinnis und er selbst, retteten in diesem Augenblick die Welt, und niemand sonst wusste das und würde es auch je erfahren. Welch surrealer Moment! Die bizarre Vorstellung, dass sie hier wieder verschwinden würden und in die Annalen höchstens als die englischen Luftfahrtnarren eingingen, die sich ein Flugzeug für irgendein Museum aus dem See geangelt hatten, war schon köstlich.

Der Motor begann zu arbeiten.

Joe kniff die Augen zu und blickte empor. Über die Laacher Caldera wölbte sich ein blauer, blankgeputzter Himmel, keine noch so kleine Wolke in Sicht. Der Nordengländer hatte im Internet eine Seite mit einem Wetterradarfilm überprüft, weder eine Kalt- noch eine Warmfront seien im Anmarsch, hatte er dann bestätigt. Kein zweites Mal sollte sie ein Sturm überraschen.

Der Motor tuckerte, die Kabeltrommel begann sich langsam zu drehen und wickelte das stählerne Schleppseil auf, bis es schließlich ganz straff spannte und wie ein Bleistiftstrich kerzengerade vom Ende des Kranarms in das Seewasser zeigte.

Hutter und Neal hatten den großen Haken zuvor in der Öse des Bergegerüsts verankert und die *buoyancy bags*, die das Wrack zur Oberfläche gehievt hatten, entfernt. Nun galt es zu sehen, ob das Seil das Gewicht hielt.

Es ging jetzt alles langsamer – jede Drehung der Trommel schien quälend lange zu dauern, bis letztlich ein Teil des Gerüstes aus dem Wasser lugte.

Joe lächelte glücklich, als die Gerüstkante über den Seespiegel spitzelte, MacGinnis stand vor dem Kran und klatschte zufrieden in die Hände. »Schneller, mach schneller!«, rief er dem Kranführer zu.

Lieber nicht, dachte Joe, bevor uns die Bergung zum Schluss doch noch misslingt!

Die Kabeltrommel ächzte. Schon ragte das gesamte Oberteil des Bergegerüsts über den Wasserspiegel. Wasser lief kaskadenartig herab und schaumte den See auf. Man konnte bereits die Geschützkuppel im Rumpf, die Pilotenkanzel mit den zackig heraustretenden Glassplittern und die Ansätze der Flügel sehen, von denen das Oberflächenmetall wie eine Bananenschale abgepellt war. Aus dem Flügelinneren stürzte zwischen dem Metallgerippe weiteres Wasser heraus. Das war gut so – es verringerte das Gesamtgewicht, das der Kran zu heben hatte. Irgendwo in diesem stählernen Ungetüm, keine zehn Fuß unter dem Wasser, lagen verkeilt die Bomben. Joe Hutter blickte auf die Uhr. Wenn das Tempo so anhielt, sollte das gesamte Wrack in rund einer halben Stunde über Wasser sein und frei in der Luft schaukeln. Eine Drehung des Krans würde es dann auf die Barke oder die am Ufer bereits errichtete Plattform senken. Dann endlich sollte es möglich sein, den Teil mit der Bombe vom Rest der Flugzeugtrümmer loszuschweißen und – endlich! – zu sichern.

Um die Absperrung standen mehrere Dutzend Leute, reckten Handys und Kameras in die Höhe. Was für ein Affentheater!, dachte Joe und rümpfte die Nase. Es würde noch schlimmer werden im Laufe der Aktion, später würden noch die Fernsehteams anrücken, ihre Reporter und ihre Kameras platzieren, um Interviews anfragen. Weil Joe am besten Deutsch sprach, hatte man ihn dieses Mal dazu auserkoren, mit den Medien zu sprechen; eine Aufgabe, die er nur ungern annahm, aber dann doch mit der entsprechenden Professionalität erledigen wollte.

Jetzt rollte ein Ball, ein großer, bunter aufblasbarer Ball hinter ihm über den Rasen, und ein kleiner Junge schlüpfte einfach unter der Sperre durch und lief ihm nach. Joe nickte einem der Polizeibeamten zu, der das Kind freundlich, aber bestimmt wieder auf die Liegewiese zurückbeorderte. Hoffentlich blieb es bei der friedlichen Atmosphäre. Hoffentlich erfuhr nie jemand, was sie hier wirklich taten. Der Junge heulte, als er zu seinen Eltern zurückkehrte, die aber regten sich nicht auf. Glück gehabt.

Die Halifax hing einige Zoll über dem See.

Erst drückten unzählige dünne Wasserstrahlen aus dem

Blechleib heraus. Sie rauschten plätschernd in den See, eine moderne Skulptur.

Joe schrie, um in dem Tosen überhaupt noch gehört zu werden. In das Rauschen und Brausen mischte sich ein neuer Ton, eine Art Scharren, metallisch. Als stöhnte der Kran.

Plötzlich peitschte ein Schuss.

Joe schrie auf, krümmte sich und stürzte zu Boden.

Blut strudelte aus seiner Seite.

Die Haupttrosse riss mit einem sirrenden, fast singenden Geräusch und schlug wie eine gereizte Giftschlange um sich, der Kran gab nach, knarrte und bog sich unterhalb der Mitte zu Seite.

Die Halifax rutschte wieder in den See. Das Wrack trieb am Gestell hinaus, als wolle es wieder in seinem nassen Grab versinken, die Ballone, die es an der Oberfläche halten sollten, rissen ab, und das Flugzeug versank zum zweiten Mal.

Franziska schrie auf und deutete in die Zuschauermenge, die auf der Wiese stand.

»Ich habe diesen Mann gesehen, als ich den Taucher aus dem Laacher See zog, dann als er uns – Joe und mich – am See verfolgte – er hat etwas damit zu tun!« Die Aufregung verlieh ihr Sicherheit. Normalerweise denkt man zweimal nach, bevor man jemanden beschuldigt, er habe auf einen Menschen geschossen.

Sie beugte sich über Joe, der blutend auf der Betonplattform neben dem Kran lag.

»Wie geht es dir?«, flüsterte sie.

»Es schmerzt«, antwortete Joe, »aber ich glaube nicht, dass es schlimm ist. Ich …« Er schloss die Augen.

Franziska schob Joes zerfetztes T-Shirt nach oben. Aus seiner Seite quoll Blut, aber der Schuss konnte ihn nur gestreift haben – es war kein Einschussloch, nur ein roter Schnitt, der sich unterhalb des Nabels quer über die Seite zog.

MacGinnis brüllte in sein Handy. Er verständigte die Polizei. Die anderen Mitglieder des britischen Teams hatten sich sofort geduckt und kauerten noch immer am Boden.

Franziska drehte den Kopf und sah empor: Da baumelte das zerfranste Ende des Zugseils, die einzelnen Stränge spreizten sich wie Spinnenbeine ab. Der Kranarm ragte leicht schräg, in sich verdreht, in Richtung See, an seiner Basis eingeknickt und zur Seite gefaltet wie ein Kartonrohr. Er schaukelte hin und her und erzeugte bei jeder Bewegung ein grässliches Geräusch, ein eigentümliches Brüllen, als Metallteile an Metallteilen rieben.

Aus den Augenwinkeln registrierte Franziska eine Bewegung in der Menge der Zuschauer – der Mann, den sie erkannt hatte, war aufgestanden und eilte nun durch die auf der Wiese liegenden Menschen; MacGinnis schrie ihm zu, er solle stehen bleiben. Der Alte deutete mit dem Arm auf den Mann, der nun immer schneller ging und, als er das Feld mit den Zuschauern verlassen hatte, zu rennen anfing. MacGinnis, das Handy am Ohr, begann ihm nachzulaufen, und vom Parkplatz her kamen drei Polizeibeamte mit gezückter Waffe, die ebenfalls hinterhersprinteten.

In das metallische Gebrüll mischte sich das Martinshorn eines Krankenwagens. Franziska spürte, wie sie beiseitegeschoben wurden. Dann legten zwei Sanitäter Joe auf eine Trage. Einer sprach beruhigend auf ihn ein, der andere fühlte seinen Puls und öffnete einen Metallkoffer mit Notfall-Medizin. Die Sanitäter sprachen untereinander und nickten sich zu, dann drehte einer der beiden sich zu Franziska um und sprach zu ihr. Sie hörte die Worte wie durch eine dicke Schicht aus Watte, alles lief in Zeitlupe ab.

»Es geht ihm gut«, sagte der Mann, »die Wunde ist nicht allzu tief.«

Franziska nickte müde. »Gott sei Dank«, seufzte sie.

Der Sanitäter drückte ihre Hand. »Wollen Sie mitfahren?«

Sie reagierte nicht.

»Heute Abend ist er wieder bei Ihnen«, fügte der Mann hinzu.

»Ich will hier bleiben«, meinte Franziska noch unter Schock, »ich muss doch den Attentäter identifizieren.«

»Wir fahren jetzt«, sagte der Sanitäter, aber Franziska schaute schon auf den Uferweg, wo der Schütze immer noch floh, MacGinnis und die Polizisten ihm dicht auf den Fersen.

Langsam kam Bewegung in die Menge, laute, sorgenvolle Rufe: »Bist du verletzt?« »Wer hat da geschossen?« »Was ist passiert?«

Dann rannte Franziska ebenfalls los. Das war dumm, sie konnte ja doch nichts tun, aber sie lief, lief immer weiter, kam den vor ihr hetzenden Leuten immer näher. Ihre Seite stach, Tränen liefen ihr in die Augen.

Der Schütze bog vom asphaltierten Uferweg ab und lief den Hang hinauf.

Franziska rannte weiter, nun querfeldein, um dem Mann den Weg abzuschneiden. Sie sprang über einen Entwässerungsgraben, dann über einen niedrigen Stacheldrahtzaun. Es zerriss ihr die Hose und ritzte sie in die Haut.

Ein niedrig hängender Zweig schlug ihr in die Seite wie ein Peitschenhieb, als sie mitten durchs Unterholz in den Wald hineinhastete. Über ihr kroch der Mann den Hang empor. Das Laub und die Nadeln am Boden waren noch feucht, der Mann glitt immer wieder aus. Hier, an der Stelle, an der sich Franziska befand, stand das Unterholz so dicht, dass der Regen den Boden nicht erreicht hatte. Sie kam besser voran als der Schütze, unter dessen Füßen das Laub fast völlig weggerutscht war. Er stand auf der feuchten, schwarzen Erde, die seinen Schritten keinen Halt bot.

Keuchend beschleunigte Franziska. Mit letzter Kraft stieg sie bergan, die Landschaft verwischte vor ihren Augen. Inmitten eines impressionistischen Bildes aus verschwommenen Baumstämmen und grünen Klecksen verharrte die Gestalt des Mannes, auch er ein unförmiger Fleck.

Franziska hörte ihr eigenes Schnaufen, als sie – die Augen zusammengepresst – das allerletzte Stück des Hangs hinaufhetzte. Ein Gefühl meldete ihr, sie müsse nun tatsächlich über dem flüchtenden Schützen stehen, und richtig: Als sie die Augen wieder öffnete, befand sie sich kaum einen Meter von ihm entfernt und leicht erhöht ihm gegenüber.

Er sah hinter sich, den Blick fest auf die immer noch angestrengt laufenden Polizisten und MacGinnis gerichtet, der schon weit zurückgefallen war.

Dann ging alles ganz schnell: Franziska streckte die Arme aus und berührte den Mann. Es bedurfte keinerlei Kraft; der Mann blickte sie nur erstaunt an, als sei plötzlich ein Schneemensch oder das Ungeheuer von Loch Ness vor ihm aufgetaucht.

Der kleine Stoß reichte aus, um dem entkräfteten Schützen den Boden unter den Füßen wegzuziehen. Er taumelte, ruderte mit den Armen und stürzte hilflos auf dem Rücken den Hang hinunter, drehte sich mehrmals um die eigene Achse und kam schließlich direkt vor den drei Polizeibeamten zu liegen, die nicht viel mehr tun mussten, als ihn hochzuziehen und ihm die Handschellen anzulegen.

Franziska stieg langsam und vorsichtig zu der Stelle, an der die Polizisten den Mann ergriffen hatten.

»Er hat auf meinen Mann geschossen«, keuchte sie, »ich musste ihn kriegen.«

Gerd Schmidtdresdner saß auf einem Plastikstuhl im Verhörraum der Koblenzer Polizei und rutschte unruhig hin und her. Hätte er diesen blöden Anruf doch nie angenommen!

»Wollen Sie Ihren Anwalt verständigen?«

»Nicht nötig!« Schmidtdresdner zeigte auf sein Handy, das aus der Hemdtasche lugte. »Ist bereits erledigt, er kommt hierher. Wir können aber gern anfangen.« Wenn er sich jetzt kooperativ zeigte, lief die Sache vielleicht besser.

»Wie Sie wollen! Sie heißen?«

»Gerd Schmidtdresdner.«

»Geboren in ...«

»Pirna.«

Der Kommissar nahm als Erstes die Personalien auf. Er war allein im Vernehmungsraum.

Schmidtdresdner besah sich das Verhörzimmer, in das ihn zwei Polizisten geführt hatten: ein langer Tisch, an jeder Seite zwei Plastikstühle, auf dem Tisch, zwischen ihm und dem Beamten, ein Aufnahmegerät. Eine Wand nahm ein großer Spiegel ein. Aus dem Fernsehen wusste Schmidtdresdner, dass dahinter, in einem anderen Raum, vermutlich weitere Beamten der Kriminalpolizei standen und das Verhör verfolgten.

»Sie wissen, warum Sie hier sind?«, fragte der Kommissar.

Schmidtdresdner zuckte mit den Schultern. »Ich habe nicht die leiseste Ahnung.«

»Auf einen Mann der Crew, die das Flugzeugwrack aus dem Laacher See bergen wollte, ist geschossen worden.«

In diesem Augenblick begriff Schmidtdresdner, dass er tatsächlich unschuldig war. Er hatte auf niemanden geschossen. Die Bullen wussten nichts. Er richtete sich auf. Er war in Sicherheit. Also fragte er dreist: »Und was habe ich damit zu tun?«

»Herr Schmidtdresdner«, seufzte der Kommissar. »Wir wissen, dass Sie die havarierte Halifax ebenfalls bergen wollten. Wir kennen sogar den Namen eines Ihrer Teammitglieder.«

Schmidtdresdner zog eine Augenbraue hoch.

»Herr Klaus Archenbald, der offenbar bei einem Lokalisierungsversuch ums Leben gekommen ist.«

Keine Reaktion bei Schmidtdresdner.

»Sie wissen, dass das Tauchen im Laacher See strengstens untersagt ist, es sei denn, man hat eine Sondergenehmigung?« Der Kommissar tat, als blättere er in seinen Unterlagen. »Hm ...«, meinte er dann nachdenklich, »ich sehe keine Sondergenehmigung, die auf Ihren Namen ausgestellt wurde.«

»Ich bin auch nie im See getaucht, Herr Kommissar.«

»Das weiß ich, verdammt.« Der Kommissar schlug unwirsch mit der Faust auf den Tisch. »Weiterhin wissen wir, dass Sie nach dem Wrack gesucht haben, wir wissen, dass Sie hierfür keine Erlaubnis vorliegen haben, wir wissen, dass Sie ein Tauchteam zusammengestellt haben, und wir wissen, dass ein Mann dieses Teams beim Tauchen verunglückt ist. Was ich nun wissen will: Warum haben Sie auf den Engländer geschossen ...«

»Ich habe nicht auf diesen Mann geschossen. So dumm bin ich nicht.«

»Dann sagen Sie mir, worum es hier geht ... Warum sollte jemand auf jemand anderen schießen, der ein Flugzeugwrack für ein Museum aus einem See holt?«

»Sie wissen doch so viel, Herr Kommissar. Beantworten Sie die Frage. Das interessiert mich nämlich auch.« Schmidtdresdner lehnte sich zurück. Erst einmal mussten die ihm nachweisen, dass die Taucher mit ihm zusammenhingen. Und auf eine Verletzung des Tauchverbots konnte höchstens eine Ordnungsstrafe folgen. Kein Grund zur Sorge. Das mit dem Schuss ... er wusste selbst nicht, worum es da ging.

»Sie können mich gern«, sagte er zum Kommissar und breitete die Arme aus, »auf Schmauchspuren untersuchen oder Blutspritzer oder was auch immer Sie wollen. Nehmen Sie meinen Speichel, geben Sie mein Hemd in die Zentrifuge und holen Sie DNS heraus. Sie werden nichts finden!« Er lehnte sich noch weiter zurück, sein Plastikstuhl wippte und knarzte.

»Vielleicht warten Sie doch lieber auf Ihren Anwalt, bevor Sie weitersprechen ...«, schlug der Kommissar vor.

Es klopfte kurz an der Tür. Der Kommissar stand auf, ging mit bedächtigen Schritten hin und öffnete, aber dort stand nicht der Anwalt Schmidtdresdners, sondern der Assistent des Kommissars.

»Er ist unschuldig«, flüsterte er dem Kommissar zu, »zumindest, was den Schuss auf den Engländer angeht: Das war das Zugseil des Krans, das unter der Belastung gerissen ist, durch die Luft peitschte und den Mann streifte. Also ein Unfall, keine Kugel, kein Schuss.«

Der Kommissar nickte, schob seinen Assistenten zur Tür heraus, ging zu seinem Stuhl zurück und ließ sich schnaufend nieder. »Nun«, wiederholte er eine seiner Fragen, »was suchen Sie eigentlich in diesem See?«

Es klopfte erneut an der Tür, und nun kam tatsächlich der Anwalt des Schatztauchers herein.

Schmidtdresdner grinste ihn an. »Ich denke, wir haben hier alles bereits geklärt, oder?« Er sah zu dem Kommissar hin.

Der Kommissar wollte etwas sagen, öffnete schon den Mund, da fiel ihm der Anwalt ins Wort: »Ich habe gerade gehört, dass es sich bei dem angeblichen Schuss, den mein Mandant abgegeben haben soll, nur um einen Unfall handelt.«

Der Kommissar seufzte.

»Also, wenn nicht anderes vorliegt«, der Anwalt setzte einen fragenden Blick auf, »denke ich doch, dass mein Mandant nun gehen kann.«

Schmidtdresdner stand auf und schlug seinem Anwalt, der kaum halb so breit war wie er selbst, jovial ins Kreuz, dass dieser kurz und heftig pustete. Dann waren sie schon draußen auf dem Flur.

4

Plötzlich wimmelte es von Reportern, die jedem im Weg standen. Wo kamen sie nur alle her? Wer hatte sie verständigt?

Joe Hutter, dessen Wunde man rasch versorgt hatte, hätte es definitiv vorgezogen, wenn nicht jeder seiner Schritte, nicht jeder seiner Handgriffe mit der Kamera verfolgt und aufgezeichnet worden wäre. Wenn er, während er eine Kiste Werkzeuge über das feuchte und rutschige Gras schleppte, nicht auf lose herumliegende Kabel und andere Stolperfallen hätte achten müssen.

Andrew Neal kniete hinter einem improvisierten Computertisch. Sein weißes Haupt lugte über den Bildschirm hinaus. Er überprüfte noch einmal am Monitor die mit Echolot und Side-Scan-Sonar gewonnenen Tiefenlinien, um die Bergung optimal sicherzustellen, da fand er sich plötzlich mit einem Kameramann im Rücken wieder, der seine eigentlich streng geheimen Daten abfilmte. Es hätte nicht viel gefehlt, und der Mann wäre im Krankenhaus gelandet. Einzig dem Eingreifen Reginald MacGinnis, der dem Reporter sehr deutlich und fest zu verstehen gab, er befinde sich auf abgesperrtem Gebiet, war es zu verdanken, dass die Situation nicht eskalierte.

Neal arbeitete weiter, vor sich hinschimpfend, mit vor Aufregung rotem Kopf. Der Kameramann hob drohend seine Faust und schimpfte über die Behinderung seiner Arbeit, während er sich zurückzog.

Auf der Wiese lagen Familien, Studenten, Cliquen von Freunden. Sie spielten Federball, warfen Frisbees, grillten Würstchen und Steaks. Aus Radios quoll Hitparadenmusik. Es roch nach Sonnenöl, zerdrücktem Gras und Holzkohlenqualm.

Am Ufer, etwas abseits der lärmenden Sonnenanbeter und neugierigen Gaffer, stand eine Gruppe reiferer Damen jenseits der sechzig mit gespreizten Beinen und weit zum Himmel emporgestreckten Armen, die tief ein *Aom* intonierten und die heilsamen Erdkräfte willkommen hießen.

»Weise Kräfte des Erdinnern, wir grüßen euch«, rief die Vorturnerin, und der Rest der seltsamen Gesellschaft wiederholte das.

»Hauch der Kräfte, Atem der Erde, Feuer und Glut, durchfahre uns«, bat die Dame. Sie trug ein T-Shirt mit dem Symbol von Yin und Yang.

»O Mutter Erde, schenke uns Wasser, wenn uns dürstet, schenke uns Wärme, wenn uns friert, schenke uns Stein, um uns ein Haus zu bauen«, intonierte die Vorbeterin mit aller Inbrunst.

»O Erdmutter«, wiederholte die Gruppe ehrfurchtsvoll, »schenke uns Wasser, wenn uns dürstet, schenke uns Wärme, wenn uns friert, schenke uns Stein, um uns ein Haus zu bauen!«

»Antworte uns, o große Mutter! Schenke uns deine Kräfte!«

Ein junger Mann mit langer Mähne und ein paar Bartstoppeln über das gesamte Gesicht verteilt, zu jung, um noch an den Oberarmen oder auf dem Rücken tätowiert zu sein, lachte einen Tick zu laut. Er japste nach Luft.

Dann verstummte er.

Der Boden vibrierte leicht, so wie bei den vielen Mikrobeben, die sich zurzeit ereigneten, und die Menschen waren schon daran gewöhnt. Dann erwärmte er sich, fühlte sich feucht an, das Rumpeln nahm an Stärke zu.

Wenig später quoll Wasser an die Oberfläche, bildete Pfützen und schnell auch Schlammlöcher, die Blasen warfen und brodelten wie ein Topf Suppe auf dem heißen Herd. Die Menschen stoben zur Seite.

Mit einem Mal platzte die Grasnarbe, und das Wasser kam. Es quoll kochend heiß hervor, stieg in einer Fontäne in die Höhe. Wer noch nicht weit genug entfernt war, büßte seine Neugier mit schlimmen Verbrennungen.

Anders als auf der schmalen Rheininsel, auf der den Flüchtenden kein Platz zum Rückzug zur Verfügung stand, rannten die schreienden Menschen in alle Himmelsrichtungen davon, niemand wurde niedergetrampelt und niemand verletzt.

Aber der Geysir vom Laacher See war weder der Brubbel noch der Andernacher Sprudel – er quoll mit Getöse aus der Erde, aber er zischte nur mit einem dünnen Strahl nach oben und sackte, kaum dass er die drei Meter erreicht hatte, wieder in sich zusammen. Keine zehn Minuten dauerte es, bis der nächste Ausbruch folgte. Das Wasserreservoir, das von der Magma erhitzt wurde, war entweder nahe am Erdboden oder nur sehr klein. Aus einem brodelnden Topf, aus dem nach allen Seiten das Wasser über die Wiese schwappte, schoss der dünne Strahl, wie die Zuschauer mit Blick auf ihre Uhr feststellten, alle neun Minuten und achtundvierzig Sekunden nach oben – mal ein paar Sekunden früher, mal einige verspätet. Wer sich nur wenige Meter von der Wasserfontäne entfernte, befand sich bereits in Sicherheit. Die einzige Gefahr bestand in dem fast kontinuierlichen Gebrodel des heißen Wassers, das zuerst eine Pfütze und dann fast einen Sumpf voll mit schwarzem, schlammigem Wasser bildete.

Das heiße Wasser weichte den Boden auf und verwandelte ihn in Matsch, der Untergrund wurde glitschig, als wäre er mit Schmierseife bedeckt. Wer barfuss ging oder nur

Badeschlappen trug, stürzte zu Boden, versuchte aufzustehen und stürzte erneut. Viele holten sich erst jetzt Verbrennungen an den Händen und Beinen.

Ein Kamerateam, das eigentlich den Beginn des Bergeunternehmens aufnehmen wollte, richtete seine Aufmerksamkeit auf das Naturspektakel, das sich vor ihren Augen entfaltete – und das damit seinen Platz in den Abendnachrichten garantiert hatte.

»Was fühlen Sie«, fragte eine Reporterin einen alten Mann, der sich schlammbedeckt auf den asphaltierten Feldweg geflüchtet hatte, »wenn Sie das sehen?«

»Das fühlt sich an wie das Ende der Welt«, antwortete der Gefragte mit ernstem Gesicht.

Somit hatte das britische Team ein Problem weniger, nämlich die Zuschauer, die rasch zu ihren Autos flohen und die Wiese verließen; aber auch eines mehr: Eines der Szenarien, die der Nordengländer simuliert hatte, konnte nun Wirklichkeit werden.

Neal bemerkte es als Erster. So gut es ging, ignorierte er sprachlos das Spektakel auf der Wiese. Er stand am Anlegesteg und schaute zu dem Boot. Joe kam zu ihm und verstand sofort: Wasser schwappte sanft im Boot, das nicht mehr vom Regen stammen konnte, mehrere Fingerbreit hoch, jemand hatte die Plane vom Außenbordmotor entfernt, sie lag zerknüllt im Bootsinneren.

Ein Leck! Joe sah genauer hin und stellte fest, dass jemand die Bootshaut mit einem schweren Gegenstand durchschlagen hatte. Auch die Schraube des hochgeklappten Motors war mit schweren Schlägen beschädigt worden.

»Das ist schon der zweite Ausfall nach dem Side-Scan-Sonar«, meinte Neal grimmig.

»Zum Glück brauchen wir das Boot nicht mehr«, meinte Joe. »Der Vorderteil des Wracks liegt im knietiefen Wasser, das Schwanzende ein paar Meter tief und alles nahe genug am Ufer. Aber trotzdem – wer tut das und warum?«

Darauf wusste auch Neal keine Antwort. »Wir sind jemandem ein Dorn im Auge, das ist sicher.«

»Den Typ, der den Kran manipuliert hat, haben sie ja geschnappt. Der kommt nicht mehr in Frage.«

Dass ein Teil des Echolots zerstört war, hatte Neal bereits am Morgen entdeckt. Er hatte sofort das Ersatzteil bestellt, es sollte per Express gebracht werden. Er arbeitete fieberhaft, aber es passte einfach nicht – man hatte das falsche Ersatzteil geliefert!

»Ich merke doch, dass Sie etwas auf dem Herzen haben«, meinte MacGinnis und legte Hutter eine Hand auf die Schulter.

Joe sah in das bärtige, ihn jetzt gütig anlächelnde Gesicht. »Wissen Sie, alles geht hier schief«, antwortete er. »Ich habe den Verdacht, dass jemand unsere Geräte manipuliert, weil er verhindern will, dass wir die Halifax bergen. Ich finde, wir sollten die Polizei verständigen.«

»Behalten Sie es aber erst einmal für sich. Wir sollten noch abwarten, bevor wir hier in Hysterie verfallen. Das kann doch alles ein Zufall sein.« MacGinnis blickte Joe ernst an.

Joe verblüffte, dass MacGinnis so nonchalant mit der Sache umging. Wäre es nicht besser, das Ganze von der Polizei untersuchen zu lassen? Allerdings: Vielleicht hatte MacGinnis, wie so oft, ein As im Ärmel. Oder verlor er einfach nur die Kontrolle über das, was hier geschah?

Das Zögern war so untypisch für den Alten. Es handelte sich ja um seinen letzten Auftrag. Sicher konnte und wollte er nicht versagen.

Joe glaubte, ein nervöses Zucken in MacGinnis' Augenwinkeln wahrzunehmen.

Die Computer fuhren unfassbar langsam hoch, die Programme wollten sich einfach nicht öffnen lassen. Im Schneckentempo bauten sich die Fenster auf.

»Die Daten gehen wohl wieder zu Fuß zum Server«, mutmaßte Neal abschätzig, »und manche verirren sich dabei.«

Der Nordengländer klopfte verzweifelt auf seinen Monitor – obwohl das Echolot Impulse sendete, die die Bergung überwachen sollten, bildeten sich diese nicht auf dem Bildschirm ab. Er startete das System neu, erneut stürzte es ab. »Effing bloody 'pjusher!«, schimpfte er laut vor sich hin, »verdammter Computer.«

»Es ist nicht meine Schuld«, sagte er dann, zu Joe gewandt.

Joe nickte.

Eine Gruppe Enten balgte sich im Wasser. Der Erpel scheuchte die Weibchen, sie paddelten quäkend von ihm fort. Ein paar der Vögel tauchten unter und kamen mit einem deutlich hörbaren Plop wieder an die Seeoberfläche zurück. Sie rüttelten sich und schüttelten das perlende Wasser ab, dann startete der Erpel durch, tapste wild flatternd über das Wasser und erhob sich in den Himmel. Die anderen Enten folgten ihm, in einer lang gezogenen V-Formation verschwanden sie in Richtung Norden, zum Rhein hin. Falls etwas bei der Bergung misslang, konnte jedes einzelne Tier eines solchen Schwarms den Erreger mit sich tragen und in die Umgebung verschleppen. Hatte denn der Nordengländer den Flug der Enten simuliert? Joe Hutter erinnerte sich nicht. Fast alles, was am Laacher See ganz friedlich und normal schien, konnte in der Tat eine tödliche Gefahr sein.

Stromausfall. Der Generator versagte.

»Ich hatte doch gesagt, dass der Schalter immer auf ›off‹ stehen muss. Welcher Idiot hat das Gerät angelassen?« Der Nordengländer schlug sich mit der flachen Hand gegen die

Stirn, als könne ein Mensch allein ein solches Ausmaß an Dummheit gar nicht verstehen. Joe war sich keiner Schuld bewusst, der Generator ging ihn nichts an, er hatte sicher keinen Knopf gedreht. Auch Andrew Neal zuckte mit den Schultern.

»Hast du das Gerät angelassen, und jetzt ist die Batterie leer?« Der Nordengländer verschränkte halb kämpferisch, halb verlegen, die Arme vor der Brust.

»Nein«, antwortete Neal genervt.

Der Nordengländer wandte sich an Joe. »Wie oft habe ich gesagt, dass das Gerät auf ›off‹ geschaltet werden muss?« Sein ohnehin schon rotes Gesicht färbte sich noch röter.

Joe wollte gerade etwas sagen. »Warst du es?«, fuhr ihm der Engländer dazwischen.

Joe öffnete empört den Mund. »Nein«, brüllte er dann.

»Mich«, meinte MacGinnis und blickte den Engländer direkt an, »wollen Sie das doch nicht fragen, oder?« Er trottete davon, zu seinem Handy, zu seinen Papieren.

Der Nordengländer schüttelte den Kopf. Nein, das wollte er nicht.

Die Anspannung stieg deutlich. Wer sabotierte ihre Bemühungen? Es konnte doch nicht sein, dass so viele Geräte gerade jetzt verrückt spielten, nachdem sie so lange einwandfrei funktioniert hatten.

Joes Handy klingelte. Er nahm ab und nickte mehrmals. Die Erleichterung war ihm deutlich anzusehen. »Ein Problem weniger«, murmelte er. Dann winkte er Franziska zu sich, die still und geduldig hinter der Absperrung wartete.

»Ich habe eine gute Nachricht«, sagte Franziska. »Der Brubbel sprudelt wieder normal, kalt, und bis zu einer Höhe von fünf Fuß.«

»Was ist mit dem Geysir von Andernach?«

»Er spritzt nach wie vor viel höher als sonst, aber die Messinstrumente zeigen, dass sich seine Temperatur bei jedem

Ausbruch vermindert. Trotzdem: Gefährlich ist er noch immer.«

Joe wollte Gewissheit. Er blickte fragend zu Franziska, hoffte aber, dass die Antwort einfach nur ein Ja war. »Sind das gute oder schlechte Zeichen?«

»Es könnte bedeuten«, meinte sie, »dass die Magmakammer sich wieder senkt. Aber ob das so ist und ob diese Senkung von Dauer sein wird – das kann ich nicht sagen.«

»Joe, nicht flirten«, rief ihm Neal zu.

Joe lachte. »Schon gut, du Neidhammel.«

Franziska verstand und kehrte zurück in die Zuschauergruppe. So gern sie bei Joe gewesen wäre, jetzt würde sie nur stören. Sie dachte an Clara, die bei einer Nachbarin war. Wenn hier etwas schiefging ...

Der Motor tuckerte, erst langsam und leise, dann schnell und unüberhörbar. Der Nordengländer hüpfte hinter dem Generator auf, die Hände ölverschmiert, und jubelte. Er hatte es geschafft!

Joes Seite schmerzte immer noch.

»In einer halben Stunde können wir mit dem Boot raus«, rief ihm Neal zu.

Es war an der Zeit, dass er zum Container ging und seinen Taucheranzug überstreifte. Er atmete tief durch. Jetzt konnte eigentlich nichts mehr dazwischenkommen. Jetzt konnte die Bergung endlich erfolgen.

Plötzlich fehlte etwas. Zuerst verstand Joe nicht, was es war; dann aber, als er eine Information von seinem Chef brauchte, merkte er, dass MacGinnis nirgendwo anzutreffen war.

»Wo ist MacGinnis?« Joe sah sich noch einmal um.

»Keine Ahnung. Ich habe ihn eben noch dort drüben gesehen.« Neal drehte den Kopf suchend hin und her, aber er erblickte seinen Chef auch nicht. »Vielleicht ist er im Büro«, vermutete er.

Was tut man, wenn einem das Herz herausgerissen wird?

Das war die Frage, die sich Reginald MacGinnis jeden Tag erneut stellte, wieder und wieder: *Was tut man, wenn einem das Herz herausgerissen wird?*

Mochten die anderen über seine verzweifelte Suche nach einem französischen Restaurant lächeln – für ihn war es die vergebliche Reise in eine glücklichere Vergangenheit, eine Suche nach seiner verlorenen Frau. Es handelte sich um den verzweifelten Versuch, die Erinnerung an eine Liebe herbeizuzwingen, die langsam in ihm erstarb. Er ertappte sich dabei, dass er bereits begann, seine Frau zu vergessen. Er wusste nicht mehr, wie sie gelächelt hatte, nur noch, dass sie oft und gern gelächelt hatte. Manchmal roch er noch ihr Parfüm. Aber sie wurde erneut lebendig bei *coq au vin*.

Vor zwei Jahren hatte ein Militärlaster die Vorfahrt missachtet und das Fahrzeug seiner Frau gerammt. Sie lag sechs Monate im Krankenhaus, im künstlichen Koma. Jeden Tag war er an ihr Bett gekommen, hatte versucht, der Tatsache ins Auge zu sehen, dass sie sterben würde. Er hatte ohnmächtig die Fäuste geballt und mit der Welt gehadert, mit Gott, mit allen. Sein Leben lang hatte er für die da oben den Dreck weggeräumt, den sie nach ihren Militäreinsätzen hinterlassen hatten, hatte schweigend gedient und stets sein Bestes getan, nie aufgemuckt – und dann entriss die Welt ihm das Einzige, was er liebte. Das Einzige, das ihm etwas bedeutete. Den einzigen Grund, überhaupt am Leben zu sein. Er wollte von ihr Abschied nehmen, doch es gelang ihm einfach nicht.

Sie schlief ja nur.

Nichts wird mehr so sein, wie es einmal war.

Den ersten Tagebucheintrag schrieb er an jenem Tag, an dem ein Arzt ihm sagte, dass es nun keine Hoffnung mehr gab. Er begann in einer fahrigen, verwirrten Schrift. Die Buchstaben wirbelten nur so gegeneinander. Im Laufe der

Zeit, nach Wochen erst, aber immerhin, kam Ordnung in die Zeilen, Gefasstheit. Schließlich Sicherheit.

Irgendwann erhielt er doch die Nachricht, vor der sich so sehr gefürchtet hatte. Er wollte sie nicht noch einmal sehen, tot, leblos. Er wollte sie duftend, atmend, lebendig in Erinnerung behalten. Warm, weich. Und nun verblasste die Erinnerung.

Nun war die ganze Welt leer. Tot und leer. Öde. Nichts.

Das Leben hatte keine Bedeutung mehr. Weiteratmen war sinnlos. Und da erschien dieser Auftrag wie ein Silberstreif am Horizont: eine Bakterie mit der Macht, alles menschliche Leben auszulöschen. Welch eine einmalige Chance!

»Wer ein einziges Leben tötet, dem ist es, als habe er eine ganze Welt ausgelöscht.« Diesen Satz hatte MacGinnis im jüdischen Talmud gefunden und später dann im Heiligen Koran. Er hatte ihn wieder und wieder geschrieben, in Groß- und in Kleinbuchstaben, in Farbe und doppelt und dreifach unterstrichen. Er las das Buch des Predigers, die Klage über die Sinnlosigkeit jedes Seins.

Er wollte Trost finden nach dem jämmerlichen, viel zu lange sich hinziehenden Verlöschen seiner Frau, aber nichts hatte ihm Trost geschenkt – bis er die Beschreibungen der Apokalypse fand: der sich wie ein Pergament zusammenrollende Himmel am Jüngsten Tage des Korans, der bittere Stern, der in der Offenbarung des heiligen Johannes in das Meer stürzt und ein Drittel der Ozeane in Gift verwandelt.

Da war ihm dann die Idee gekommen.

Die Auslöschung der Welt, die sich um ihn herum und in ihm drinnen abspielte, war schließlich seine Kerze, sein Licht in der Finsternis, und er selbst war der Falter, der dieser Flamme zustrebte, um in ihr zu vergehen.

Sein Tagebuch lag offen da, aufgeklappt auf dem Schreibtisch.

Joe hatte das Tagebuch beim Hereinkommen bemerkt und neugierig angelesen – vielleicht waren es ja wichtige Informationen. Aber es war etwas anderes: eine Art Geständnis. Es gab für Joe nur eine Erklärung: MacGinnis wollte entdeckt werden.

Der Tag ist nahe, die Tafel ist bereitet, die saure Frucht liegt im Kessel. Es wird mein Werk sein, und doch ist es das Werk aller Menschen: derer, die 1939 den Krieg begannen, derer, die sich 1942 den Milzbranderreger ausdachten und die dann die Chance nutzten, die sich ihnen bot, als sie die Mutation entdeckten. Nun ist es an mir, meine Chance zu ergreifen. Ich werde mich diesem Auftrag nicht verweigern, ich werde mich der Fügung nicht in den Weg stellen, ich habe alles lange geplant, wer sollte mich nun noch aufhalten?

Es war Reginald MacGinnis gewesen, las Joe atemlos, der den Schatztaucher Gerd Schmidtdresdner angerufen hatte, nachdem er in einer Polizeiakte etwas über dessen illegale Aktivitäten an einem englischen Grabhügel entdeckt hatte. Schmidtdresdner war einfach zu durchschauen und noch einfacher zu kontrollieren, deshalb hatte er ihn beauftragt, die Fracht der Halifax zu bergen. Ihm hatte er von Goldbarren, einem unermesslichen Schatz im Bomber erzählt. Er kannte schließlich die Menschen und ihre Schwächen. Sein ursprünglicher Plan war gewesen, die Bakterien nach der Bergung durch die deutschen Schatzsucher in jeder Hauptstadt der Welt zu deponieren. Natürlich hätte er Schmidtdresdner ordentlich bezahlt.

Er räumte alle Hindernisse aus dem Weg, hätte sogar Hutter geopfert, den er mochte. Er beauftragte zwei Kameraden vom Geheimdienst, Franziska einen gehörigen Schreck einzujagen, aus der ängstlichen Sorge heraus, Hutter könne ihm durch diese Beziehung an Wissen voraus sein. Aber die Schatztaucher fanden die Halifax nicht. Sie waren Stümper.

Dann hatte die Bergung nicht geklappt, weil dieser Idiot

den Kran manipuliert hatte in seiner Goldgier. Nun war es am besten, die eigene Operation zu behindern und das Wrack im See ruhen zu lassen. Abzuwarten, bis der Vulkan ausbrach.

Das ist nicht das Tor zur Hölle, es ist die Pforte zum Himmel.
Alles war gut.

Bald würde er bei seiner Frau sein, ihre Haare fühlen, ihre Haut riechen, ihr Lächeln wieder sehen. Dieses Lächeln, das ihn stets so fasziniert hatte. Das Lächeln, das er im Begriff war zu vergessen.

Nicht mehr lange.

Ein glückliches Schicksal, eine göttliche Fügung vielleicht, hatte den Vulkan aktiv werden lassen.

Joe wurde schwarz vor Augen. Fieberhaft las er in den mit akkurater Schrift präzise gefüllten Seiten, blätterte vor und zurück. Er wollte einen Gegenbeweis finden, feststellen, dass es sich nur um die Science-Fiction-Phantasie eines alten Mannes handelte, um ein Spiel mit Metaphern und Möglichkeiten, um Skizzen für ein Buch, das MacGinnis nach seiner Pensionierung schreiben wollte – alles, nur nicht die authentischen Aufzeichnungen von Gedanken. Aber es gelang ihm nicht, sich das vorzumachen.

Joe blätterte fiebrig weiter. Er überflog große Strecken wirrer und selbstquälerischer religiöser Ergüsse – offenbar das Schlimmste und Zornigste, was Bibel und Koran zu bieten hatten – und erreichte wieder eine Stelle, die MacGinnis mehrmals dick unterstrichen hatte und in der er seine wahren Absichten offenbarte. MacGinnis war nicht gerade sein Vorbild gewesen, aber doch ein Denkmal, eine Art unvollkommenes Ideal, trotz all seiner Fehler, Ungerechtigkeiten, trotz seiner Zynismen ein Mann, zu dem er aufschaute. Aufgeschaut hatte.

Es klang so ungeheuerlich, dass er es zuerst nicht begriff: Sein eigener Chef, Reginald MacGinnis, der abgeklärte, häufig schlecht gelaunte, an allen Kampffronten und Einsatzorten der Welt erprobte Reginald MacGinnis, wollte und konnte die Welt zerstören!

Unvermittelt trat MacGinnis in den Besprechungsraum.

»So«, meinte er lakonisch, »haben Sie in meinem Tagebuch gestöbert?«

Joe Hutter stellte sich hastig zur Seite und tat so, als sei er nicht erwischt worden. Aber MacGinnis schien eher amüsiert zu sein als böse oder aufgebracht.

»Wenn ich es jetzt nicht tue, dann machen es die Menschen eben selbst. Früher oder später werden sie diesen Planeten zerstören.«

»Das ist doch Wahnsinn!« Joe war fassungslos.

»Was ist dann Vollums Bakterium?«, fragte MacGinnis verächtlich, »etwa der Inbegriff der geistigen Gesundheit?« Er schnaubte.

Joe ging langsam zu seinem Schreibtisch und öffnete die obere Schublade. Er schob das Foto von Franziska zur Seite und angelte sich seine Pistole, die er für alle Notfälle bereithielt. Er richtete die Waffe auf MacGinnis.

»Nun, wollen auch Sie zum Mörder werden, Hutter? Sie mit Ihren hehren Idealen?« MacGinnis lachte laut auf.

»Sie wollen die Welt zerstören. Das ist Größenwahn!«

»Die Welt retten zu wollen, Hutter«, schnaufte MacGinnis überheblich, »ist doch eine ebensolche Hybris, wie sie vernichten zu wollen! Also: Weshalb verurteilen Sie mich?«

»Ich verurteile Sie nicht«, antwortete Joe ruhig, »ich will nur leben.«

»Leben? Sehen Sie sich diese Welt doch an«, flüsterte der Alte.

Joe schüttelte den Kopf.

»Sie machen sich keine Vorstellung, Hutter, wie schwierig das alles war. Zuerst habe ich diese Einfaltspinsel von Schatzsuchern beauftragt, die nicht einmal ihren eigenen Arsch finden, wenn sie darauf fallen. Aber dann, als dieser Geysir losbrach, kam mir endlich die Idee, die Natur könnte das ja auch selbst in die Hand nehmen. Von da an wollte ich die Bergung nur noch verhindern.«

Joe starrte ihn nur an.

»Verstehen Sie doch, Hutter«, appellierte MacGinnis wieder und sah ihn väterlich und voller Güte an. »Selbst wenn das jetzt ganz anders auf Sie wirkt, aber ich tue das nicht aus Hass, sondern aus Mitleid.«

»Aber ...«

»Hatten Sie mir denn nicht selbst gesagt«, fragte Reginald MacGinnis und beugte sich ganz weit vor über den Tisch zu Joe, »dass der Mensch ein Bazillus ist, den die Erde zu ihrem Besten wieder loswerden sollte?«

Joe hörte die ganze Verachtung, die MacGinnis in sich fühlte.

»Dabei habe ich doch nicht an Massenmord gedacht!«, protestierte er. Die Waffe in seiner Hand zitterte.

»Zu jedem kühnen Denker«, entgegnete MacGinnis, »gehört ein Mann der Tat, der dessen Visionen Wirklichkeit werden lässt.«

»Sie sind ...«, Joe tat sich schwer daran, das Offensichtliche auch auszusprechen, »... verrückt!«

»Ich dachte, Sie würden mich verstehen«, antwortete MacGinnis mit vorwurfsvoller Stimme. »Es war doch ihr Großvater, Hutter, der auf die glorreiche Idee gekommen ist, das mutierte Super-Bakterium in die Bomben zu stecken!«

Joe war schockiert – stimmte das? Oder sagte MacGinnis das nur, um einen Vorteil zu gewinnen?

Fast fröhlich sprach MacGinnis weiter: »Bedenken Sie doch, Hutter, welch wundervolle Entdeckung das eigentlich war: Wenn der Vulkan den Erreger in die Atmosphäre bläst, wird er sich über die gesamte Erde verteilen. Sicher, die Mehrzahl der Säugetiere wird ihm zum Opfer fallen. Einige aber werden resistent sein, einige werden überleben – aber es können nicht genug Menschen sein, um der Welt weiterhin zu schaden. Helfen Sie mir, und wir verschaffen der Welt eine Atempause, die sie so dringend benötigt. Ein Durchschnaufen, eine Zeit der Regeneration. Wir schenken der Welt endlich Frieden, das tausendjährige Friedensreich, das alle heilige Schriften prophezeit haben.«

Als er merkte, dass er Hutter nicht auf seine Seite ziehen konnte, ließ MacGinnis' Begeisterung plötzlich nach.

»Ach kommen Sie, Hutter. Sie wissen doch, dass ich recht habe!« Er versuchte es ein letztes Mal, aber ihm war längst klar, dass er Hutter nicht gewinnen konnte. Er warf Joe einen dieser verwirrenden Blicke zu, müde und einsam zugleich, ein leerer Blick, der völlige Hoffnungslosigkeit verriet. Ein erschöpfter Mann, der nichts mehr erwartete als den Tod.

Joe kämpfte gegen die tiefe Woge des Mitgefühls an, die dieser gebrochene Geist in ihm hervorrief. Doch er hielt die Waffe weiter auf den Alten gerichtet, den schwitzenden Zeigefinger um den Auslöser gekrümmt.

»Erschießen Sie mich, Hutter«, brachte MacGinnis lustlos und müde hervor, »Sie tun mir damit einen Gefallen.«

»Ich rufe jetzt die Polizei«, erklärte Joe so nüchtern und ruhig, wie er konnte, »und Sie bleiben still hier stehen.«

MacGinnis schritt auf Joe los, die Hände mit einem letzten Kraftaufwand zu Fäusten geballt. »Ich werde Sie niederschlagen und entkommen, wenn Sie mich nicht auf der Stelle abknallen.«

Joe Hutters Hand zitterte, als er schoss. Aber er traf.

MacGinnis sackte zur Seite.

»Endlich«, hauchte er, »endlich!« Er griff dann mit seiner Hand verwundert an sein Bein, hob die blutverschmierten Finger vor seine Augen.

»Sie haben mich geschont«, flüsterte er verblüfft, »Sie haben mich ...« Dann brach er zusammen und stürzte zu Boden.

»... nur ins Bein geschossen«, ergänzte Joe.

Seit einer halben Stunde lag die Handly Page Halifax auf dem Stahlgerüst am Ufer. Die Sonne stand hoch über dem Kessel des Laacher Sees, und den knallblauen Himmel, der sich über ihm spannte, durchzogen zahllose weiße Kondensstreifen.

Die Zuschauer, die sich mittlerweile zu Hunderten angesammelt hatten, wussten nicht, was sie mehr bestaunen sollten: den Geysir in ihrem Rücken, der nach wie vor alle zehn Minuten ausbrach, oder das rostige Gerippe des Riesenflugzeugs, das sich wie ein gestrandeter Wal hinter der Absperrung vor ihnen befand. Der Geysir war mittlerweile von einem zwei Meter hohen Bauzaun aus Metall umgeben, an dem ein gelbes Schild mit den Worten »Vorsicht – Lebensgefahr« hing.

Neals weiße Haare standen wirr zur Seite, Schweiß perlte an seiner Stirn, als er die Muttern festzog, die das Flugzeug am Gestell verankerte. Joe untersuchte den Bombenschacht. Da war nichts zu machen, die Bomben mussten aus dem Wrack herausgefräst werden.

Die Gruppe hatte ihren Kopf verloren. MacGinnis, der die Verbindung zu den deutschen Behörden und zu dem britischen Geheimdienst hielt, saß im Gefängnis – zumindest in einer Polizeizelle. Hutter telefonierte mit dem Umweltministerium des Landes Rheinland-Pfalz, kannte aber die zuständige Kontaktperson nicht und drang nicht bis zu der entsprechenden Dienststelle durch, da half auch kein Überreden und kein Erklären. Wer konnte schon sagen, wie viele Verrückte jeden Tag in der Behörde anriefen und sonderbare Geschichten über seltsame Dinge in Seen erzählten?

Also wandte er sich an die Polizei, erklärte das Allernötigste und bat um Unterstützung.

Neal untersuchte inzwischen ebenfalls den Bombenschacht der Halifax und bestätigte Joes Diagnose – es ging nicht anders, die Bomben mussten aus dem Wrack herausgetrennt, auf einen Lastkraftwagen verladen und zum Entschärfen in die Fabrikhalle bei Koblenz gebracht werden. Und nun wurde es brenzlig: Da konnte einiges schiefgehen. Um Augenzeugen, aber auch schwerwiegende Unfälle zu vermeiden, war es unumgänglich, die Caldera zu räumen. Die Evakuierung würde eine weitere Stunde Zeit kosten.

Joe beobachtete die Polizisten, die beruhigend auf die Menschen einredeten und ihnen erklärten, dass sie den Krater verlassen mussten. Die meisten schienen verständig zu sein, einige nickten, andere wurden laut, sahen es dann aber ein. Hutter und Neal hatten den Polizisten berichtet, dass die TNT- und Amatol-Bomben auch noch nach vielen Jahren hochgehen konnten.

Hutter erklärte kurz, dass Amatol dazu diente, Befestigungsanlagen und Brücken, also massive Bauten aus Stein und eisenverstärktem Beton zu vernichten. Amatol wies damals eine weit höhere Sprengkraft auf als die meisten gewöhnlichen Sprengstoffe. TNT war den Beamten vertraut. Neal lieferte die Information nach, dass es – selbst wenn es nicht explodierte – die Zuschauer massiv gefährden könnte. TNT ist hoch giftig, führt bei Hautkontakt zu schweren allergischen Reaktionen. Kaum auszumalen, was passierte, sollte eine TNT-Bombe lecken – und sich Hunderte neugieriger Menschen um sie drängen, um mit dem Handy Fotos fürs Familienalbum aufzunehmen. Es musste ja alles sofort auf YouTube gestellt werden heutzutage.

Das genügte den Polizisten. Sie verstanden.

Franziska löste sich aus der Zuschauermenge und schlüpfte

unter dem Absperrband hindurch. Ein Polizist bemerkte sie, lief ihr nach, doch Joe winkte ihm ab.

»Kann ich dabei sein?«

»Es kann gefährlich werden.« Joe kletterte auf das Gestell, um die Muttern zu kontrollieren.

»Ihr wisst doch, was ihr tut, oder?«

»Ja.«

»Dann möchte ich hier bei dir sein.«

Noch bevor Joe antworten, entstand ein Tumult in der Menge, die sich zum Parkplatz bewegt hatte. Lautes Rufen erklang, dann Geschrei. Ein Mann löste sich aus dem Pulk, lief quer über die Wiese, von einem Polizisten verfolgt. Der Mann hob drohend einen Arm, die Hand zur Faust geballt.

Der Schatztaucher Olav Bernick rannte auf das Gerüst mit der Halifax zu, nun von beiden Polizisten verfolgt. Sie holten ihn ein, hielten ihn fest. Er schrie lauter, irgendetwas Unverständliches. Mit wilder Kraft riss er sich aus der Umklammerung der Beamten, übersprang die Absperrung und ging mit dem Ruf »Wir lassen uns das Gold nicht nehmen!« auf Joe los. Dann schlug er ihn nieder.

Joe lag zusammengekrümmt auf dem Boden. Er registrierte nicht, wie Bernick entschlossen weiter zum Flugzeug lief, hineinschlüpfte und auf den Bombenschacht kletterte, immer noch durch MacGinnis' Lügen über einen Goldschatz in einem Weltkriegsbomber angestachelt. Mit aller Kraft sprang er auf den Bomben auf und ab.

Panik ergriff das Team. Unschlüssig, ob sie erst zu Joe Hutter laufen und ihm helfen oder erst zum Wrack rennen und den Verrückten ausschalten sollten, lähmte sie die Situation. Neal stand mit offenem Mund da, unfähig, irgendetwas hervorzubringen – er konnte nicht einmal schreien.

Von der Ruine der Halifax scholl ein wirres, metallisches Knarzen zu ihnen herüber, dann ein Knall, als eine der Bomben auf den Boden schlug, dann ein Geräusch wie von beschlagenen Eisenrädern, als sie von dem Gestell auf den Boden und von dort weiter auf die Untergrundplatten prallte und dort zu rollen begann.

Eine Sekunde lang stand die Zeit still. Die Bombe rollte und rollte wie in einem Alptraum auf das Ufer zu, und wie versteinert blickten sie dem Todesbringer hinterher, bis sie ein lautes Platschen und der Anblick aufspritzenden Wassers aus ihrem hypnotischen Zustand riss.

Der Nordengländer, das bleiche, mit Sommersprossen übersäte Gesicht rot und verzerrt vor Wut, kletterte vom Kran und rannte das kleine Stück über die Uferwiese, sprang aus dem Stand durch einen Riss in der Flugzeugaußenhaut zu Bernick hoch und trat ihm in die Kniekehlen. Der Schatztaucher knickte weg, fiel vom Flugzeug hinab und kauerte sich vor Schmerz auf dem Boden zusammen. Die beiden Polizisten eilten herbei und legten Olav Bernick Handschellen an.

»Wie heißt du eigentlich?« Endlich stellte Neal die Frage, auf die der Nordengländer schon so lange gewartet hatte.

»Charlie«, antwortete er.

»Gut gemacht, Charlie«, schrie Neal, selbst noch aufgeregt, »gut gemacht!«

Joe roch Franziskas Parfüm. Er öffnete die Augen. Sie beugte sich über ihn. Dann legte sie ihre Lippen auf seine und gab ihm einen Kuss – es war ihr erster. Wie gut sich das anfühlte. »Ist alles okay?«, fragte sie dann.

»Ja!«, antwortete Joe.

Er rappelte sich hoch. Die Bombe musste entschärft werden.

Die lautstarken Geräusche, Motoren wurden angelassen, Bustüren schlossen sich mit einem Zischen, Menschen riefen einander, Polizisten gaben Durchsagen per Megaphon, verrieten ihm, dass die Evakuierung längst im Gange war.

Joe blickte um sich. Vor dem Flugzeug knieten zwei Polizisten auf dem Mann, der ihn niedergeschlagen hatte.

Weiter am See standen Neal und der Nordengländer. Beide starrten ins seichte Uferwasser. Neal deutete auf etwas im See, der Nordengländer fuchtelte ungewohnt erregt mit beiden Händen.

Was für ein unsäglicher Auftrag!, dachte Hutter. Ich bin zweimal verletzt worden, man hat mich niedergeschlagen, unser Chef hat uns verraten. Doch hier hatte er Franziska getroffen, das wog alles andere auf. Er sah hoch, sie blickte immer noch voller Sorge zu ihm.

»Es ist alles in Ordnung«, sagte Joe. »Wir müssen nur noch fertig aufräumen.«

Endlich waren Parkplatz und Wiese leer. Allmählich kehrte Ruhe und Stille ein. Neal und der Nordengländer kamen zurück, der Nordengländer holte die ABC-Schutzanzüge aus dem Container.

Jetzt sollte sich erneut alles drehen wie ein Uhrwerk. Der korrekte Zeitpunkt für Präzision. Für diesen Tag hatten sie geübt, und jeder wusste, was er zu tun hatte.

Die Schneidbrenner sprühten Funken wie ein Silvesterfeuerwerk. Feuerwehrleute gingen daran, die gefährliche Bombe zu entschärfen. Sie wateten in das seichte Wasser, hievten die Bombe aus der Uferzone, überschütteten sie mit Formaldehyd und gossen sie in Beton.

Der zwei mal zwei Meter messende Kubus aus Beton wurde dann auf einen Transporter verladen. Er setzte sich rumpelnd in Bewegung und verließ vorsichtig den Parkplatz, um auf die gesperrte Straße abzubiegen, Richtung Autobahn.

»Somit geht die Welt wenigstens nicht an einer britischen Bakterie zugrunde«, atmete Joe erleichtert auf. Dann zog er die Schultern hoch: »Was immer das wert war ...« Er sah zu

Franziska: »Jetzt musst du nur noch einen Korken finden, der zweitausend Meter lang und tausendzweihundert Meter breit ist und ihn in die Krateröffnung stopfen, damit der Vulkan nicht ausbricht.«

Franziska lächelte gequält.

Joe blickte dem Lastwagen, der die Bomben zur Entsorgung nach Koblenz brachte, in Gedanken versunken nach, bis er hinter den üppig grünen Bäumen, die die Straße säumten, nicht mehr zu sehen war. Polizeiautos fuhren vor und hinter dem Truck, um ihn sicher ans Ziel zu leiten. Nun war es also geschafft. Zumindest hier, in diesem Fall. Kaum auszudenken, was vielleicht gerade an irgendeiner anderen Ecke der Welt geschah, welches Labor eine aufsehenerregende Erfindung machte, die Militärs oder Diktatoren zum Lächeln brachte.

Joe drehte sich und betrachtete den Laacher See, der still und unverändert vor ihm lag – nur jetzt ohne Geheimnis.

Auf dem Parkplatz stoben glühende Funken in alle Richtungen. Dort hantierten Techniker an dem Wrack der Halifax und zertrennten es mit Schneidbrennern und Sägen in Einzelteile. Die beiden Flügel lagen bereits auf eigenen Gestellen, daneben wartete schon ein Tieflaster, der die Reste nach England in das Museum bringen sollte. Eine speziell ausgewählte Gruppe von Journalisten umlagerte die Männer. Ihr Leiter, ein angesehener Aviations-Historiker, gab Interviews. Spätestens wenn die Abendnachrichten kamen, war die Welt wieder in Ordnung. In ein oder zwei Jahren schon würden Besucher die restaurierte Handly Page Halifax besuchen, in ihr umhergehen, sich vielleicht bücken und in den Bombenschacht blicken. Sie würden nie erfahren, welchen Zwecken der Bomber tatsächlich gedient hatte.

Dann wandte Joe sich um und schritt langsam zu Franziska hinüber. Ob Reginald MacGinnis etwas dabei empfand, dass er noch am Leben war, dass sich die Welt weiterdrehte, mit Sommersonne und Vogelgezwitscher, mit Kinderschreien und Kriegen und Folter? Oder saß er in seinem Gefängnis und erfreute sich an nichts mehr?

Joe kam lächelnd auf Franziska zu und küsste sie. Es fühlte sich gut an, sie zu spüren. Die Welt fühlte sich gut an. Es gab eine Zeit, sich zu sorgen, und eine Zeit, die Sorgen über Bord zu werfen.

»Ich habe eine Überraschung für dich!«, flüsterte er ihr ins Ohr.

Es begann zu nieseln. Franziska sah nach Osten und bemerkte einen riesigen Regenbogen, der sich neben einer flachen Mulde im Kraterwall spannte. Gegenüber verlief die die Straße hin zur Autobahn.

»Ist es nicht wunderschön?«, fragte sie.

Joe nickte.

»Und was ist nun meine Überraschung?«

Ein Donnern wie von zehntausend Gewittern erklang. Die Druckwelle zerbarst die Scheiben der Wagen, die noch auf dem Parkplatz standen, am Kloster läuteten die Glocken. Die Alarmanlagen der Autos begannen zu schrillen. Joe und Franziska wurden zu Boden geworfen. Der Grund zitterte wie ein verängstigtes Tier.

Der See vibrierte, Wellen schlugen laut an das Ufer. Aus den Augenwinkeln sah Joe einen dünnen schwarzen Faden, der himmelwärts stieg und sich rasch in eine dicke schwarze Säule aus Rauch und Qualm verwandelte, die am südlichen Kraterrand emporquoll, dort, wo sich die Autobahn befand. Blitze flackerten hektisch wie Kerzenflammen im Wind in dem Qualm auf, erhellten ihn in Schwefeltönen.

Der Truck mit der Bombe!, schoss es Joe durch den Kopf. Nicht jetzt! Nicht so kurz vor dem Ziel!

Nicht, dass ihm etwas daran lag, aber schon aus alter Gewohnheit erkundete er seine neue Umgebung: zwei mal zwei Meter groß, hohe, geweißte Wände, ein Metallklo ohne Deckel, eine Pritsche, ein leeres Bord oder Bücherbrett. Oben ein kleines Fenster, vergittert.

Ein schöner Raum, befand er, karg, aber funktionell. Natürlich hatte MacGinnis nicht viel mehr erwartet, Gefängniszellen konnten schwerlich aussehen wie eine Suite in einem Wellness-Hotel.

Er wird unter den großen Völkern richten und viele Heiden strafen in fernen Ländern, so schrieb der Prophet Micha. *Es wird kein Volk wider das andere ein Schwert aufheben, und die Völker werden das Kriegshandwerk nicht mehr lernen.* Er hatte versagt, es war ihm nicht gelungen, diesen himmlischen Frieden auf der Erde herbeizuführen.

MacGinnis sah aus dem Fenster, vorbei an den Wänden, die selbst häufiges Übertünchen nicht von Graffitti reinigen konnten. Sein Blick fiel aus dem Fenster auf einen winzig kleinen Fleck blauen Himmel, und er fühlte – nichts.

Es gab nichts zu bedauern: Was er tun wollte, war richtig gewesen. Es gab nichts zu bereuen – wenn es nicht funktioniert hatte, dann sollte es eben nicht funktionieren. Hatte er unmoralisch gehandelt, als er die Welt mit einer Pest überziehen wollte? Die Welt war die Pest.

Er lebte noch. Wäre er erfolgreich gewesen, könnte er jetzt nicht mehr in den Himmel sehen. Welchen Unterschied hätte das aber gemacht? Er spürte ja nichts mehr in sich, keine Enttäuschung, kein Bedauern, kein Erbarmen. Sollten sie ihn verurteilen. Er hatte sich selbst verurteilt, als er diesen Plan fasste. Er fand nichts Unrechtes darin, ihn nun ins Gefängnis zu stecken. Er war nur ein Stück Fleisch, ein Lamm wie die Lämmer, die in der Gruinard Bay an Pflöcke angebunden worden waren, um auf die Mikroben zu warten. Nun wartete er.

Reginald MacGinnis streckte müde die Glieder aus.

Ein gewaltiger Lichtblitz flackerte grell im Fenster auf.

Er lächelte, wusste selbst keine Antwort darauf, warum.

Da war dieses Stechen in seiner Seite – ein kurzer, heftiger, sehr schmerzvoller Stich, als habe man ihm ein langes Messer in den Leib gerammt. Das erstaunte ihn. Er fühlte also doch noch etwas.

Das Atmen fiel ihm schwer. Er bemerkte – nüchtern, fast wie ein klinischer Beobachter, denn er stand nun neben sich und betrachtete sich selbst aus einer sicheren Distanz –, wie sich Schweißperlen auf seiner Stirn bildeten, bis sie zu groß waren, um noch an der Haut zu haften, und herabtropften. Er stellte voll Verwunderung fest, dass er sich an die Seite griff, an das Herz, eine rührende, schützende Geste, die er von sich selbst am wenigsten erwartet hätte.

Er sah zu, wie er in sich zusammensank. Er sah zu, wie sich sein Gesicht weiß färbte und ganz blass wurde.

Er betrachtete einen alten Mann, nicht müde, sondern erschlafft. Eine leere Hülle. Er zog eine Grimasse, ein furchtbares, verächtliches Gesicht. Dann entspannte er sich plötzlich.

Es war kein zynisches Grinsen, kein überlegenes Lächeln. Er lächelte selig, von aller Last befreit. Ein letztes Mal streckte Reginald MacGinnis mühsam seine Arme aus, weit und breit, ein Willkommensgruß für seine Frau, die ihm mit ausgestreckten Armen entgegentrat, die ihm zuwinkte, die ihn holte.

»Wo warst du so lange, mein Herz?«, fragte sie ihn zärtlich.

»Hier war ich, meine Sonne, ich war hier und habe auf dich gewartet.«

Sie brachte ihn endlich nach Hause, an den Ort, an dem beide wieder zusammen sein würden. Für immer.

In diesem Moment wusste MacGinnis, dass alles richtig gewesen war: sein Versuch und sein Scheitern.

Die Erde zuckte unter ihm, es war, als atme der Boden hektisch ein und aus. Joe riss das Handy aus der Tasche und hämmerte hektisch die Nummer des Lastwagenfahrers in die Tasten.

Kein Anschluss. Der Fahrer meldete sich einfach nicht. Das Netz war abgestürzt. Eine automatische Stimme informierte ihn ungerührt über diese Tatsache.

Verdammt! War der Wagen explodiert?

Die Bergwände sprangen in grellem Licht auf, standen flackernd da und verschwanden dann wieder in der polternden Finsternis. Hagelkörner prasselten herab, trommelten dröhnend auf die Autodächer, fielen zu Boden und prallten dort ab. Instinktiv hielt sich Joe die Hände schützend über den Kopf.

»Duck dich, Joe!«, schrie Franziska ihm zu.

Der Hagel fühlte sich heiß an, nicht kalt. Er schmerzte.

Joe presste, noch auf den Boden gekauert, den Wahlwiederholungs-Button. Dieses Mal hatte er ein Netz, aber der Fahrer ging nicht ran.

Das Handy existierte noch. Also war der Laster nicht explodiert.

Eine neue Explosion aus kochend heißen Wassertropfen regnete auf Joe herab, dann prasselten erneut Hagelkörner hernieder.

»I am okay«, antwortete endlich der Fahrer im Handy, eine Stimme aus einer anderen Welt. »Ich bin auf dem Weg nach Koblenz. Aber was ist bei euch los? In meinem Rückspiegel ist alles schwarz, es blitzt. Da geht die Erde unter.«

Joe schob die Hagelkörner beiseite. Vorsichtig, die Hände immer noch schützend über die Augen haltend, blickte er sich um. Eine dicke Schicht aus Bimskügelchen, jede kaum größer als eine Erbse, bedeckte knöcheltief alles: die zerbeulten Autos, den Parkplatz, die Wiesen, das Kloster, sie schwammen sogar träge auf dem See, der sich wieder beruhigt hatte. Es gab nur noch zwei Farben, das schwefelige, dunkle Grau des Himmels und den gelblich-weißen Ton des Bims.

Auf einmal schneite es: Aus den Wolken regnete Aschestaub herab und überzog die Landschaft mit feinem grauen Pulver, bis der Laacher See einem Winteridyll glich – einem Postkartenweihnachten im Frühsommer, untermalt vom Grollen der Erde und durchfurcht von Blitzen in den Wolken.

Der Berggrat verschwamm vor seinen Augen, der Hang wurde flüssig und troff wie in Zeitlupe nach unten. Alles flirrte vor Hitze. Die Felswand verwandelte sich in eine träge Masse, die sich stückchenweise nach unten schob. Mit dem rutschenden Hang glitten Bäume und Sträucher herab, polterte Geröll und Felsgestein in den Kessel. Einige große Baumstämme verloren ihren Halt und stürzten krachend zu Boden, rollten in der Lawine mit, verfingen sich an Steinblöcken, explodierten in Feuerkugeln und flammten auf.

Oben rissen Spalten auf, klafften schließlich breite Furchen.

Aus der aufgerissenen Flanke ergossen sich Lavabäche, flossen rotglühend den Hang hinab und wurden von einem Erdspalt keine zweihundert Meter weiter unten wieder verschluckt. Qualm waberte über der klaffenden Wunde.

Bims regnete herab, weniger dieses Mal, viel weniger, in kleineren Kugeln. Der Grund bäumte sich auf, dann kam er mit einem letzten Getöse zur Ruhe. Die Zeit schien still zu stehen, aber unendliche Augenblicke später bemerkte Joe, dass es keine Steine mehr regnete, dass nur noch geringe Mengen Asche sanft herunterschneiten.

Graue Rauchschwaden trieben von dem klaffenden Spalt im Berghang herüber und bissen Joe in den Augen. Er würgte, hustete, schnappte nach Luft und schluckte Asche und Staub. Es schmeckte bitter.

Die Luft war eine zähe Masse aus Hitze, Feuchtigkeit und Aschestaub. Rasch presste sich Joe ein Taschentuch vor den

Mund; er hatte Angst zu atmen. Er blickte zu Franziska hinüber, sie hustete heftig.

Alles tanzte ihm vor den Augen, durchdrungen von einem diffusen, fahlen Licht, als befänden sie sich im Inneren einer Höhle. Selbst die Sonne war kaum mehr als eine matte Scheibe aus Silber am Himmel.

»Wir müssen hier weg!«, schrie Franziska unvermittelt.

Sie klang ängstlich. Joe spähte zu ihr hinüber und sah es genau. Sie wirkte leichenblass – wie ein weißes Tuch. Dann begriff er, dass ihr Gesicht nur von der Asche verschmiert war. Vermutlich sah er genauso aus. Er wischte sich über die Stirn und betrachtete seine Hand. Sie war voller grauer Schlieren.

Der Boden donnerte und grollte.

»Was zum Teufel ist das?«, brüllte Joe zu Franziska herüber, noch ganz fassungslos.

Sie hob den aschgrauen Kopf. »Jetzt kommen die pyroklastischen Ströme!«

»Die was?« schrie Joe. Böen jagten durch den Kessel und fraßen jeden Laut mit ihrem Heulen auf.

»Lawinen aus glühend heißem Schlamm, die wie Sturzbäche aus dem Krater fließen und alles niederwalzen, was ihnen im Weg ist. Der Schlamm wird den ganzen Kratersee ausfüllen. Wir werden sterben, wir ersticken oder werden bei lebendigem Leib gekocht ...«

Joe sah sie entsetzt an.

Dann, nach einer kleinen Pause, brüllte sie wieder: »Wir müssen sofort hier weg.«

Joe ging zu ihr hin, umarmte sie. »Die Autos können wir nicht benutzen. Der Krater im Hang liegt direkt an der Straße, die vom See wegführt.«

Franziska nickte. »Wir müssen zum Kloster und dort den Hang hinauf. Es ist unsere einzige Chance.«

Sie wankten zu der Abteikirche hoch. Der Bau hatte unter den Erdstößen gelitten, stand aber noch. Ihre Füße sanken tief in die dicke Ascheschicht, rutschten bei jedem Schritt zur Seite ab. In den Regenpfützen mischte sich die Asche mit Wasser, dort war der Untergrund noch rutschiger. Es war mühsam und anstrengend. Joe hatte Mühe voranzukommen. Aber sie durften nicht stehen bleiben.

Sie hatten die Hälfte der Strecke zum Kloster Maria Laach zurückgelegt, standen schwer atmend unweit der Parkflächen, als die Erde unvermittelt schwieg.

Plötzlich herrschte Stille.

Der Wind legte sich, wurde zum Hauch. Das Tosen hörte auf. Das Zittern nahm ein Ende. Vereinzelt hörten sie die Vögel zwitschern. Der Bimsregen hörte auf. Der See beruhigte sich. Kaum einen Kilometer entfernt strömten nach wie vor breite Bänder aus Lava aus der Erde und wurden vom Berg wieder verschluckt, doch das schien kein Geräusch zu machen, ein Stummfilm, unwirklich. Nur ab und zu dröhnte es aus dem Gedärm der Erde hoch.

»Es lässt nach«, stellte Franziska fest. Sie musste nicht mehr schreien.

Joe stand auf und klopfte sich den Staub, die winzigen Steinkörnchen und die Asche vom Körper.

»Das war es«, atmete Franziska auf, »hoffentlich. Der Druck in der Magmakammer könnte entlastet sein. Wenn wir Glück haben ...«

Sie wischte sich den Staub aus den Haaren, wankte auf Joe zu, der selbst noch ganz unsicher auf den Beinen stand. Die beiden blickten um sich und sahen die grauen Umrisse der anderen Überlebenden, die durch die Asche stapften, krochen, stolperten – jeder auf seinem eigenen Weg in die Sicherheit.

»Das war's?«, fragte er ungläubig.

»Das könnte es gewesen sein.«

Sie erklommen den Kraterrand – wie zwei Astronauten, die auf einem feindlichen Planeten gestrandet waren.

Morgen

Die Wogen des Atlantiks rollten träge heran und brachen sich mit lautem Donnern an dem flachen, weißen, mit kleinen Muscheln übersäten Strand der Insel.

Franziska hatte sich in all der Eile noch einen neuen Bikini besorgt, der Joe beeindrucken sollte – und der seine Aufgabe zu ihrer vollsten Zufriedenheit erledigte. Das Ding war eine psychedelische Extravaganz mit poppigem Muster, obwohl dafür eigentlich viel zu wenig Stoff zur Verfügung stand. Erst wollte sie sich gar nicht trauen, den Bikini öffentlich zu tragen, dann überwand sie sich doch und Joe schnappte nach Luft wie ein Fisch auf dem Trockenen.

Die Sonne schien tatsächlich den ganzen Tag vom wolkenlosen Himmel und spiegelte sich grell im Wasser. Franziska klappte ihr Buch zu und kniff die Augen zusammen, um den kleinen Punkt erkennen zu können, der am Rande dieser Masse geschmolzenen Silbers vergnügt im hellweißen Sand spielte. Der Punkt war Clara. Selten zuvor hatte sich Franziska so glücklich gefühlt.

Sie blickte hinüber zu Joe, der ruhte mit dem Bauch nach unten auf dem Liegestuhl und tat so, als ob er döste, die Sonnenbrille in die Stirn geschoben. Seine Arme baumelten müde zur Seite herab auf den warmen Sand des Strandes. Aus den Augenwinkeln genoss er ihren Anblick.

Er hatte darauf bestanden, Franziska und Clara mitzunehmen, und nach einigem Hin und Her willigte die Behörde schließlich ein. Man wusste, was man ihm zu verdanken hatte.

Franziska legte ihr Buch zur Seite.

»Was liest du?«, wollte Joe wissen. Er drehte sich auf den Rücken.

»Ach, irgendeinen Roman.«

»Und, ist er spannend?«

»Es geht. Ideal für den Strand.« Sie bemerkte einen Zettel, den Joe festkrallte. »Was hast du da?«

Joe zeigte ihr ein Fax. »Mach dir keine Sorgen. Das mit dem Vulkan war offenbar nur eine Episode.«

Sie nahm das Fax. »Die Beben flauen ab«, stellte sie zufrieden fest. »Keine spürbaren Erdstöße mehr seit einer Woche.« Dann sah sie Joe an. »Du bist immer bei der Arbeit, oder?«

»Ja.«

»Machst du nie einmal Pause?«

»Nein.« Er blickte auf Franziska, die sich neben ihm in dem aufregenden Bikini auf der Liege räkelte. »Obwohl ... ich auch gern eine Ausnahme mache.«

Sie lachte und drehte sich auf den Rücken.

»Ich werde mich wohl umgewöhnen müssen.« Er küsste ihren Nabel. »Ich hatte ein Foto von dir in meiner Schublade. Das hatte ich aus dem Fernsehinterview ausgedruckt, das du damals gegeben hattest. Du warst mir auf Anhieb sympathisch. Nein, das stimmt nicht ...«

Franziska blickte ihn fragend an.

»Du hast mir auf Anhieb gefallen.«

Charlie kam vorbei, der Nordengländer. »Ihr werdet zusammenziehen?«

»Ja«, antworteten Franziska und Joe gleichzeitig.

»Ich will mich verabschieden. Ich habe einen neuen Auftrag. Morgen geht es los in die Osttürkei und von dort über die Grenze. Ich werde da wohl irgendetwas aufräumen, was die Iraker zusammengepanscht – und die Amerikaner dann entdeckt und eingesetzt haben.«

»Ich habe gekündigt!«, sagte Joe. »Keine weiteren Aufträge mehr.«

Charlie wusste es schon. »Hat sich bereits herumgesprochen.«

»Ja. Viel Glück, Charlie!«

»Auch dir ... euch viel Glück«, antwortete der Nordengländer und kicherte. »Es wird sich noch zeigen, wer von uns das größere Wagnis eingeht.«

Der breite Strand aus glänzend weißem Muschelsand erstreckte sich bis zum Horizont, und aus der grünen Lagune rollten die Brecher heran und klatschten in blendenden weißen Streifen an Land. Franziska betrachtete die Sonne durch den grünen Baldachin der Palmen.

Joe zeigte mit dem Arm auf den Strand und beschrieb in der Luft einen vagen Kreis. »Sie ist so klein, dass du sie auf keiner Karte findest, und selbst bei Google Earth hat man sie wegretuschiert«, erklärte er. »Du kannst da noch so ranzoomen, du wirst immer nur Wasser sehen! Hierhin kommen wir nach allen erledigten Aufträgen, um uns etwas zu erholen.«

Franziska lachte auf. »Das ist ein guter Ort, falls man mal Schulden hat!«

»Ja.« Joe nickte. »Nur: Rein kommst du nur mit Ausweis!«

»Dann sage ich es mal so: Jetzt weiß ich endlich, wohin all die Flugzeuge im Bermuda-Dreieck verschwunden sind!«

»Wäre es so schlimm, wenn wir hier nie wieder wegkämen?«

Franziska blinzelte in die Brandung, zog die frische, salzige Seeluft ein, hob den Kopf zu Sonne empor und seufzte dann: »Nein!«

Sie schwiegen.

»Hast du je wieder von MacGinnis gehört?«

»Er ist nicht vor Gericht gestellt worden. Im Gefängnis hat er einen Schlaganfall bekommen. Nach dem Schlag lag er noch ein paar Tage im Koma, dann ist er gestorben.«

Joe sah einer Möwe nach, die über der See verschwand. »Sie haben ihm ein großes Begräbnis ausgerichtet. Er erhielt sogar posthum noch einen Orden. Man wird ihn in ehrbarer Erinnerung halten.« Er zögerte. »Ich habe meine Schuld jetzt wohl abbezahlt. Mein Großvater hat das damals alles angezettelt, vermutlich ist er an seinen eigenen Bakterien gestorben. Es sollte MacGinnis letzter Auftrag sein – nun ist es auch meiner gewesen.«

Franziska lächelte. Es musste ihn Überwindung gekostet haben. Es war sein Leben gewesen.

»Auf der Nachbarinsel«, sagte Joe langsam, »gibt es einen Vulkan. Der ist nur mäßig aktiv, aber er muss überwacht werden. Sie suchen jemanden mit Erfahrung.«

Franziska verstand, was er meinte. Hier war kein schlechter Platz, hier konnte man bleiben.

Im Radio kamen Nachrichten: Selbstmordattentate, ein havarierter Öltanker, ein Bürgerkrieg.

»Stell das ab!«

Franziska bemerkte ein abgegriffenes Taschenbuch, das neben Joe im Sand lag. »Was liest du?«

Er sah auf und blinzelte schläfrig in die Sonne. »T. S. Eliot: Die Gedichte.«

»Liest du mir etwas daraus vor?«

»Ich übersetze dir meine Lieblingszeile.« Er klappte das Büchlein auf, suchte kurz, bis er die Stelle fand:

»Was ist aus der Leiche geworden, die du letztes Jahr gepflanzt hast? Blüht sie schon?«

Sie sahen stumm zu Clara hinüber, die mit einem Eimerchen in der Hand im knöcheltiefen Karibikwasser spielte.

»Weißt du« – sagte Joe zufrieden und deutete mit dem Kopf in Richtung Clara – »für sie und alle anderen haben wir die Leiche am Blühen gehindert.«

Die Wellen spülten auf den Sand. In Schottland blökten die Schafe, wie sie es seit Urzeiten taten, und in Deutschland schlief ein Vulkan wieder ein, der sich nur ein paar Mal kurz gereckt und gestreckt hatte – bis zum nächsten Ausbruch.

Nachbemerkung: Fakten und Fiktionen

Dies ist ein Roman und kein Sachbuch. Dementsprechend sind die Fakten, wenn nötig, soweit in Details verändert worden, dass eine spannende Geschichte entstehen konnte. Die Wiese, auf der die Bergung stattfindet und auf der sich Menschen sonnen und Frisbee spielen, ist beispielsweise meine Erfindung: Tatsächlich erstrecken sich am Kloster Maria Laach bis zum Ufer reichende abgezäunte Viehweiden, auf denen friedlich die Rinder grasen.

Einige Elemente dieser Erzählung haben sich dennoch ereignet:

Die Handly Page Halifax ist tatsächlich am 29. August 1942 in den Laacher See gestürzt und liegt noch immer auf dem Grund. Allerdings war der Bomber mit einer Fracht von konventionellen TNT- und Amatol-Bomben beladen.

Es gab Versuche mit Milzbranderregern auf einer Insel in der schottischen Gruinard Bay. Man hat von diesen Versuchen Farbfilme aufgenommen.

Der letzte Ausbruch des Laacher Vulkans vor rund 13 000 Jahren war so verheerend, wie er in diesem Buch geschildert wurde. Tatsächlich kann sich eine solche Mega-Eruption jeden Tag wiederholen. Der Laacher See ruht nur, er ist längst nicht erloschen.

Die Halifax

In der Nacht zum 30. August 1942 stürzte ein britischer Halifax-Bomber in den Laacher See. Kinder aus den benachbarten Gemeinden haben in der Nachkriegszeit auf dem Wrack gespielt, das noch aus dem Wasser ragte, seine Bombenfracht ist nach wie vor im See verschollen.

Die Namen der Besatzung:
Sgt H G Dryhurst (gefangen)
Sgt J W Platt (beim Absturz gestorben)
Sgt A A Roberts RAAF (gefangen)
P/O V M M Morrison RCAF (beim Absturz gestorben)
F/S J J Carey RCAF (beim Absturz gestorben)
Sgt B F Hughes RNZAF (gefangen)
Sgt J L MacLachlan (beim Absturz gestorben)

Die technischen Daten der Handly Page Halifax sind der einschlägigen Literatur entnommen, Details zum Absturz fand ich in der Tagespresse und in Internet-Foren, aus diesen Quellen kommen auch die Augenzeugenberichte über Beobachtungen des Flugzeugs im Wasser. Die lokale Presse berichtet auch immer wieder über Gerüchte, ein amerikanischer Jagdflieger sei während der Kampfhandlungen in den See gestützt.

Die Handly Page Halifax liegt heute sicherlich nicht an der Stelle im See, wo sie in diesem Roman gefunden wird, und sie sieht sehr wahrscheinlich heute nicht so aus, wie ich das schildere.

Die Suche nach dem Wrack

Versuche, das Wrack und die Bomben, die sich vermutlich immer noch darin befinden, zu orten und zu bergen, gab es viele.

Den Anfang machte 1947 die britische Armee, die aber von einer Bergung des damals noch sichtbaren Wracks absah, weil sie fürchtete, die Bomben könnten dabei explodieren; dann suchte 1980 und 1981 der deutsche Bundesgrenzschutz mit Tauchern den Seeboden ab, konnte allerdings das Flugzeug bis auf zahllose Kleintrümmer nicht mehr lokalisieren, weil die technischen Mittel dazu fehlten.

Die letzte »Expedition« erfolgte vom 2. bis 20. Juni 2008, als der Kampfmittelräumdienst Koblenz zweieinhalb Wochen lang mit Tauchern, Magnetometern und Sonargeräten nach dem Halifax-Bomber suchte – unter reger Anteilnahme der Medien. Die Suche stellte sich schwieriger als erwartet dar. Der Leiter des Kampfmittelräumdienstes beklagte sich über die viel zu dicke Schlammschicht auf dem Seegrund, die das vorhandene Sonargerät nicht zu durchdringen vermochte und die ebenso den Einsatz eines Magnetometer zur Entdeckung von Metall verhinderte. Selbst ein eigens angefordertes besseres Sonargerät spürte keine der Bomben auf.

Das Team schickte Taucher hinab. Zwischen neun und zwölf Meter Wassertiefe überwucherten Pflanzen den gesamten Seegrund so stark, dass sie nicht einmal den Boden erkennen konnten. Tiefer als zwölf Meter wuchs nichts mehr. Doch da war es derartig finster, dass man die Hand vor

Augen nicht mehr sah und die mitgebrachte Taucherlampe gerade mal ein paar Zentimeter weit erhellte, dann zerstob das Licht aufgrund der vielen Schwebteilchen.

Die Taucher entdeckten verschiedene Bruchstücke der Maschine: den Rahmen eines Fensters mit Bruchstücken der Perspex-Verglasung, kleine Trümmer eines Tragflügels sowie einer Motorgondelverkleidung, sie spürten auch einen Aluminium-Spant mit Beplankungsresten vom Dach des Bombers auf und zahllose winzige Blechstücke und wirre Kabelteile. Aber sie lokalisierten weder das Flugzeugwrack noch die Bomben.

Man schloss aus der Verteilung der Trümmerstücke, dass die Halifax weder an der Seeoberfläche komplett zerschellt noch später durch eine Bombendetonation explodiert sei. Wohl sei der Bomber beim Aufprall auseinandergebrochen, doch vermutlich in mehrere Teile, die noch immer intakt genug gewesen waren, dass sich die Bomben noch heute im Rumpf und ein Großteil des Treibstoffs, der nicht bereits nach dem Beschuss der Maschine verbrannt war, in den Tanks der Flügel befinden könnten.

Im folgenden August meldete der Kampfmittelräumdienst Rheinland-Pfalz, er werde trotz aller Rückschläge seine Suche fortsetzen.

Der Vulkan

Wie die Halifax ist auch die Gefahr eines Ausbruchs des Laacher Vulkans keine reine Fiktion: »Forscher warnen vor Vulkan-Gefahr in der Eifel«, titelte bereits im Februar 2007 das deutsche Nachrichtenmagazin »Der Spiegel«.

Der Laacher See ist tatsächlich ein aktiver Vulkan, der zurzeit nur ruht.

Seine letzte große Eruption 12 300 v. Chr. war so verheerend wie im Buch geschildert, Spuren dieser Eruption lassen sich noch in Stockholm nachweisen. Und es gibt in der Tat ernsthafte Geologen, die vor einem erneuten Ausbruch des Supervulkans warnen.

Eine Eruption gleichen Ausmaßes würde heute die Bundesländer Rheinland-Pfalz, Nordrhein-Westfalen und Hessen zu großen Teilen verwüsten und hätte globale Auswirkungen. Nach dem Ausbruch des Vulkans Krakatao am 28. August 1883 blieb seine Asche beispielsweise monatelang in der Atmosphäre und verteilte sich über die ganze Welt; den Donner konnte man in 5000 Kilometern Entfernung noch auf der Insel Rodrigues im Indischen Ozean hören, und noch im einen halben Erddurchmesser entfernten London und Paris trübte Staub die Luft so sehr, dass die Sonnenuntergänge von einer nie zuvor gekannten Intensität erschienen.

Über die Vulkanität der Eifel gibt es zahlreiches Material, ich habe den sehr schönen Führer »Vulkanpark Brohltal/ Laacher See« von Wilhelm Meyer verwendet – alle sachlichen Fehler bei der Darstellung stammen von mir.

Gruinard Island

Zu den Versuchen mit biologischen Waffen auf Gruinard Island finden sich erstaunlich viele Informationen im Internet.

Das im Roman geschilderte Superbakterium gab es nicht, auch die gewöhnlichen Milzbranderreger, die auf der Insel gezüchtet wurden, kamen nie zum Einsatz.

Danksagung

Mein größter Dank geht an Susanne Noll, die wie immer das Manuskript gelesen hat und zahlreiche Ideen vorschlug, und dafür, dass sie da ist; Uwe Spoor, der den Absturz des Halifax-Bombers in den Laacher See sowie weitere technische Aspekte des Zweiten Weltkriegs recherchiert hat und mir ein Modell der Halifax zur Verfügung stellte, sowie Rainer Magin für die Baupläne der Halifax und der P-47. Jeder technische Fehler in diesem Buch ist allerdings alleine mir anzulasten. Ich danke auch besonders Gerd Schmidt aus Dresden, der darauf bestand, dass ein Bösewicht nach ihm benannt wird.

Und last but not least: Dirk Meynecke und Reinhard Rohn, die beide an dieses Projekt geglaubt haben.

Ulrich Magin
Der Fisch
Thriller
378 Seiten
ISBN 978-3-7466-2410-5

Der Tod lauert im Bodensee

Im Bodensee verschwinden Taucher spurlos und eine Fähre sinkt unter mysteriösen Umständen. Carl Ghuimin, der am Bodensee forscht, entdeckt auf dem Echolot etwas, das er für einen riesigen Fisch hält. Als er seine Entdeckung veröffentlichen will, stellt man ihn kalt. Mit einer Journalistin ermittelt er im Geheimen weiter. Anscheinend treibt im Bodensee ein Seeungeheuer sein Unwesen. Doch wo kommt es her? Und was hat es vor? Als Carl die Wahrheit erkennt, ist es fast zu spät, um die Katastrophe noch abzuwenden. Ein Öko-Thriller – packend und beklemmend zugleich.

Mehr Informationen erhalten Sie unter
www.aufbau-verlag.de oder in Ihrer Buchhandlung

aufbau taschenbuch

Thriller:
Luft anhalten und durch!

RUSSELL ANDREWS
Icarus
Jack Keller, ein Star der New Yorker Gastronomieszene, muß mit ansehen, wie seine Frau Caroline brutal ermordet und aus dem Fenster geworfen wird. Selbst schwerverletzt und gebrochen, wird er plötzlich von den grausamen Gespenstern seiner Vergangenheit eingeholt. Der Killer scheint ihm immer eine Nasenlänge voraus und zieht seine Kreise enger: ein dramatischer Wettlauf auf Leben und Tod über den Dächern New Yorks.
Thriller. Aus dem Amerikanischen von Uwe Anton. 488 Seiten. AtV 2070

MAREK HALTER
Die Geheimnisse von Jerusalem
Tom Hopkins, Journalist bei der »New York Times«, will das Vermächtnis seines von der russischen Mafia ermordeten Freundes Aaron Adjashlivi erfüllen und macht sich auf den Weg in die Stadt Davids. Doch was wie eine kriminalistische Schatzsuche beginnt, entwickelt sich bald zu einer mörderischen Verfolgungsjagd mit hochbrisantem historischen Hintergrund.
Roman. Aus dem Französischen von Iris Roebling. 485 Seiten. AtV 2034

BRAD MELTZER
Die Bank
Die Brüder Caruso planen den Coup ihres Lebens. Auf dem Konto eines offensichtlich verstorbenen Klienten liegen drei Millionen Dollar, die todsicher niemand vermissen wird. Leider hat die Sache einen kleinen Haken – auch der Sicherheitsmann der Bank ist schon auf die Idee gekommen, sich das Geld zu holen.
»Hier treffen Sie den neuen John Grisham!« MIAMI HEROLD
Aus dem Amerikanischen von Wolfgang Thon. 473 Seiten. AtV 1996

ELIOT PATTISON
Das Auge von Tibet
Shan, ein ehemaliger Polizist, lebt ohne Papiere in einem geheimen Kloster in Tibet. Eigentlich wartet er darauf, das Land verlassen zu können, doch dann erhält er eine rätselhafte Botschaft: Eine Lehrerin sei getötet worden und ein tibetischer Lama verschwunden. Zusammen mit einem alten Mönch macht Shan sich auf, um den Mörder zu finden.
»Mit diesem Buch hat sich Eliot Pattison in die erste Krimireihe geschrieben.« COSMOPOLITAN
Roman. Aus dem Amerikanischen von Thomas Haufschild. 697 Seiten. AtV 1984

Mehr unter
www.aufbau-verlag.de
oder bei Ihrem Buchhändler

aufbau taschenbuch

Brad Meltzer:
Atemberaubend, überraschend, hintergründig

»Eins steht fest: Wer John Grisham mag, wird Brad Meltzer lieben. Buchstäblich von der ersten Seite an wird man in Atem gehalten von einer perfiden Mischung aus Tempo und Spannung.« WESTDEUTSCHE ALLGEMEINE ZEITUNG

Das Spiel

Matthew und Harris sind Anfang Dreißig und beste Freunde. Beide arbeiten für renommierte Kongreßabgeordnete, doch nach zehn Jahren in Washington langweilen sie sich – und beteiligen sich an einem geheimnisvollen Spiel: Mit ihnen unbekannten Mitspielern wetten sie auf Entscheidungen des Capitols, ein scheinbar harmloser Zeitvertreib. Bis Matthew nach seiner letzten Wette ermordet wird – und Harris fürchten muß, das nächste Opfer zu sein.
Thriller. Aus dem Amerikanischen von Wolfgang Thon. 471 Seiten.
AtV 2102

Die Bank

Oliver Caruso, ein unbescholtener Banker, plant das perfekte Verbrechen. Vom Konto eines verstorbenen Klienten, den anscheinend niemand vermißt, transferiert er drei Millionen Dollar. Doch plötzlich besitzt er dreihundert Millionen – und hat nicht nur den Sicherheitsdienst der Bank, sondern auch zwei skrupellose Geheimagenten am Hals.
Thriller. Aus dem Amerikanischen von Wolfgang Thon. 473 Seiten.
AtV 2178

Der Code

Wes Holloway gehört zum Stab des amerikanischen Präsidenten. Am 4. Juli verschafft er seinem Freund Boyle einen kurzen Gesprächstermin in der Limousine des Präsidenten. Doch dann schlägt ein Attentäter zu – nicht der Präsident, sondern Boyle wird getötet. Acht Jahre später taucht der vermeintlich Tote wieder auf – und mit ihm ein seltsamer Code, der auf eine gigantische Verschwörung hinweist.
Thriller. Aus dem Amerikanischen von Wolfgang Thon. 506 Seiten.
AtV 2320

Shadow

Michael Garrick gehört zum Beraterstab des Weißen Hauses – und er liebt die gefährlichste Frau Amerikas, die Tochter des Präsidenten. Als er mit ihr eines Nachts zufällig seinem Chef begegnet, kommt sie auf die Idee, ihm zu folgen. Beide werden Zeugen, wie Simon, der Chefberater des Präsidenten, in einem Wald Geld versteckt. Aus Spaß nimmt Shadow zehntausend Dollar mit – und schon stecken sie in tödlichen Schwierigkeiten.
Thriller. Aus dem Amerikanischen von Edith Walter. 521 Seiten.
AtV 2420

Mehr unter
www.aufbau-verlag.de
oder bei Ihrem Buchhändler

aufbau taschenbuch

Karl Olsberg
Das System
Thriller
403 Seiten
ISBN 978-3-7466-2367-2

Die Zukunft der Menschheit ist in Gefahr

Was wäre, wenn alle Computer der Welt plötzlich verrückt spielten? Als Mark Helius zwei Mitarbeiter seiner Softwarefirma tot auffindet, weiß er, dass im Internet etwas Mörderisches vorgeht. Stecken Cyber-Terroristen dahinter? Oder hat das Datennetz ein Eigenleben entwickelt? Eine Jagd auf Leben und Tod beginnt, während rund um den Globus das Chaos ausbricht.
Dieser atemberaubende Thriller zeigt beklemmend realistisch, wie schnell unsere technisierte Welt aus den Fugen geraten kann.

»Ihren PC werden Sie nach dieser Lektüre nur noch mit gemischten Gefühlen hochfahren.« EMOTION

Mehr Informationen erhalten Sie unter
www.aufbau-verlag.de oder in Ihrer Buchhandlung

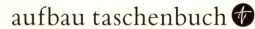

Karl Olsberg
Der Duft
Thriller
421 Seiten
ISBN 978-3-7466-2465-5

Das Böse ist stärker als der Verstand

Während Marie Escher das Zukunftspotential einer Biotech-Firma analysiert, kommt es zu einem blutigen Zwischenfall. Um die Hintergründe zu klären, reist sie mit ihrem Kollegen Rafael nach Uganda. Hier in der Wildnis Afrikas aber gelten andere Regeln, denn gegen manche Sinneseindrücke ist der Verstand völlig machtlos. Die beiden müssen um ihr Leben kämpfen und wissen: Sie allein können die Welt vor dem Chaos bewahren. Nach dem großen Erfolg von »Das System« der neue, atemberaubende Thriller von Karl Olsberg.

Mehr von Karl Olsberg:
Das System. Thriller. AtV 2367
2057. Unser Leben in der Zukunft. AtV 7060

Mehr Informationen erhalten Sie unter
www.aufbau-verlag.de oder in Ihrer Buchhandlung

aufbau taschenbuch

Karl Olsberg
Schwarzer Regen
Thriller
409 Seiten
ISBN 978-3-7466-2518-8

Es ist nicht die Frage, ob es passiert, sondern wann ...

Der größte Horror wird Realität – ein tödlicher Anschlag auf eine deutsche Großstadt. Auch der Sohn des Ex-Kommissars Lennard Pauly ist unter den tausenden von Opfern. Als Pauly bei einem Überwachungsauftrag auf brisante Informationen stößt, beginnt er, an der offiziellen Erklärung eines islamistischen Attentats zu zweifeln. Während das Land von einem Feuer aus Hass und Gewalt verzehrt wird, sucht er nach der Wahrheit. Ist es möglich, dass die, die vom Zorn über den Anschlag profitieren, die eigentlichen Drahtzieher sind?

»Ein deutscher Thriller-Autor von internationalem Niveau.«
BILD AM SONNTAG

Mehr Informationen erhalten Sie unter
www.aufbau-verlag.de oder in Ihrer Buchhandlung

Eliot Pattison
Das Ritual
Roman
Aus dem Amerikanischen von
Thomas Haufschild
543 Seiten
ISBN 978-3-7466-2521-8

Spannung mit Indian Spirit

Duncan ist von den Engländern wegen Hochverrats zu sieben Jahren Gefängnis verurteilt worden. Nun soll er in den neuen Kolonien seine Strafe verbüßen. Schon die Überfahrt ist voller Rätsel und Gefahren. Zwei Morde geschehen, rituelle Zeichen tauchen auf, und immer wieder ist von Stony Run die Rede, einem Ort, wo es angeblich einen geheimnisvollen Kampf gegen die Indianer gegeben hat. In New York hofft Duncan seinen Bruder wiederzusehen, der bei der englischen Armee dient. Doch Jamie ist zu den Indianern übergelaufen. Duncan ahnt, dass man ihn nur als Lockvogel in die Kolonien geholt hat. In Stony Run soll er seinen Bruder wiederfinden – und die Wahrheit über sich selbst und den Kampf der Weißen erfahren. Eliot Pattisons packender Kriminalroman offenbart die magischen Geheimnisse der indianischen Kultur.

Mehr Informationen erhalten Sie unter
www.aufbau-verlag.de oder in Ihrer Buchhandlung

Madeleine Giese
Der kleine Tod
Kriminalroman
266 Seiten
ISBN 978-3-7466-2436-5

Mysteriöse Tode

Aus einem Museum in Saarbrücken werden mehrere wertvolle Bilder gestohlen. Darunter ein Gemälde mit dem Titel »Der kleine Tod«. Gregor Büchner, der Kommissar mit einem Faible für teure Kleidung, beginnt zu ermitteln, ohne zu ahnen, dass es der spektakulärste Fall seines Lebens wird. Denn dieses Bild bringt allen, die es sehen, den Tod. Das will ihm jedenfalls die schöne Restauratorin des Museums weismachen. Wenig später wird ein erster Toter gefunden.

»**Madeleine Giese ist erstklassig.**« LITERATUREN

Mehr Informationen erhalten Sie unter
www.aufbau-verlag.de oder in Ihrer Buchhandlung

aufbau taschenbuch

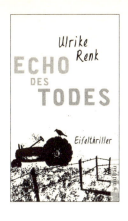

Ulrike Renk
Echo des Todes
Eifelthriller
295 Seiten
ISBN 978-3-7466-2549-2

Mörderische Eifel

Die Psychologin Constanze van Aken und der Forensiker Martin Cornelissen, ihr Freund, haben plötzlich einen gemeinsamen Fall: Zwei Tote werden in der Nähe ihres Hauses am Rursee gefunden. Zur selben Zeit wird ein ehemaliger Patient Constanzes entlassen. Zunächst will sie diese zeitliche Parallele nicht sehen, doch dann versucht jemand bei ihr einzudringen und schickt ihr eine erste Drohung.
Eifel-Spannung pur: Zwei Todesfälle geben Rätsel auf.

Mehr Informationen erhalten Sie unter
www.aufbau-verlag.de oder in Ihrer Buchhandlung

aufbau taschenbuch